Don Winslow

Ein kalter Hauch im Untergrund

Zu diesem Buch

Neal Carey, Sohn einer drogenabhängigen Prostituierten, schlägt sich als Taschendieb durch, ehe er die Aufmerksamkeit eines ebenso mächtigen wie undurchschaubaren Bankiers auf sich zieht. Dieser spendiert ihm eine Top-Ausbildung – Schwerpunkte: englische Literatur und geheimdienstliche Beobachtungsmethoden. Es kommt der Tag, da sein Gönner den Lohn seiner guten Taten einklagt. Neal soll in London die verschwundene Tochter eines wichtigen Kunden suchen, der gerade für ein hohes politisches Amt kandidiert und am Wahltag das Bild von der heilen Familie präsentieren will. Der Countdown läuft. Als er die Gesuchte schließlich im Londoner Drogen- und Punkmilieu aufspürt, kommen ihm Zweifel, ob er sie überhaupt zurückbringen soll. Und welches Interesse verfolgt eigentlich der edle Bankier?

Don Winslow, geboren 1953 in New York, war unter anderem Privatdetektiv, Safarileiter, Schauspieler, Regisseur und Reporter. Weitere Neal-Carey-Romane sind auf deutsch in Vorbereitung.

Don Winslow

Ein kalter Hauch im Untergrund

Roman

Aus dem Amerikanischen von
Ulrich Anders

Piper München Zürich

Deutsche Erstausgabe
Februar 1997

Titel der amerikanischen Originalausgabe:
»A Cool Breeze on the Undergroud«, St. Martin's Press,
New York 1991

Umschlag: Büro Hamburg
Simone Leitenberger, Susanne Schmitt, Andrea Lühr
Foto Umschlagvorderseite: Marko Lavrìsha/photonica
Foto Umschlagrückseite: St. Martin's Press, New York
Gesamtherstellung: Clausen & Bosse, Leck
Printed in Germany ISBN 3-492-21895-4

Inhalt

Für Jean und Thomas,
das Wie und Warum

Prolog
Anruf von Dad

Neal wußte, daß er besser nicht abgenommen hätte. Manchmal erkennt man ja schon an diesem ekelhaften Klingeln, daß es nichts Gutes sein kann. Das Telefon klingelte dreißig Sekunden lang, dann hörte es auf. Neal sah auf die Uhr. Genau dreißig Sekunden später klingelte es wieder, und er wußte, daß er rangehen mußte. Also legte er sein Buch aufs Bett und nahm ab.

»Hallo«, sagte er genervt.

»Hallo, mein Sohn«, sagte eine unangenehm freundliche Stimme.

»Dad, es ist lange her.«

»Treffen wir uns.« Das war ein Befehl.

Neal legte auf.

»Was ist?« fragte Diane.

Neal zog seine Schuhe an. »Ich muß noch mal los. Ein Freund der Familie.«

»Du hast morgen früh Prüfung«, protestierte sie.

»Es dauert nicht lang.«

»Es ist schon elf Uhr!«

»Ich muß gehen.«

Sie war baff. Eine der wenigen Informationen, die Neal von sich preisgegeben hatte, war, daß er seinen Dad nie kennengelernt hatte.

Neal hatte seine schwarze Windjacke aus Nylon angezogen, um sich gegen die kühle Mainacht zu wappnen. Auf dem Broadway war selbst um diese Zeit immer noch der Teufel los. Einer der Gründe, warum er so gern in der Upper West Side lebte. Er war New Yorker, und die ganzen 23 Jahre seines Lebens hatte er immer irgendwo in der Upper West Side gewohnt. Er kaufte sich an einem Zeitungsstand an der 79. Straße eine *Times*, falls Graham zu spät käme, was er meistens tat. Er hatte seit acht Monaten nichts von Graham gehört oder gesehen, und er fragte sich, was so verflucht dringend sein konnte, daß sie sich sofort treffen mußten.

Was auch immer, dachte er, laß es bitte hier in der Stadt sein. Ein kurzer Ausflug ins Village, um ein Kind zu seiner Mama zurückzubringen, oder ein paar Schnappschüsse von irgendeiner Alten, die nicht mit ihrem Mann zu Abend ißt.

Graham und er trafen sich immer im Burger-Joint. Das war Neals Idee gewesen. Für Hamburger-Freunde war der Laden das Mekka. Junkies, die ein paar Dollar zusammengekratzt hatten, waren in dem Zimmerchen im Erdgeschoß des Hotel Belleclaire ebenso gern gesehen wie Filmstars, die eine Menge Dollars zusammengescheffelt hatten. Nick briet die besten Burger der Stadt, wenn nicht sogar die besten der westlichen Welt, und man konnte hier einfach prima einen Happen essen und einen Tip für das nächste Spiel ergattern. Die Yankees würden diesen Sommer dabei sein, wenigstens das war klar.

Neal betrat den Burger-Joint, winkte Stavros hinter seinem Tresen zu und suchte sich einen Tisch in einer Ecke. Graham war natürlich noch nicht da, aber Neal war auch zu früh. Er bestellte einen Cheeseburger mit Schweizer Käse, Fritten und einen Eiskaffee, schlug die *Times* auf und wartete einfach ab, was passieren würde. In seinem Job lernte man das Warten, und mit der Zeit entwickelte man diesbezüglich ausgesprochenes Talent. Das war auch nötig. Neal war zeitungssüchtig. Gewissenhaft las er täglich die drei großen Zeitungen und gönnte sich die Wochenblätter als schweres Dessert. Heute nacht interessierte ihn vor allem die Sportseite, obwohl er von der Bestimmung der Yankees ohnehin überzeugt war.

Als das Essen kam, hatte er sich schon festgelesen. Obwohl »Treffen wir uns« hieß, in einer halben Stunde am bekannten Ort zu sein, wußte Neal mittlerweile, daß er auch nach einer Stunde noch immer auf Graham warten konnte. Er vermutete, daß Graham ihn absichtlich warten ließ, um ihn zu provozieren. Also gab er sich alle Mühe, nicht genervt dreinzuschauen, als er einen Blick über den Zeitungsrand warf und das grinsende Gesicht von Joe Graham erblickte. Neal war froh, ihn zu sehen, aber auch das wollte er nicht zeigen.

»Du siehst aus wie'n Penner«, sagte Graham.

»Viel Arbeit«, entgegnete Neal. »Und wie geht's dir?«

»Ah.« Er zuckte mit den Achseln.

»Also... was ist los?«

»Hast du's eilig? Stört es dich, wenn ich was esse? Ich sehe, du hast auf mich gewartet.«

Graham winkte dem Kellner.

»Ich nehm dasselbe wie er auf einem sauberen Teller.«

»Bitte sag mir, daß es nicht die ganze Nacht dauert«, sagte Neal. »Ich hab morgen früh um acht Uhr dreißig eine Prüfung.«

Graham kicherte. »Wenn du wüßtest. Warum müssen wir uns immer in diesem Scheißhaus treffen?«

»Ich möchte, daß du dich wie zu Hause fühlst.«

Der Kellner brachte Grahams Bestellung. Graham untersuchte alles gründlich und kippte dann eine halbe Flasche Ketchup darüber. Er nippte an seinem Kaffee.

»Wann werdet ihr bloß mal eine Kanne frischen Kaffee kochen?«

»Wenn Sie eine neue Hose anziehen«, sagte der Kellner freundlich und marschierte von dannen. Am Broadway hatte eben jeder seinen Auftritt.

Graham saß eine Minute lang schweigend da. Neal kannte den Trick. Graham wollte, daß er die Fragen stellte. Ach, leck mich am Arsch, dachte er. Er hat mich seit acht Monaten nicht angerufen.

»Du verläßt morgen die Stadt«, sagte Graham schließlich und wischte sich den Ketchup vom Mund.

»Einen Teufel werd ich tun.«

»Nach Providence. Rhode Island.«

»Ich weiß, wo das ist. Aber ich werde nicht dorthin fahren.«

Graham grinste. »Was? Bist du beleidigt, weil wir nicht angerufen haben? Immerhin wird deine Miete bezahlt, College-Boy.«

»Wie ist dein Hamburger?«

»Vielleicht könnten sie ihn nächstes Mal braten. Der Chef will dich sehen.«

»Levine?«

»Lebt Levine in Providence?«

»So oft, wie ich ihn sehe, könnte er auch in Afghanistan leben.«

»Hör mir mal gut zu. Levine würde dich am liebsten nie wiedersehen. Levine würde dich am liebsten zum Wasserholen in die Wüste schicken. Ich meine den *Chef*. Von der Bank. In Providence, Rhode Island.«

»Aber ich habe morgen eine Prüfung.«

»Jetzt nicht mehr.«

»Ich kann mir das dieses Semester nicht leisten, Graham.«

»Dein Professor hat Verständnis dafür. Er ist ein Freund der Familie.«

Graham grinste ihn an. Graham war ein gemeiner kleiner Kobold, befand Neal. Ein kleiner, mondgesichtiger, mittelalter Quatschkopf mit dünnem Haar, glänzend blauen Augen und dem fiesesten Grinsen aller Zeiten.

»Wie du meinst, Dad.«

»Du bist ein guter Junge.«

Teil I
Klatschen mit einer Hand

1

Neal Carey war elf Jahre alt und total pleite. Für die meisten Elfjährigen ist das nicht besonders tragisch, aber Neal lebte weitgehend von seinem eigenen Geld, da sein Vater noch nie einen größeren Auftritt gehabt hatte und seine Mutter ein teures Hobby pflegte, das mehr Geld auffraß, als sie jemals nach Hause brachte. Falls sie überhaupt in der Lage war, das Appartement zu verlassen. Als Neal sich eines Sommernachmittags zu Meg's hereinschlich, war er genaugenommen bei der Arbeit. Er war ein dürres, dreckiges Kind, wie tausend andere in der West Side. An Neal war nichts Besonderes, und gerade das mochte er. In einer Menschenmenge untertauchen zu können, ist die wichtigste Gabe eines Taschendiebes.

Auch das Meg's war nichts Besonderes. Nur eine Bar mehr, in der die irischen Nachbarn Bier, Whiskey und manchmal Gin-Tonic tranken. McKeegan, der Mann hinter der Theke, hatte mit Meg das große Los gezogen.

»Es gibt nichts Besseres, als eine Irin mit eigener Bar zu heiraten«, erzählte er an jenem Nachmittag Graham. »Freie Kost, Whiskey und Sie-wissen-schon-was, und alles was man dafür tun muß, ist hinter der Bar rumzustehen und mit anderen Säufern zu reden. Nichts für ungut; aber Sie wissen, was ich meine.«

Auch Graham ging es gut. Vor ihm lag ein freier Nachmittag, er verdiente gutes Geld, und er hockte gemütlich auf einem Stuhl vor einem kühlen Glas Bier. Für einen aus der Delancey Street hatte das Leben wenig Steigerung zu bieten, und das wußte er auch.

Neal machte sich klein und kniete sich direkt neben Graham unter die Bar. Er konnte das Baseballspiel hören, das die beiden Männer im Fernsehen verfolgten. Er wartete, bis er das Krachen eines Abschlags und den Jubel der Menge vernahm. Mit den Jahren hatte er herausgefunden, daß die Männer an der Bar sich nach vorne lehnen, wenn ein *home run* geschlagen wird. Dieser Kerl tat jedenfalls, was er sollte, und Neal faßte mit Daumen und Zeigefinger das obere Ende der Geldbörse, die der Mann in seiner hinteren Hosentasche stecken hatte. Als er sich zurücklehnte, hopste das Portemonnaie dem Jungen in die Hand, als wollte es sagen: »Nimm mich mit nach Hause.«

Etwas zu stehlen, ist relativ leicht. Abzuhauen hingegen ist eine besondere Kunst. Ein Dieb hat im Grunde nur zwei Möglichkeiten: bluffen oder rennen. Er muß sich und sein Können, seine Stärken und Schwächen, einschätzen können. Ein guter Dieb ist in Sachen Selbsteinschätzung den meisten Menschen überlegen. Instinktiv hatte Neal sich bereits umgesehen. Er wußte, daß er sich in einer irischen Kneipe mit zwei relativ nüchternen Männern befand, daß er elf Jahre alt war und daß er keine Chance hätte, die beiden auszutricksen. Außerdem wußte er, daß keiner dieser alten Säcke auch nur den Hauch einer Chance hätte, ihn bei einem Wettrennen einzuholen. Baseball ist ein Sport für Zuschauer; Diebstahl einer für Aktive. Er brauchte ungefähr anderthalb Sekunden, um das alles zu überdenken, und rannte dann, so schnell er konnte, zur Tür.

Graham hatte zwar nicht gemerkt, daß sein Portemonnaie geklaut worden war. Aber er merkte sehr wohl, daß es nicht mehr da steckte, wo es gesteckt hatte. Joe Graham hatte nie sonderlich viel Geld gehabt, aber er wußte immer, wo sein Geld war – oder nicht war. Er drehte sich um und sah gerade noch, wie ein Kind zur Tür hinausschlüpfte.

Graham machte sich nicht die Mühe, sein Schicksal zu beklagen. Die, die erst noch meckern – »Dieser kleine Bastard hat sich mein Portemonnaie geschnappt!« –, begehen einen schweren Fehler. Er rannte einfach hinter dem Jungen her. Er wollte sein Geld wiederhaben und den Dieb bestrafen.

Neal flitzte nach rechts die Amsterdam Avenue hoch, bog dann links in die 81. Straße ein, wandte sich nach einem halben Block nach rechts, gleich darauf nach links und erreichte das Gäßchen, in dem ein Maschendrahtzaun und eine nicht abgeschlossene Kellertür Sicherheit versprachen. Er knallte volle Kanne gegen den Zaun, rammte die Spitzen seiner Schuhe hinein und zerrte sich mit den Armen hoch. Neal wußte noch aus den Tagen, in denen er sich mit den Nachbarsjungen gemessen hatte, daß er schneller als irgend jemand sonst über einen Zaun klettern konnte. Er wußte, daß einer hinter ihm her war, aber er wußte auch, daß er bereits die Fünfer und die Zehner im kühlen Keller zählen würde, wenn dieser Fettsack den Zaun erreicht hätte. Genau daran dachte er, als ihn etwas Hartes auf Höhe seiner Nieren traf. Er plumpste vom Zaun und schnappte nach Luft, bevor ihm schwarz vor Augen wurde.

Graham hatte sofort erkannt, daß der Junge wesentlich schneller rennen konnte als er. Er hatte keine Chance, ihn zu erwischen. Sein schönes sauberes Hemd war schweißnaß, und die vier Bier schwappten in seinem Magen wüst auf und ab. Ihm war klar: Wenn der Junge über den Zaun kletterte, würde er sein Geld nie wiedersehen. Also packte er seinen künstlichen rechten Arm, ein schweres Gerät aus Hartgummi und riß ihn runter. Mit aller Kraft seines durchtrainierten linken Armes warf er das Ding nach dem Dieb.

Als Neal wieder zu sich kam, wurde er von einem gemeinen kleinen Kobold angeglotzt – einem einarmigen Zwerg.

»Das Leben ist ganz schöne Scheiße, was?« sagte der Mann. »Du glaubst, du hast dir gerade ein paar Mäuse unter den Nagel gerissen, du bist schon fast über den Zaun, und da nimmt so ein Typ seinen Arm ab und erledigt dich damit.«

Er packte Neal am T-Shirt und zerrte ihn auf die Beine.

»Komm, gehen wir zu McKeegan. Mein Bier wird warm.«

Er schob Neal vor sich her zu Meg's. Niemand auf der Straße schien das irgendwie ungewöhnlich zu finden. Graham knallte Neal auf den Barhocker neben sich. Neal beobachtete fasziniert und voller Angst, wie Graham seinen Arm wieder anschnallte und den Hemdsärmel darüberrollte.

»Neal, du kleiner Scheißer«, sagte McKeegan.

»Sie kennen ihn?« fragte Graham.

»Er lebt hier in der Gegend. Seine Mutter hängt an der Nadel.«

»Dein Glück, daß du keine Zeit hattest, was davon auszugeben«, sagte Graham. Dann verpaßte er Neal eine Ohrfeige.

»Soll ich die Polizei rufen?« fragte McKeegan und langte nach dem Telefonhörer.

»Wozu?«

Neal war klug genug, den Mund zu halten. Es machte keinen Sinn, das Offensichtliche abzustreiten. Außerdem war er demoralisiert, weil er sich von einem Einarmigen hatte schnappen lassen. Das Leben ist wirklich ganz schön Scheiße, dachte er.

»Machst du das oft? Was klauen?« fragte Graham.

»Erst seit Freitag.«

»Was war am Freitag?«

»Ich hab mich auf dem Markt umgesehen.«

»Du hast 'ne ganz schön große Klappe für einen Dieb, den man so leicht erwischen kann. Wenn ich du wäre, würde ich an meiner Technik arbeiten und Jackie Gleason das Witzereißen überlassen.«

Graham starrte den Jungen finster an. Er hätte nicht übel Lust, doch noch die Bullen zu rufen und den Burschen in den Kinderknast stecken zu lassen. Aber ein wesentlich jüngerer Joe Graham hatte mehr als eine Mahlzeit mit Geld aus den Taschen anderer Leute finanziert. Und man konnte nie wissen, wozu ein pfiffiger Junge nütze sein würde.

»Wie heißt du?«

»Neal.«

»Bist du ein Rockstar, oder hast du auch noch einen Nachnamen, Neal?«

»Carey.«

»McKeegan, was halten Sie davon, Neal Carey einen Cheeseburger zu braten?«

McKeegan zeigte mit dem Daumen hinter sich. »Wissen Sie, was das ist?«

»Ein Grill.«

»Ein blitzblanker Grill, und so wird's auch bleiben, bis fünf. Ich werde ihn nicht für einen schmierigen kleinen Dieb, der meine Gäste ausraubt, dreckig machen. *Ich* bin der einzige, der meine Gäste ausraubt.«

»Wie wär's dann mit einem Putensandwich?«

»Das ist kein Problem.«

McKeegan widmete sich dem Sandwich. Graham widmete sich Neal.

»Deine Mutter nimmt Drogen?«

»Yeah.«

»Nimmst du auch Drogen?«

»Ich nehm nur Portemonnaies.«

Neal war verwirrt. Im allgemeinen laden Leute, denen gerade etwas geklaut wurde, den Dieb nicht auch noch zum Essen ein. Es war das erste Mal in seiner zweijährigen Karriere als Taschendieb, daß er überhaupt erwischt worden war. Aus den Erzählungen der Nachbarsjungen wußte er, was ihn auf der Polizeiwache erwarten würde, aber das war eine andere Geschichte. Er überlegte, ob er noch einmal versuchen sollte, wegzulaufen, aber sein Rücken tat immer noch weh, und aus dem Augenwinkel konnte er mittlerweile ein dickes Putensandwich mit Mayonnaise erkennen. Ein voller Bauch ist besser als ein leerer, entschied er, und blieb.

»Gibst du deiner Mutter Geld?«

»Wenn's geht, ja.«

»Ißt du regelmäßig?«

»Ich komm schon klar.«

»Natürlich.«

McKeegan servierte das Sandwich, und Neal schlang es herunter.

»Du frißt wie ein Tier«, sagte Graham. »Du wirst dir den Magen verderben.«

Neal hörte ihn kaum. Das Sandwich war erstklassig. Als McKeegan ungefragt eine Cola dazustellte, überlegte Neal, ob er sich öfter schnappen lassen sollte.

Als er fertig war, sagte Graham: »Und jetzt raus hier.«

»Danke. Vielen Dank. Und wenn ich etwas für Sie tun kann...«

»Ja, abhauen.«

Neal marschierte zur Tür. Er wollte sein Glück nicht herausfordern.

»Und Neal Carey...«

Neal drehte sich um.

»Wenn ich deine Finger jemals wieder in meiner Tasche erwische... hack ich dir die Eier ab.«

Neal rannte weg.

Eine Woche später lungerte Neal in einer kleinen Gasse

herum. Es war schon ziemlich spät, aber seine Mutter hatte noch einen Kunden, und Neal hatte keine Lust, nach Hause zu gehen. Die Leute hier lebten auf der Straße, in einer Sommernacht wie dieser, einer stickigen New Yorker Nacht, heiß und schwarz wie Teer. Der vielfarbige Karneval der West Side war in vollem Gange, aber Neal bemerkte die dekadente Schönheit dieser Welt kaum. Er nagte an einer Tafel Hershey-Schokolade, die er aus einem kleinen Laden an der 85. Straße stibitzt hatte. Er wollte allein sein und hatte sich deswegen in dieser kleinen Nebenstraße verkrochen. Plötzlich entdeckte er einen fetten Mann in Unterwäsche, der auf einer Feuertreppe hinter Joe Graham herwetzte.

»Ich bring dich um, du Schwein.« Der fette Mann schnaufte. Sein Bauch hing über seine Jockey-Unterhose.

Neal sah nach oben, wo eine nackte Frau aus dem Fenster schrie: »Den Film! Schnapp dir den Film!«

Joe Graham zögerte keine Sekunde, als er Neal Carey entdeckte. Mit einer schnellen Handbewegung beförderte er die Kamera herunter zu dem Jungen. Neal wußte, was er zu tun hatte. Wenn man etwas in der Hand hält, was ein wütender dreihundert-Pfund-Mann in Unterwäsche haben will, gibt es nur eins. Neal rannte die Gasse entlang, bog in die nächste größere Straße ein und tauchte in der Menschengruppe unter.

Die Kamera war eines von diesen neuen winzigen Formaten, die man in einer Hand halten – oder verbergen – konnte. Nicht so ein Ungetüm, mit dem Onkel Dave seine Tante Edna oben auf dem Empire State Building fotografierte.

Neal trieb sich eine Weile herum und hielt Ausschau nach einem wütenden Gargantua. Dann machte er sich auf den Weg zu Meg's. Joe Graham saß an der Bar, schlürfte einen Whiskey und preßte einen rohen Hamburger auf sein linkes Auge.

»Ich glaube, Sie sollten besser ein Steak dafür nehmen«, sagte McKeegan.

»Haben Sie eins?«

»Nein.«

»Dann nehm ich noch 'n Whiskey.«

Die Bar war voll. Neal schlängelte sich zu Graham durch.

»Haben Sie etwas verloren?« fragte Neal.

»Hast du denn was gefunden?«

Neal gab ihm die Kamera. Graham machte sie auf.

»Wo ist der Film?«

»Ich hätte gern einen Hamburger. Nicht den aus Ihrem Gesicht. Und Fritten und ein Bier.«

»Ich könnte ihn dir einfach wegnehmen, Junge.«

»Falls ich ihn nicht gut versteckt habe.«

»Gib der kleinen Ratte was zu fressen«, sagte Graham zu McKeegan.

Neal faßte in seine Hosentasche und reichte Graham den Film. »Pornos?«

»Wertvolle Pornos.«

»Hab ich mir gedacht. Wo ist der Gorilla?«

»Kühlt seine Eier. Abfallen sollen sie ihm!«

»Sieht so aus, als hätte er Sie erwischt.«

»So was kommt vor.«

»Haben Sie Ihren Arm nicht schnell genug abgekriegt?«

»Ich hatte Angst, daß er ihn auffrißt.«

»Ich war mir nicht sicher, ob Sie's schaffen.«

»Du bist jedenfalls nicht lange genug geblieben, um es herauszufinden.«

»Ich dachte mir, der Film wäre wichtiger.«

»Da hattest du recht.«

»Ich weiß.«

»Willst du 'n Job?«

»Yeah.«

»Wann kannst du anfangen?«

»Jetzt.«

»Okay. Mach dich auf den Weg zum Carnegie Deli. Dort arbeitet ein Mann namens Ed Levine. Groß, kräftig, schwarze Locken. Sag ihm, du kommst von mir. Gib ihm den Film. Wenn er fragt, warum ich nicht selber komme, sagst du, ich wäre verwundet und müßte den Schmerz ertränken. Verstanden?«

»Klar.«

»Es ist genauso einfach wie den fetten Mann zu suchen und ihm den Film zu verkaufen. Aber das solltest du besser nicht tun, denn dann werde ich dich finden und...«

»Ich weiß.«

»Komm morgen nachmittag um zwei Uhr wieder her.«

»Warum?«

»Für deine Erziehung, mein Sohn.«

Und so fing Neal Carey an, für die Freunde der Familie zu arbeiten. Natürlich nicht Vollzeit und auch nicht sehr oft. Aber eine Agentur wie die Freunde muß oft schnell und leise irgendwohin und wieder wegkommen.

2

Jeder, der auch nur in der Nähe von Providence, Rhode Island, aufgewachsen ist, kennt das alte Bankgebäude. Hinter seinen grauen Mauern lagern die Schätze aus Sparschweinen, die Geburtstagsgeschenke reicher Onkel und die wöchentlichen Lohnschecks der sparsamen Arbeiter New Englands, seit Rum, Sklaven und Gewehre aus der Stadt mehr als einen Wochenmarkt gemacht hatten. Später beherbergte die Bank die Gewinne der Textilmühlen des südlichen New England, der Schieferminen von Pawtucket und der Fischereibetriebe Galilee & Jerusalem an der Mündung der Narragansett Bay.

Jeder wußte, daß die Bank solide war. Sie bot keine Toaster, Heizkissen oder Trockner an, um Kunden zu ködern. Sie hatte ihren Ruf: vertrauenswürdig, sicher, beständig. Dieses Image lockte die Leute mitsamt ihren Nickels, Dimes und Dollars vor die Mahagonitresen, deren Auszahlungsfenster an die Kanonenöffnungen der alten Fregatten erinnerten, die der Stadt Reichtum verschafft hatten. Keine Summe war zu gering oder zu groß.

Die Reichen wurden von etwas anderem angezogen: Vertraulichkeit. Die Bank, das war die Familie Kitteredge, und die Kitteredges waren die Bank. Die Kitteredges hatten gezählt, gespart, investiert und das Geld der Reichen versteckt, seit die britischen Steuerfahnder der Krone ihren Anteil an dem lukrativen Amerikahandel zukommen lassen wollten. Heutzutage mußten sie sich mit unbarmherzigen IRS-Computern plagen. Die Kitteredges waren vertraulich auf eine Art, wie man sie nur in New England und im tiefen Süden findet. Jemand, der erst in der dritten Generation sein Guthaben von den Kitteredges verwalten ließ, galt ihnen als Neukunde. Stammkunden waren die Familien, die ihr Geld bereits vor der Revolution auf die Bank gebracht hatten. Das Geld der Bank kämpfte mit in der Revolution – in Form von Uniformen, Musketen, Schießpulver. Auch einer der Kitteredges, Samuel Joshua, trug eine der Uniformen, verärgerte seinen Großvater jedoch, weil er sich in Yorktown erschießen ließ. Viel wichtiger erschienen dem alten Mann aber ohnehin die ebenfalls von den Kitteredges finanzierten privaten Kaperfahrten auf dem Atlantik, die dem Heimatland insofern dienten, als sie die britische Seemacht schwächten. Sie brachten der Bank eine Menge Geld ein.

Die Kitteredges hatten Talent darin, weibliche und männliche Nachkommen im richtigen Verhältnis zu gebären. Kitteredge löste Kitteredge als Präsident der Bank ab, mit gerade soviel fremden Genen, um Schwachsinn zu verhindern und das Geschäft in der Familie zu belassen.

Das 19. Jahrhundert war eine goldene Ära für die Familie und ihre Bank. Es war eine Zeit, in der steigender privater Reichtum Hand in Hand mit dem Wachstum des Vaterlandes ging. Der Bürgerkrieg brachte einen Finanzboom, und ein weiterer Sproß der Familie, Joshua Samuel, marschierte in Reih und Glied, um das Leid jener Sklaven zu beenden, an denen seine Vorfahren so viel verdient hatten. Der junge Joshua kehrte nicht zurück; sein Grab wurde im frostigen Boden von Fredericksburg angehoben, wo ihn ein General von Rhode Island zum Tode verurteilt hatte. »Was für ein Unfug«, grummelte Joshuas Vater bei der Trauerfeier, »diesen Befehl hätte auch einer aus Massachusetts geben können« – einem Staat, der bekannt war für seine grundlose Feindschaft den Leuten von Rhode Island gegenüber.

In den ruhigen Jahren zwischen dem Ende des Bürgerkrieges und dem Untergang der *Lusitania* gedieh die Bank prächtig. Die Gaslampen wurden durch Elektroleuchten ersetzt, Gasöfen wurden von Kohleöfen abgelöst, aber das alte Steinhaus selbst veränderte sich nicht. »Eine Bank ist nicht aus Plastik,

Glas und Stahl«, donnerte einer der Kitteredges 1962 in einem unseligen Board-Meeting, wo ein Dummkopf einen »neuen Look« vorgeschlagen hatte. »Eine Bank ist Stein, Messing und Hartholz. Die Leute sollen ihr Geld hier lassen.«

Das Leben der Kitteredges war so konservativ wie das Gebäude. »Betreibt das Geschäft hinter den Schaltern und nicht in den Klatschspalten«, war das Familienmotto. Keine Villen in Newport, keine Bälle für die Kitteredges. Ihre großen Häuser versteckten sie in Narragansett oder den Lincoln-Wäldern, und natürlich wurde das Stammhaus der Familie auf dem College Hill stets bewohnt und sorgfältig instand gehalten. Die Kitteredge-Kinder besuchten die Brown University (Yale: zu progressiv, Harvard: zu protzig, Princeton: in New Jersey), segelten mit ihren Booten in einer Bucht in Wickford umher, heirateten Mädchen aus New Hampshire und Vermont und tranken abends Whiskey auf ihren Zimmern.

Der 8. Juli 1913 ist ein wichtiges Datum für Neal Carey und Joe Graham. An jenem Tag schlug ein gewisser William Kitteredge, der etwa die Hälfte der familienüblichen zwanzig bis dreißig Jahre als Vizepräsident von irgendwas abgesessen hatte, das Oberhaupt einer anderen Familie ausgesprochen leicht in ihrem wöchentlichen Tennismatch. Der Besiegte, dessen Familie eine ganze Menge Geld auf der Bank hatte, gestand Bill, daß seine über alles geliebte jüngste Tochter sich mit einem Italiener auf und davon gemacht hatte. Diese Enthüllung rührte Bill, der befand, man müßte etwas tun – still und leise.

An jenem Abend besprach sich Bill mit Jack Quinn, einem Hausmeister der Bank, dessen Sohn Jack Junior ein vielversprechender Boxer war. Der Junge war gern bereit, dem Banker einen Gefallen zu tun, machte das Paar ausfindig, wechselte ein paar freundliche, aber bestimmte Worte mit dem nicht mehr ganz so leidenschaftlichen Gatten und lieferte das Mädchen bei Bill ab. Bill brachte das Mädchen zurück, wurde mit Dank überhäuft und vergaß den Vorfall, bis er am Montagmorgen um sieben Uhr ins Büro gerufen wurde.

»Ich habe gehört, du hast eine junge Dame aus den Klauen mediterraner Einwanderer befreit«, sagte sein Vater.

»Ja.«

»Willst du damit weitermachen?«

»Vielleicht.«

»Dann solltest du dich organisieren.«

Der alte Mann fand, daß ein solches Vorgehen durchaus Sinn mache, habe sich die Welt doch verändert, und nicht zum Besten. Die Bank halte nicht viel von Skandalen, und mehr und mehr ihrer Stammkunden schienen dieser Tage in den Klatschspalten aufzutauchen. »Wir sind alte Freunde dieser Familien, und es ist in unserem Sinne, daß es ihnen gut geht. Auf lange Sicht dürfte es billiger sein, einige ihrer kleinen Probleme selbst zu lösen.«

Also wurde Bill befördert und bekam ein Budget mit dem Auftrag, eine kleine Agentur innerhalb der Bank einzurichten, die sich jener Probleme der guten alten Freunde der Familie annehmen sollte, die man nicht dem langen Arm des Gesetzes oder der schmierigen Presse überlassen konnte. Diese Agentur existierte natürlich niemals offiziell, und an der Tür von Raum 211 klebte auch kein Schild mit der Aufschrift FREUNDE DER FAMILIE, wenngleich sie so genannt wurde. Es sprach sich ziemlich schnell in New England herum, daß man, wollte man etwas still und leise erledigt haben, nur Bill oder jemandem in der Bank Bescheid sagen mußte. In dem alten Steinhaus arbeiteten Freunde.

Als nach dem Zweiten Weltkrieg immer mehr wichtige Geschäftsleute nach New York abwanderten und die Freunde der Familie immer öfter ihre Probleme mit den Würmern im Big Apple hatten, richtete man 1960 eine kleine Zweigstelle in Manhattan ein. Nur wenig später engagierten die Freunde der Familie einen unflätigen, einarmigen, großkotzigen Privatschnüffler namens Joe Graham. Bei einem seiner ersten Aufträge saß dieser Graham in einer stillen Bar in der West Side, als ein Kind versuchte, ihm die Geldbörse zu stehlen.

3

Auf dem Frühzug von New York nach Providence stand zwar AMTRAK, aber in Wahrheit handelte es sich um ein von Dante erfundenes Gefährt, in dem Agenten die Ewigkeit verbringen sollten – denn so lange dauerte die Fahrt nach Providence.

Die Sitzpolster waren zerfetzt, Zeitungen, Pappbecher und Bierdosen flatterten und rollten durch die Gänge. Alles roch alt und muffig.

Neal kehrte aus dem Bord-Restaurant mit einem Becher Kaffee, bei dem es sich um eine Spülwasserabfüllung handeln mußte, und einem Plunderteilchen, das sicherlich älter war als Hamlet, zurück. Graham hatte seine Verpflegung selbst mitgebracht, sorgfältig in kleine Tupperdosen gepackt. Graham war schon öfter mit diesem Zug gefahren.

»Warum konnten wir nicht fliegen?« fragte Neal.

»Weil ich nicht will.«

»Du hast Angst.«

»Ich flieg einfach nicht gern«, sagte Graham und nagte an einer Karotte.

»Warum fliegst du nicht gern?«

»Weil ich Angst hab.«

Graham schraubte seine Thermoskanne auf und goß heißen Kaffee in seinen Becher. Er grinste Neal an: »Wer bei den Vorbereitungen versagt, bereitet sich aufs Versagen vor.«

Neal kuschelte sich in seine Sportjacke und versuchte, durch das angelaufene Fenster zu gucken. Sie standen ohne erkennbaren Grund mitten in Connecticut herum. Das schien den Schaffner aber nicht weiter zu irritieren; er schlief auf seinem Schaffnersitz den Schlaf des Gerechten. Neal dachte, der Kerl muß einen Kreislauf wie ein Eisbär haben, wenn er in dieser Kälte schlafen kann. Man konnte den Zug nicht heizen, und es war empfindlich kühl für einen Maimorgen.

»Willst du dich betrinken?« fragte er Graham.

Graham schraubte die Thermoskanne wieder auf und hielt sie Neal unter die Nase. »Ja.«

Neal schnupperte und schaute Graham mit seinem unschuldigsten Lächeln an. Graham seufzte, schüttelte den Kopf, holte einen Extrabecher aus seiner Provianttasche und goß Neal Kaffee ein.

»Vielen Dank, Dad, ich werde dich immer lieben.«

»Das war klar, mein Sohn.«

Das Gute an Irish Coffee, dachte Neal, ist, daß er den Körper wachhält und den Geist schlafenlegt. Er lehnte sich zurück und ließ sich von der Wärme durchströmen. Noch acht oder zehn Becher, dann könnte diese Reise einigermaßen erträglich werden. Der Zug fuhr an.

»Aufwachen, Jungchen.«

»Sind wir schon da?«

»Nicht ganz. Aber du mußt dich in Form bringen.«

Graham hatte sich über ihn gebeugt. Er war rasiert, trug einen Schlips, hatte leuchtend klare Augen und einen frischen Atem. Neal haßte Graham.

»Ich hab dir einen eigenen Rasierer mitgebracht.«

Tatsächlich hatte Graham zwei schnurlose Elektrorasierer dabei. Neal verzog sich mitsamt seiner Tasche in den Waschraum. Er fühlte sich beschissen und war zugleich irritiert von den Schmetterlingen in seinem Bauch. In den zwölf Jahren, die er nun schon für die Freunde arbeitete, war es das erste Mal, daß er den Chef treffen würde. Den Mann, der mehr oder weniger sein Leben gelenkt hatte.

»Warum?«, fragte er Graham, als er auf seinen Platz zurückkehrte, »treffe ich mich jetzt zum ersten Mal mit dem Chef?«

»War bisher nicht nötig.«

»Und jetzt ist es nötig?«

»Du siehst gut aus, Sohn. Rück noch den Schlips gerade.«

Levine erwartete sie auf dem Bahnsteig. Er war 31, einssechsundachtzig und wurde langsam ein bißchen pummelig. Er hatte schwarze Locken, blaue Augen und ein Gesicht, das nur noch ein paar Sixpacks von »fett« entfernt war. Aber das hinderte seine Muskeln nicht an der Arbeit. Levine bewegte sich schnell und geschmeidig wie eine Katze, und zusammen mit seiner Größe war das relativ ungünstig für jeden, der auf der falschen Seite seiner Fäuste auftauchte. Er besaß einen schwarzen Gürtel, hielt das Zerschmettern von Brettern allerdings für eine Verschwendung von Zeit und Holz.

Er war bei den Freunden als Muskelpaket engagiert worden, um notfalls einem einarmigen kleinen Kobold aus der Patsche helfen zu können. Aber Levine hatte Köpfchen und war sehr, sehr hip. Intelligent und hip genug, um zu wissen, daß er nicht den Rest seines Lebens draußen auf der Straße verbringen wollte. Also hatte er die Abendschule besucht und einen Abschluß in Management gemacht. Mittlerweile leitete er die New Yorker Außenstelle der Freunde. Er hatte seinen alten Freund und Kumpel Joe Graham überrundet.

»Levine kann dich nicht ausstehen«, sagte Graham zu Neal.

»Ich weiß.«

Für Neal war das nichts Neues, und es fing langsam an, ihn zu langweilen. Aber richtig.

»Er findet, du hättest dir was erschlichen. Privatschule. College. Jetzt die Uni. Alles bezahlt. Er glaubt, du wärst es nicht wert.«

»Vielleicht hat er recht.«

»Vielleicht.«

»Ich will diesen Job nicht, Dad.«

Das ist das Problem, dachte Neal. Levine wußte, daß Neal gehegt und gepflegt wurde. Neal wußte es; Graham wußte es. Der Chef zahlte seinen College-Abschluß, die Klamotten, den Sprechunterricht, der Neal den Straßenjargon ausgetrieben hatte. Aber warum? Neal wollte nicht für die Freunde arbeiten. Er wollte Englischprofessor werden. Allen Ernstes.

»Ich weiß. Du willst den Trotteln Gedichtelesen beibringen.«

Naja, es mußte ja nicht gerade englische Literatur des 18. Jahrhunderts sein... Fielding, Richardson, Smollett.

»Wie oft muß ich es noch sagen?« fragte Neal. Er hatte es Ed gesagt. Er hatte es allen gesagt. Er hatte es dem Chef geschrieben. Zahlen Sie nicht weiter meine College-Gebühren, weil ich nicht auf immer und ewig für Sie arbeiten werde. »Arbeiten Sie für uns, wenn Sie können. Keine weiteren Verpflichtungen«, hatten sie gesagt. Und dann holen sie einen zwei Wochen vor den Abschlußprüfungen aus den Kursen. Man wird nicht

Englischprofessor, indem man die Grundkurse schwänzt. Und selbst eine mittelmäßige Note könnte einem schon das Genick brechen.

»Vielleicht hättest du nicht mit seiner Alten bumsen sollen«, sagte Graham.

Der Zug fuhr durch die rußigen Vororte von Providence.

»Damals war sie ja noch nicht seine Frau«, sagte Neal. Er hatte diese Unterhaltung schon so oft gehört. »Verdammt, ich habe sie doch miteinander bekannt gemacht.«

Providence ist eine von den Städten, in denen die Männer Hüte tragen. Die Seele dieses Ortes wähnt sich immer noch in den guten alten Vierzigern, als man ein Auge auf alles hatte und die Japse, die Krauts und die Yankees verfluchte – nicht unbedingt in dieser Reihenfolge. Ein Hut war ein Symbol von Respektabilität, eine Verbeugung vor der Ordnung der Dinge in einer Stadt, die von irischen Politikern, sizilianischen Gangs und französischen Priestern regiert wurde, die sich bei den Knights of Columbus-Frühstücken und den Basketballspielen am Providence-College trafen und einander ansonsten aus dem Wege gingen.

Der Hauptbahnhof repräsentierte die Stadt perfekt: Traurig, langweilig, grau, dreckig und hoffnungslos war er der ideale Empfang für Gäste. Danach erwartete man nichts mehr.

Levine begrüßte sie.

»Laurel und Hardy«, sagte er.

»Hallo Ed«, sagte Graham.

Levine kümmerte sich nicht um Neal. »Ist euch jemand gefolgt?« fragte er Graham.

Graham und Neal grinsten sich an.

»Ich glaube, wir sind sauber, Ed.«

»Das hoffe ich für euch.«

»Da war nur ein Kerl mit Sonnenbrille, falschem Schnurrbart und Trenchcoat. Du glaubst doch nicht, daß der ...«

Ed lachte nicht. »Los.«

Er führte sie nach unten in das alte Terminal, in dem sich Stadtstreicher auf zeitungsgepolsterten Bänken niedergelassen hatten. Ein paar von ihnen beobachteten den schwachen

Schimmer, der durch die dreckigen gelben Scheiben hereinsikkerte.

Als sie an den Schließfächern vorbeigingen, packte Ed Neal beim Kragen und knallte ihn gegen die Metallkästen. Er hob ihn hoch, bis nur noch Neals Zehenspitzen den Boden berührten. Graham wollte eingreifen, wurde aber von einem ausgestreckten Arm und einem eiskalten Blick aufgehalten.

Neal versuchte, sich zu befreien, aber Ed hielt ihn fest. Immerhin gelang es Neal, seinen Arm auszustrecken und Eds Jackenaufschlag zu packen. Eine Geste, mehr nicht.

»Jetzt hör mir mal gut zu, du verdammtes Dreckschwein«, flüsterte Ed. »Diese Sache ist wichtig, kapiert? Wichtig. Du wirst genau das tun, was man dir sagt, und zwar genau so, wie man's dir sagt. Keine dummen Sprüche, und keine dummen Ideen. Du bist der Letzte, dem ich diese Sache anvertrauen würde, aber der Chef will dich, also machst du's. Aber keinen Scheiß, und versau es nicht wieder. Sonst mach ich dich alle. Kapiert?«

»Mein Gott, Ed«, sagte Graham.

»Kapiert?«

»Wenn du das jemals mit mir versuchen solltest, Ed, dann werde ich...«

Ed packte fester zu und lachte. »Dann wirst du was, Neal? Was wirst du dann tun?«

Neal konnte kaum mehr atmen. Er brauchte Luft – selbst wenn es Luft aus Providence war. Levine konnte ihn zu Brei hauen, ohne auch nur einen Schweißtropfen zu vergießen. Im Buch stand, dem Gegner mit dem Handballen auf die Nase zu hauen. Aber was wäre, wenn's nicht klappte?

Also tat Neal das einzige, was ihm unter diesen Umständen übrig blieb. Er hielt die Klappe. Nach ein paar langen Sekunden ließ Ed ihn los und ging weg. Graham starrte Neal an und hetzte dann hinter Ed her.

Neal lehnte sich gegen die Schließfächer und rang nach Luft. Dann rief er hinter Levine her: »Okay, Ed! Und wie geht's dem Frauchen?«

Er beobachtete, wie Graham Levine durch die Tür bugsierte. Neal fand diesen Scheiß immer langweiliger.

4

Ethan Kitteredge sah mit seinen vierzig Jahren nicht so alt aus, wie Neal befürchtet hatte. Eine Strähne aschblondes Haar fiel über seine Stirn und eines der blaßblauen Augen, die durch eine randlose Brille schauten. Neal schätzte ihn auf ungefähr einssiebzig und fünfundachtzig Kilo. Der Körper in den grauen Banker-Klamotten war gut in Schuß: Tennis oder Handball.

Neal hörte auf, Sherlock Holmes zu spielen, als der Chef ihm lächelnd seine Hand entgegenstreckte.

»Sie müssen Mr. Carey sein«, sagte er. Sein Händedruck war fest und schnell: Er mußte nichts beweisen.

»Und Sie sind Mr. Kitteredge.« Witzig, Neal, wirklich witzig, dachte er. Ein prächtiger erster Eindruck.

»Ich habe viel von Ihnen gehört«, sagte Kitteredge. »Wie geht es Ihrem Studium?«

»Ich schwänze gerade eine Prüfung. Davon abgesehen geht es prima, danke.«

Graham hatte etwas Hochinteressantes auf dem Teppichboden entdeckt und starrte es an. Levine betrachtete Neal und schüttelte den Kopf.

»Ach ja, ich habe mit Professor Boskin darüber geplaudert«, sagte Kitteredge. Wenn er sich ärgerte, ließ er es sich jedenfalls nicht anmerken. »Er murmelte etwas davon, Ihnen ein ›teilgenommen‹ in seinem Kurs zu geben.«

»Vielen Dank, Mr. Kitteredge, aber ich bringe das, was ich angefangen habe, auch gern zu Ende.«

»Wie Sie wollen. Meine Herren, setzen Sie sich bitte. Kaffee, Tee?«

Drei Holzstühle waren im Halbkreis vor Kitteredges Schreibtisch aufgestellt worden. Levine setzte sich nach rechts, Graham nach links. Neal entschied sich für den verbleibenden Stuhl. Immer mittendrin.

Kitteredge ging zu einem silbernen Serviertischchen herüber. Neal fiel auf, daß er sich linkisch bewegte – das Ergebnis von vielen Generationen New England. Die ruckartigen Zukkungen deuteten darauf hin, daß jede Bewegung nur ein notwendiges Übel war. Der wahre Wert lag in der Ruhe. Trotzdem brachte er es fertig, vier Tassen Kaffee einzuschenken und auszuteilen.

Das dauerte jedoch eine Weile, und Neal nutzte diese Pause, um sich umzusehen. Bank pur, Kitteredge pur. Das 20. Jahrhundert hatte hier noch nicht Fuß fassen können. Die Sonne sandte ein weiches, warmes Gelb in einen Raum, der von Mahagoni und Eiche geprägt wurde. Glasgeschützte Bücherregale an den Wänden beherbergten ledergebundene Ausgaben von Dickens, Emerson, Thoreau und natürlich Melville. *Navigation* von Bowditch stand an prominenter Stelle, eingerahmt von einigen obskuren Walfänger-Memoiren und Segler-Abenteuern. Holzmodelle alter chinesischer Clipper vervollständigten das Dekor. Diese Schiffe hatten den Tee, die Gewehre, das Opium und die Sklaven der Kitteredges transportiert. Neal stellte sich vor, daß der Profit dieser Fahrten immer noch tief unter ihnen in einem Tresor lagerte.

Nur ein modernes Stück hatte eindringen dürfen. Ein exquisites Miniaturmodell der *Haridan* zierte, auf einen Eichenfuß montiert, Ethans Schreibtisch. Begabte Handwerker hatten die klaren, schlanken Linien des Bootes nachgebildet. Für Ethan Kitteredge, den verantwortungsvollen Banker, den verantwortungsvollen Ehemann, den verantwortungsvollen Vater bedeutete die *Haridan* seltene, wertvolle Augenblicke absoluter Freiheit.

Nachdem er den Kaffee endlich serviert hatte, ließ sich Kitteredge hinter seinem Schreibtisch nieder und nahm eine Akte aus der Schublade. Er betrachtete sie einen Augenblick, schüttelte den Kopf und reichte sie Neal. Dann lehnte er sich zurück und verschränkte die Finger.

Kitteredge sprach so, wie er ging. »Einige... äh... alte Freunde der Familie... haben ein kleines... Problem, und wir haben... angeboten..., ihnen bei einer Lösung... behilflich zu sein.«

Er schwieg einen Augenblick, um Neal Gelegenheit zu geben, den Ordner aufzuschlagen.

»Senator John Chase stammt aus einer prominenten Familie von Rhode Island«, sagte Kitteredge. »Sein Familienname war zweifellos eine große Hilfe... bei seiner politischen Karriere, aber ich muß zugeben, daß der Senator talentiert, intelligent und... äh... energisch ist.«

Okay.

»Der Senator sitzt in etlichen wichtigen Komitees, und seine Beiträge dort haben... ihm nationale Aufmerksamkeit eingebracht, bei Journalisten und Politikern. Trotz der etwas geschmacklosen Tatsache, daß John ein Demokrat ist..., unterstützen wir seine Arbeit.«

Geld auf der Bank.

»Der demokratische Präsidentschaftskandidat wird sich nach Norden orientieren müssen, was seinen... Partner angeht. Es hat schon... äh... erste Gespräche gegeben.«

Kitteredge machte eine kurze Pause, um die Wichtigkeit des letzten Satzes zu betonen.

Na und? dachte Neal. Was hat das, mal abgesehen von der geschmacklosen Tatsache, daß ich für jeden Demokraten stimmen werde, der eben zur Wahl steht, mit mir zu tun?

»Aber leider hat es jetzt eine Schwierigkeit gegeben.«

Jetzt bin ich dran.

»Das Problem mit Allie.«

Neal blätterte ein paar Seiten in der Akte und entdeckte das Foto eines Teenagers. Das Mädchen hatte leuchtend blondes Haar und blaue Augen und sah aus, als gehörte es auf ein Zeitschriftencover.

Kitteredge starrte das Modell der *Haridan* an und sagte: »Genaugenommen war Alison schon immer ein Problem.«

»Aber in diesem Fall?« fragte Neal.

»Allie ist weggelaufen.«

Yeah, okay, wir werden sie einfangen. Aber Neal hatte das Gefühl, daß da noch etwas war. Die Atmosphäre war zu angespannt. Er warf Graham einen Blick zu. Dann sah er Ed an, aber Ed guckte nicht zurück.

»Wissen Sie, wohin?« fragte Neal schließlich.

»Zuletzt wurde sie in London gesehen«, sagte Ed. »Von einem ehemaligen Klassenkameraden. Er wollte mit ihr reden, aber sie ist weggelaufen. Steht alles in der Akte.«

Neal las nach. Der Schulkamerad, Scott Mackensen, hatte

sie vor ungefähr drei Wochen gesehen. »Was sagen die britischen Cops dazu?«

Kitteredge starrte stur das Boot an. »Keine Polizei, Mr. Carey.«

Ed sah Neal an. Neal vergrub sein Gesicht in der Akte und fragte dann: »Alison ist siebzehn?«

Niemand antwortete.

Neal las weiter. »Ein siebzehnjähriges Mädchen ist seit drei Monaten verschwunden, und niemand hat die Polizei verständigt?«

Noch ein paar Sekunden Stille, und Kitteredge hätte sich auf sein Modellboot gebeamt: ein winziger Modellkapitän auf einem Spielzeugboot.

Levine sagte: »Der Senator legte keinen großen Wert auf Publicity.« Jedenfalls weniger Wert als auf seine Tochter, dachte Neal.

»Mag der Senator seine Tochter?« fragte er.

»Nicht besonders.«

Das hatte Kitteredge gesagt. Dann fügte er hinzu: »Trotzdem will er sie zurückhaben. Bis August.«

Er will sie zurückhaben. Nicht heute, auch nicht morgen, sondern bis August. Was passiert denn im August? Es wird heiß und feucht, die Yankees verlieren wieder mal... ach ja – und die Demokraten haben ihren Parteitag.

»Ich bin überzeugt, Mr. Carey, daß Sie Verständnis dafür haben, daß manchmal... Situationen... eintreten, die eine Mischung des... Gewöhnlichen... und Wohlerzogenen verlangen. In einem solchen Fall brauchen wir jemanden, dessen Ausbildung... auf der Straße... und im Klassenzimmer gleichermaßen... erfolgt ist. Jemanden wie Sie.«

Bloß, daß ich es nicht machen will. Mein Gott, wie sehr ich es nicht will. Nicht nach dem Halperin-Jungen. Bitte, nicht noch einen flüchtigen Teenager. Nie wieder, nach dem Halperin-Jungen.

Levine runzelte die Stirn und sagte: »Du wirst nach London fahren, Alison Chase finden und sie rechtzeitig zum Parteitag der Demokraten zurückbringen.«

Nein, werde ich nicht.

»Was passiert, wenn Chase nicht nominiert wird, Ed? Soll ich sie dann wieder nach London bringen?«

»Ihr feiner Sinn für Moral wird in diesem Fall nicht vonnöten sein, Mr. Carey.«

»Ich bin nicht der richtige Mann für diese Sache, Mr. Kitteredge.«

»Die Halperin... Tragödie... war ein Unfall, Mr. Carey. Das hätte jedem passieren können.«

»Aber mir ist es passiert.«

»Es war nicht deine Schuld, mein Sohn.«

»Warum war ich dann auf Eis gelegt, seit es passiert ist?«

Kitteredge spürte mit den Fingern die elegante Form der *Haridan* nach. »Die... Pause... war zu Ihrem eigenen Schutz. Nicht für die Freunde.«

Na, dann hat es ja sogar gefruchtet. Nach den Besäufnissen und der Bewußtlosigkeit und den Alpträumen habe ich Diane gefunden. Und das Lernen wiederentdeckt. Und jetzt will ich nicht wieder zurück.

»Ausnahmsweise bin ich einmal mit Carey einer Meinung, Mr. Kitteredge«, sagte Ed. »Er ist der falsche Mann für diesen Job.«

»Es tut mir leid, Sie aus Ihrem Kurs holen zu müssen, aber Ihr Professor hat Verständnis dafür«, sagte Kitteredge. »Er ist ein Freund der Familie.«

Das war's dann also, dachte Neal. Ihr habt mich gekauft, also gehöre ich euch auch.

»Es tut mir leid, Neal, aber diese Sache ist wichtig... lebenswichtig.«

Neal klappte die Akte zu und legte sie in seinen Schoß. Er erkannte, wann ein Schlußsatz gesprochen war. »Ich muß so bald wie möglich mit dem Senator und Mrs. Chase sprechen.«

Denn wenn jemand von zu Hause wegläuft, muß man dort mit der Suche beginnen.

»Das ist ein Fall für die New York Rangers«, sagte Neal zu Graham, als sie draußen waren.

»Er stinkt, das stimmt«, gab Graham zu. »Aber so ist das, mein Sohn. Irgendwie muß man halt die Miete zahlen.«

Sie folgten Levine.

»Nur, weil sie vor drei Wochen in London war, muß sie doch jetzt nicht mehr dort sein. Ein Kind mit so viel Geld könnte überall sein. Und selbst wenn sie noch in London wäre, gibt es da ja auch noch zwölf oder dreizehn Millionen andere Leute. Die Chance, sie zu finden...«

»Ist beschissen, ich weiß.«

Levine brachte sie ins Parkhaus.

Neal hatte sich festgebissen. »Was ist dann der Sinn dabei?«

»Der Sinn ist..., daß es dein Job ist. Du gibst dein Bestes, kassierst dein Geld und vergißt die ganze Sache.«

»Cool.«

»Hey.«

Sie marschierten die Auffahrt hoch. Was hat Ed nur gegen Fahrstühle, fragte Graham sich.

»Und warum wollen sie urplötzlich das Kind zurückhaben? Warum jetzt, warum nicht schon vor drei Monaten, als es abgehauen ist?«

»Frag sie das doch selbst.«

Sie hatten die dritte Ebene – orange – erreicht, als Ed sich umdrehte.

»Weißer Porsche. Der Mann heißt Rich Lombardi«, sagte er zu Neal. »Er ist Chases rechte Hand. Er brieft dich und bringt dich zu Chase.«

Graham versuchte ernst zu bleiben. Neal gab sich keine Mühe. »Was soll denn diese James-Bond-Nummer, Ed?«

»Das ist professionell.«

»A-ha.«

»Alles, was du wissen mußt, steht in der Akte.«

»Auch Allies Adresse in London?«

»Arschloch.«

»Ich brauche noch etwas Zeit in den Staaten.«

»Wozu?«

»Um etwas über das Mädchen herauszufinden. Um mit dem Jungen zu reden, der sie gesehen hat. Kleinscheiß eben.«

»Lies die Akte. Ich hab schon mit ihm geredet.«

»Dann such sie doch selbst.«

»Du hast nicht besonders viel Zeit diesmal.«

»Ach was.«

»Also mach dich auf die Socken.«

Graham legte seinen Gummiarm um Neals Schultern und zog ihn beiseite. »Du kennst doch Billy Connor, den Stadtrat. Weißt du, wieviel Schwarzgeld der verdient? Und jetzt denk dran, wieviel ein Vizepräsident kassiert. Vermassel es nicht, mein Sohn. Wir sehn uns in der Stadt.«

»Take it easy, Dad.«

Neal war ungefähr fünf Schritte weit gegangen, als er Eds freundliche Stimme hörte.

»Hey, Neal, versuch doch bitte, diese wenigstens am Leben zu lassen, okay?!«

Der Mann auf dem Fahrersitz des weißen Porsche las im *Providence Journal*, als Neal ans Fenster klopfte. Er mußte so um die Dreißig sein. Dichtes, welliges, schwarzes Haar, durch einen Kurzhaarschnitt gebändigt. Braune Augen, Bügelfaltenjeans, roter Sweater, Joggingschuhe. Weiße Socken. Er wirkte zuversichtlich und motiviert und gehörte vermutlich zu den Typen, die in den Spiegel sahen und sagten: »Zuversichtlich und motiviert.«

Der Mann lächelte, als er das Fenster runterkurbelte. »Sie sind Neal Carey, stimmt's?«

»Wenn Sie wissen, daß ich Neal Carey bin, müssen Sie Rich Lombardi sein.«

»Hey, wir haben beide recht.«

Neal trat einen Schritt zurück, damit Lombardi die Tür öffnen und aussteigen konnte. Lombardi schüttelte Neals Hand, als wäre sie der Schwengel einer Geldpumpe.

»Ich muß sagen, ich bin froh, daß Sie an Bord sind, Neal.«

Muß er mir das sagen?

Er nahm Neals Tasche und warf sie auf den Rücksitz. »Springen Sie rein.«

Neal sprang rein. Genaugenommen sank er tief in das Polster des Beifahrersitzes. Wenn Chases Helferlein schon einen Porsche fuhr…

»Wir haben gehört, daß Sie der Beste sind.«

»Hey, Rich?«

»Ja, Neal?«

»Können Sie mir einen Gefallen tun?«

»Klar, Sie tun uns schließlich auch einen, nicht wahr?«

»Dann hören Sie auf, mir Honig um den Bart zu schmieren.«

»Kein Problem, geht klar.« Er ließ den Wagen an, warf einen flüchtigen Blick in den Rückspiegel und setzte zurück.

»Wohin fahren wir, Rich?«

»Newport. Waren Sie da schon mal?«

»Nein.«

Lombardi schlängelte sich durch den Verkehr. Er wählte ein paar halblegale Abkürzungen durch winzige Gäßchen und landete dann auf der I-95. Falls er sich Sorgen um die Cops machte – sein Fuß tat es ganz sicher nicht.

»Wir nehmen die Route mit Ausblick«, sagte er.

Die Route mit Ausblick führte sie über zwei Brücken, die die Narragansett Bay überspannten. Segelboote huschten über das blaue Wasser.

»Willkommen in Newport«, sagte Lombardi. Er bog in die Farewell Street ein, die am Friedhof vorbeiführte, und fuhr dann an einer Reihe malerischer Häuschen entlang, die hier schon lange vor der Revolution gestanden hatten. Die Inselstadt Newport hatte schon viele Leben gelebt. Sie war Piratenhafen, Fischerhafen, Walfängerheimat und Handelsstadt gewesen. *Widow's walks* und geschnitzte Ananas zeugten von der Tradition. Die Frauen der Kapitäne waren die *widow's walks* entlangspaziert und hatten den Horizont nach Schiffen abgesucht, auf denen vielleicht ihre Männer heimkehrten. Diese Kerle hatten ihre Frauen vielleicht seit zwei Jahren nicht gesehen, und wenn sie bereit waren, das Schlafzimmer zu verlassen und Besucher zu empfangen, stellten sie eine Ananas vor die Eingangstüre. Mit den Jahren war die geschnitzte Ananas zum Symbol für Gastfreundschaft geworden. Oder für Furchtbarkeit. Oder sexuelle Übersättigung.

Es gibt Gegenden in Newports Altstadt, in denen die Häuser nur in den Originalfarben der Kolonialzeit gestrichen werden dürfen. Die BMWs hingegen können jede Farbe haben.

Mit Beginn des 20. Jahrhunderts wurde Newport ein Spielplatz für die alten und die neuen Reichen, deren Villen die Bellevue Avenue und den Cliff Walk säumten – und das waren nur die »Sommerhäuser«. Diese Häuschen hatten jeweils ungefähr die Größe von Schloß Versailles und wurden etwa sieben Wochen im Jahr, während des kurzen Sommers auf Rhode Island, bewohnt. Sie hatten den bitteren, stürmischen Wintern, der salzigen Meerluft und den Herbststürmen getrotzt, nur um dann von der tödlichen Gewalt der stetig steigenden Einkommenssteuer zerstört zu werden. Die meisten größeren Häuser waren in Museen oder Privatschulen umgewandelt worden. Nur wenige wurden noch bewohnt. Eines dieser wenigen war das Haus der Chases.

Lombardi vertrieb Neal die Fahrt mit einer Beschreibung von Allie.

»Allie Chase«, hatte er angefangen, »ist ein völlig verpfuschtes Kind.«

»Das hab ich mir fast gedacht.«

»Alkohol, Drogen, was auch immer. Allie hat es hinter sich. Das letzte Mal, als ich ihr Zimmer in D. C. durchsucht habe, fand ich genug Stoff, um ein Grateful-Dead-Konzert auszustatten. Allie ist es egal, ob es rauf oder runter geht, solang's nur irgendwohin geht.«

»Wann hat das angefangen?« Wann hat das angefangen? Verdammt, ich höre mich an wie ein Familientherapeut. Neal Welby, M. D.

»Allie ist, äh, siebzehn? Mit dreizehn, glaube ich.«

Typischer Fall von frühreif.

Wenn sie es mit dreizehn bemerkt hatten, heißt das, daß sie mit elf oder zwölf losgelegt hat, dachte Neal.

»Machen Sie eine Liste der besten Internate im Staat«, fuhr Lombardi fort, »und schreiben Sie darüber: *Hier wurde Allie Chase rausgeworfen*. Außerdem hatte sie mindestens eine Abtreibung ...«

»Wann?«

»Im März letzten Jahres. Weiterhin Affären mit mindestens zwei Lehrern und einem Seelenklempner. Nennen Sie das Buch *Männer, die nie wieder arbeiten werden*.«

»Erzählen Sie mir das alles, damit Mami und Papi das nicht tun müssen?«

Lombardi lachte. »Ein Großteil meiner Arbeit besteht darin, dem Senator Ärger zu ersparen.«

»Und Allie macht richtig Ärger.«

»Den größten. *Bullen und Reporter, die ich erpreßt oder bestochen habe*, von Rich Lombardi. Drogenbesitz, Ladendiebstahl... alles ohne Anklage.«

»Gratuliere.«

»Eine Menge Arbeit, mein Freund. Aber ich mag das Mädchen, trotz allem.«

»Ach?«

Lombardi war einen Augenblick lang irritiert, dann lachte er. »O nein, Mann. Ich nicht. Ich hänge an meinem Job. Sie sind ganz schön mißtrauisch, Neal.«

»Na ja...«

»Klar, das ist Ihr Job. Also, das Problem ist folgendes, Neal. Wir glauben, daß wir eine echte Chance bei dieser Vizepräsidenten-Sache haben.«

Lombardi hielt vor dem Einfahrtstor. Er holte einen dieser Garagentor-Sender hervor und tippte eine Nummer ein. Das Tor schwang auf.

»Ali Baba«, sagte er. »Nur: Es ist diese Post-Watergate-Ethik, Neal. Alle reden plötzlich von Werten. Familie. Sie haben sogar einen Spitzenkandidaten, der ›wiedergeboren‹ wurde, obwohl man doch denken müßte, einmal wäre mehr als genug. Alle halten Ausschau nach *Mr. Smith geht nach Washington.* Verdammt, wir würden sogar Jimmy Stewart aufstellen, wenn der kein Kumpel von Ronald Reagan wäre.«

Lombardi fuhr langsam einen langen Kiesweg entlang, der von weiten Rasenflächen gesäumt wurde.

»Der Spitzenkandidat«, fuhr Lombardi fort, »schleppt stets und ständig seine kleine Tochter mit. Wir haben mehr Kinder in dieser Kampagne als in einer Folge der ›Kleinen Strolche‹.«

»Vielleicht sollte sich Chase einfach einen Hund kaufen, so einen niedlichen, mit einem schwarzen Ring ums Auge.«

»Ich werd darüber nachdenken. Aber jetzt im Ernst, Neal, wir müssen Allie wiederhaben, bis zum Parteitag.«

»Und sie muß spitze aussehen.«

»Yeah. Und ohne Aufsehen, Neal. Die Presse und die Partei reißen uns sonst in Stücke.«

Er parkte am Rand einer kreisrunden Auffahrt vor dem Haus beziehungsweise vor einem Teil des Hauses. Eine manikürte Rasenfläche führte hinab zum Meer, einem privaten Anlegeplatz und einem Bootshaus. Neal entdeckte einen Zaun, der vermutlich um einen Swimmingpool gezogen war, und einen Tenniscourt.

»Wo ist der Landeplatz für den Helikopter?« fragte er.

»Hinterm Haus.«

Lombardi reichte Neals Tasche einem livrierten Diener, der damit verschwand.

»Hey, Rich, ich hab eine Idee. Vielleicht könnten Sie einfach so tun, als hätte es Allie nie gegeben. Sie aus den Fotos retuschieren, ihre Geburtsurkunde stehlen, alle umbringen, die sie kannten...«

»Prima Idee, Neal. Aber machen Sie den Witz im Haus nicht noch mal, okay?«

Okay.

Senator John Chase gehörte zu der seltenen Sorte von Menschen, die ihren Fotos tatsächlich ähnlich sieht. Er war groß, muskulös und hatte Falten im Gesicht. Sein Adamsapfel und seine breiten Schultern waren auffällig. Er betrat den Raum und marschierte direkt zur Bar. »Ich bin John Chase und trinke Scotch. Was möchten Sie?«

»Ein Scotch wäre prima, danke sehr.«

»Scotch, gerne. Soda oder Wasser?«

»Weder noch.«

»Eis?«

»Mr. Campbell hat mir in der fünften Klasse beigebracht, daß Eis schmilzt und zu Wasser wird.«

»Dann trinkt Mr. Campbell nicht schnell genug. Bitte sehr.«

Nur weil ein Zimmer nicht so aussieht, wie man es erwartet hat, heißt das nicht, daß es einen nicht beeindruckt, dachte Neal. Drei Wände waren verglast, und alle Möbel waren schick und teuer. Von jedem Sessel aus hatte man Meerblick. Neal nahm seinen Drink, setzte sich auf die Sofaecke und nippte.

Der Whiskey war älter als er. Darauf war Chase auch schon aufmerksam geworden.

»Sind Sie so jung wie Sie aussehen, Neal?«

»Jünger.«

Chase drehte einen Stuhl um und setzte sich rittlings darauf, Arme auf die Rückenlehne gestützt. Das Werbefoto eines ernsthaft Regierenden, der gerade ein ernsthaftes Kamin-Gespräch führte. »Ich hatte erwartet, daß sie jemanden schicken, der etwas reifer ist.«

»Vielleicht können Sie mich gegen einen Toaster eintauschen.«

»Wie alt sind Sie, Neal?«

»Senator Chase, wie alt muß ich sein, um sie zu finden? Wie alt mußten Sie werden, um sie zu verlieren?«

Chase grinste so fröhlich wie ein grasfressender Hund. »Rich, rufen Sie bitte Mr. Kitteredge an. Es funktioniert nicht.«

Neal trank seinen Scotch aus und stand auf. »Ja, Rich, rufen Sie bitte Mr. Kitteredge an und sagen Sie ihm, daß der Senator gern Mike Hammer oder so jemanden hätte.«

»Bitte setzt euch. Alle.«

Neal sah die Frau an, die gesprochen hatte. Sie war sehr schön und stand eine Sekunde länger als nötig in der Tür, damit Neal auch keinesfalls entging, wie schön sie war. Sie ist schon oft so in diesem Zimmer aufgetreten, dachte Neal. Sie benutzte den Türrahmen, so wie die Bacall eine Leinwand benutzte. Ihr langes blondes Haar war straff nach hinten gebunden. Braune, grün gesprenkelte Augen lächelten ihn an. Sie war klein, trug eine schwarze Jersey-Bluse und Jeans. Sie war barfuß. Sie ging hinüber zu ihrem Mann, nippte an seinem Drink, verzog das Gesicht, ging weiter zur Bar und goß Grapefruitsaft über gestoßenes Eis. Dann setzte sie sich auf das Neal gegenüberliegende Sofaende und schlug ihre Beine unter.

»Neal Carey ist dreiundzwanzig«, sagte sie in den Raum hinein.

»Woher weißt du das?« fragte Chase.

»Ich habe es herausgefunden.«

»Und du glaubst nicht, daß das zu jung ist?«

»Natürlich glaube ich das, John. Ich glaube, sie sind alle zu jung. Aber was du und ich glauben, scheint nicht unbedingt gut zu funktionieren, oder?«

Sie fixierte ihren Mann mit ihren braunen Augen. Das Thema war durch.

Dann wandte sie sich an Neal. »Ich nehme an, Sie möchten uns einige Fragen stellen.«

Es war ziemlich genau so, wie Rich Lombardi gesagt hatte. Alison Chase war eine Nervensäge erster Klasse, ein mißratenes Baby, das zu einem mißratenen Kind und einem mißratenen Teenager herangewachsen war. Mit zehn war sie gelangweilt, mit dreizehn übersättigt, mit *sweet sixteen* schon hoffnungslos verkorkst. Alison war ein klassischer Fall von zu viel zu früh und zu wenig zu spät.

Während Allie aufwuchs, boomte John Chases politische Karriere, und der junge Kongreßabgeordnete hatte immer weniger Zeit, vor allem, nachdem er den Riesenschritt zum Senator gemacht hatte. Entsprechend verbrachte seine Frau ihre Nachmittage in Washington mit anderen Politikerfrauen in Komitees, die sich wichtigen gesellschaftlichen Aufgaben widmeten – zum Beispiel der Rettung von Kindern anderer Leute.

Für Allie war nichts zu gut. Sie bekam Tanz-, Reit- und Tennisunterricht, wurde auf die besten Schulen geschickt, erst auf Tagesschulen in D. C. und dann auf Internate in New England, deren einzige Aufgabe darin besteht, junge Frauen für die nächste Generation Komitees abzurichten. Und da Allie schon früh gelernt hatte, daß ihre Aufführungen mit Aufmerksamkeit belohnt wurden, führte sie sich auf – und zwar schlecht. Denn obwohl nichts gut genug für Allie war, war Allie niemals gut genug für Mum und Dad. Die Versuche, perfekt zu sein, wurden immer seltener und schließlich durch demonstratives Desinteresse und absichtliche Patzer ersetzt. Die Schöne verwandelte sich in das Biest. Dabei hatte das niemand gewollt: weder Mum noch Dad, weder die Trainer noch die Lehrer – nicht einmal Allie selbst.

Schon früh hatte der Teenager entdeckt, daß die hübschen

Flaschen in den Bars und Schränken des Hauses eine kraftvolle Waffe gegen das Leben, wie sie es kannte, darstellten.

Als die Eltern anfingen, die Bar und die Schränke abzuschließen, ließ sie sich von ihren Schulkameraden beibringen, daß Kreditkarten Türen nicht nur auf symbolische Weise öffneten.

Wenig später entdeckte sie das Potential von Mutters Medizinschränkchen: daß man sich, wenn man eine Valium in ein Glas Whiskey fallen ließ, um den Rest des Nachmittags nicht mehr kümmern mußte. So driftete sie durch Tage und Nächte, und ihre einzige Sorge war die Aufstockung ihrer chemischen Speisekammer. Ein ungewöhnlich kooperativer Psychologe glaubte ihr die Geschichte von panischen Angstattacken und verschrieb ihr das passende Medikament in praktischen fünf und zehn Milligramm-Tabletten. Auf den dunklen Gängen ihrer Schule war Allie schon bald bekannt als diejenige, die tatsächlich pharmazeutisches Wechselgeld hatte.

Teenager-Jungs, deren Hormone wie Ping-Pong-Bälle in einem Vakuum herumploppten, erkannten Allie als leichte Beute. Allie entdeckte den Sex, was nicht so schlimm gewesen wäre, bloß entdeckte sie keine Verhütungsmethode, und sie wurde schwanger. Sie bekam immerhin soviel Angst, daß sie sich ihrer Mutter anvertraute, die sie zu einem diskreten Arzt spedierte. (»Dad wird euch alle umbringen«, verkündete sie dem Arzt und der Schwester, »damit ihr nichts sagen könnt.«) Nach dieser Episode fand Allie Teenie-Jungs zu kindisch. Sie wurde von der Beute zur Jägerin und verlegte sich darauf, willige ältere Böcke zu erlegen.

Allie hatte das Haar ihrer Mutter geerbt und irgendwoher ein Paar blaue Augen, die sogar auf Fotos zu leuchten schienen. Der genetische Bildhauer hatte Allie ein klassisch schönes Gesicht mitgegeben, und einen Körper, der Amerikas Schönheitsideal entsprach. Sex schien das Mädchen als Waffe einzusetzen. Sex war Rache!

Mit siebzehn hatte sie folglich schon alles hinter sich: Drinks, Drogen, Jungs und Männer. Eines Tages kramte sie ihre Kreditkarte hervor, kaufte ein Flugticket und reiste nach Paris. Das war drei Monate her, und seitdem hatte niemand mehr etwas von ihr gehört oder gesehen, bis vor drei Wochen, als irgendein Junge sie in London getroffen hatte.

»Warum haben Sie drei Wochen gewartet, bis Sie jemandem mitteilten, daß Allie gesehen wurde?« Die interessantere Frage, dachte Neal, war, warum sie drei Monate gewartet hatten, bevor sie überhaupt etwas unternahmen. Aber diese Frage stellte er lieber nicht. Noch nicht.

»Haben wir nicht«, sagte Chase eifrig. »Scott hat uns erst vor fünf Tagen informiert. Loyalität unter Teenagern oder was-weiß-ich. Wir haben gleich danach Kitteredge kontaktiert.«

»Wen hat Scott angerufen? Sie oder Mrs. Chase?«

»Mich«, sagte Liz Chase.

»War er einer von Allies Liebhabern?«

»Nur ein Freund.«

Neal nahm sich von den Weintrauben, die in einer Obstschale lagen und schob sich eine Frucht in den Mund. Irgend etwas stimmte hier nicht. »Und er ist Allie einfach so begegnet, mitten in London? Was hat er da überhaupt getrieben?«

»Er war auf Klassenreise.«

Schöne Schule, dachte Neal, dessen eigene Klassenreise ihn keine 50 Meilen aus der Stadt geführt hatte.

»Ist irgend etwas Besonderes passiert, bevor Allie verschwunden ist?« fragte Neal. Er kam sich dumm vor. Es war eine unsinnige Standardfrage. Normalerweise machten Eltern solche Angaben ohnehin freiwillig.

Niemand sagte etwas. Neal aß Weintrauben, um sich die Zeit zu vertreiben.

Zwei Trauben später sagte er: »Soll das heißen, daß nichts Ungewöhnliches passiert ist oder daß etwas Ungewöhnliches passiert ist, wir aber nicht darüber reden wollen?«

»Allie war übers Wochenende daheim«, sagte Liz. »Sie hat einfach nur rumgehangen, wirklich.«

»Nein, Mrs. Chase, sie hat nicht einfach nur rumgehangen. Sie ist nach Paris geflogen. Sehen Sie, bei den meisten Ausreißern gibt es einen sogenannten ›auslösenden Moment‹. Ein Streit mit den Eltern, ein Streit *zwischen* den Eltern... Vielleicht hat sie sich geärgert, durfte sich nicht mit ihrem Freund treffen... vielleicht wurde ihr Taschengeld gekürzt...«

»Nichts dieser Art«, sagte Chase. Er klang so, als wäre er ganz sicher.

»Wie schade. Es hilft nämlich beim Suchen. Wenn man weiß, wovor ein Kind wegläuft, kann man sich überlegen, wo es hinläuft. Aber hier war alles ganz normal?«

Mehr Weintrauben.

»Wann haben Sie Allie das letzte Mal gesehen?« Noch eine dumme und überflüssige Frage.

»Samstag abend war ich auf einer Party, einer Wohltätigkeitsparty«, sagte Liz Chase. »John war in Washington. Er ist... wann bist du nach Hause gekommen, Darling?«

»Gegen zehn, schätze ich.«

»Ich war länger weg. Bestimmt bis eins. Ich habe noch kurz nach Allie gesehen. Sie schlief.«

»Schlief sie, oder war sie bewußtlos?«

Chase sagte: »Ihre Attitüde gefällt mir gar nicht.«

»Mir geht's ähnlich«, sagte Neal. »Aber wir stecken beide drin.«

Liz unterbrach sie. »Als wir am Sonntag aufstanden... spät... war Allie weg. Sie hat Marie-Christine gesagt...«

»Wem?«

»Einer der Bediensteten. Allie hat ihr gesagt, sie ginge spazieren.«

»Was sie getan hat?«

»Was sie getan hat.«

Einen Augenblick lang überkam Neal das Gefühl, aufstehen und im Raum auf und ab gehen zu müssen. Eine dieser »Keiner verläßt den Raum, bis«-Nummern. Statt dessen sank er tiefer ins Sofa und fragte: »Okay, Sie haben dann Kaffee getrunken und Omeletts gegessen und die *Sunday Times* gelesen. Dann ist Ihnen aufgefallen, daß Allie nicht wiederkam. Und dann?«

»Ich bin losgefahren, um sie zu suchen«, sagte Liz.

Der Senator sagte nichts.

»Sie haben sie nicht gefunden.«

»Aber ich habe ihren Wagen gefunden, er stand an der Bushaltestelle, also dachte ich gleich...«

Sie ließ den Gedanken fallen, als versuchte sie, sich einen neuen Schluß auszudenken.

»Sie haben gedacht, daß Allie wieder weggelaufen ist.«

Liz nickte. Sie sah ihn mit ihren braun-grünen Augen traurig an. Was wollen Sie mir sagen, Mrs. Chase? »Wie oft ist Allie schon weggelaufen?« fragte Neal. Er blätterte in der Akte. Keine Rede von weiteren Ausbrüchen. Prima.

»Vier- oder fünfmal«, erledigte Lombardi seine Arbeit.

»Nach Übersee?«

»Nein, nein«, versicherte Lombardi schnell. »Zweimal New York. Einmal Fort Lauderdale. L. A.«

»Einmal zu ihren Großeltern nach Raleigh«, sagte Liz. »Wir waren gerade in Washington.«

»Steht Allie ihren Großeltern nahe?«

»Allie steht niemandem nahe, Mr. Carey«, sagte Mrs. Chase.

Die Sonne ging unter. Neal beobachtete, wie das Meer grau wurde.

»Und daraufhin haben Sie die Cops und das FBI und die Nationalgarde verständigt.«

Man nannte so etwas »den Klienten reizen«, und dafür konnte man mächtig Ärger kriegen. Oder man regte den Klienten damit so sehr auf, daß er alle Vorsicht fahren ließ und einem etwas Wichtiges verriet. Oder beides.

»Oder haben Sie nur die Küstenwache angerufen?«

Den Köder auswerfen und an der Leine ziehen. Chase schoß aus seinem Stuhl hoch wie eine Rakete.

»Hör mal, du kleines Dreckschwein...«

Warum nennen mich heute bloß alle Dreckschwein?

»Darling...«

»Es ist alles unsere Schuld, ja? Natürlich sind wieder die Eltern schuld! Wir haben dem Gör alles gegeben! Und jetzt soll ich mir ihretwegen meine Zukunft zerstören lassen? Wenn sie nicht bei uns sein will, bitte sehr!«

»Yeah, meinetwegen, Senator. Aber jetzt wollen Sie sie doch wiederhaben.«

»Sie arbeiten nicht mehr für mich!«

Neal stand auf. »Ich arbeite nicht für Sie, Punkt. Ich arbeite für die Bank. Wenn die mir sagt, ich soll Ihr Kind suchen, tue ich das. Wenn die mir sagt, ich soll das Ganze vergessen, vergesse ich es.«

Lombardi erhob sich ebenfalls. Dann stand auch Liz auf. »Finden Sie meine Tochter.«

Das war keine Bitte, sondern ein Befehl. Der Befehl einer schönen Frau, der Befehl einer Mutter, der Befehl einer Frau, die weiß, daß sie das Okay ihres Mannes nicht braucht. Neal hörte es auf alle drei Arten.

Die gute alte Marie-Christine servierte Kaffee, und sie fingen wieder von vorne an.

Nein, Allie hatte ihre American-Express-Karte nicht mehr benutzt, seit sie das Ticket gekauft hatte. Ja, sie hatte Sparbücher von beiden Großelternpaaren bekommen, konnte aber nur mit der Unterschrift ihrer Eltern an das Geld heran. Außerdem hatte sie ein eigenes Bankkonto, von dem sie aber ebenfalls nichts abgehoben hatte. Finanziell war sie folglich auf sich allein gestellt, was keine gute Nachricht war. Es bedeutete, daß sie bettelte, stahl oder sich verkaufte. Manchmal ist es einfach zu spät, Leute. Die Straße frißt das Kind, das ihr kennt, und verwandelt es in jemanden, den ihr nicht mal wiedererkennt. Vor Neals innerem Auge erschien der Halperin-Junge, sein dummes Grinsen, selbst nachdem...

»Kann ich jetzt bitte Allies Zimmer sehen?« fragte er.

Liz und Lombardi begleiteten ihn.

Es sah wie ein Hotelzimmer aus: elegant, glatt, komfortabel und leblos. Keine Bilder, keine Souvenirs, keine Starposter an den Wänden.

Ein begehbarer Schrank, und natürlich ein eigenes Badezimmer. Blick aufs Meer. »Es wird eine Weile dauern«, sagte Neal.

»Wenn wir nicht im Weg sind...« entgegnete Liz.

Neal deutete auf das Bett. Liz und Lombardi setzten sich und legten die Hände in den Schoß.

Neal machte sich an die Arbeit. Es erleichterte ihn, endlich etwas zu *tun*, etwas, worin er gut war.

»Durchsuchen Sie öfter Allies Zimmer, Mrs. Chase?«

»Würden Sie das nicht tun, Mr. Carey?«

»Aber Sie haben nichts verändert?«

»Nein.«

Neal zog die oberste Schublade von Allies Kommode heraus und fuhr mit der Hand von innen über die Oberseite. Er zog das Klebeband ab. Er konnte die beiden Joints riechen.

»Für Notfälle«, sagte er. »Guter Stoff.«

»Geld ist nicht gerade Allies größtes Problem«, sagte Liz.

War, dachte Neal. War nicht ihr größtes Problem.

Während er den Inhalt der Kommodenschublade prüfte, fragte Neal: »Haben Sie Drogen, die Sie gefunden haben, konfisziert?«

Liz nickte. »Wir haben darüber gestritten.«

»Wie war das mit den Tabletten?«

»Dasselbe, nachdem wir darauf gekommen waren.«

Neal war mit der Kommode fertig und ging zum Schrank. Allie hatte ’ne Menge Klamotten. Bei der zehnten Jeansjacke fand Neal an der Innenseite des Aufschlags wieder Klebeband.

Er entfernte die drei Joints und warf sie Lombardi zu.

Danach fand er nichts mehr, bis er sich über den tragbaren Sony-Fernseher hermachte. Er zog den Fine Tuning-Knopf ab und entdeckte, daß an der Innenseite eine Valium klebte.

»Ich hätte nie gedacht...« Liz Chase schüttelte den Kopf.

»Sie sind ja auch kein Profi.«

Neal wechselte ins Badezimmer. Für das Medizinschränkchen alleine brauchte er gut eine halbe Stunde, und dabei enthielt es gar nichts sonderlich Interessantes. Genausowenig wie die Unterseite des Badewannenrandes. Neal kroch unter das Waschbecken. Allies Vorrat steckte in einem kleinen Müllbeutel aus Plastik, der unten ans Waschbecken geklebt war.

»Jackpot!« rief er.

Liz Chase stand in der Tür. »Was?«

Neal saß auf dem Boden und wühlte in der Tüte. »Ein erstklassiges Sortiment, ein bißchen Gras und Hasch und etwas Koks.«

»Mein Gott.«

»Das ist gar nicht so schlecht. Keine Spritzen, immerhin.«

Neal gab ihr die Tüte und grinste. »Kann ich jetzt bitte Allies Wagen sehen?«

»Er steht in der Garage.«

Er war in guter Gesellschaft. In der Garage standen sieben Wagen. Allies war ein bescheidener Datsun Z. Die anderen waren alle irgendwelche Sportschlitten, die Neal noch nie gesehen hatte. Das mußte aber nichts heißen. Neal kannte nur wenige Autos.

»John hat sich eine Zeitlang sehr für Autos interessiert«, erklärte Liz. »Genauso wie Allie übrigens. Da hatten sie wenigstens etwas gemeinsam.«

»Jeder braucht ein Hobby.«

Neal fing im Handschuhfach an zu suchen, nur falls dort ein Zettel läge, den bislang niemand gefunden hatte. »Ich bin da und da, hier ist die Adresse und Telefonnummer.« Er konnte leider keinen finden. Dafür stieß er auf den üblichen Handschuhfach-Krempel. Ein paar Landkarten, ein Handbuch, ein offenes Päckchen Kirschkaugummis, Lippenstift, ein Päckchen Zigaretten, einen Kamm, eine kleine Flasche Johnnie Walker Black.

Er fühlte zwischen den Sitzen nach, fand aber auch da nichts, nicht mal Dope, was ihn irgendwie überraschte. Es war dunkel, als er fertig war.

Neal ließ sich in die Badewanne gleiten, die zu seinem Gästezimmer gehörte. Er hatte sie mit dampfend heißem Wasser gefüllt, um den Schmerz in seinem Körper und in seiner Seele zu verjagen. Der erste Schluck Scotch breitete sich wie eine warme Welle in seinem Inneren aus, und nach ein paar Minuten war er in der Lage, seine Taschenbuchausgabe der *Abenteuer des Peregrine Pickle* aufzunehmen und sich im 18. Jahrhundert zu verlieren. Was er ja ohnehin mit seinem Leben vorhatte.

Er genoß die Stille. Chase und Jiminy Cricket waren für irgendeine Abstimmung zurück nach Washington gefahren. Die Dame des Hauses bereitete sich auf ein weiteres Dinner zugunsten eines zweifellos guten Zwecks vor. Jedenfalls hatte sie gehofft, daß es ihm nichts ausmachte, allein zu Abend zu essen. Machte es nicht. Der Koch servierte, hoffentlich ohne ironischen Hintergedanken, Hähnchen Londoner Art, Reis und Spargel, und zum Nachtisch gab es Himbeertorte. Neal genoß den passenden Wein dazu und war schon halbwegs betrunken, als er ins Badewasser stieg. Nach einem Kapitel vom *Pickle* legte er das Buch beiseite und dachte nach.

Allie hatte nicht geplant, wegzulaufen. Kein guter Doper läßt einen solchen Vorrat da, wenn er eine Flucht plant. Nein, Allie war wütend, als sie ging. Sie hatte die Entscheidung überhastet getroffen, impulsiv, irgendwann Samstagnacht oder Sonntagmorgen. Sie hatte im Auto noch ein wenig darüber nachgedacht und hatte mitgenommen, was sie bei sich hatte. Aber sie war nicht zurückgefahren, um irgendwas zu holen, was bedeutete, daß sie entweder die lächerlichste Drogensüchtige war, von der er jemals gehört hatte, oder daß sie ums Verrecken nicht mehr nach Hause wollte.

Außerdem wollte sie verschwunden bleiben. Die meisten Ausreißer, denen es zu Hause zu langweilig ist oder die die Verbote satt haben oder die nach Aufmerksamkeit verlangen, wollen gefunden werden. Bewußt oder unbewußt hinterlassen sie eine deutliche Spur. Außerdem bemerken sie oft, daß das Leben draußen noch scheußlicher ist als daheim, und dann kommen sie zurück. Es sei denn, das Leben draußen war besser als das Leben zu Hause. Oder in der Schule, dachte Neal. Er war beeindruckt, daß die arme kleine Allie nicht nach dem Plastikkärtchen gegriffen oder nach Geld gekabelt hatte. Sie zog es durch, und sie gehörte zu den Mädchen, die nicht daran gewöhnt waren, etwas durchzuziehen. Also warum?

Er spielte mit dem Fuß am Heißwasserhahn. Er hatte keine Lust, sich aufzusetzen und daran zu drehen, außerdem hatte er so die Hände frei für den Scotch. Er wünschte sich, er hätte das Gespräch von heute nachmittag aufgenommen, denn irgend etwas störte ihn daran, ließ ihn nicht los, rumorte in den dunklen Ecken seines Kopfes, gerade außer Reichweite.

Neal sah auf die Uhr, als es an seiner Schlafzimmertür klopfte. Ein paar Minuten nach zwei Uhr morgens. Er sagte trotzdem: »Herein.«

Liz Chase machte hinter sich die Türe zu. Neal fragte sich, warum sie schwarze Seide trug, wenn sie sowieso allein schlief, aber das war schließlich ihre Sache. Das Schwarz ließ ihr Blondhaar golden schimmern. Sie setzte sich auf eine Ecke seines Bettes, schlug ihre Beine unter, genau wie sie es am Nachmittag getan hatte, und zog den Saum ihres Nachthemdes über die Knie herunter. Sie saß einfach da und sah ihn an.

Neal hatte von so etwas schon in Detektivromanen gelesen, aber ihm war es noch nie passiert. Er glaubte auch nicht, daß es ihm jetzt passieren würde. Trotzdem wurde sein Hals trocken, und er schluckte schwer.

»Ja?«

»Es ist nicht einfach für mich.«

Sie biß sich auf die Unterlippe und nickte mehrere Male mit dem Kopf, als versuchte sie, sich über etwas klarzuwerden.

»Allie war mit einigen Männern zusammen«, sagte sie.

»Es gibt Schlimmeres, Mrs. Chase.«

»Einer davon... war der Senator.«

Wow.

Allie hatte eine Notiz hinterlassen – im Wagen, wo sie sicher sein konnte, daß ihre Mutter sie finden würde, weil dem Mädchen klar war, daß der gute alte Daddy sicher nicht losziehen und sie suchen würde.

Es ging schon seit Jahren, seit sie »alt genug« war, etwa zehn. Es hatte mit Streicheln und Extra-Umarmungen und Bonus-Küssen angefangen. Es war nicht die ganze Zeit so gewesen, nur hin und wieder, und sie hatte Angst gehabt, es zu sagen. Sie hatte einmal versucht, es Großmutter und Großvater zu erzählen, aber sie hatte es nicht geschafft, sie hatte sich so geschämt. »Bitte, Mom, sei nicht wütend«, schrieb sie. »Bitte hasse mich nicht.« Und sie hatten nie... na ja... bis gestern, Daddy hatte einfach nicht aufgehört, einfach nicht aufgehört... und jetzt wußte sie nicht mehr, was sie tun sollte. Sie konnte ihm nicht in die Augen sehen, konnte ihrer Mutter nicht in die Augen sehen, also haute sie ab.

Werfen wir doch noch mal einen Blick auf die kleine Allie, die nie gut genug war, und doch gut genug für ihren Dad. Allie, die die Erinnerungen ertränkt und die Gefühle betäubt hatte, und die nach Sex anstelle von Liebe verlangte, weil sie den Unterschied nicht kannte. Sie hatte es vielleicht tief in ihrem Innern vergraben, bis Daddy sie sich wieder vornahm. Aber diesmal war sie alt genug, um es niemals wieder zu vergessen.

Alt genug, zu wissen, was es bedeutete. Und du glaubtest, dieses Kind zu kennen, Neal. Du glaubtest, du hättest sie schon fast am Haken. Du lernst es nie.

»Wo ist dieser Zettel?« fragte Neal, als Liz fertig war.

»Ist das wichtig?«

»Es wird wichtig, wenn ich zu den Cops gehe, und wenn Sie ihn vernichtet haben, macht sie das mindestens eines halben Dutzend Gesetzesmißachtungen schuldig, Mrs. Chase.«

»Sie gehen zur Polizei?«

»Sobald ich mir was angezogen habe. Wollen Sie mitkommen?«

»Mein Mann ...«

»Scheiß auf ihn.«

Sie hielt es noch ein oder zwei Sekunden aus, dann brach sie zusammen. Urplötzlich. Als hätte man sie ins Herz gestochen. Es sah aus, als alterte ihr schönes Gesicht in einer Sekunde um zehn Jahre, und dann fing sie an zu schluchzen.

»Mein Baby. Mein armes kleines Baby. Sie braucht Hilfe. Sie braucht mich, und ich weiß nicht, wo sie ist. Ich muß es ihr sagen! Ich muß es ihr sagen!«

»Ihr was sagen?« fragte Neal, und wenn sie etwas stammeln würde von »Daß ich sie liebe«, hätte er ihr in die Fresse geschlagen.

Sie beruhigte sich, atmete tief durch und sprach leise. Langsam.

»Er ist nicht ihr Vater.«

Wow, und zweimal wow.

Sie hatte sich umgedreht, während Neal sich anzog, und sie saß ruhig da, während er sich einen Drink eingoß und die Hälfte davon runterkippte. Wenn er rauchen würde, hätte er sich jetzt eine angesteckt.

»Weiß der Senator, daß Allie nicht sein Kind ist?«

Sie nickte.

»Seit wann?«

»Ich glaube, Allie war acht oder neun. Wir haben uns furchtbar gestritten. Da hab ich es ihm gesagt.«

»Aber Allie haben Sie es nicht gesagt.«

»Ich wollte es.«

»Wo ist der Brief, Mrs. Chase?«

»Im Safe. In meinem eigenen.«

Kluge Frau.

»Weiß noch jemand davon?«

»Nein.«

»Der Senator weiß also auch nicht, daß Sie wissen…«

Sie schüttelte den Kopf. »Ich habe es ihm nicht gesagt. Wenn ich das täte, müßte ich ihn verlassen, und wenn ich ihn verlassen müßte, würde mir keiner helfen, Allie zu finden.«

Wie wahr.

»Gehen Sie zur Polizei?« fragte sie.

»Nein.«

Denn Sie haben recht, Mrs. Chase. Wenn ich zur Polizei gehe, ist alles vorbei. Ich werde von dem Fall abgezogen, der Senator verliert seinen Job, die Freunde verlieren das Interesse, und Allie kann die ganze Geschichte in der Auslandsausgabe der *Newsweek* nachlesen. Keine Gewinner.

So ist das nun mal. John Chase ist ein geachtetes Mitglied des amerikanischen Senats, und vielleicht wird er irgendwann mal Präsident, und außerdem hat er 'ne Menge Schotter auf der Bank. Also kann er auch seine Stieftochter vergewaltigen und damit durchkommen und sich sogar jemanden leisten, der die ganze Chose wieder in Ordnung bringt: Neal Carey, den Hausmeister der Reichen und Mächtigen.

Und dieses Schwein verläßt sich sogar noch darauf, daß Allie aus lauter Scham schweigt, während sie für die Wahlfotos posiert. Und dann steckt er sie weg; schickt sie auf irgendeine Schule, vielleicht auf ein Internat in der Schweiz. Und ich werde ihm dabei helfen. Weil es besser ist, als wenn das Mädchen dort draußen herumläuft und glaubt, ihr eigener Vater hätte sie vergewaltigt, und möglicherweise dran krepiert. Und auch, weil ich irgendwann mal fertigstudieren will.

»Da ist noch etwas, Mrs. Chase. Allie braucht Drogen, und sie braucht was zu essen, ein Dach über dem Kopf. Sie hat aber kein Geld… also wird sie alles tun, um welches zu kriegen.«

»Was meinen Sie damit?«

»Sie wissen, was ich meine.«

»Allie würde so etwas niemals tun.«
»Oh, doch, das würde sie. Sie tun es. Ich tue es.«
Und wir feilschen noch nicht mal um den Preis.

Neal lag den größten Teil der Nacht wach. Er hatte seit Monaten nicht mehr von dem Halperin-Jungen geträumt, und er wollte nicht wieder damit anfangen. Aber wenn er die Augen schloß, tauchte das Gesicht auf, und er dachte an all die »wenns«. Wenn sie den Jungen nur so gelassen hätten, wie er war – ein freundlicher, nicht allzu heller schwuler Teenie. Wenn sie den Fall vorsichtiger behandelt und zwei Männer geschickt hätten, anstatt Neal allein. Wenn der Zimmerservice nicht schon dichtgehabt hätte.

Gegen fünf gab er den Versuch zu schlafen auf, duschte, verabschiedete sich von Elizabeth Chase und ließ sich in die Stadt fahren. Der Fahrer setzte ihn am Avis-Büro ab. Neal verfuhr sich mindestens fünfzehnmal, bis er Scott Mackensens Schule in Connecticut fand.

5

Scott Mackensen hatte es eilig, zum Hockeytraining zu kommen. »Der Coach bringt mich um, wenn ich wieder zu spät komme«, sagte er zu Neal Carey, dem der Junge allerdings etwas zu eifrig erschien.

Neal sah an dem Jungen vorbei, hinüber zu den gepflegten, grünen Rasenflächen, auf denen Jungs unbekümmert einen Ball hin und her warfen.

»Es dauert nur eine Minute«, log Neal.

»Dafür darf ich fünf Minuten Kniebeugen machen«, erwiderte Scott. Er war groß und kräftig, aber Neal konnte sehen, daß er Angst hatte. In diesem Augenblick begriff er, daß er keine Eile an den Tag legen mußte.

»Vielleicht später?« fragte er.

Scott rang einen kurzen Moment mit sich selbst. Neal hatte das schon hunderte Male gesehen.

Pflichtbewußtsein gegen Neugier. Scott war jung genug, daß die Pflicht gute Chancen hatte, zu gewinnen, und Neal wollte ihn nicht drängen. Er wartete ab.

»In der Stadt gibt's ein Café – The Copper Donkey. In zwei Stunden.« Scott ging rückwärts, während er sprach.

»Prima«, sagte Neal. Scott drehte sich um und rannte zum Spielfeld.

Vielleicht hätte ich mich vom Chef auf ein Internat schikken lassen sollen, dachte Neal, während er zu seinem Mietwagen zurückging. Die Barker School sah ganz nett aus. »Eingeschmiegt in die wunderschönen Berge von Nordwest-Connecticut«, hatte in der Broschüre gestanden, und tatsächlich reichten die Berghänge bis zum Campus.

Neal fand das Copper Donkey ohne größere Schwierigkeiten. Die Stadt, Old Farm Stead, war New England vom Feinsten. Kolonial- und viktorianische Häuser, alle gut instand gehalten, wetteiferten um die Oh's und Ah's der Touristen. Neal machte weder Oh noch Ah. Ihm reichte der Zustand der Wasserrohre in seinem Hotel.

Im Copper Donkey hingen vor allem die Internatsschüler herum. Die Jungs kamen vom Barker, die Mädchen vom Miss Clifton's, was in Neals Ohren wie eine Backmischung klang. Allie hatte hier einen Zwischenstopp auf dem Weg zur akademischen Elite eingelegt.

Neal suchte sich einen Tisch weit hinten.

Scott kam ziemlich pünktlich. Er hatte geduscht und sich umgezogen und sah in seinem weißen Sweater, der stonewashed Jeans und den braunen Slippern noch jünger aus. Er blickte sich einen Augenblick um, entdeckte Neal, und guckte dann, wer noch da war. Niemand.

Er setzte sich und legte gleich los. »Ich weiß nicht, vielleicht hätte ich besser den Mund halten sollen. Zuerst Mr. Chase, dann dieser andere Typ. Und ich will auf keinen Fall was mit der Polizei zu tun haben. Ich bin gerade an der Brown angenommen worden.«

»Ich bin kein Polizist.«

»Dann muß ich auch nicht mit Ihnen reden.«

»Nein. Was für ein anderer Typ?«

»So ein großer. Ziemlich jung. Aber älter als Sie.«
»Groß, schwer, schwarze lockige Haare? Drängelig?«
Scott nickte. »Ziemlich drängelig.«
Ich bring Levine um, dachte Neal.
»Möchtest du was?« fragte Neal und zeigte auf die Karte.
»Ich nehm' einen Kaffee. Ich hab morgen eine Prüfung.«
Neal winkte der Kellnerin, zeigte auf seine eigene Tasse und auf Scott. Sie brachte eine weitere Tasse Kaffee.
»Ich möchte nur noch ein paar Kleinigkeiten wissen«, sagte Neal.
»Was denn?«
»Warum du diesen ganzen Mist erzählt hast, zum Beispiel.«
Scott stellte seine Tasse ab. »Wie meinen Sie das?«
»Ich hab' in dein Jahrbuch geguckt, Scott. Leichtathletik, Fußball, Hockey, Basketball. Und dann erzählst du, daß du Allie im Hyde Park gesehen hast und sie Fersengeld gegeben hat. ›Fersengeld gegeben hat‹? Das sagt doch kein Mensch. Sowas sagen nur Bullen, wenn sie vor Gericht lügen.«
»Genaugenommen war sie nicht schneller als ich, sie ist nur in der U-Bahn verschwunden.«
Der Junge log. Wenn Leute einem was erzählen, was sie sich ausdenken, während sie erzählen, sehen sie hoch und etwas nach rechts.
»In der U-Bahn? Im Hyde Park?«
»Hyde Park Corner. Da gibt's 'ne Station.«
Seine Stimme hatte diesen wundervollen weinerlichen Teenagerton angenommen. Neal sagte nichts.
»Ich hatte keinen Token«, fuhr Scott fort.
»Du meinst ein Ticket.«
Neal spielte gelangweilt mit dem Salz- und Pfefferstreuer auf dem Tisch.
»Ich bin kein Polizist«, sagte er. »Wenn du immer noch behauptest, das sei die Wahrheit, trinken wir unseren Kaffee aus und Schluß. Aber wir wissen beide, daß du was verschweigst.«
Scott atmete tief ein und seufzte dann.
»Sie sagen es keinem?«
»Die Aufnahmekommission wird es nie erfahren.«
»Wenn das jemals ...«

»Wird es nicht.«

»Ein Freund und ich – er geht nicht auf diese Schule – sind ein paar Tage länger geblieben, nach der Klassenreise. In einer Nacht haben wir uns einen Spaß gemacht...«

»Erzähl weiter.«

»Wir haben bei einer dieser Agenturen angerufen. Sie wissen schon, die mit den Anzeigen in der Zeitung. Eine von denen.«

Jetzt war Neal hellwach. »Und sie haben euch ein paar Mädchen geschickt«, sagte er.

»Yeah.«

»Und habt ihr...«

»Yeah.«

»Und eine von ihnen war Allie Chase?«

Scott sah ihn entsetzt an. »Nein! Also wirklich! Nein!«

»Okay, okay. Ich glaube dir.«

»Nachdem wir... Wir haben danach ein bißchen geredet, und dann haben wir die Mädchen gefragt, ob sie wissen, wo wir etwas Hasch kriegen können.« Den letzten Satz hatte der Junge hastig hervorgestoßen, und Neal sah, wie er sich entspannte.

»Ich wette, sie wußten es, huh?«

»Yeah.« Er kicherte. »Sie haben diesen Typen angerufen, und der hat gesagt, wir sollen uns mit ihm treffen.«

»Und das habt ihr gemacht?«

»Ich weiß, daß es dumm klingt, aber wir sollten uns mit ihm ganz öffentlich vor dem Kino am Leicester Square treffen. Das kannten wir sogar, weil wir gerade den neuen Bond-Film dort gesehen hatten.«

»Was hat das mit Allie zu tun?«

»Sie war bei ihm.«

»Bei wem? Bei dem Dealer?«

»Ja, und da waren noch zwei. Ein Junge und ein Mädchen.«

»Hast du mit Allie geredet?«

»Nein. Als sie mit diesem Typen ankam, lachte sie und alles, aber als sie mich sah, drehte sie sich schnell um, versteckte sich hinter dem anderen Mädchen, und dann lief sie weg.«

»Scott, bist du sicher, daß sie es war?«

Scott nickte. »Absolut sicher.«
»Wie kommt das?«
»Allie und ich, wissen Sie... Wir hatten mal was.«
»Was ist dann passiert?«
»Wir haben das Hasch gekauft und sind abgehauen.«
»Hast du versucht, mit Allie zu sprechen?«
Scott wurde rot. »Ihre Freunde sahen ziemlich punkig aus. Ich wollte kein Risiko eingehen.«
»Das war richtig so. Genau richtig.«
»Na ja, aber als ich zurück war, dachte ich, ich sollte es Mrs. Chase erzählen, aber ich wollte nicht...«
»Alles erzählen. Klar.«
»Also hab ich die Geschichte mit dem Park erfunden.«
»Wie sah Allie aus? Okay?«
»Ja, ich glaub schon. Vielleicht ein bißchen runtergekommen. Sweatshirt und Jeans.«
»War sie stoned?«
»Gut möglich. Sie hat ziemlich viel gelacht.«
»Und der Dealer? Wie sah der aus?«
»Cool. Sehr cool.« Scott grinste.
»Was an ihm war denn so cool?«
»Er hatte total kurze Haare und trug einen zweireihigen Anzug über einem T-Shirt! Er hantierte unheimlich geschickt mit dem Geld und dem Dope, als wäre das alles ein Witz, als würde er Hot dogs verkaufen, oder so.«
»War er groß? Oder klein?«
»Ungefähr so wie Sie. Aber kräftiger.«
»Wenn er Football spielen würde, welche Position hätte er?«
»Vielleicht Läufer.«
»Weißt du seinen Namen?«
»Hab ich nicht gehört.«
»Noch was?«
»Yeah, er hatte drei Sicherheitsnadeln im Ohrläppchen.«
»Toll, daß du dich daran erinnert hast, Scott. Vielleicht kriegen wir ihn deswegen. Drei Sicherheitsnadeln?«
»Yeah«, antwortete Scott bewundernd.
»Was ist mit den Mädchen? Weißt du deren Namen noch?«
»Ginger und Yvonne.«

Na klasse.
»Weißt du noch, was für eine Agentur du angerufen hast?«
»Nein, tut mir leid.«
»Komm schon. Oder machst du das öfter?«
»Nein! Wir waren betrunken! Sie wissen doch...«
»In welchem Hotel wart ihr?«
»Im Piccadilly Hotel.«
Stell einem Zeugen nie mehr als zwei Fragen hintereinander, die er nicht beantworten kann. Wirf ihm immer wieder mal eine leichte Frage hin. Das macht ihn selbstbewußt. Der Gospel von St. Joseph. Graham.
»Glaubst du, die beiden Nutten kannten Allie? Haben sie sie begrüßt oder so?«
»Ich glaube nicht.«
»Hat der Dealer irgendwas zu ihr gesagt?«
»Nein. Kein Wort.«
»Fällt dir noch irgendwas ein, was du mir erzählen willst?«
»Ich war ganz schön durcheinander. Verstehen Sie?«
Neal nickte, er verstand.
»Danke, Scott«, sagte er. Das Ritual. »Du warst eine große Hilfe.«
»Kann ich jetzt gehen?«
»Eins noch«, sagte Neal. Wie Colombo in seinen besten Zeiten. »Das Hasch, wie war es?«
Der Knabe grinste: »Primo.«

Neals Hotelzimmer war nichts besonderes – ein Bett mit einer einigermaßen vernünftig angebrachten Leselampe, ein Telefon auf dem Nachttisch und ein Farbfernseher, auf dem er sich das Spiel der Yankees ansah. Es gab sogar saubere Zahnputzgläser. Das gefiel Neal, und so benutzte er eins davon, um drei Schluck Scotch runterzuschütten, bevor er sich das Telefon schnappte.
Ed Levine ging nach dem siebten Klingeln ran. Er meldete sich wie einer, der nicht gern zu Hause angerufen wird.
»Ed?«
»Yeah?«
»Laß deine fetten Finger von meinem verdammten Fall.«

Neal legte auf. Der Dealer war ein Profi, keine Frage. Er war gut im Geschäft und hatte seine Kontakte. Wenn er mit Allie zusammen war, hatte er sie noch nicht fallengelassen – noch nicht. Ein Geschäftsmann wie er verschwendete etwas so Wertvolles wie ein schönes junges Mädchen nicht. Wenn er den Dealer fand, hätte er eine Chance, Allie zu finden. Eine winzige Chance, zugegeben, aber man muß ja auch mal Glück haben.

Nach anderthalb langen Tage kam endlich das FedEx-Päckchen von Graham. Darin lagen drei fotokopierte Seiten aus einem Mistblatt namens *London Daily Leveller*: Die Anzeigenseiten vom 7. Mai, der Nacht, in der Scott Mackensen und sein Freund die Agentur angerufen hatten. Die meisten Anzeigen gehörten zu der »Wenn Ihr Euch amüsieren wollt, ruft an«-Sorte, aber es gab auch ein paar Spezialitäten: Mutter-Tochter-Teams, S/M-Mädchen (»Imelda weiß, daß du böse warst«), und allerlei ethnische Spezialitäten. (Neal fragte sich, was wohl in einer »bulgarischen Vollbehandlung« enthalten sein könnte.) Es gab böse kleine Mädchen, die zuerst ein paar auf den Po haben wollten, und andere, die erst hinterher geschlagen werden wollten. Viele hübsche Namen, darunter drei Bambies. Neal dachte, jeder Mann, der dumm genug ist, eine Frau namens Stiletto anzurufen und sie auf sein Zimmer zu bitten, hat verdient, was auch immer er bekommt.

Auch eine ganze Menge Agenturen waren aufgeführt. Die meisten leisteten sich Namen wie Erotica und Exotica. Neal hielt Ausschau nach einer Agentur frigider Nutten, die Antarktica hieß. Ein Eintrag fehlte leider: »Ginger und Yvonne. Sex, Drugs und Rock'n roll«. Soviel Glück hat niemand.

»Sie haben gesagt, das wäre alles gewesen«, protestierte Scott Mackensen am Telefon.

»Ich weiß. Tut mir leid.«

»Wird das Allie auch helfen?«

»Könnte sein.«

Es folgte einer dieser langen irritierenden Schweigeminuten, an die Neal sich langsam gewöhnte. Leider waren keine

Weintrauben in Sicht. Er biß von seinem Hershey-Riegel ab – einer von den gesunden, mit Mandeln.

»Ich hab morgen eine Prüfung«, sagte Scott.

Das Gefühl kenne ich, Junge. »Über was?«

»*Macbeth*«, klagte er.

»Dann kann ich dir helfen. Ich bin schon ein paarmal über *Macbeth* geprüft worden.«

»Wirklich?«

»Yeah. Die Hexen waren es.«

Scott starrte die Anzeigenseiten an, die auf dem Tisch in Neals Hotelzimmer lagen. Er fuhr mit seinem Zeigefinger eine Seite entlang, dann schüttelte er den Kopf.

»Tut mir leid«, sagte er.

»Versuch's noch mal.«

»Ich weiß es einfach nicht!«

»Verdammt! *Wie viele Nutten hast du denn angerufen*?«

»Ich war betrunken!«

Na prima, Neal, sagte er zu sich selbst, mach den einzigen Zeugen, der sich Mühe gibt, nur fertig. Das hilft dir weiter.

»Tut mir leid«, sagte er. »Wir sind beide müde. Versuch's mal so. In deinem Hotelzimmer in London, wo stand da das Telefon?«

Scott zeigte auf eine Stelle auf dem Tisch. Neal stellte das Telefon dort hin und einen Stuhl davor.

»Okay«, sagte er. »Setz dich. Wo lag die Zeitung? Okay. Mit welcher Hand wählst du? Gut. Jetzt guck in die Zeitung. Denk nicht nach. Zeig einfach drauf.«

»Ungefähr hier«, sagte Scott und deutete auf das untere Drittel der ersten Seite.

»Gut. War's der Name einer Agentur oder nur ein paar Mädchen?«

»Nur Mädchennamen.«

»Gut.«

Nicht großartig, aber immerhin gut. Ein Fortschritt. Zum Weiterarbeiten.

Scott lehnte sich zurück und seufzte. Er war erschöpft. Er sah Neal an und grinste.

»Wir müssen aufhören, uns zu treffen«, sagte er.

»Sag mal, Scott. Hast du Fotos von den Mädchen gemacht?«

Neal sah, daß der Junge sich verspannte.

»Sie meinen Pornofotos?«

»Nein, ich meine, wenn du deinen Freunden davon erzählst, und sie sagen, ›so ein Quatsch‹, und dann holst du ein paar Polaroids von den Mädchen raus.«

Scott sah ihm genau in die Augen und schwor ihm, das sei die Wahrheit: »Nein.«

»War nur so ’ne Idee. Wann hast du Prüfung?«

»Erste Doppelstunde.«

Neal ließ sich über ein paar wichtige Themen des alten schottischen Theaterstückes aus, führte einen Diskurs darüber, wie oft *Mann* benutzt wurde, und verkündete ein wenig Unfug über die Verwendung von Farbe als Metaphorik. Dann schickte er Scott nach Hause und rief Joe Graham an.

Neal ging früh zur Schule, erste Doppelstunde. Die Tür zu Scotts Zimmer war ein Witz, ihr Schloß schien zu jodeln: »Komm schon rein, Partner.«

Es war das typische Internatszimmer eines Jungen, in dem dreckige Wäsche für einen irritierenden Christo-Effekt sorgte. Neal konzentrierte sich auf die rechte obere Schublade von Scotts Schreibtisch, die abgeschlossene. Sie war nicht ganz so entgegenkommend wie das Türschloß, aber nach ein wenig Überredung ließ auch sie sich öffnen.

Der übliche Müll. Ein Bündel Briefe von einem Mädchen namens Marsha, ein weiteres Bündel von Debbie. Viele Bilder: Marsha oder Debbie mit Scott am Strand; Marsha oder Debbie mit Scott beim Tanzen; Marsha oder Debbie allein auf einem Boot; Scott allein auf einem Boot, fotografiert von Marsha oder Debbie; Marsha oder Debbie romantisch unter einer Weide. Neal blätterte ein paar Ausgaben von *Penthouse* durch, einen Paß, eine Broschüre der Brown University, bevor er einen dünnen Umschlag mit Bildern entdeckte. Bingo. Scott und ein Freund hatten ihre Arme um zwei Mädchen geschlungen, die weder Marsha noch Debbie waren – in einem Hotelzimmer. Hallo, Ginger. Grüß dich, Yvonne.

Neal suchte sich das beste Bild heraus und steckte es in seine Jackentasche. Er schloß die Schreibtischschublade wieder ab und verließ das Zimmer. Dabei pfiff er fröhlich vor sich hin und fragte sich, wie es Scott wohl ging.

Joe Graham wartete auf der Treppe. Als er das Pfeifen hörte, schlüpfte er durch eine Seitentür hinaus.

Sie trafen sich auf dem Parkplatz vor der Post. Neal setzte sich auf den Beifahrersitz von Grahams Wagen. »Also, was gibt es so Wichtiges, daß ich nach Connecticut kommen und dir Händchen halten muß?«

»Ich habe eine Verbindung von Allie zu einem Dealer, Name unbekannt, das war ja klar, der mit ein paar Nutten befreundet ist. Ich habe zwei leichte Mädchen, Namen unbekannt, war ja klar, die man über eine von zwölf Telefonnummern erreichen kann, und die den Dealer kennen. Nichts als Scheiß.«

»Das ist doch ganz okay.«

Neal legte das Foto auf das Armaturenbrett.

»Was zu sehen, wie schön«, sagte Graham.

»Mir ist da was eingefallen.«

»Kaum zu glauben.«

»Allie Chase ist schon mal weggelaufen.«

»Und?«

»Zweimal nach New York.«

Graham tat so, als betrachtete er das Bild.

»Wenn ich sie gefunden hätte, dann hätte ich's dir gesagt«, sagte er.

»Wenn du es nicht warst, und ich es nicht war, dann ...«

»Darüber steht nichts in der Akte.«

»Zumindest nicht in der Akte, die sie uns gegeben haben.«

Graham betrachtete das Bild genauer. »Nette Mädchen.«

»Was ist los, Dad?«

»Sohn, ich weiß es nicht.«

Das hoffe ich, Dad. Verdammt, das hoffe ich.

6

Ein paar Wochen und ein paar Jobs, nachdem Neal angefangen hatte, für Graham zu arbeiten, klopfte es an seiner Tür. Neal öffnete, und draußen stand ein böser Geist, beladen mit allem möglichen Krempel, einen nagelneuen Mob und einen Besen unter den Arm geklemmt.

»Was ist das?« fragte Neal.

»Mir geht's gut, danke. Und dir? Ist deine Mutter da?«

»In letzter Zeit nicht.«

Graham schob ihn beiseite und kam herein.

»Du lebst in einem Scheißhaus. Einem Scheißhaus.«

»Das Mädchen hat ihr freies Jahr.«

Graham schob mit der Hand irgendwelchen Müll vom Küchentisch und stellte seine Pakete ab. »Wir bringen das jetzt in Ordnung.«

»Hast du mir dieses Zeug gekauft?«

»Nein, du hast dir dieses Zeug gekauft. Ich hab's von dem Geld für deinen letzten Job bezahlt.«

»Reiß keine schlechten Witze, Mann.«

»Das hier«, sagte Graham begeistert, »ist ein Mob. Damit macht man den Boden sauber.«

»Gib mir einfach mein Geld.«

»Das hier ist ein Besen. Damit macht man auch den Boden sauber«, sagte Graham und sah sich um. »Vielleicht hätte ich besser Dynamit kaufen sollen.«

An diesem Morgen begriff Neal, daß Graham total bekloppt war, ein psychopathischer Saubermann allererster Güte. In den Tüten waren Schwämme, Trockengestelle, Geschirrtücher, Stahlwolle, Insektenspray, Desinfektionsmittel, Zitrusöl, Fensterreiniger, Papiertücher, Comet-Reiniger (»das ist der beste, laß dich da nicht reinlegen«), Toilettenreiniger und knallgelbe Gummihandschuhe.

»Ich mag es, wenn alles sauber und in Ordnung ist«, erklärte Graham, »bei der Arbeit und zu Hause.«

Sie machten sauber. Sie stopften Monate alten Müll in Plastiktüten und trugen ihn runter. Dann fegten sie, wischten sie, wobei Graham Neal nicht nur das korrekte Verhältnis von

Reiniger und Wasser beibrachte, sondern auch die richtige Methode, den Mob zu schwingen, »damit du den Dreck nicht nur hin und her schiebst«, schrubbten, wachsten und polierten sie, bis Neal Carey todmüde und völlig fertig war.

»Was glaubst du, wie lange es so bleibt, wenn meine Mutter wiederkommt?« fragte Neal.

»Du sorgst dafür, daß es so bleibt. Und noch was – du ißt lauter Scheiße.«

»Mein Essen ist in Ordnung.«

»Schokoriegel, Popcorn...«

»Ich mag Schokoriegel und Popcorn.«

»Im Flur steht 'ne Tüte. Hol die rein.«

»Yes, Sir.«

Neal kam mit der Tüte zurück und fragte: »Was ist das für Zeug?«

Graham packte aus. »Eine Pfanne, ein Topf, Topflappen, zwei Teller, zwei Gabeln, zwei Löffel, zwei Messer, ein Dosenöffner...«

»Ich hab einen Dosenöffner.«

»Ein Bratenwender, Eier, Brot, Butter, Erdnußbutter, Grapefruitmarmelade, Spaghetti... Und dieses Zeug hier heißt Gemüse, du wirst es mögen...«

»Quatsch.«

»Doch. Dafür werde ich sorgen. Nächste Woche bringe ich dir wieder was mit. Jeden Donnerstag werden wir eine Kochstunde machen.«

»Wer ist denn ›wir‹? Willst du einen Freund mitbringen?«

»Sonst feuer ich dich. Glaubst du, du bist der einzige minderjährige, minderbemittelte Taschendieb in New York?«

»Nicht der einzige, aber der Beste.«

»Dann sei gefälligst stolz auf dich, Junge. Du lebst wie ein Schwein. Deine Mutter kümmert sich nicht um dich, also mußt du dich um dich selber kümmern. Sonst kannst du nicht für mich arbeiten.«

Er arbeitete. Und lernte. Zuerst die einfachen Sachen, wie man jemanden aus der Ferne beschattete; wie man jemanden im Auge behielt, ohne daß dieser es merkte.

»Du mußt immer zuerst auf die Schuhe gucken, Neal, die Schuhe«, sagte Graham. »Zwei Gründe. Erstens kannst du die Person daran in einer Menschenmenge immer wiederfinden. Zweitens, wenn sie sich umdreht und dich sieht, guckst du nach unten und nicht direkt in ihre Augen.«

Sie übten diese Lektion eine Woche lang. Neal folgte Graham auf dem Broadway, in die U-Bahn, in den Bus, durch Straßen voller Menschen, durch menschenleere Gassen. Eines Tages, als er Graham auf der 75. Straße beschattete, konzentrierte Neal sich so sehr auf Grahams Schuhe, daß er ihn von hinten beinahe umrannte.

»Wie konnte das passieren?« fragte Graham.

»Ich weiß nicht.«

»Gute Antwort. Genau. Du weißt es nicht. Der Gang, Neal, du mußt auf den Gang achten. Jeder geht anders – lange Schritte, kurze Schritte, langsam, schnell... Ich habe kürzere Schritte gemacht. Ich bin genauso schnell wie immer gegangen, aber ich habe kürzere Schritte gemacht. Deswegen bist du gegen meinen Rücken gelaufen. Wenn du jemanden beschattest, mußt du seine Schritte an den Gehwegplatten messen. Wie lang sind sie? Braucht er einen Schritt oder anderthalb für jede Fuge? Zähl mit. Schnell oder langsam? Es ist wie Musik, also sing vor dich hin, wenn es sein muß. Laß dir Zeit. Es gibt noch einen Grund. Wenn du gehst wie er, kann er dich nicht so leicht hören. Jemand, der einen Schatten abhängen will, wird sich nicht nur umsehen, sondern auch umhören. Er lauscht auf die Schritte, und wenn er denselben Klang zu lange hört, weiß er, daß jemand hinter ihm her ist. Also stell dir vor, daß er Farbe an den Schuhen hat und du in seine Fußstapfen trittst. Wenn du einen Amateur beschattest, ist es egal, Neal. Spar deine Kraft und bleib einfach dran. Aber wenn es ein Profi ist, der macht das ganz automatisch, geht mal schneller, mal langsamer...« Sie übten einen Monat lang Verfolgung. Nach der ersten Woche wußte Graham, daß Neal der beste Lehrling war, den er je gesehen hatte – schnell, schlau, und durch sein Aussehen beinahe nicht zu bemerken. Graham trainierte mit ihm in der Einkaufsmeile der Fifth Avenue, in der man jedes Schaufenster als Spiegel benutzen konnte, in der U-Bahn, in Cafés,

Kinos und Toiletten. Durch Parks und durch Alleen. Zuerst war der Junge leicht zu entdecken und abzuschütteln, aber schon nach kurzer Zeit mußte Graham sich ganz schön anstrengen, um den kleinen Bastard abzuhängen, und dann hatte er Mühe, ihn überhaupt noch zu entdecken.

»Du mußt den toten Winkel finden«, erklärte Graham dem Jungen, »und so lange du kannst da drinbleiben.«

»Was ist ein toter Winkel?«

»Das ist eine Stelle hinter jemandem, wo er dich nicht sieht. Normalerweise ist das hinter ihm, etwas zur Linken, ungefähr fünfzehn Meter hinter ihm. Aber das kommt ganz auf seine Größe an. Deswegen ist es so gut, daß du klein bist, da ist der tote Winkel, in dem du bleiben kannst, größer.«

»Ja, jetzt weiß ich, was du meinst. Wie wenn du jemandem folgst, und du hast seinen Rhythmus, und du fühlst dich unsichtbar, als könnte er dich nicht sehen.« Sie übten den toten Winkel zu finden. Dafür folgten sie einfach irgendeinem Fremden. Neal machte seine Sache gut, wirklich gut, und Graham bewunderte seine Fähigkeit, in der Menge unter- und urplötzlich wieder aufzutauchen. Ein Schatten machte mehr Krach als Neal Carey.

»Wenn genug Leute unterwegs sind«, erklärte Graham, »mußt du nicht hinter deinem Mann bleiben, sondern kannst auch neben ihm gehen. Oder du kannst dir eine Frau mit großen Möpsen suchen und neben ihr hergehen. Wenn dein Typ sich umdreht, wirst du ihm gar nicht auffallen, weil seine Augen an den Titten hängenbleiben.«

Bald konnte Neal sich schwierigeren Dingen zuwenden.

»Heute«, verkündete Graham eines Tages, »wirst du lernen, mich von vorn zu verfolgen.«

»Was soll das denn?«

»Genau deswegen ist es so gut. Niemand sucht vor sich einen Schatten.« Graham zeigte es ihm: Er ging quer über die Straße und dann wieder zurück. Jetzt war er vor einem Typen, den sie sich ausgesucht hatten. Mit Hilfe von Schaufensterscheiben und Rückspiegeln geparkter Autos behielt er den Mann im Auge.

Neal versuchte es nachzumachen und versagte kläglich. Er hatte sein Ziel nach fünf Minuten verloren.

»Weil du nicht zugehört hast, Neal. Erinnerst du dich, was ich gesagt habe: Jeder geht anders. Schlappt er vor sich hin? Kannst du seine Sohlen über den Gehweg scharren hören? Eine Frau mit hochhackigen Schuhen klingt wieder anders. Vielleicht trägt dein Opfer auch Turnschuhe.«

Weiter üben. Bis die »Verfolgung von vorn« reibungslos funktionierte. Dann wandten sie sich der »Eastside-Westside«-Methode zu, bei der das Ziel auf der anderen Straßenseite blieb. Danach kamen die Tricks, für die man zwei Männer brauchte: Ablösungen, Abzweigungen, Vorder- und Hintertüren, Versteckspiele und der trickreiche »falsche Verdacht«, bei dem man sich von der Zielperson abhängen ließ, und der Partner ihr dann unbeschwert folgen konnte.

Neal liebte den »falschen Verdacht«, liebte ihn so sehr, daß er seine eigene Variante erfand: »Das Falscher-Verdacht-Solo«.

»Alleine klappt der ›falsche Verdacht‹ nicht«, belehrte Graham Neal, als dieser seine Erfindung vorstellte. »Der Witz daran ist doch gerade, daß man zu zweit ist.«

»Nicht unbedingt«, entgegnete Neal so selbstzufrieden, daß selbst Graham sich ärgerte.

»Okay«, sagte Graham. »Ich gehe jetzt zu dieser Tür hinaus, in zwei Stunden bin ich zurück, und dann wirst du mir erzählen, wo ich war und was ich da getan habe.«

Graham trank sein Bier aus und ging. Zwölf Sekunden später hatte er Neal entdeckt, weil der kleine Dummkopf rote Socken trug, von denen selbst Ray Charles Kopfschmerzen bekommen hätte. Graham nahm sich vor, den Jungen später darauf hinzuweisen, und machte sich daran, ihm eine Lektion zu erteilen. Bei Rot überquerte er eine Ampel auf dem Broadway, blieb jedoch in der Mitte stehen, und registrierte stolz, daß Neal nicht hinter ihm hergerannt war. Als es Grün wurde, ging er weiter, verdrückte sich in der 97. Straße in einem U-Bahn-Eingang, kaufte sich einen Token und verließ die Station wieder. Klar, die gute alte Rotsocke war hinter ihm. Also blieb er an einem Zeitungsstand stehen, betrachtete die Zeitungen, suchte in seiner Tasche nach einer Münze, überlegte es sich anders, und ging geradewegs zurück, direkt auf Neal zu.

Jetzt habe ich ihn müde gejagt, dachte Graham fünfzehn Minuten später, nun lasse ich ihn einfach sitzen. Die roten Socken waren immer noch hinter ihm, als er seine Bushaltestelle erreichte. Er stellte sich an, als wollte er den Bus besteigen, und sah in dessen Seitenspiegel, daß die roten Socken fünf alte Frauen hinter ihm warteten. Als er hätte einsteigen müssen, trat er statt dessen einen Schritt zur Seite und lehnte sich gegen den Bus, bis er die roten Socken einsteigen sah.

Bye-bye, Neal, dachte Graham, während er davonging. Wir sehen uns später.

Graham schlenderte davon, hin und wieder sah er sich um, nur für den Fall, daß der Junge es geschafft hatte. Aber keine roten Socken, kein Neal, Lektion beendet.

Anderthalb Stunden später betrat Neal McKeegans Bar. Graham saß auf seinem Stammplatz.

»Du hast dir die Haare schneiden lassen, und im ›American‹ ein Sandwich gegessen. Das Brot war zu weich. Sag ihnen, sie sollen nächstes Mal weniger Mayo nehmen.«

Graham beugte sich herunter und zog ein Hosenbein des Jungen hoch. Ganz gewöhnliche weiße Socken.

»Die kann man wenden«, sagte Neal. »Der Witz am ›Falscher-Verdacht-Solo‹ besteht darin, einen Mann in zwei Männer zu verwandeln. Der erste Mann trug rote Socken, der zweite nicht. Daß der Bus noch eine hintere Tür hatte, war auch nicht schlecht.«

»Neal Carey könnte mit dir aufs Klo gehen und das Papier halten«, verkündete ein stolzer Graham Ed Levine, »du würdest ihn nicht bemerken.«

Als nächstes war Fotografieren dran. (»Es ist ziemlich schwierig«, verkündete Graham, »das Gesicht und den Dödel von einem Typen auf dasselbe Bild zu kriegen. Aber versuch es, denn wenn du nur den Dödel erwischt, wird er behaupten, das sei nicht seiner. Es sei denn, er wäre riesig.«) Danach kamen Kampftechniken. (»Die Grundtechnik eines Kampfes Mann gegen Mann, Neal, ist einfach. Vergiß den Karate-Quatsch, den Levine so toll findet. Schnapp dir einfach irgend etwas Hartes, aber nicht deinen Dödel, und hau ihn damit. Du mußt es auch nicht gleich drauf anlegen, ihm den Kiefer zu brechen wie im Fernsehen. Das kannst du immer noch machen, wenn er bewußtlos ist. Hau ihm aufs Knie, oder aufs Schienbein. Auch der Ellbogen kommt gut.«)

So schritt die Ausbildung von Neal Carey voran.

Neals Mutter war zu Hause.

Sie sah schrecklich aus. Augen wie blaue Murmeln nach einem harten Tag auf dem Gehsteig. Fettiges braunes Haar hing ihr ungekämmt ins Gesicht, und ihre Haut sah so lecker aus wie Kalk. Alles wie immer.

Sie freute sich, Neal zu sehen. »Baby«, sagte sie. »Baby, du siehst gut aus, Mama hat dich vermißt.«

»Und wo warst du, während du mich vermißt hast?« fragte Neal, ging hinüber zur Couch, auf der sie saß, und gab ihr einen Kuß auf die Wange.

»Hier und da, hier und da.«

Neal hörte Geräusche aus dem Badezimmer.

»Ist dein Zuhälter hier?«

»Er ist nicht mein Zuhälter, Baby«, sagte sie. »Er ist mein Manager. Mama ist krank, Baby, aber bald wird es ihr wieder besser gehen.«

»Warum bleibst du diesmal nicht hier? Laß doch den Scheiß. Ich helf dir.«

»Ist das nicht rührend?«

Neal drehte sich zu der Stimme um und sah Marco zur Tür reinkommen. Der Zuhälter trug einen weißen Leinenanzug und ein himmelblaues Hemd, dessen Kragen offenstand. Eine Goldkette hing um seinen Hals. Sein dichtes schwarzes Haar war zurückgegelt. Er war kräftig, aber nicht schwer. In der rechten Hand hielt er eine Spritze.

»Du bist Neal, stimmt's? Johnny, sag Neal hallo.«

»Hallo, Neal.«

Johnny war groß, fett und muskulös. Auf seinem Brustkorb hätten Flugzeuge landen können. Auf seinen Handflächen könnte man Pfannkuchen braten.

Neal sagte nichts. Er sah zu, wie seine Mutter ihren Arm ausstreckte. Johnny zog seinen Gürtel heraus und wickelte ihn um ihren Arm, bis eine Vene deutlich hervorstand. Marco drückte auf die Spritze, bis ein kleiner Tropfen am Nadelende glitzerte.

»Tu's nicht«, sagte Neal.

»Halt den Mund, Neal. Der Doktor arbeitet.«

»Ich hab gesagt, tu's nicht.«

»Yeah, und wir haben's alle gehört. Jetzt halt die Klappe.«

Neal steckte die Hand in seine rechte hintere Hosentasche und holte einen Schuhlöffel hervor. Das kühle Metall schmiegte sich in seine Hand, das breite Ende ragte heraus.

Er wartete, bis Marco sich über den Arm seiner Mutter beugte, dann rannte er durchs Zimmer. Er riß den Arm hoch und knallte dem Zuhälter das harte Metall genau zwischen die Augen. Marco ging in die Knie, während das Blut aus seiner zerschmetterten Nase auf den weißen Anzug schoß.

»Gott! Ich kann nicht sehen! Ich kann nicht sehen!« schrie Marco, während Johnny Neal und Neals Mutter die Spritze packte. Marco zog sich an der Couch hoch, tastete nach dem Seidentaschentuch in seiner Brusttasche und wischte sich das Blut aus den Augen. Seine Beine zitterten, als er zu Neal herüberging und ihn zweimal ins Gesicht schlug.

»Du glaubst, du bist ein Mann, du kleiner Scheißkerl?«

Neals Mutter war bereits auf irgendeiner Wolke, als die beiden Männern ihren Sohn auszogen und auf die Couch legten. Marco hatte ihn eine ganze Weile mit dem Gürtel bearbeitet, als sie den Jungen zum ersten Mal schreien hörte, und dachte, sie sollte zu ihm gehen. Aber er war so weit weg.

Ed Levine sprach leiser, wenn er sich ärgerte. Graham mußte sich anstrengen, um ihn zu hören.

»Hat er gute Kontakte?«

»Geht so. Entfernte Verwandte. Sonst nichts.«

Graham hatte Neal dazu gebracht, von der Sache zu erzählen, als er endlich zur Arbeit kam: Zwei Tage zu spät und kaum in der Lage zu laufen. Er hatte den Jungen gewaschen und die Schnitte, die infiziert waren, medizinisch versorgt. Als Kind war er auch ein paarmal geschlagen worden, aber so etwas hatte er noch nie gesehen. Neals Rücken und seine Beine waren voller roter und violetter Striemen, und wo der Zuhälter ihn mit der Gürtelschnalle erwischt hatte, waren dicke Beulen.

»Niemand schlägt einen meiner Leute«, sagte Levine.

»Ein Anruf in der Mulberry Street klärt die Sache. Sie schulden uns was.«

»Nein. Das ist was anderes. Ich will ihn selber. Sorg dafür.«

»Komm schon, Ed...«

Levine starrte ihn an. Ende der Diskussion.

Es paßte Joe Graham überhaupt nicht.

Levine hatte ihm gesagt, daß er dafür sorgen sollte, den Zuhälter zu treffen, und das hatte er getan. Aber Graham war nicht glücklich damit. Er stand in einer dunklen Sackgasse neben einem gemeinen Dealer-Luden und seinem riesigen Schläger. Graham hoffte bloß, daß Ed wußte, was er tat. Ed Levine war nicht gerade schwächlich, aber dieser Ochse neben Marco war wesentlich größer.

»Wo ist Ihr Freund?« fragte Marco. Der Zuhälter trug wieder einen weißen Leinenanzug, sein Markenzeichen, und war nervös.

»Er kommt schon.«

»Das wäre auch besser. Ich warte nicht gern mit der Ware.«

»Ich hab's begriffen.«

Komm schon, Ed, dachte Graham, hoffentlich schlingst du nicht irgendwo chinesisches Essen in dich hinein und hast unsere kleine Verabredung vergessen.

Marco sagte: »Ich hoffe, es ist okay, wenn mein Freund Sie abtastet. Nicht, daß ich Ihnen nicht vertraue...«

»Hey, das ist Business, nicht wahr?« antwortete Graham.

Graham hob die Arme, während Johnny ihn vorsichtig abklopfte. Der Typ ist Profi, dachte Graham, bekam noch etwas mehr Angst und wünschte sich, daß Levine die Sache den alten Italienern aus der Mulberry überlassen hätte.

»Er ist okay«, sagte Johnny und lächelte Graham freundlich an.

»Was ist mit Ihrem Arm passiert?« fragte Marco.

»Hab' ihn wohingesteckt, wo er nicht hingehörte.«

»Ich hoffe, sie war's wert!« lachte Marco.

Graham kicherte höflich.

»Guten Abend, Gentlemen.«

Graham drehte sich erleichtert um, bereute es aber sofort. Levine trug einen graugestreiften Dreiteiler.

»Wie geht's?« fragte Marco und musterte ihn. Levine sah nicht aus wie jemand, der Dope kaufen wollte.

»Mir geht's prima«, sagte Levine. »Um Sie mache ich mir Sorgen.«

»Da müssen Sie sich keine Sorgen machen, ich bin ein ehrlicher Geschäftsmann.«

»Ihre Gesundheit, meine ich. Ich mache mir Sorgen um Ihre Gesundheit.«

Das war's. Sie wußten es alle. Jemand würde dran glauben müssen.

»Wer sind Sie?« fragte Marco. Er wollte es hinter sich bringen.

»Ich bin hier, um Ihnen weh zu tun«, antwortete Ed.

Bevor Graham sich rühren oder eine Warnung ausrufen konnte, attackierte Johnny Levine von links, mit einem rechten Haken, der Eds Kiefer eliminieren sollte. Graham sah verdattert zu, als Levine dem Schlag auswich, die Faust mit der linken Hand packte, sein Gewicht auf den rechten Fuß verlagerte und mit dem linken hart zutrat.

Seine Fußsohle erwischte Johnny seitlich am linken Knie, und bei dem ekelhaften Geräusch von brechenden Knochen und zermatschten Knorpeln hätte Graham sich am liebsten von seinem Dinner getrennt. Der Riese stürzte zu Boden.

Marco schwitzte, rang sich aber zu einem Lächeln durch. »Mann, jetzt haben Sie ein echtes Problem. Mein Onkel Sal...«

»...hält dich für einen miesen kleinen Schleimscheißer. Zumindest hat er mir das neulich im Club gesagt. Außerdem kann er Typen, die kleine Jungs schlagen, sowieso nicht leiden.«

Graham hätte wissen müssen, daß dieser Blödmann eine Kanone hatte. Er verfluchte sich selbst dafür, in der endlosen

Sekunde, die der Lude brauchte, um sie aus seinem Schulterhalfter zu reißen, nicht aufgepaßt zu haben.

Levine wartete, bis er sah, wie die Muskeln an Marcos Handgelenk sich bewegten, als er den Revolver packte. Er wartete exakt, bis der Unterarm flach und dicht an der Brust lag. Dann verlagerte er sein Gewicht auf den linken Fuß, hob den rechten auf seine Brusthöhe und streckte pfeilschnell sein Bein, so daß der Kick Marcos Hamdgelenk wie ein Hammer auf dem Amboß erwischte. Der Knochen knackte wie ein toter Ast.

Marco stand einfach da, sein rechter Arm war taub, seine Hand im Jackett gefangen. Zumindest wußte er jetzt, was los war, obwohl er nicht recht glauben konnte, daß dieser Typ sich so für den kleinen Jungen einer dummen Nutte einsetzte. Ein weiterer schneller Tritt, der ihm ein paar Rippen brach, erhöhte die Glaubwürdigkeit. Drei Fäuste knallten schnell nacheinander in sein Gesicht, seine Nase brach, der linke Backenknochen ebenfalls. Als seine Knie auf dem Beton aufschlugen, war er erleichtert. Vor ihm drehte sich alles feuerrot und ekelgelb, und er hörte, wie der kleine einarmige Typ fragte: »Wo hast du das alles gelernt?«

Levine wurde jetzt erst warm. Er atmete ruhig, nur seine Stirn fing an, ein wenig feucht zu glänzen. Um sich in Form zu halten, sprang er hoch, drehte sich einmal um sich selbst und trat Marco gegen den Kopf. Marco wurde schwarz vor Augen.

»Ist er tot?« fragte Graham.

»Ich glaube nicht«, sagte Levine. Er kniete sich neben Marco und packte ihn an dem gebrochenen Handgelenk. Der Schmerz erweckte den Zuhälter zum Leben. »Kannst du mich hören, Arschloch? Deine Karriere in New York ist *vorbei*, kapiert?«

Marco hörte benommen zu. Alles, was er noch wollte, war, daß der Schmerz aufhörte.

Graham war schon losgegangen, um den Cop zu holen, der die Gasse für sie bewacht hatte. Ein junger Streifenpolizist, seit zwei Jahren dabei und wild auf eine Verhaftung.

»Er gehört Ihnen, und er freut sich drauf«, sagte Graham.

»Und vergessen Sie den Riesen nicht, okay? Ist die andere Sache in Ordnung?«

»Die Mutter des Jungen. Ja, wir haben sie vor ein paar Stunden in den Bus gesetzt – einfache Fahrt.«

»Der Junge?«

»War nicht da.«

»Okay, gut gemacht. Holen Sie sich Ihren Preis.«

Sie gingen zurück in die Gasse, und der Cop sah sich um. Ein Gorilla lag wimmernd vor einer Mauer, und ein nett angezogenes Arschgesicht, das jetzt aussah wie ein Kuchen aus dem Automaten, kniete auf der Straße und hielt seine Hand.

»Mein Gott«, sagte der Cop, während es in seinem Kopf klingelte. »Sind Sie sicher, daß dieser Typ keine Verbindungen hat?«

»Verbindung unterbrochen«, sagte Levine.

Der Streifenpolizist zerrte Marco nicht allzu liebevoll auf die Beine.

»Hey«, sagte Graham zum Abschied, »was ist mit Ihrem Arm passiert?« Dann ging er hinüber zu Johnny, beugte sich herunter, und flüsterte ihm ins Ohr: »Wir haben euch aus einem einzigen Grund aus dem Verkehr gezogen. Sorgt dafür, daß sich das rumspricht. Niemand, aber wirklich niemand, vergreift sich an Neal Carey. Nie!«

»Nicht, solange ich hier bin, Mister.«

»Gut. Er ist ein Freund der Familie.«

7

Eines Nachmittags, Neal war dreizehn, besuchte Graham ihn zu Hause. Er hatte zwei Päckchen Football-Karten, eine Rolle Pflaster und eine kleine Schere bei sich.

Er breitete alles auf dem Küchentisch aus. Dann stellte er sich auf die Zehenspitzen und inspizierte die Oberseite des Kühlschranks.

»Du mußt hier saubermachen«, sagte er.

»Du bist der einzige, der da jemals hinguckt.«

»Ich hab dir was mitgebracht.«

Neal schaute sich die Sachen auf dem Tisch an und sagte: »Ich hätte lieber 'n *Playboy*.«

Graham schälte die Football-Karten aus ihrer Folie und packte die flachen Kaugummis beiseite. Er legte fünf Karten aus, Bild nach unten, wie beim Pokern. Die nächsten fünf gab er Neal.

»Sieh sie dir gut an«, sagte er.

»Ich bin zu alt für Football-Karten, Graham.«

»Bist du zu alt, dir dein Geld zu verdienen?«

Neal betrachtete jede Karte einzeln.

»Jetzt gib sie mir wieder.«

Neal zuckte mit den Achseln und gab sie zurück. Graham mischte sie unter die anderen, legte wieder fünf Karten aus und gab die nächsten fünf Neal.

Neal sah sie an und fragte: »Und?«

Graham machte den Kühlschrank auf. »Du hast keine Milch, keine Eier, keinen Orangensaft. Und eine der Karten hast du jetzt zum zweiten Mal auf der Hand. Welche?«

»Heute nachmittag geh ich einkaufen. Ich glaube, vielleicht Roosevelt Grier.«

»Du ›glaubst, vielleicht Roosevelt Grier‹?«

»Okay, es war Roosevelt Grier.«

»Stimmt. Spielen wir noch mal.«

»Warum?«

Graham sagte nichts. Er mischte die Karten, wählte fünf aus und gab sie Neal. Neal guckte sie fünf Sekunden an, dann schnappte Graham sie ihm wieder weg, mischte sie unter die anderen, gab ihm wieder fünf.

»John Brodie?«

Graham schüttelte den Kopf.

»Okay«, sagte Neal. »Dann Doug Atkins. Was macht das für einen Unterschied? Worum geht es?«

»Es geht darum, daß es dir in unserem Beruf besser auffallen sollte, wenn du jemandem mehr als nur einmal begegnest. Es geht darum, daß du in unserem Beruf besser ein Auge für Details hast. Schnell und präzise. Es geht darum, daß du ...«

»... in unserem Beruf ...«

»... ein gutes Gedächtnis haben mußt.«

Graham sah sich weiter in der Küche um. »Ich gehe einkaufen. Du bleibst hier und prägst dir die Karten ein.«

»Was soll das heißen: ›einprägen‹?«

»Gib mir dein Haushaltsgeld.«

Neal ging ins Schlafzimmer und kam mit fünf Dollar zurück.

»Wo ist der Rest?« fragte Graham.

»Welcher Rest? Es ist ganz schön teuer, hier zu...«

»Limo, Schokoriegel, Zeitschriften... Was ist mit dem Budget, das wir aufgestellt haben?«

»Es ist *mein* Geld.«

»Gib schon.«

Neal kam mit weiteren sieben Dollar zurück und knallte sie Graham hin.

»Bis bald«, sagte Graham.

»Yippie.«

Graham stellte die beiden großen Einkaufstüten auf den Küchentisch, legte die empfindlichen Lebensmittel in den Kühlschrank, nahm Neal die Karten weg und setzte sich. Er packte die Pflasterrolle aus, schnitt zehn schmale Streifen ab und klebte sie über die Namen der Spieler. Dann hielt er Neal eine Karte hin.

»John Brodie.«

Graham hielt die nächste hoch.

»Alex Sandusky.«

Die nächste.

»Jon Arnett.«

Er schaffte alle zehn, ohne Fehler.

»Nicht schlecht«, sagte Graham.

»Nicht schlecht?«

»Guck sie dir nochmal genau an«, sagte Graham. Nach ein paar Minuten klebte er alles außer den Augen zu. Er hielt Neal eine Karte hin.

»George Blanda?«

»›George Blanda?‹« mokierte sich Graham.

»Alex Sandusky?«

»George Blanda war richtig.«

»Schummler.«

»Dein erster Versuch ist meistens richtig.«

Sie machten den Nachmittag über weiter. Graham ordnete die Karten in Gruppen an, zeigte sie kurz, und Neal mußte die Reihenfolge aus dem Gedächtnis aufsagen. Oder er zeigte ihm fünf Gruppen und fragte dann, in welcher Gruppe ein bestimmter Spieler gewesen war. So lange, bis Neals Antworten stimmten. Jedesmal.

Nächster Samstag. Bei Graham.

»Miss April.«

»94-60-93. Braune Haare, grüne Augen. Mag Sonnenbaden, Schwimmen, Wasserpolo. Möchte Schauspielerin werden. Abtörner: Bikinistreifen, engstirnige Menschen.«

»Miss Oktober.«

»96-60-96. Blond, blaue Augen. Einsfünfundsechzig. Aus Texas. Mag Pferde, Schmuse-Musik, Picknicks. Möchte Schauspielerin werden. Abtörner: Umweltverschmutzung, Hunger in der Dritten Welt, engstirnige Menschen.«

Graham holte das Pflaster. »Wer ist das?«

»Janice Crowley. Miss... irgendwann im Winter...«

»Wann im Winter?«

»Februar.«

»Du hast geraten.«

»Aber ich habe richtig geraten.«

»Woran hast du sie erkannt?«

»Na ja...«

Ein paar Samstage später. Bei Neal.

»Ich hab ein neues«, begrüßte Neal Graham.

»Ein neues was?«

»Gedächtnisspiel.« Neal hielt die Samstagsausgabe der *New York Times* hoch. »Das Kreuzworträtsel.«

Graham betrachtete es. Die Felder waren alle noch leer.

»Na und, wann willst du es machen?«

»Ich hab es schon gemacht.«

»Fein, Neal. Und jetzt laß uns arbeiten.«

»Es war nicht leicht.«

Graham setzte sich auf einen Küchenhocker. »Okay. Du hast es so gewollt. Zwölf senkrecht.«

»Apsis.«

»Wo stehen die Antworten?«

»In der Zeitung von morgen.«

»Einunddreißig waagerecht.«

»Kipling.«

Graham schrieb die Antworten in die Kästchen und verglich sie am nächsten Tag mit der Lösung. Alle richtig. Graham erzählte Ed Levine davon, und der erzählte es Ethan Kitteredge. Ethan Kitteredge rief einen Freund in Princeton an, der mit einem Haufen Tests nach New York fuhr. Neal hatte keine Lust, sie zu machen, bis Graham als Alternative 300 Baseball-Karten hochhielt. Neal schnitt ziemlich gut ab.

8

Neal und Graham hatten gerade einen besonders einfachen Job erledigt: Die Überwachung eines Spielzeugvertreters, der sich im Roosevelt Hotel seine eigene Barbiepuppe hielt und besser nicht den Zimmerservice gerufen hätte.

»Wenn seine Alte diese Bänder hört...« sagte Neal, während sie den Broadway entlangschlenderten.

Graham schüttelte den Kopf. »Nein, wir schreiben ihr nur einen Bericht und behalten die Aufnahmen als Beweis.«

»Das macht ja gar keinen Spaß.«

Graham verlangsamte seinen Schritt, was Neal verriet, daß er etwas auf dem Herzen hatte. »Neal, erinnerst du dich an diese Tests, die du gemacht hast?«

»Zu denen du mich gezwungen hast? Yeah.«

»Du hast gut abgeschnitten.«

»Na prima.«

Graham blickte zur Seite und sagte: »Im Herbst fängst du auf der Trinity School an.«

Neal erstarrte. »Bullshit.«

Graham zuckte mit den Achseln.

Neal starrte ihn an. »Wer sagt das? Wer sagt, daß ich im Herbst auf der Trinity anfange?«

»Der Chef sagt es. Levine sagt es..., und ich sage es auch.«

»Ach ja? Und, ich sage nein!«

»Dich fragt aber keiner.«

Neal kochte vor Wut. »Das ist eine Affenschule! Die müssen da Jackett und Schlips tragen! Da gehen die Kinder der Reichen hin! Vergiß es!«

Er wollte sich wegdrehen, aber Graham packte ihn am Arm und hielt ihn fest.

»Das ist eine große Chance für dich.«

»Ja, 'n Arschkeks zu werden. Und laß mich los!«

Graham ließ los. »Du bist dreizehn Jahre alt, Neal. Du mußt an deine Zukunft denken.«

Neal starrte auf den Gehsteig. »Tu' ich ja.«

»Klar. Du willst so werden wie ich.«

Graham sah, daß Neal die Tränen in die Augen schossen. Er machte trotzdem weiter.

»Du willst so werden wie ich, mein Sohn. Aber das kannst du nicht.«

»Dir geht's doch gut.«

»Mir geht's gut, aber dir kann es noch besser gehen.«

»Ich will aber nicht, daß es mir besser geht!«

»Hör mal zu, Neal. Du bist smart. Du bist klug. Du willst doch nicht dein ganzes Leben damit verbringen, die Bettlaken anderer Leute zu durchwühlen und in ihre Fenster zu spähen...«

»Wir tun auch andere Sachen. Wir haben die alte Frau gefunden, die soviel Geld geerbt hat. Den Anwalt, der diesen Typen reinlegen wollte. Den Jungen, der von zu Hause weggelaufen war.«

»Ich sag doch gar nicht, daß wir nicht mehr zusammen arbeiten. Ich möchte ja mit dir zusammen arbeiten. Aber du mußt zur Schule gehen!«

»Ich geh zur Schule.«

Graham lachte. »Wenn dir danach ist.«

»Okay, ich werde regelmäßig zur Schule gehen. Aber nicht zu *der* Schule.«

»Der Chef wollte dich auf ein Internat in New England schicken. Das konnte ich ihm gerade noch ausreden.«

»Dann rede ihm das jetzt auch aus.«

»Will ich ja gar nicht.«

Neal drehte sich auf dem Absatz um und marschierte davon. Soll Mr. Oberlehrer mir doch nachlaufen, wenn er es schafft, dachte er. Ich geh jedenfalls nicht auf so 'ne beschissene Schule für stinkreiche Säue.

Graham ließ ihn ziehen. Er selbst ging noch auf ein Bier und 'n Kurzen zu McKeegan.

Zwei Tage später tauchte Neal wieder auf. Graham saß auf seinem üblichen Platz. Neal setzte sich ans andere Ende der Bar.

»Solche Schulen kosten 'n Haufen Geld«, sagte er.

»Einen Haufen«, bestätigte Graham.

»Und dann noch die Bücher, die verdammten Anzüge, der ganze Scheiß.«

»Verdammt teuer.«

McKeegan servierte Graham sein Salami-Sandwich, Pommes frites und ein frisches Bier. »Will der Junge irgendwas?« fragte er Graham.

»Der Junge arbeitet nicht mehr für mich.«

»*Der Junge* hat eigenes Geld«, sagte Neal. »Bringen Sie mir 'ne Coke.« Er hätte lieber ein Bier bestellt, aber wenn er es nicht bekommen hätte, wäre das zu peinlich gewesen.

»Eine Cola für den Goldjungen«, sagte McKeegan.

»Also, die Bücher und so«, fuhr Neal fort. »Woher hätte ich das Geld dafür? Du läßt mich ja nicht stehlen.«

»Der Chef zahlt deine Rechnungen. Und dann hast du ja noch deinen üblichen Lohn für die Jobs. Und etwas, das er ›ein angemessenes Taschengeld‹ nannte. Wenn du stiehlst, brech ich dir beide Arme.«

»Hier ist deine Cola«, sagte McKeegan. »Soll ich das Wechselgeld behalten?«

»Geben Sie's her.«

»Du hast zu lange mit Graham 'rumgehangen.«

»Ach was.«

Graham biß von seinem Sandwich ab. Er hätte doch lieber Corned Beef nehmen sollen. »Der Chef erzählte irgendwas davon, dich für ›bessere Aufgaben auszubilden‹, was immer das heißen soll.«

Neal nippte an seiner Cola. »Ich sag' dir was. Ich bin wieder dabei. Gleicher Lohn. Keine Schule.«

»McKeegan, ist der Junge nicht viel zu jung, um in einer Bar herumzusitzen?«

»Du findest nie wieder einen, der so gut ist wie ich.«

»Vielleicht nicht, mein Sohn.«

»Und?«

»Und die Sache ist so«, sagte Graham und schaute Neal fest in die Augen. »Du gehst auf diese Schule oder deiner Wege.«

Neal kippte den Rest seiner Cola herunter, wie richtige Männer richtigen Stoff. »Wir seh'n uns«, sagte er und marschierte zur Tür.

»Weißt du, was ich glaube«, sagte Graham und untersuchte sein Sandwich. »Ich glaube, du würdest gern auf diese Schule gehen, hast aber Angst, weil du glaubst, die anderen Kinder wären besser als du.«

Das Problem war, daß die anderen Kinder das auch glaubten. Neal kam sich sowieso schon blöde genug vor, in dem blauen Blazer, der Khaki-Hose, den Lederschuhen, dem weißen Button-down-Hemd, dem nagelneuen Schul-Schlips und den gottverdammten weißen Socken.

In Mr. Danforths Englischstunde mußten sie einen Aufsatz über »Das Leben zu Hause« schreiben. Neal erzählte eine Episode aus einer Fernsehserie, die Klasse lachte sich halb tot, und Danforth war sauer auf ihn.

Was hätte ich denn schreiben sollen? fragte Neal sich. Daß meine Nuttenmutter abgehauen ist, und daß der, der einem Vater für mich am nächsten kommt, ein einarmiger Zwerg ist, dessen Vorstellung von einem Familienausflug darin besteht, irgendwo einzubrechen und Karteien zu durchsuchen? Fragen Sie mich nicht nach der Wahrheit, Mr. Danforth, denn die würden Sie kaum besser verkraften als ich. Geben Sie sich doch einfach mit diesem Fernsehquatsch zufrieden.

Und dann waren da noch die üblichen Witze. Deine Mutter ist wie eine Türklinke. Jeder darf mal anfassen. Deine Mutter ist wie'n Hauptbahnhof. Immer geöffnet. Als diese Witze die Runde machten, war Neal vermutlich der einzige Junge auf der Schule, der wußte, daß sie der Wahrheit entsprachen.

Als es um Ferien, Weihnachtsgeschenke, Brüder, Schwestern und verrückte Tanten ging, hatte Neal nichts, aber auch wirklich gar nichts zu sagen, und er war zu stolz und zu klug, um sich wieder etwas auszudenken. Er konnte die anderen Kinder auch nicht zu sich einladen, weil seine Wohnung ein Ein-Zimmer-Slum war, ohne Mutter, ohne Vater, ohne Kekse auf dem Tisch.

Neal war ein einsames, trauriges Kind. Und dann gab dieser verdammte Danforth ihm auch noch Dickens zu lesen.

Oliver Twist. Neal verschlang das Buch in zwei Nächten. Dann las er es noch mal, und als sie darüber schreiben sollten... Ja, mein lieber Mr. Danforth, dazu habe ich etwas zu sagen. Die anderen Schüler *glauben* vielleicht, daß sie wüßten, wie Oliver sich fühlt, aber ich *weiß* es.

»Das ist ganz hervorragend«, sagte Danforth, als er die Aufsätze zurückgab. »Warum beteiligst du dich nicht intensiver am Unterricht?«

Neal zuckte mit den Achseln.

»Dickens hat dir gefallen«, sagte Danforth.

Neal nickte.

Danforth lieh Neal seine Ausgabe der *Großen Erwartungen.*

»Vielen Dank«, sagte Neal.

Neal kaufte sich auf dem Nachhauseweg ein Glas Nescafé und eine Packung Schoko-Eis, und dann verbrachte er ein Wochenende mit Pip, dem verwaisten Protagonisten der *Großen Erwartungen.*

Das Buch las sich gut. Das Buch las sich hervorragend. Wenn er las, fühlte er sich nie einsam – ihm war nie kalt, er hatte keine Angst, er war nie allein.

Er gab das Buch zusammen mit einem kurzen Aufsatz zurück und bekam *David Copperfield.*

»Hat es dir gefallen?« fragte Danforth.

»Ja, es hat mir ... sehr gut gefallen.«

»Warum?«

»Ich weiß nicht. Ich habe mich so ...« Er fand keine Worte.

»Ich weiß, was du meinst.« Danforth lächelte ihn an. »Du bist in Ordnung, Carey, weißt du das?«

Der Elternabend war die Hölle. Neal hatte panische Angst davor, bloßgestellt zu werden. Er konnte bereits hören, wie sie hinter ihm herflüsterten bis in alle Ewigkeit: Bastard.

An jenem Abend saß er ganz weit hinten in der Klasse, während die Eltern eintrudelten, dumm lächelten, einander die Hände schüttelten und so taten, als interessierten sie sich für die häßlichen Kritzeleien ihrer Töchter und die blödsinnigen Gedichte ihrer Söhne.

Alle paar Sekunden guckte er ungeduldig auf die Uhr und stöhnte, nur für den Fall daß jemand zuhörte: »Wo bleiben sie nur?« Er hatte sich so tief in seinem Stuhl verkrochen, daß er sie gar nicht hereinkommen sah. Aber er hörte sie. Ihre volle Stimme hatte Klasse.

»Hallo, ich bin Mrs. Carey, Neals Mutter. Wie schön, Sie kennenzulernen.«

Sie war wunderschön. Ihr braunes Haar war perfekt frisiert. Ihr graues Kleid war ideal für so einen Anlaß. Braune Augen blitzten den Lehrer an, und als sie ihm ihre Hand entgegenstreckte, hätte er sie beinahe geküßt, anstatt sie zu schütteln.

Sie stolzierte durch den Klassenraum und lächelte ein warmes, mütterliches Lächeln, als sie Neal auf beide Wangen küßte und ein wenig von seinem Sitz hob. »Du mußt mir alles zeigen«, sagte sie.

Sie spazierten zusammen durch die Schule, und taten so, als interessierte sie hier und dort etwas. Sie freute sich hörbar über seinen hochgelobten Essay über Dickens' London. Sie umgarnte Lehrer und Eltern, nippte Punsch und knabberte Kekse. Sie entschuldigte sich, schon so früh gehen zu müssen und entschwebte. Sie *schwebte* tatsächlich zur Tür hinaus.

Später besuchte Neal Graham bei McKeegan. »Wo hast du sie her?« fragte er. »Sie war toll.«

Graham nickte.

Für zweihundert Eier, dachte er, kann man das ja wohl auch erwarten.

»Du bist faginesk, wußtest du das?« fragte Neal Graham. Sie standen auf der dunklen Treppe in Neals Haus.

»Was soll denn das heißen? Ich mag Frauen. Du mußt nicht auf Zehenspitzen gehen. Du machst keine Geräusche, wenn du *auf*trittst. Du machst Geräusche, wenn du den Fuß wieder hochnimmst.«

»Das meine ich. Fagin ist jemand aus *Oliver Twist*, der Jungs beigebracht hat, zu stehlen.«

»Ich bringe dir aber nicht bei, zu stehlen.« Graham wollte jetzt nicht solchen Quatsch hören. Er versuchte, dem Jungen etwas Wichtiges beizubringen. »Du trittst ganz normal auf – nicht besonders kräftig, aber fest. Und du hebst den Fuß ganz leicht wieder ab, als ob du gar nichts wiegst.«

»Ja, okay, ich stehle nicht. Aber so was hier.«

Neal setzte seinen Fuß auf die Stufe. Es quietschte laut.

»Willst du alle aufwecken?« fragte Graham. »Du mußt immer an der Innenseite der Treppe gehen. Da ist sie am stabilsten, also quietscht sie am seltensten. Du kannst deinen Weg dann auch erfühlen. Du kannst fühlen, wo die nächste Stufe ist. ›Faginesk.‹ Meinetwegen. Und jetzt weiter.«

Eine Treppe herunterzugehen war schwer, vor allem, weil man das Ende der Stufe nicht mit den Zehen ertasten konnte und immer Angst haben mußte, sich das Genick zu brechen.

»Das kann passieren«, sagte Graham zu Neal, der die Übung gerade zum vierzigsten Male vermasselte. »Du schmeißt dich am besten auf den Bauch und schwimmst runter.«

»Ich schwimme?«

»Versuch's. Keine Angst. Leg dich hin, Kopf nach unten, und mach Hundepaddeln.«

Neal kam sich ganz schön blöd vor, als er sich so auf den Stufen niederließ.

»Du hast doch Lassie geguckt, oder nicht?« fragte Graham. »Tu, was Lassie tut, wenn sie diesen kleinen Stinker vor dem Ertrinken rettet.«

»Timmy.«

»Ja. Meinetwegen. Los jetzt.«

Graham stellte seinen Fuß auf Neals Hintern und schob ihn an. Wenn man sich dran gewöhnt hat, ist es bestimmt nicht mehr so schlimm, dachte Neal, während er zum Fußende der Treppe schwamm. Wie Lassie.

Er fragte Graham: »Wie macht man das mit einem Arm?«

»Macht man nicht. Man engagiert sich irgendeinen dummen Jungen, der's für einen macht.«

Er stieg über Neal hinweg und ging zur Tür hinaus.

Als nächstes kam die Lektion: Einsteigen durch ein Fenster.

»Wenn ich dir Geld gebe, kannst du mir dann etwas besorgen?«

Graham stand auf der Feuerleiter. »Was? Bier? Zigaretten? Präser?«

»Ein Buch.«

Neal hatte dem Zimmer den Rücken zugewandt; seine Füße ragten bereits hinein.

»Ein Buch? Willst du wirklich so durch das Fenster klettern? Du kannst doch gar nicht sehen, ob dich da drin irgendwer mit einer Bazooka erwartet. Was für ein Buch, Neal? *Schwedische Sex-Sklavinnen? Ruby und die Feuerwehrmänner?* So was?«

Neal kletterte wieder hinaus. »*Tom Jones.*«

Er kletterte wieder hinein, diesmal Kopf voran.

»*Tom Jones*? Ist das irgendein Schweinekram?«

»Zumindest darf ich's mir nicht kaufen.«

»Bist du wirklich so blöd, Neal, oder hat dein Hirn heute frei? Willst du wirklich mit dem Kopf voran durchs Fenster in ein Appartement einsteigen? Falls einer da ist, kommst du auf 'ner Bahre wieder raus.«

Neal zog den Kopf zurück. »Machst du's?«

»Was ist denn so wichtig an diesem Buch?«

»David Copperfield hat es gelesen, als er jung war. Weißt du, wer David Copperfield ist?«

»Natürlich weiß ich, wer David Copperfield ist. Ich hab beide Filme gesehen. Freddie Bartholomew und W. C. Fields.«

»Echt? W. C. Fields? Wen hat er gespielt?«

»Ich weiß nicht. Er war chronisch pleite und schuldete irgendwem Geld.«

»Mr. Micawber.«

»Ja, okay. Wenn der literarische Exkurs beendet ist, könnte Mr. Carey mir dann bitte den korrekten Weg zeigen, eine Wohnung durchs Fenster zu betreten? Oder soll ich zuerst Tee servieren?«

»Ich weiß nicht.«

»Was weißt du nicht?«

»Den korrekten Weg, eine Wohnung durchs Fenster zu betreten.«

»Warum hast du nicht gefragt?«

Füße vor, Gesicht zum Fenster, und dann nichts wie rein. Wie ein Affe. Dann vorsichtig durch die Küche und den Flur ins Schlafzimmer. Nicht auf Zehenspitzen. Zehenspitzen sind was für Ballett-Tänzer und Idioten. Zuerst schnappst du dir irgend etwas einigermaßen Wertvolles und steckst es in die Tasche. Wenn dich jemand erwischt, wehr dich nicht. Laß ihn die Bullen rufen. Levine wird dich abführen.

Jetzt bist du im Schlafzimmer. Er schläft. Du steckst seine Uhr ein. Versteckst das kleine Mikro unter dem Nachttisch. Legst die Uhr zurück. Ich sagte, du legst die Uhr zurück. Jetzt auf demselben Weg zurück.

Kinderleicht. Dein Vater hat dich gut unterrichtet. Und jetzt ab nach Hause, ein Fertiggericht und dann ein gutes Buch.

So wuchs Neal Carey auf und lernte ein nützliches Handwerk.

9

»Heute«, sagte Joe Graham und grinste ebenso breit wie gemein, »spielen wir ein Spiel.«

»Prima«, sagte Neal, der über den für 16jährige typischen Sinn für Ironie verfügte.

Sie saßen in Grahams Appartement in der 26. Straße, zwischen Second und Third Avenue. Das Appartement sah aus wie ein OP, bloß kleiner. Alle Oberflächen in der effizienten Küche glitzerten; Spülbecken und Wasserhahn schimmerten rein wie die Seele eines katholischen Mädchens, das gerade von der Beichte kommt. Neal fragte sich, wie ein Einarmiger das Bett so akkurat machen konnte. Graham war vor zehn Jahren eingezogen, weil damals viele Iren hier wohnten. Die waren allerdings mittlerweile alle nach Queens gezogen und fielen nur noch samstagabends ein, um in den Kneipen irische Songs über tote Engländer zu hören.

Es war ein ungewöhnlich warmer Samstagnachmittag im Herbst. Neal hätte lieber draußen die Sonne genossen, und zwar in Gesellschaft von Carol Metzger, mit der er durch den Riverside Park spazieren und dann ins Kino gehen wollte. Statt dessen war er in Grahams Reinlichkeits-Schrein gefangen und sollte ein Spiel spielen.

»Das Spiel heißt Verstecken-und-Ficken«, verkündete Graham. »Die Regeln sind einfach. Ich verstecke was, und du fickst dich selber.«

»Du hast gewonnen. Kann ich jetzt gehen?«

»Nein. So, und nun stellen wir uns mal vor, ich hätte meinen Ohrring verloren...«

»Deinen *Ohrring*?«

»Spiel einfach mit. Ich hab meinen Ohrring verloren. Irgendwo hier im Appartement. Finde ihn.«

»Und was tust *du*?«

»Ich trink ein Bier.«

»Kann ich auch eins haben?«

»Nein. Und jetzt such den Ohrring.«

Graham ging zum Kühlschrank und holte sich eine eiskalte Flasche. Dann setzte er sich auf einen Küchenstuhl und widmete sich dem Sportteil der *Daily News*.

Neal fing an zu suchen. Wenn er dieses Ding schnell fände, würde Graham ihn vielleicht freilassen, und dann könnte er sich doch noch mit Carol Metzger treffen. Wenn er nur an ihr braunes Haar dachte, wie es auf ihre Schultern fiel, tat ihm der Magen weh.

Wenn ich ein Ohrring wäre, wo würde ich mich verstecken? dachte er. Das schien der einfachste Weg zu sein. Er sah unter dem Sofakissen von Grahams Sitzgruppe nach.

»Gute Idee«, sagte Graham.

Kein Ohrring auf dem Sofa. Kein Ohrring unter dem Sofa. Auch kein Staub unter dem Sofa, keine Münzen, Gummibänder, Papierfetzen oder Zahnstocher. Neal untersuchte den Spalt zwischen Sitzkissen und Rückenlehne in Grahams Lieblingssessel. Kein Ohrring.

»Die Giants haben morgen ein Spiel gegen die Colts«, sagte Graham. »Sie haben acht Punkte. Willst du hin?«

Neal machte sich nicht die Mühe zu antworten. Er kannte diesen Trick bereits. Graham wollte ihn ablenken, seine Konzentration stören.

Graham fuhr fort: »Acht Punkte. Das ist gut. Sie können verlieren und trotzdem noch gewinnen.«

»Wo ist der gottverdammte Ohrring?«

»Fick dich selbst«, sagte Graham freundlich.

Neal hatte einen Verdacht: »Ist der Ohrring, sagen wir mal, irgendwo an deinem Körper?«

»Das wäre, wie man so schön sagt, gemein.«

»Denn wenn er in deiner Unterhose steckte, müßtest du allein danach suchen.«

Graham wollte gerade etwas über diese Carol sagen, verbiß es sich dann aber. Liebe unter Teenagern war so eine Sache. »Aber wenn du meine Kommode durchsuchen solltest, wäre das kein Problem?«

Neal wühlte sich durch Grahams Wäscheberge. Das war nicht allzu schwierig. Die Socken waren zusammengerollt und nach Farben geordnet. Die Unterwäsche war gefaltet. Es gab eine kleine Plastikschachtel für Münzen aus der Hosentasche. Neal schöpfte Hoffnung, als er eine Schachtel mit Manschettenknöpfen und Krawattennadeln entdeckte. Aber: kein Ohrring. Auch nicht unter den gemangelten Hemden oder unter den Sweatern.

»Du hast gesagt, ich soll in der Kommode suchen!«

»Und?«

»Er ist nicht da!«

»So ein Pech.«

Als nächstes sah Neal im Schrank nach: Jackentaschen, Borde. In einem Anfall von Erleuchtung durchsuchte er den Beutel des Staubsaugers. Nichts. Als er den Staubsauger wieder zusammenbaute, kam Graham zu ihm herüber.

»Du machst das ganz falsch, Sohnemann.«

»Ach.«

»Wenn du etwas finden willst, darfst du nicht danach suchen.«

»Klar. Völlig logisch.«

Graham ignorierte diese Bemerkung. »Du darfst nicht nach dem Gegenstand suchen; du mußt den Raum durchsuchen. Guck nicht, wo das, was du suchst, sein *könnte*. Guck, was da *ist*. Kapiert?«

Neal schüttelte den Kopf.

»Okay«, sagte Graham. »Du siehst das Zimmer, ja? Das ist das, was *ist*. Irgendwo in dem Zimmer soll ein Ohrring sein. Das *könnte* sein. Was guckst du dir an, was *ist* oder was sein *könnte*?«

»Was *ist*.«

Graham freute sich. »Genau! Also, durchsuch das Zimmer!«

»Das tue ich doch!«

»Nein, du hast im Zimmer umhergesucht.«

Neal ließ sich in den Sessel fallen. »Tut mir leid, ich versteh kein Wort.«

Graham ging zum Kühlschrank und holte eine Cola und ein Bier. Er gab Neal die Cola. »Du liest doch gern, stimmt's«

»Ja.«

Graham konzentrierte sich. »Und wenn du liest, hüpfst du dann auf der Seite umher? Liest du hier ein Wort und da ein Wort?«

»Nein.«

»Warum nicht?«

»Ergibt keinen Sinn.«

»Also, was tust du?«

»Na ja..., ich lese Absätze... und Sätze.«

»Genau! Und jetzt zerleg das Zimmer in Absätze. Lies das Zimmer!«

Das fand Neal spannend. Er hatte es noch nicht ganz kapiert, aber er war nahe dran. »Und wie zerlege ich das Zimmer in Absätze?«

»Teil es in Würfel.«

»Würfel?«

»Ja. Quadrate sind zweidimensional, Zimmer sind dreidimensional. Dann durchsuchst du einen Würfel nach dem anderen. Den ganzen Würfel. Wenn das, was du suchst, da ist, findest du's. Wenn nicht, durchsuchst du den nächsten Würfel.«

»Klingt gut.«

»Ja. Und jetzt mach dich an den Ohrring, während ich mein Bier austrinke und mich mit Investment-Möglichkeiten beschäftige«, sagte Graham. Er setzte sich wieder auf den Küchenstuhl.

Neal fand den Ohrring im fünften Würfel, neben der Heizung.

Er hielt ihn triumphierend hoch.

»Sind wir jetzt fertig?« fragte Neal. Bilder von Carol Metzger tanzten vor seinen Augen.

»Für heute.«

Neal hastete zur Tür.

»Neal!«

Neal hielt wieder an. Es war zu schön gewesen, um wahr zu sein. Graham würde ihn losschicken, um irgendwas zu suchen. Ein Kaugummipapier mit seinen Initialen zum Beispiel, das er am Times Square versteckt hatte.

»Ja?«

»Hast du genug Geld fürs Kino?«

Woher wußte er das? »Ja...«

Graham hielt einen Zehner hoch. »Du wirst sie nach dem Film auf einen Happen einladen wollen.«

Neal schüttelte den Kopf. »Danke, Graham, aber ich will nicht...«

»Nimm schon. Du arbeitest gut; du hast dir ein bißchen Spielgeld verdient. Lade sie irgendwohin ein, wo's Servietten gibt.«

Neal schnappte sich den Schein. »Danke, Graham.«

»Und jetzt hau ab; ich will die Show vor dem Spiel mitkriegen.«

Neal verschwand. Graham widmete sich erneut seiner Zeitung, aber er dachte dabei an Eileen O'Malley, die sechzehn gewesen war, als er auch sechzehn gewesen war, und deren blaue Augen einem das Herz hatten stehenbleiben lassen.

10

»Du suchst gut, Neal«, sagte Graham eines Samstagvormittags während der wöchentlichen Trainingsstunden.

»Danke.«

»Du kannst einen Raum lesen.« Das war die Wahrheit. Neal hatte gerade in Grahams Appartement einen braunen M & M gesucht, einen normalen, ohne Erdnuß – und nach zehn Minuten gefunden. Er war mit Klebeband im Wasserkasten der Toilette befestigt gewesen.

»Aber«, schränkte Graham ein, »wenn Helen Keller jetzt hereinkäme, wüßte sie sofort, daß jemand das Appartement durchsucht hat.«

»Ist die nicht tot?«

»Trotzdem. Sie würde es wissen.« An jenem Abend hatte Neal eine feste Verabredung, ein richtiges Rendezvous, mit Carol Metzger, also hatte er es eilig. Trotzdem nervte es ihn, daß Graham nie zufrieden war. Was wollte er bloß?

»Durchsuch die oberste Kommodenschublade.«

Das wollte er also.

Neal ging zur Kommode, zog die Schublade heraus und unterteilte sie im Geiste in Würfel. Er hob die Plastikschüssel für das Kleingeld an, entdeckte nichts sonderlich Interessantes und wollte sie gerade wieder abstellen, als Graham ihm Einhalt gebot.

»Guck mal, wie du sie hochgehoben hast«, sagte Graham. Er wartete auf eine Antwort.

Neal hatte keine.

»Du hast sie schräg hochgehoben. Hast sie gekippt.«

»Erschieß mich.« Was machte das schon für einen Unterschied?

»Du mußt sie senkrecht anheben. Und warum?«

»Damit ich sie genau auf die gleiche Stelle zurückstellen kann, ist doch wohl klar.«

»Kluges Kerlchen. Also, dann üb'!«

»Was soll ich üben?«

»Es ist nicht so einfach, wie du glaubst, etwas hochzuheben und wieder hinzustellen. Ich trainiere derweil mit einer kalten Flasche Bier.«

Also hob Neal anderthalb Stunden lang Gegenstände an und stellte sie wieder ab, und es war tatsächlich nicht so einfach, wie er gedacht hatte. Am besten ging es, wenn er knapp eine Armeslänge entfernt stand, den Ellenbogen ein wenig beugte und das Handgelenk nach unten klappte.

»Was ist mit Fingerabdrücken?« fragte er Graham. Na, Alter, hast du daran schon gedacht?

»Na ja, wenn du die Wohnung eines FBI-Agenten durchsuchst, könntest du ja Handschuhe anziehen. Aber wenn du gut bist, wird der normale Bürger beim Nachhausekommen nicht merken, daß du da warst.«

Als Nächstes beschäftigten sie sich mit Fenstern. »Guck mal hinter den Vorhang.«

Neal langte nach dem Vorhang.

»Stop!«

»Ich hab ihn noch nicht mal berührt!«

»Du wolltest ihn *zurück*ziehen. Heb ihn hoch. Und keine dummen Sprüche, bitte.«

Neal hob den Vorhang hoch.

»Jetzt laß ihn los.«

Neal tat, wie geheißen.

»Und?« fragte Graham.

»Er ist wieder da, wo er vorher war.«

»In der Wohnung eines Mannes kommt es auf sowas meistens nicht an, aber Frauen fällt es auf. Wenn eine Frau nach Hause kommt und in ihrem Wohnzimmer 'ne Leiche liegt, ruft sie die Bullen an und sagt: ›Da liegt ein toter Mensch in einer

Blutlache auf dem Teppich vor dem Vorhang, der irgendwie unordentlich ist.‹ Jetzt zieh die Jalousie hoch.«

»Du wirst mich stoppen, bevor ich die Schnur angefaßt habe, richtig?«

»Ja. Leck deinen Finger an.«

»Und dann dreh' ich mich dreimal im Kreis und sage: ›Nirgends ist es schöner als daheim‹?«

Graham zeigte ihm den Finger. »Da drauf kannst du dich im Kreis drehen«, sagte er. »Aber erst leckst du deinen Finger an und...«

»Welchen?«

»Irgendeinen. Tu's einfach. Jetzt... mit der Spucke...«

»*Spucke?*«

»Markiere die Stellung der Jalousie am Fensterrahmen.«

Danach zog Neal die Jalousie hoch und ließ sie wieder herunter, genau so, wie sie gewesen war.

»Und du dachtest, ich wäre bekloppt.«

»Dasselbe gilt für Schiebefenster, richtig?«

»Kluger Junge.«

Neal holte sich eine Cola aus dem Kühlschrank. »Als Nächstes wirst du mir wahrscheinlich zeigen, was man mit Schranktüren, Medizinschränkchen und ähnlichen Dingen macht?«

»Du überraschst mich immer wieder, Neal. Solche Sachen fallen normalerweise zwar nur Profis, Frauen und fortgeschrittenen Paranoiden auf, aber es schadet ja nicht, vorsichtig zu sein.«

Sie übten ein paar Stunden lang, vorsichtig zu sein, und markierten Türrahmen, Arzneischränkchen, Fensterscheiben, Überdecken, Kopfkissen, sogar Blumen in der Vase. Neal war völlig groggy, als sie aufhörten.

»Mit wem«, fragte Graham, »bist du heute verabredet?«

»Prima Versuch.«

»Du solltest deinem Dad so etwas erzählen.«

»Werde ich nicht.«

»Warum nicht?«

»Weil du nie zufrieden wärst. Du würdest immer alles wissen wollen.«

»Ist sie eins von diesen reichen Trinity-Mädchen?«
»Weiß nicht.«
»›Weißt‹ du nicht? Hast du sie schon mal getroffen?«
»Ich weiß nicht, ob sie reich ist.«

War sie. Oder, genauer gesagt: Waren ihre Eltern. Ihr Appartement belegte ein halbes Geschoß im Central Park West. Neal war nervös. Zum ersten Mal besuchte er Carol zu Hause, und er würde ihre Eltern kennenlernen.

»Du *mußt* sie treffen«, hatte sie gesagt, »wenn wir richtig abends ausgehen wollen. Sonst lassen sie mich nicht.«

Sie zu Hause zu besuchen, ihre Eltern kennenzulernen, ein Samstag-Abend-Date: Eine riskante Sache. Es machte sie aus guten Freunden zu Freund und Freundin, und das würde sich in der Klasse herumgesprochen haben, bevor die erste Stunde am Montagmorgen begann. Neal war nicht sicher, wie er das fand. Einerseits beängstigend, andererseits toll. Aber Neal hatte nicht viel Erfahrung mit Eltern, weder mit seinen eigenen, noch mit denen anderer. Aus Fernsehserien wußte er, daß Eltern eine Menge Fragen stellten, deren Antworten möglicherweise dazu führen würden, daß sie ihn rauswarfen und Carol Stubenarrest gaben.

»Carol ist noch nicht fertig«, würde ihr Vater sagen und sich eine Pfeife anzünden, während er Neal von Kopf bis Fuß mustert. »Setzen Sie sich, junger Mann. Nehmen Sie diesen Stuhl, den elektrischen.«

Die Mutter würde nervös umherlaufen und gezwungen lächeln, während sie alle Schlösser austauschte.

»Was tut Ihr Vater denn so?« würde Carols Vater fragen und seine buschigen Augenbrauen hochziehen.

»Er reist viel, Sir.«

»Und Ihre Mutter, arbeitet sie?« würde Mrs. Metzger fragen.

»Äh … ja, Ma'am.«

»Was denn?«

»Öffentlichkeits … arbeit …«

»Wir würden Ihre Eltern gern einmal treffen«, würde Mr. Metzger sagen.

»Das würde ich auch gern, Sir.«
Es würde ein Desaster werden.

»Welches Stockwerk?«
»Wie?«
»In welches Stockwerk wollen Sie?« fragte der Pförtner.
»Zu den Metzgers.«
»Das ist das Penthouse.«
»Na prima.«
»Werden Sie erwartet?« fragte der Pförtner.
»Ich fürchte, ja.«
Der Pförtner sah ihn merkwürdig an und zeigte auf den Fahrstuhl. Der Liftboy grinste, während sie nach oben fuhren. Neal atmete tief durch, ging durch den Flur und klingelte. Also los.
Carol riß die Tür auf.
»Hi!« sagte sie. Sie wurde rot und schien sich zu freuen, ihn zu sehen. »Meine Eltern.«
Ihre Eltern knieten im Flur.
Mrs. Metzger sah zu ihm auf. Sie trug ein enganliegendes schwarzes Abendkleid und einen Haufen Klunker. »Nett, Sie kennenzulernen, Neal, aber bleiben Sie bitte, wo Sie sind.«
Mr. Metzger trug ein Dinner-Jackett und sagte: »Ebenso, Neal.«
»Müssen Sie sich nicht nach Osten drehen?« fragte Neal.
O Gott, warum tue ich so etwas nur immer wieder?
»Mrs. Metzgers Kontaktlinse«, sagte Carols Vater.
»Und wir sind sowieso schon zu spät«, sagt Mrs. Metzger.
Carol sah ihn an und zuckte mit den Achseln.
»Ich kann sie finden«, sagte Neal.
»Wie das?« fragte Mr. Metzger und fuhr mit einer Hand vorsichtig über den grauen Teppich.
»Ich kann sie finden. Wenn Sie sich nicht vom Fleck rühren.«
Carol starrte ihn an.
Keine zwei Minuten später balancierte Neal die Linse vorsichtig auf seinem Zeigefinger. Er hatte sie auf Mrs. Metzgers Rocksaum gefunden.

»Neal«, sagte Mrs. M., »vielen Dank! Wie haben Sie das gemacht?«

»Übung.«

Carols Mutter sah ihn an und sagte: »Ich *mag* ihn.«

»Ich hoffe, wir sehen uns bald wieder, Neal. Wir müssen los, Joan.«

»Meine Eltern mögen dich«, sagte Carol viel später, als sie vom Essen beim Chinesen nach dem Kino zurückspazierten.

»Sie haben einen guten Geschmack.«

Der Fahrstuhl brauchte ungefähr achttausend Jahre. Ihre Eltern waren noch nicht zu Hause. Carol und Neal kuschelten sich auf dem Sofa aneinander. Ihre Küsse waren wunderschön, und Küsse waren auch genug, mehr als genug, für diese Nacht. Sie saßen sittsam nebeneinander, als Carols Eltern vor der Tür diskret mit den Schlüsseln klimperten.

11

»Ich glaube wirklich nicht, daß das nötig ist«, sagte Neal zu Graham. Neal war siebzehn, und es gab eine Menge Sachen, die er nicht für unbedingt notwendig hielt. Sich in einer stinkenden alten Turnhalle in der Nähe des Times Square Boxhandschuhe zuknoten zu lassen, führte im Moment allerdings die Liste an.

»Das kann ich gut verstehen«, sagte Graham. »Aber entweder das, oder dieser Kung-Fu-Quatsch von Levine.«

Die Turnhalle lag im zweiten Stock eines verfallenen Gebäudes an der 44. Straße und roch wie das Innere einer Unterhose, die seit einem Monat im Wäschesack lag. Neal sah sich noch einmal um. Ein Dutzend Boxer schlug auf Speedbags, Heavybags und aufeinander ein. Ein einzelner Typ sprang Seil, was wesentlich angenehmer aussah.

»Warum«, fragte Neal, »muß ich überhaupt Kämpfen lernen?«

»Betriebsvorschrift.«

»So ein Quatsch.«

Der Typ, der vor Neals Stuhl kniete, und dem Jungen die Boxhandschuhe zuschnürte, schnitt eine Grimasse und blies ihm Zigarettenrauch ins Gesicht.

»Das ist die Kunst, ein Mann zu sein«, krächzte Mick und zog die Boxhandschuhe ein bißchen fester zu.

»Ich hab noch nie einen Kampf gesehen, in dem sie Zeit genug hatten, Handschuhe anzuziehen«, entgegnete Graham.

»Das liegt an den Leuten, mit denen du so zu tun hast. Okay, Junge, steh auf.«

Neal stand auf. Er schlug die Handschuhe gegeneinander, wie sie es im Fernsehen tun. Das Geräusch war ganz beruhigend.

»Versuch's mal«, sagte Mick.

»Du hast keine Handschuhe an.«

Mick grinste. »Du triffst mich sowieso nicht.«

»Da hat er wahrscheinlich recht«, sagte Graham.

Mit der tödlichen Gewalt eines Kätzchens, das nach einer Christbaumkugel angelte, schoß Neal eine rechte Grade los.

Mick beugte sich zur Seite, wich dem Schlag aus und stoppte seinen rechten Konter ein paar Zentimeter vor Neals Nase. »Laß Deine Linke oben«, sagte er angeekelt. »Hast du noch nie gekämpft?«

»Ich bin weggerannt.«

»Yeah, solche Fighter kenne ich, aber die werden schnell müde.«

»Deswegen fahr ich U-Bahn«, sagte Neal.

»Ich sehe schon. Wir müssen bei Null anfangen.« Mick seufzte.

Also fingen sie bei Null an. Dreimal die Woche, nach der Schule, ließ sich Neal von Mick, dem Prügler, Boxen beibringen. Er lernte, seine Linke oben zu lassen, Haken mit rechten Graden zu kontern, das Maul zu halten und das Kinn runterzudrücken. Er machte Liegestützen, Sit-ups, Kniebeugen. Er haßte es.

Nach drei Monaten entschied Mick, daß es Zeit war, sich an einen richtigen Boxer zu wagen.

Der Kampf wurde für einen Samstagmorgen angesetzt, Joe Graham und Ed Levine saßen im Zuschauerraum. Levine wollte wissen, wie Neal vorankam. Graham behauptete, daß er sich das Vergnügen, zu sehen, wie Neal ein paar aufs Maul bekäme, nicht entgehen lassen wollte.

Der Sparringpartner war ein junger Mann namens Terry McCorkandale. Er war aus Oklahoma, hatte einen roten Stoppelhaarschnitt und war der Sparringpartner eines Profis, der seinerseits Sparringpartner eines Profis war.

Das beruhigte Neal. Okay, dieser Typ war Profi, aber nur gerade eben. Außerdem hatte Neal hart trainiert. Er war kein Boxer, das wußte er, aber er konnte sich auf den Beinen halten. Er stieg in den Ring, gab McCorkandale die Hand, und grinste Levine und Graham zu. Dann nahm er Kampfhaltung ein und versuchte einen linken Haken.

Als er wieder zu sich kam, jammerte McCorkandale: »Ich hab ihn kaum berührt, ehrlich.«

»Welcher Tag ist heute?« fragte Mick.

»Januar«, sagte Neal.

»Nah dran«, sagte Levine. »Versuch's nochmal.«

Neal stand wieder auf den Füßen, war aber nicht sicher, wie er das geschafft hatte. Ihm tat alles weh. McCorkandale grinste ihn entschuldigend an.

Mick flüsterte Neal ins Ohr: »Er hatte einfach Glück, Junge. Schnapp ihn dir.«

Neal besaß eine Aufnahme der *1812*-Ouvertüre, und in den nächsten drei Minuten kam er sich vor, als stünde er direkt zwischen den Trommlern. Der Typ bearbeitete ihn wie eine Snaredrum, knallte ein paar Soli rein und donnerte ein paarmal auf die Baßtrommel, bevor Neal sich auch nur rühren konnte. Wäre Neal mit Telefonkabel gefesselt gewesen, er hätte hilfloser nicht sein können. Er war bloß dankbar, daß der Kerl sich gar keine richtige Mühe gab.

»Interessante Strategie«, sagte Levine zu Graham. »Er läßt ihn sich einfach auspowern.«

»Dieser Neal ist eine echte Nervensäge.«

Neal, die Nervensäge, tat, was er konnte. Er fing an zu lachen. Irgendwie kam es ihm komisch vor, daß er jedesmal, wenn er versuchte, zuzuschlagen, drei Fäuste abbekam. Also hielt er die Hände hoch und ließ sich verprügeln und kicherte.

»Ich muß sie stoppen«, sagte Mick.

»Er tut ihm nicht weh«, sagte Ed.

»Aber der Junge soll kämpfen. Der kriegt doch nicht mal seine Arme hoch.«

»Und?« fragte Levine Mick, als Neal duschte.

»Keine Chance«, jammerte Mick. »Der Schlechteste, den ich je hatte.«

»Okay. Kein Unterricht mehr.«

»Oh, Gott sei Dank, Ed. Ich hätte es echt nicht mehr übers Herz gebracht.«

»Willst du einen Milchshake?«

»Ich kann feste Nahrung zu mir nehmen. Ich will einen Cheeseburger.«

Nach dem Kampf saßen Neal und Graham im Burger-Joint. Neals Kiefer war geschwollen, und er hatte ein blaues Auge.

»Das hat Spaß gemacht, Neal. Mir hat es gut gefallen. Danke für den schönen Nachmittag.«

»Dann war es das wert, Graham.«

»Du hast dich gut geschlagen. Ich glaube, deine Rippen haben seiner Hand sogar eine Prellung beigebracht.«

»Ich hatte ihn genau da, wo ich ihn haben wollte. Noch zehn Minuten, dann wäre er umgekippt.«

Neal betrachtete sein Gesicht im Spiegel an der Wand. »Das wird Carol gar nicht gefallen.«

»Machst du Witze? Frauen stehen auf so etwas. Wenn du eine gebrochene Nase hättest, würde sie dich pflegen.«

»Ich brauche einen Eiskaffee.«

»Für dein Gesicht?«

Neal biß kleine Stückchen von seinem Burger ab. Dann kam der Eiskaffee, und Neal trank abwechselnd ein Schlückchen und hielt das Glas gegen seinen Kiefer. Plötzlich war er unheimlich müde.

»Vergiß es einfach. Der Junge war Profi.«

Neal schüttelte seinen Kopf. »Darum geht's nicht. Ich weiß nur nicht, was ich Carol erzählen soll. Und ihren Eltern.«

»Sie weiß nicht, was du tust?«

»Komm schon.«

»Wir sind nicht der CIA, Söhnchen. Du kannst ihr davon erzählen.«

»Wenn ich ihr erzähle, was ich tue, dann muß ich ihr auch erzählen, wie ich dazu gekommen bin.«

»Und?«

»Und dann haut sie ab. Und wenn sie es nicht tut, dann werden ihre Eltern dafür sorgen.«

»Du hast da echt ein Problem, Sohn...«

»Was du nicht sagst.«

»Mit deinem Kopf.«

Graham warf einen Fünfer auf den Tisch, kniff Neal in die Wange und ging. Neal saß noch eine Weile da, dann ging er nach Hause und zog sich für sein Rendezvous um.

Und ein paar Dates später erzählte Neal Carol alles. Daß er nie erfahren hatte, wer sein Vater war, daß seine Mutter ein Junkie war und was sie für einen Beruf hatte. Wie sie abgehauen war und daß er allein lebte. Und er erzählte ihr, daß er nebenbei ein paar Jobs für eine Art Detektei erledigte, aber daß er das nicht sein Leben lang tun wollte. Er wollte Professor werden.

Sie umarmte und küßte ihn, und dann nahm er sie mit zu sich, und sie liebten sich, und es war wunderschön, und sie versicherten sich, daß sie zusammen zum College gehen und immer füreinander da sein wollten.

Eine Woche später nahm Carols Vater ihn beiseite, als er sie gerade abholen wollte. Mr. Metzger führte ihn ins Arbeiszimmer. Carol hatte ihm von Neals Leben erzählt, und sowohl er als auch Carols Mutter hatten nicht das Gefühl, daß sie bereits reif für einen solchen Realitätsschock wäre. Neal könnte das sicherlich verstehen, und sie könnten ja immer noch in der Schule befreundet bleiben.

Neal und Carol trafen sich eine Weile heimlich. Sie erzählte ihren Eltern Lügen und brachte eine Freundin dazu, sie zu decken, und manchmal verbrachte sie sogar die Nacht bei Neal. Zuerst war das aufregend und romantisch, aber dann wurde es lästig und traurig, und Neal fand, daß er sowieso schon viel zuviel Verstecken spielte. Er wollte sie in aller Öffentlichkeit lieben dürfen. Nach einer Weile waren sie nurmehr Freunde, und dann nicht einmal mehr das.

Eines Nachts erzählte Neal Graham beim Essen die Geschichte und was er daraus gelernt hatte.

»Man kann einfach keinem trauen, Dad.«

»Das ist nicht wahr, Sohn. Mir kannst du trauen.«

12

Aus Connecticut kehrte Neal in ein leeres Appartement zurück. Das überraschte ihn nicht richtig, obwohl Diane in letzter Zeit oft hier übernachtet hatte.

An jenem Morgen, an dem er gegangen war, um mit Graham Zug zu fahren, hatten sie einen kurzen, aber heftigen Streit gehabt. Sie konnte nicht verstehen, daß irgend etwas so dringend war, daß er eine Prüfung versäumen mußte und daß irgend etwas so vertraulich war, daß er ihr nicht sagen konnte, wohin er fuhr oder was er tat. Er wollte ihr erklären, daß er es selbst nicht verstand, aber daß er sich trotzdem gezwungen fühlte, den Mund zu halten.

»Darf ich denn wenigstens wissen, wie lange du wegbleibst?« fragte sie.

»Ich würde es dir sagen, wenn ich es wüßte.«

»Na, toll.«

»Konntest du noch gut lernen?«

»Prima.«

Das bezweifelte er keine Sekunde. Er wußte, daß Diane klüger war als er und auch härter arbeitete. Sie war die Beste in jedem Kurs und jedem Seminar, aber so unsicher, daß sie es als einzige nicht wußte.

Sie hatten sich in Boskins Seminar »Vergleichende Literatur des 18. Jahrhunderts« kennengelernt, nur ein paar Wochen nach dem Halperin-Job. Er hatte gelesen und getrunken, allerdings mehr getrunken als gelesen, und sie waren auf dem Flur vor dem Seminarraum ins Gespräch gekommen. Er lud sie zum

Kaffee ein, sie ihn ins Bett, und irgendwann erklärte sie, daß sie Zeit für eine Beziehung hätte, aber nicht für langes Balzen. Er endeckte, daß hinter ihrem dunkelbraunen Pagenschnitt und den Hüten und Westen und sackartigen Klamotten ein wunderbar femininer Körper steckte. Sie liebte, wie sie studierte, absolut konzentriert und unglaublich aufmerksam, und sie schlief, während er seine Alpträume hatte.

Jetzt rief er sie auf ihrem Zimmer im Barnard an. Beim vierten Klingeln nahm sie ab.

»Yeah?«

»Hey.«

»Du hast ein Höllenexamen verpaßt.«

Er konnte es genausogut gleich hinter sich bringen.

»Ich muß eine Weile weg.«

Er konnte ihre Wut durchs Telefon spüren.

»Noch mehr Geheimagentenkram?«

»Ja.«

»Ich schlafe mit dir, weißt du?«

»Ich weiß.«

»Und wann werde ich dich kennenlernen? Wann darf ich die andere Hälfte sehen? Was ist so schlimm? Was ist so besonders an *deinen* Geheimnissen?« fragte sie und dann kicherte sie: »Hey, Neal, zeig mir deins, dann zeig ich dir meins.«

Seine Brust schnürte sich zusammen. »Wenn ich dir das zeige, wirst du mich verlassen.«

»Wenn du es mir *nicht* zeigst, werde ich dich verlassen.«

Das tat noch mehr weh. Er hatte nichts mehr zu sagen.

»Außerdem«, sagte Diane, »verlasse nicht ich dich, sondern du mich.«

»Kann ich rüberkommen?«

»Du, oder nur ein Teil von dir?«

Ein Teil von mir. Scheiß drauf.

»Ich denke, wir sehen uns, wenn ich wieder da bin«, sagte er.

»Vielleicht.«

Sie legte auf.

Na toll, Neal, dachte er. Aber vielleicht war es besser so. Du hast Selbstmitleid immerhin zu einer eigenen Kunst gemacht; jetzt hast du die Chance auf ein weiteres Meisterwerk. Er sah auf die Uhr. 23.30 Uhr. Er wählte Levines Privatnummer.

»Hey. Ich hoffe, ich habe dich geweckt.«

»Nicht unbedingt.«

»Fein. Wie geht's dem Frauchen? Wie immer oben auf?«

»Was willst du?«

»Ich brauche ein sicheres Haus.«

»Warum tut es nicht ein Hotel?«

»Da gibt es andere Gäste. Ich brauche ein sicheres Haus.«

Neal konnte Janets Stimme im Hintergrund hören. Sie jammerte von Jahr zu Jahr besser.

»Ich kümmere mich drum«, sagte Ed. »Noch was?«

»Geld.«

»Laß dir Quittungen geben.«

»Als Allie schon mal weg war, hast *du* sie gefunden?«

Die Pause war nur einen Moment zu lang. »Wovon, zum Teufel, redest du?«

Hübscher Versuch, du verlogener Drecksack.

»Nichts. Mach einfach weiter wie bisher.«

Levine knallte den Hörer auf die Gabel.

Wieso hängt mich heute eigentlich jeder ab?

Er wählte Grahams Nummer.

»Dad!«

»Sohn ...«

»Hast du was rausgekriegt?«

»Nichts.«

»War was in Eds Schreibtisch?«

»Nichts. Wenn wir jemals mit Allie Chase zu tun hatten, gibt es darüber jedenfalls keine Unterlagen.«

»Na ... danke für die Mühe.«

»War mir ein Vergnügen. Wann fährst du?«

»Morgen. Übermorgen. Ich warte auf ein paar Sachen von Ed.«

»Stört's dich, wenn ich wieder ins Bett gehe?«

»Schöne Träume.«

Neal legte schnell auf, damit er nicht schon wieder der Dumme war.

Das Telefon weckte ihn frühmorgens.

»Aufwachen, Arschkeks«, sagte Levine.

»Was willst du?«

»Nichts«, sagte er. Dann legte er auf.

Mittags klingelte es an der Tür. Neal kochte gerade Kaffee, starken, schwarzen Kater-Kaffee, der einen wieder zum Leben erweckt. Vielleicht war es Diane, vielleicht aber auch nicht. Er ignorierte das Läuten, bis die Klingel loslegte wie ein Maschinengewehr.

Joe Graham hatte sich gegen den Klingelknopf gelehnt.

»Aufwachen, aufwachen«, sagte er, als Neal die Tür öffnete. Er wartete nicht, bis er hereingebeten wurde, sondern ging an Neal vorbei, roch den Kaffee und schnappte sich eine Tasse aus dem Regal. Er betrachtete sie. »Ist die sauber?«

»Ich habe sie selbst gewaschen.«

»Ich riskier's trotzdem.«

Er goß sich eine Tasse ein und kippte Milch und Zucker dazu. Dann goß er eine zweite Tasse – schwarz, ohne Zucker – ein und stellte sie auf den Küchentisch. Bon voyage«.

»Weißt du etwas, was ich nicht weiß?«

Neal nippte an seinem Kaffee und glaubte wieder an einen allmächtigen gnädigen Gott.

»Ich weiß eine Menge Sachen, die du nicht weißt, Sohn, aber ich weiß auch, daß du heute abend um acht losfährst«, sagte Graham, holte ein Ticket aus der Innentasche seines Jacketts und warf es Neal zu. »Und daß ein Typ namens Simon Keyes – jetzt paß auf! Er ist ein Safari-Führer – dich am Flughafen abholt. Er wird fast den ganzen Sommer über weg sein. Du kannst das Kind in seinem Appartement entgiften.«

»Ein *Safari-Führer*? Das wird immer irrsinniger, Graham.« Neal goß sich eine zweite Tasse ein.

»Er hat einmal eine Safari mit dem Chef geführt. Er ist sozusagen ein Freund der Familie. Rate mal, was ich noch weiß.«

»Was?«

»Du sollst das Mädchen bis ersten August gefunden haben.«

»Um eine bestimmte Uhrzeit?«

»Im Ernst.«

»Im Ernst.«

Graham legte seine Gummihand in seine echte, wie er es immer tat, wenn er sich Sorgen machte. »Dieser Kaffee ist gar nicht so schrecklich. Ich bin überrascht. Sie wollen sie auch nicht *vor* dem ersten August zurückhaben.«

»Man soll Kinder sehen, aber nicht hören?«

»Ungefähr so.«

Yeah, ungefähr so, dachte Neal. John Chase balanciert auf einem schmalen Grat, und er glaubt, er sei der einzige, der es weiß. Er will Allie lange genug zurückhaben, damit sie für ein paar Fotos lächeln kann, aber nicht lange genug, daß sie »Daddy's little girl« singt. Er muß ganz schön wild auf den VP-Posten sein, wenn er dieses Risiko eingeht.

»Was haben wir heute, den achtundzwanzigsten Mai?«

»Den neunundzwanzigsten.«

»Den neunundzwanzigsten. Mir bleiben also noch ungefähr neun Wochen, um sie zu suchen, zu schnappen, in Ordnung zu bringen und sie zu überreden, mit mir zu kommen. Und diese Leute wollen sie auf den Tag genau geliefert bekommen? Was ist, wenn ich das nicht schaffe?«

Die Gummihand rieb emsig weiter. Graham gefiel die Sache auch nicht.

»Wenn du sie nicht pünktlich bringen kannst..., dann vergiß es«, sagte er.

»›Vergiß es‹?«

Graham zuckte mit den Achseln. Eine eloquente Geste.

»Okay«, sagte Neal. »Hab's kapiert.«

Allie ist ein paar Tage lang nützlich, wenn es die richtigen Tage sind. Wenn nicht, laß sie lieber, wo sie ist.

»Die Sache stinkt«, sagte Graham. Seine Gummihand war blitzblank gerieben.

»Wie beim Müllmannstreik im Juli.«

Graham goß sich noch eine Tasse Kaffee ein. Neal wußte, daß er noch nicht fertig war.

»Was weißt du noch, was ich nicht weiß?« fragte Neal.

»Dein Studium. Du kannst damit weitermachen.« Graham verrührte den Zucker äußerst sorgfältig. »Im Herbst.«

Könnte schlimmer kommen, dachte Neal. Sie hätten mich

rausschmeißen können. Aber die Gummihand rieb weiter. Da war noch was, und er wußte auch schon, was.

»*Wenn* ich Allie am ersten August abliefere.«

Graham stöhnte. Nickte.

Klatschen mit einer Hand.

Teil II
Unter Dealern

13

In der Nebelstadt London war es heiß. Als Neal sich aus dem Wirkungskreis von Heathrows kämpfender Klimaanlage nach draußen begab, hatte er das Gefühl, eine Sauna zu betreten.

»Etwas wärmer als sonst«, entschuldigte Simon sich. »Wir haben eine Trockenperiode. Alles wird einheitlich braun.«

»Ich dachte, hier regnet es immer«, sagte Neal.

»Ich bin nur froh, daß ich bald nach Afrika fahre; ins Kühle«, entgegnete Simon.

Neal lachte höflich über diesen Witz, bis Simons erstaunte Miene ihm verriet, daß es gar keiner gewesen war.

»Es ist wirklich kühler. Waren Sie mal dort?«

»Nein, leider nicht.«

Simon war ein Exzentriker. Neal schätzte ihn auf Ende Fünfzig, aber er konnte sich auch zehn Jahre hin und her irren. Er war groß und kantig, und sein Adamsapfel schien einem wilden Tier zu gehören. Er marschierte mit dieser typisch britischen Entschlossenheit, die man entweder bewundernswert oder nervig findet. Bei knapp achtundzwanzig Grad war es eher letzteres.

Simon trug ein pink gestreiftes Hemd, eine laubgrüne Hose, eine breite Paisley-Krawatte, blaue Polyester-Socken und Schnür-Mokkassins. Er hatte grau-braunes Haar und leuchtend blaue Augen. Seine Nase war ein kleiner Berg.

Er war ein Freund von Kitteredge. Er war mit Ethan und Frau auf Safari gewesen und hatte sich in London niedergelassen. Er fand die zivilisierte Welt ausgesprochen uninteressant und würde deshalb niemals die Story von Allie Chase weitertratschen. Er war Neals Gastgeber in London.

»In einer Woche muß ich weg, aber das sollte reichen. Ich schätze, ich bin sowas wie Ihr Führer. Sie sind ja so eine Art Kopfjäger.«

»Mädchenjäger, genaugenommen.«

Simon lachte. »Oh, ja. Nicht schlecht.«

Er hetzte über den Parkplatz, als wären sie zu spät zum Lunch mit der Queen. Urplötzlich stoppte er vor einem silbernen Sportwagen, einem Cabrio.

»Dies«, verkündete er begeistert, »ist ein Gordon-Keble.«

»Hübscher Wagen«, sagte Neal höflich. Er wußte, daß Autos vier Räder und ein Lenkrad hatten – solange man sie nicht über Nacht bei ihm zu Hause vor der Tür parkte.

»Davon wurden überhaupt nur dreizehn gebaut«, sagte Simon stolz. »Mir gehören drei davon.«

»Das ist ja toll.«

»Eine meiner Schwächen«, flüsterte Simon, als beichte er, auf zwölfjährige Chinesinnen in Nonnentracht abzufahren.

»Und die anderen?«

»Die anderen Wagen?«

»Die anderen Schwächen.«

»Sie werden schon sehen«, sagte Simon ernsthaft.

Simon verstaute Neals Gepäck hinter den Sitzen. Neal ließ sich auf dem Beifahrersitz nieder; er kam sich vor, als säße er nur ein paar Zentimeter über dem Asphalt. Simon ließ den Motor an. Der kleine Wagen schien teuflische Kräfte zu besitzen. Neal hatte das beängstigende Gefühl, daß das kleine Biest nur auf diesen Augenblick gewartet hatte; es vibrierte begeistert, und Neal vibrierte von den Fußsohlen bis zu den Haarspitzen mit. Der Keble brummte wie ein Wolf am Rande einer Schafherde.

»Tolles Gefühl, was?« fragte Simon begeistert.

»Ja.« Panik.

Simon fuhr, als wüßte er etwas, das Einstein übersehen oder Gott nie so gemeint hatte. Falls es in der Natur tatsächlich irgendwo ein Vakuum gab, witterte er es, und dann brauste er auch schon los, überholte rechts, links, auf der Mittelspur und wenn's sein mußte, auch zwischen den Spuren. Der Keble reagierte, als stünde er in direktem Kontakt mit dem Hirn seines Herrn und Meisters.

Neal versank so tief wie möglich in seinem Sitz und schloß die Augen, so oft es das gute Benehmen erlaubte.

»Warum nur dreizehn?« schrie er durch den Fahrtwind. Vielleicht würde ein Gespräch ihn von seinem Brechreiz ablenken.

»Nachdem Gordon tot war, hatte Keble kein Interesse mehr daran.«

»Wie ist Gordon gestorben?« Neal haßte sich für diese Frage. Er wußte, die Antwort würde alles nur noch schlimmer machen.

»Wollte einem Huhn ausweichen und ist gegen eine Mauer gefahren. Er wurde drüber geschleudert und landete direkt auf dem Friedhof. Passend, was?«

Simon kreuzte drei Spuren, ohne sich um das entsetzte Hupkonzert zu kümmern, und quetschte sich in eine winzige Lücke. Er beschleunigte in einer Außenkurve, raste einen Hügel herunter und bremste gerade noch rechtzeitig, um einem LKW auszuweichen. Er wechselte auf die Überholspur und drückte das Gaspedal durch.

»Ich hatte selbst drei böse Unfälle!« rief Simon begeistert. »Einen in Madagaskar! Hab Monate im Krankenhaus gelegen. Hab mir alle wichtigen Knochen gebrochen!«

Der Verkehr wurde etwas lichter, und Simon durfte endlich zeigen, was er und der Wagen konnten. Neal betete, daß Simons Kopf nicht zu den wichtigsten Knochen gehört hatte. Blaß und entgeistert klebte Neal im Beifahrersitz. Er hoffte nicht mehr, zu überleben. Er wünschte sich nur noch ein kurzes, gnädiges Ende. Schweißperlen der Angst mischten sich mit jenen, die die Hitze verursachte, und der silberne Dämon raste schneller und schneller auf den Feuertod zu. Neal schrieb im Geiste eine Postkarte an Joe Graham: »Lieber Dad, mir geht es gut. Ich wünschte, du wärst hier.«

14

Simons Wohnung lag im ersten Stock eines Stadthauses in der Regent's Park Road, einer ruhigen Straße in der Nähe des Londoner Zoos. Ausgezeichnete Gegend für ein sicheres Haus. Simon gehörte das ganze Haus, aber das Erdgeschoß hatte er an ein verheiratetes schwules Paar vermietet.

»Schließlich«, erläuterte Simon, als sie die schmale Treppe

zu seiner Wohnung hinaufgingen, »verbringe ich den Großteil meiner Zeit in Afrika. Was soll ich also mit einem ganzen Haus?«

Die Wohnung war nicht groß. Das Wohnzimmer lag zur Straße und reichte über die ganze Breite. Von ihm ging eine kleine Küche ab, an die Schlaf- und Badezimmer grenzten.

Vor einem der beiden Panoramafenster, die das Wohnzimmer erhellten, stand eine Liege. Simon stellte Neals Tasche daneben. »Ihr Bett, zumindest bis ich nächste Woche abreise. Ich hoffe, es gefällt Ihnen.«

»Klasse«, sagte Neal, und dann sah er die Wände. Sein Mund blieb offenstehen.

Simon sagte: »Meine andere Schwäche. Ich mag Bücher.«

Wie wahr. Die Wände des Raumes waren im Grunde ein einziges großes Regal, ein kleiner Tisch in der Mitte des Zimmers brach fast unter dem Gewicht der Kataloge zusammen, und in jeder Ecke stapelten sich Bücher. Neal trat an das Regal heran und betrachtete die Buchrücken. Viele Memoiren von Entdekkern des neunzehnten Jahrhunderts – Burton, Speke, Stanley –, und alles Erstausgaben. Dann entdeckte Neal die Werke von Fielding und Smollett.

»Simon, das ist ja unglaublich.«

Simon freute sich sichtlich. »Sie lesen?«

Neal nickte und starrte die Bücher an.

»Was lesen Sie?« fragte Simon.

»Das«, sagte Neal und zeigte auf das Regal. »Genau das. Als Taschenbuch.«

»Sie dürfen die Bücher anfassen.«

»Nein, ist schon in Ordnung.«

»Sie werden nicht auseinanderfallen.«

Neal hatte Angst, daß sie genau das täten – so alte, so wertvolle Bücher. Er könnte vermutlich den Rest seines Lebens quietschvergnügt in diesem Raum verbringen.

»Sammeln Sie?« fragte Simon.

»Ich bin ein mittelloser Student.«

»Ich dachte, Sie wären Privatdetektiv?«

Neal lächelte. »Das auch.«

Und damit verdiene ich trotzdem kein Geld, dachte er.

»Was studieren Sie?«

»Literatur des achtzehnten Jahrhunderts.«

»Eigenartige Kombination, Detektiv und Akademiker.«

Eine Menge ironischer Kommentare kamen Neal in den Sinn, aber er sagte nur: »In beiden Bereichen muß man recherchieren.«

»Das stimmt natürlich.«

Nicht einmal mit einem Stemmeisen hätte man Neals Blick von den Büchern lösen können.

»Wer ist Ihr Lieblingsautor?« fragte Simon.

»Ich schreibe meine Arbeit über Smollett.«

»Ach.«

Das sagen alle, dachte Neal. Was sie meinen, ist: Ach, wie langweilig.

Simon ging zum Bücherregal und nahm vier Bände heraus. Er gab Neal einen davon und schaute ihn erwartungsvoll an.

»Simon, das ist eine der seltenen Erstausgaben von Smolletts *Die Abenteuer des Peregrine Pickle*.«

Simon grinste. »Die ungekürzte von 1751. Aber das ist noch nicht alles.« Er zeigte mit dem Kinn auf das Buch; Neal sollte hineinsehen.

»Handschriftliche Notizen...« Neal betrachtete die Notizen genauer. Er wollte seinen Augen kaum trauen, aber das sah tatsächlich aus wie die Handschrift vom alten Smollett höchstpersönlich. Er blickte zu Simon auf und zog die Augenbrauen hoch.

Simon nickte begeistert. »Von Smollett selbst. Tolle Sachen. Gemeine Kommentare über die Leute, die er beschreibt, kleine Randbemerkungen, so was.«

Neals Hände fingen an zu zittern. »Simon, das ist...«

»Der *Pickle*.«

»Es gab nur Gerüchte, daß dieses Buch existiert.«

Simon kicherte. »Ich weiß.«

»Das muß viel wert...«

»Ich hab zehn dafür bezahlt.«

»Tausend?«

»Ja.«

»Pfund?«

»Ja.«

Neal schluckte. Mit den Notizen in diesen vier Bänden könnte er seine Arbeit untermauern. Karriere machen... Er gab Simon das Buch zurück.

»Ich könnte es für zwanzig oder so verkaufen. Vielleicht sollte ich das tun. Ich bin nicht so scharf auf Smollett, muß ich zugeben.«

»Kein Problem.«

Nur eine Handvoll Leute waren wild auf Smollett, darunter Professor Leslie Boskin von der Columbia University.

Simon legte die vier Bände auf Neals Bett. »Ich kenne einen Sammler, Arthur »Arschloch« Kendrick... *Sir* Arthur »Arschloch« Kendrick. Er hat den Verdacht, daß ich diese Bücher besitze. Er würde ein Vermögen dafür zahlen.«

»Warum lassen Sie es ihn dann nicht tun?«

»Das Schwein liebt Bücher nicht. Er will sie nur besitzen. Für ihn sind Bücher eine Investition, eine Geldanlage. Er hat keine Bücher verdient.« Simon wurde rot. »Sie sind einer der wenigen, die wissen, daß ich diese Bücher besitze. Einer der wenigen, die überhaupt wissen, daß es diese Bücher gibt.«

»Ich bin geehrt.«

»Sie lieben Bücher. Das kann ich sehen. Ich hoffe, Sie finden die Zeit, sich die Bände einmal genauer anzusehen, während Sie hier sind.«

Das hoffe ich auch, dachte Neal.

»Leider«, sagte Neal, »muß ich jetzt aber schon wieder los. Ich muß heute noch in mein Hotel einchecken.«

Simon war enttäuscht. »Oh. Ich hatte gehofft, wir könnten uns über Bücher unterhalten. Morgen früh fahre ich in mein Landhaus. Nur für zwei oder drei Tage, bevor ich nach Afrika reise. Sind Sie sicher, daß Sie nicht mitkommen wollen? So eilig können Sie es doch gar nicht haben?«

»Leider doch.«

»Was für ein Pech. Das Landhaus liegt im Yorkshire-Moor. Man kann dort seinen eigenen Herzschlag hören. Ich gebe Ihnen die Adresse, für den Fall, daß Sie es sich anders überlegen.«

»Danke.«

»Aber bitte bleiben Sie wenigstens zum Essen. Wir werden über Bücher sprechen.«

Das Essen bestand aus einem Beefsteak, das zäher als der Hintern eines Jockeys war, zerkochtem Gemüse, matschigen Kartoffeln, Früchten aus der Dose, einem Rotwein, der sich hervorragend zum Säuern von Salaten eignete und einer Unterhaltung, die sich ausschließlich um Bücher drehte. Neal fand das Essen großartig. Das einzige, was er sich gewünscht hätte, wäre die Gesellschaft von Professor Leslie Boskin gewesen.

15

»Seit vielen Jahren reden die Leute vom *Pickle*, aber ich glaube trotzdem nicht, daß es ihn gibt«, sagte Professor Boskin und wedelte mit seiner Zigarette. Er rauchte viel, wenn er aufgeregt war, und er war immer aufgeregt, wenn es um Smollett ging.

Neal hatte sich aus zwei Gründen für die Columbia University entschieden: Empfehlungen von Freunden und von Professor Leslie Boskin, dem berühmtesten Kenner der englischen Literatur des achtzehnten Jahrhunderts. Er war aus irgendeiner Stahlstadt in Pennsylvania nach Harvard gekommen und mit 37 bereits eine Autorität. Sein erstes Buch, *Der Roman und die neuen Leser*, definierte das Feld neu. Er war ein echter Gentleman des achtzehnten Jahrhunderts: Er zahlte seine Rechnungen, gab seine Runden aus und glaubte fest an die Kraft der Freundschaft. Einer seiner Freunde war Ethan Kitteredge, der Boskin an Deck der *Haridan* von dem Leben und Streben seines neuen Studenten Neal Carey berichtete. Wenig später lud Boskin Neal zu einem chinesischen Essen ein. Jeder Englisch-Student wußte, was das bedeutete: das Angebot, unter Boskins Obhut den Abschluß zu machen. Zwei Jahre Tyrannei, Schikane, Korinthenkackerei und langsame Folter.

Neal war begeistert. Genau das hatte er sich immer gewünscht. Er saß hinter der Peking-Ente und hörte zu. Boskin war in Fahrt. Seine schwarzen Augen glühten.

»Smollett hat jahrelang um Aufmerksamkeit gebettelt. Er hatte einen Minderwertigkeitskomplex wie ein Maultier auf einer Esel-Versammlung. Er war Schotte, er war nicht sonderlich gebildet... damals standen Chirurgen ziemlich weit unten in der gesellschaftlichen Hierarchie. Als sein erster Roman *Die Abenteuer des Roderick Randoms* erschien, dachte er, nun würde die Londoner Literaturszene ihn endlich akzeptieren.« Boskin machte eine kurze Pause, um etwas Entenfleisch und Pflaumensauce auf seinen Pfannkuchen zu legen. »Aber das taten sie nicht. Johnson, Garrick und all die anderen Jungs ignorierten ihn weiterhin. Daraufhin schreibt er den *Pickle* und gibt es ihnen so richtig. Tolle Satire. Und dann die Erinnerungen der Lady Vane; die hat er auch noch verwendet, nur so aus Spaß. Stellen Sie sich vor: Das Tagebuch einer hochwohlgeborenen Lady, die es mit jedem treibt; die Leute fragen sich natürlich, woher Smollett all die Details weiß. Der *Pickle* wird ein Riesenerfolg! Die Leute lieben es! Und die Londoner Society nimmt ihn endlich auf. Johnson, Garrick, alle miteinander.«

Neal sah zu, wie Boskin sich ein großes Stück Pfannkuchen in den Mund schob, schnell kaute und es mit einem Schluck Bier herunterspülte. Boskin schien lieber über Smollett zu reden als zu essen.

Er stellte sein Glas ab und fuhr fort. »Aber plötzlich sind ihm die ganzen Anspielungen im *Pickle* peinlich, und als er eine zweite Auflage machen soll, streicht er das meiste wieder raus. Aber er selber hat eine Ausgabe – *eine einzige Ausgabe*, in der er seine Notizen macht: wer wer ist, worin der Witz besteht, die Wahrheit über Lady Vane. War sie seine Geliebte? Sind all die hübschen kleinen Schweinereien wahr?«

Boskin angelte sich mit seinem Stäbchen eine Garnele. »Smollett wird alt. Aus gesundheitlichen Gründen geht er nach Europa. Auf einer Hand wächst ihm ein Tumor, so groß wie ein Baseball. Seine Tochter, sein einziges Kind, stirbt. Das Leben ist mies; er ist pleite, krank... schließlich stirbt er in Italien. Wir wissen aber, daß er von jedem seiner Bücher eine Ausgabe bei sich hatte, als er seinem letzten großen Kritiker begegnete.

Was also macht die Witwe? Kein Geld... keine Zukunft... kein Stück vom Kuchen...«

»Sie verkauft die Bücher.«

»Genau! Alles, was ihr blieb, war der Ruhm ihres Gatten. Also verkaufte sie seine Sammlung, ein Buch nach dem anderen. Und alle diese Bücher sind wieder aufgetaucht, außer seinem *Pickle*. Der *Pickle*. Eine literarische Fundgrube. So fing das Gerücht an. Es heißt, der *Pickle* wäre nie aufgetaucht, weil er alle diese Notizen über Samuel Johnson, Garrick, Akenside und die sportliche Lady Vane enthält. Jeder Sammler, jeder Forscher, würde sein linkes Ei geben, nur um diese Ausgabe einmal sehen zu dürfen. Bloß, daß die gar nicht existiert. Den Rest der Ente können Sie übrigens aufessen.«

Bloß, daß die *doch* existiert – in Simon Keyes' Appartement. Neal hatte sie in Händen gehalten. Bücher, die seine Zukunft sichern könnten, sein Glück, seine Freiheit. Und er hatte sie zurück ins Regal gestellt.

16

Das Piccadilly Hotel war genauso schlicht wie sein Name. Weder einfach noch unattraktiv, aber schlicht in dem Sinne, das es wußte, was es war: ein solider Aufenthaltsort, um Geschäfte zu machen, die City zu besichtigen, ins Theater zu gehen, die Sehenswürdigkeiten Londons zu bestaunen. Es bot große Zimmer, breite Betten, gutes Essen und Zimmerservice. Man konnte sich alles, was man wollte, bringen lassen. Im Picadilly Hotel wußte man, daß die Leute ins Hotel gingen, um andere Dinge zu tun als daheim.

Die Lobby war großzügig und stammte aus einer Zeit, in der sich Leute noch in Hotellobbies trafen. An der Bar war es bei warmem Wetter kühl und bei kühlem Wetter angenehm warm. Es war eine dieser Bars, in der Männer zwar nicht ihre Schlipsknoten lockerten, sich aber trotzdem entspannt fühlten, und wo der Barkeeper aufmerksam, aber nicht aufdringlich war.

Wenn man im Piccadilly Hotel reservierte, bekam man immer ein Zimmer. Sie überbuchten das Hotel niemals, im Gegenteil: Sie hielten immer ein paar Zimmer für Notfälle frei. Man konnte eine Nacht oder ein Jahr bleiben. Die Regeln waren immer die gleichen. Man bezahlte seine Rechnung und behielt sein Jackett an.

Neal zog seines aus, kaum daß er sein Zimmer im sechsten Stock betreten hatte. Ein kleiner Ventilator im Fenster kämpfte tapfer gegen die Hitze. Neal streifte seine Schuhe ab und betrachtete das Zimmer. Leuchtend roter Teppich, blaue Tapete, Bilder von barbrüstigen Boxern. Ein männliches Zimmer.

Das Bett war in einer Zeit gebaut worden, in der die Männer ihre Reitstiefel bei jeder Gelegenheit anbehielten. Wie alles in diesem Hotel war es groß und zweckmäßig. Es gab ein kleines Badezimmer, in dem sich eine uralte riesige Wanne, ein passendes Waschbecken, ein kleiner Ablagetisch und mehrere Spiegel befanden. Ein winziges Fenster klebte hoch oben unter der Decke.

Neal gab dem Pagen ein abartig hohes Trinkgeld und fragte ihn noch: »Ihr Name bitte, falls ich irgend etwas brauche?«

Dann hängte er sorgfältig seine Sachen in den Schrank – den unvermeidlichen bügelfreien Polyester-Blazer, den gestreiften Seersucker und seine Sommerhosen. Er legte seine gefalteten Hemden in eine Kommodenschublade, stellte seinen billigen Reisewecker auf den Nachttisch und legte ein paar Taschenbücher daneben. Er räumte seine Waschsachen im Badezimmer auf die Ablage, holte anschließend ein paar Briefumschläge aus seiner Tasche und verteilte sie strategisch im Zimmer. Zum Schluß deponierte er die aktuellen britischen Ausgaben von *Playboy* und *Penthouse* im Badezimmer.

Beim Zimmerservice bestellte Neal eine Flasche Scotch und ein wenig Eis dazu. Dann zog er sich ein frisches blaues Hemd an und band einen roten Schlips um. Er knöpfte den obersten Knopf des Hemdes wieder auf und lockerte den Knoten. Als nächstes zündete er eine Zigarette an, paffte daran, bis sie richtig brannte, und legte sie in den Aschenbecher, damit sie den Raum vollstinken konnte.

Er gab dem Zimmerkellner zuviel Trinkgeld, goß ein wenig von dem Scotch ins Waschbecken und mixte sich dann einen Drink. Er setzte sich mit der Kopie der Kleinanzeigen, die Scott Mackensen in die Welt der Sünder geführt hatten, vor das Telefon und wählte.

Team Nummer eins erschien nach einer halben Stunde. Sie sahen beide ganz gut aus. Die ältere hatte flammendrotes Haar und Sommersprossen. Sie trug ein grünes Kleid und die typischen schwarzen Strümpfe. Ihre Kollegin war eine angenehm pummelige Blondine. Keine von beiden war auf Scotts Bildern zu sehen gewesen. Beide wurden sehr aufmerksam, als sie nur einen Mann im Zimmer sahen.

»Alles in Ordnung«, sagte Neal. »Ich will nur reden.«

»Magst du uns nicht, Schätzchen?« fragte die Grüne.

Neal gab ihnen das übliche Honorar in bar und entschuldigte sich für die Unannehmlichkeiten.

Team Nummer zwei waren zwei schwarzhaarige, blauäugige, strenge Ladies in schwarzen Kleidern. Sie nahmen Neals Geld und quittierten seine Entschuldigung mit höhnischer Verachtung.

Team Nummer drei waren zwei Irinnen, die sich über das Geld richtig freuten. Team Nummer vier waren zwei wahrhaft gutaussehende Schwarze, und Neal schämte sich, als ihm die Absage einen Augenblick lang in der Kehle feststecken blieb. Team Nummer fünf behauptete, Mutter und Tochter zu sein, was durchaus hätte zutreffen können. Er fragte sich, was für Männer einen Dreier mit einer alten Frau und einer Fünfundzwanzigjährigen, die sich als Alice im Wunderland verkleidet hatte, abziehen wollten. Team Nummer sechs kam gegen eins. Die Girls sahen toll aus und wollten auch ein tolles Honorar, aber sie waren immer noch nicht die richtigen. Neal hatte trotzdem das Gefühl, dicht dran zu sein, und zeigte ihnen das Polaroid.

»Du weißt, was du willst, Darling.«

»Kann man wohl sagen.«

»Tut mir leid. Die hab ich noch nie gesehen. Wenn das alles ist, machen wir uns wieder auf die Socken. Bist du ein Frust-Freak, oder was?«

Du hast ja keine Ahnung, Lady.

Nummer sechs bot an, zu strippen. Nummer sieben waren Transvestiten. Nummer acht war ein Cop.

Ein Riesen-Cop. Seine breiten Schultern hingen nach vorn, von all den vielen Jahren, die er in niedrigen Räumen gestanden und sich durch kleine Türen gebückt haben mußte. Er hatte traurige Cop-Augen. Augen, die schon alles gesehen hatten und sich wünschten, sie hätten weggesehen. Er trug einen Dreiteiler und schwitzte kein bißchen. Neal schätzte ihn auf Ende Vierzig.

»Darf ich reinkommen?« fragte er und kam herein.

»Aber natürlich.«

Gute Cops brauchen Platz, und dies war ein guter Cop. Die meisten Mietbullen halten einem sofort ihre Lizenz unter die Nase, aber dieser Typ machte sich nicht die Mühe. Er setzte sich hin und bat Neal, sich doch ebenfalls zu setzen.

»Mein Name ist Hatcher«, sagte er. »Ich bin von der Wache in der Vine Street. Wissen Sie, wo das ist?«

Neal setzte sich auf das Bett. »Nein.«

»Direkt gegenüber der Man-In-The-Moon-Passage. Wissen Sie, wo die ist?«

»Ich weiß nicht, wo irgendwas ist.«

Hatcher nickte. »Direkt hinter der Küche und der Reinigung. Wissen Sie, warum ich Ihnen das alles erzähle?«

Ja, ich weiß, dachte Neal. Du könntes mir einfach sagen, was du willst, aber du willst das Frage-Antwort-Spiel etablieren. »Ich habe keine Ahnung.«

»In diesem Hotel gibt es keinen Hausdetektiv, weil ich in Sekundenschnelle hier sein kann. Ich bin kein Hausdetektiv. Ich bin Inspektor der Londoner Polizei.«

»Möchten Sie etwas trinken? Ich habe Scotch, Scotch mit Wasser und Scotch on the rocks.«

»Scotch, danke.«

Neal goß ein Glas ein und reichte es Hatcher. Dann setzte er sich wieder auf's Bett und wartete.

»Die Angestellten dieses Hotels kamen nicht umhin, auf einen ungewöhnlich hohen Publikumsverkehr zu Ihrem Zimmer aufmerksam zu werden.«

»Ich suche nach einem Mädchen.«

»Offensichtlich.«

»Nach einem blonden Mädchen.«

»Muß ja etwas ganz Besonderes sein, Mr. Carey.«

Neal zuckte mit den Achseln und machte ein dummes Gesicht. Das war leicht. Er hatte nicht mit der Polizei gerechnet.

»Und haben Sie sie schon gefunden?« fragte Hatcher.

»Noch nicht.«

Hatcher nippte an seinem Drink. »Aber Sie haben vor, die Suche fortzusetzen nach dem... heiligen Gral.«

»Ja.«

Hatcher sah noch ein wenig trauriger drein. Dann starrte er auf den Teppichboden, bevor er Neal wieder ansah. Ein alter Bullentrick, der Neal nicht sonderlich überraschte.

»Aber nicht in *diesem* Hotel.«

Neal stand auf und goß sich nach. Er hielt die Flasche fragend hoch. Hatcher nickte.

»Warum nicht?« fragte Neal.

»Ein bißchen rein und raus macht uns nichts aus. Aber Sie veranstalten hier so eine Art Prostituierten-Wettlauf.«

»Na und? Das ist doch nicht verboten.«

»Es ist unziemlich.«

»Es macht Ihnen also nichts aus, wenn Gäste sich Huren aufs Zimmer kommen lassen, Sie wollen nur nicht als Stundenhotel verschrien sein.«

Hatcher schüttelte den Kopf. »Ich habe nichts dagegen, wenn Gäste sich Huren auf's Zimmer kommen lassen, aber ich möchte ein Stück vom Kuchen.«

Neal grinste.

»Bitte verstehen, Sie, Mr. Carey«, sagte Hatcher. »Diese Telefon-Bestellungen lassen die Jungs außen vor – die Pagen, den Empfangschef, die Polizisten in der Nähe, die bald pensioniert und vorher bestimmt nicht mehr befördert werden...«

»Was also schlagen Sie vor?« Neal konnte erkennen, daß es dem Cop unangenehm war, es auszusprechen.

»Ich schlage vor, daß Sie versuchen, Ihre Libido ein wenig unter Kontrolle zu halten, und wenn es doch einmal nötig wird, dann geben Sie einfach dem Pagen Bescheid.«

Wenn ich mich nur durch die Betten wühlen wollte, dachte Neal, wäre das ja kein Problem. Aber meine einzige Chance, Allie zu finden, ist via Telefon. Er stand auf und ging zur Tür. »Tut mir leid.«

Hatcher ignorierte diese Aufforderung gänzlich. »Darf ich mich ein wenig umsehen?«

»Es ist Ihre Stadt.«

»Was bringt Sie nach London?« tönte es aus dem Bad.

»Geschäfte.«

»Sie waren schon sehr geschäftig.«

Neal wußte, was jetzt passieren würde.

»Oje«, sagte Hatcher. Er kam mit einer kleinen Plastikschachtel aus dem Bad.

»Das ist nicht meine«, sagte Neal.

Hatcher griff in seine Jackentasche und holte ein Paar Handschellen hervor. »Trotzdem.«

Neal streckte die Hände aus, um seine Kooperationsbereitschaft zu demonstrieren, und sagte: »Warum verrate ich Ihnen eigentlich nicht, weshalb ich wirklich hier bin?«

Hatcher kam nach einer halben Stunde mit den Telefonlisten des Hotels wieder.

»Ihr Mackensen hat nur drei Anrufe von seinem Zimmer aus gemacht.«

Sie verglichen die Nummern mit den Kleinanzeigen. Nummer elf paßte. Neal griff nach dem Hörer.

»Nicht mehr in Betrieb. Ich hab's schon überprüft.«

»Aber die nächste Nummer muß die von dem Dealer sein.«

»Stimmt, aber auch das hilft uns nicht weiter. Das ist eine Telefonzelle am Leicester Square.«

In zehn Minuten waren sie da. Hatcher zeigte auf eine Telefonzelle. Sie war frei.

»Ihr Dealer ist nicht blöd«, sagte er. »Die Mädchen wußten, wie sie ihn erreichen können. Vielleicht hat er bestimmte Sprechzeiten. Verschiedene Zellen zu verschiedenen Zeiten. Ich geb Ihnen jetzt einen Rat, auch wenn Sie ihn vielleicht nicht hören wollen. Lassen Sie's. Fahren Sie zurück in die

Staaten und sagen Sie Ihrer Tante und Ihrem Onkel, daß sie ihre Tochter besser vergessen sollen. Ihre Bemühungen in allen Ehren, aber... Selbst wenn Sie sie finden, kriegen Sie vermutlich eher ein Messer in den Bauch als Ihre Cousine wieder. Sie sind ein Fremder in der Drogenszene.«

»Ich muß es versuchen.« Er bemühte sich, edel und gut aufzutreten.

»Wie Sie wollen.«

»Danke für Ihre Hilfe.«

Hatcher lächelte. »Vergessen Sie's. Und das meine ich wörtlich.«

Neal räumte auf. Er sammelte die Magazine und Zeitungen ein und warf sie in den Papierkorb. Er riß das Fenster auf und ließ den Rauch raus. Er spülte die Gläser im Waschbecken, und dann mixte er sich einen weiteren Drink, während er das Badewasser einließ.

Nicht so schlecht, dachte er, als er im heißen Wasser lag. Er hatte zwar keine Adresse, aber immerhin hatte er die Telefonzelle. Das paßte zu Mackensens Story. Und er nahm sich vor: Morgen überwache ich die Zelle. Und finde den Dealer. Der mich zu Allie bringt.

Kein Problem.

17

Das Dumme war nur, daß er nicht da war.

Also wartete Neal, was gar nicht so schlimm gewesen wäre, wenn die gottverdammte Hitze nicht gewesen wäre. Neal hatte schnell gelernt, »gottverdammte Hitze« zu sagen, denn das sagten alle hier. In einem Land, in dem man Klimaanlagen für dekadent hielt und für einen Eiswürfel im Drink extra bezahlen mußte, war so eine Hitzewelle wahrlich eine Plage.

Neal schwitzte lange Nachmittage auf dem Leicester Square. Er hatte sich eine Bank ausgesucht, von der aus er gute Sicht auf die Telefonzelle und ihre Umgebung hatte. Nun ist eine öffentliche Bank allerdings eine eifersüchtig überwachte Sache, also war Neal vorsichtig und blieb nicht zu lange sitzen. Sonst wären vielleicht irgendwelche Penner oder paranoiden Taubenfütterer auf ihn aufmerksam geworden, für die dieser Platz so eine Art Zuhause war. Öffentliche Parks und Plätze, die einstmals von stolzen Mittelklasse-Städtern zur Zierde gebaut worden waren, sicherten längst das Überleben der Ausgestoßenen. Solange man keinen Ärger machte, konnte man bleiben. Lauter zu schreien als üblich, Dope allzu offensichtlich zu verscherbeln oder eine Waffe hervorzuzaubern, um sich einen Platz auf einer Bank zu erobern, gehörten zu den wenigen Dingen, die die Polizei auf den Plan riefen.

Neal bemühte sich also nach Kräften, nicht aufzufallen, was er mehr oder weniger sowieso stets und ständig tat. Wenn man zu intensiv versucht, nicht aufzufallen, fällt man beinahe automatisch auf. Das gilt vor allem auf der Straße, deren Bewohner eine besonders feine Antenne für Unnatürlichkeit haben. Die beste Methode, nicht gesehen zu werden, ist, einfach sichtbar zu bleiben.

Menschen sehen vor allem Bewegungen. Wenn man still sitzt, nehmen sie einen nicht wahr.

Die Langeweile ist der verläßlichste Freund des Detektivs. Sie verschwindet nie lange, und sie kommt immer wieder zurück, dachte Neal.

Dabei war Langeweile nicht einmal unbedingt schlecht. Wenn einer der seltenen Fälle eintrat, in denen es spannend wurde – weil jemand ein Messer oder sogar eine Pistole zückte –, dann sah die Langeweile richtig gut aus. Außerdem: Es gab Schlimmeres als Langeweile. Im heißesten Juni aller Zeiten auf dem Londoner Leicester Square fiel es Neal allerdings schwer, sich mit dieser Sichtweise anzufreunden. Auf jemanden zu warten, der nicht kam. Der vielleicht nie kommen würde. Der vielleicht nur einen einzigen Abend mit Allie verbracht und sie dann weggeschickt hatte. Auf jemanden, der das fehlende Glied in einer sehr, sehr dünnen Kette war.

Neal hatte Einstein geschwänzt, aber er wußte, daß Zeit relativ war. Minuten krochen dahin, Stunden dehnten sich endlos, aber Tage rasten vorbei. Der Mai war rum, der Juni schon eine Woche alt, und Neal war Allie noch kein bißchen näher gekommen. Und sie zu entdecken, war erst der Anfang. Sie zu erwischen, würde Zeit kosten, sie in Form zu bringen, ebenfalls. Drüben in den Staaten bereiteten die Demokraten sich auf ihre Versammlung vor, Senator Chase feilte an seiner Antrittsrede, Ed Levine bombardierte Neal mit Telexen, in denen er »Taten« forderte, und Neal saß auf einer Bank und raste in Zeitlupe auf seine Ziellinie zu. Nur noch acht Wochen, der Countdown lief.

Die Hitze machte die Sache nur noch schlimmer. Nach zehn Minuten klebte Neals Hemd an der Bank. Seine Jeans sog sich an seinen Eiern fest, und seine Achselhöhlen rochen schon mittags wie eine Motorradgang.

Keine Brise, nicht der winzigste Hauch eines Windzugs.

Neal zwang sich hin und wieder aufzustehen und sich zu bewegen. Er spazierte in Covent Garden herum, dann den Piccadilly Circus entlang, durch Soho, Chinatown. Manchmal schaffte er es bis zur National Gallery, wo er die Menschenmassen auf dem Trafalgar Square beobachtete. Hunderte von Teenagern; aber keine Allie.

Meistens saß er jedoch einfach da, ein Tiger bei der Arbeit. Er fing um zwölf an. (Das Beste an Dealern sind ihre Arbeitszeiten.) Er ließ sich auf die Bank fallen, warf einen Blick in die *International Herald Tribune* und las die Baseball-Ergebnisse. Die Yankees führten die Tabelle immer noch an, stellte er zufrieden fest und stopfte die Zeitung in den Mülleimer neben der Bank. Dann sperrte er die Augen auf. Langsam konnte er nachvollziehen, wie Platzanweiser im Kino sich fühlen mußten, wenn seit drei Monaten derselbe Film lief. Die Straßenhändler legten ihre Waren vor dem Maschendrahtzaun, der den Platz begrenzte, aus. Es war der übliche Schrott: niedliche kleine Bobby-Puppen, T-Shirts mit dem Buckingham Palace vorne drauf, Buttons mit dem Aufdruck LONDON UNDERGROUND. An kleinen Kiosken konnte man warme Cola, Soft-Eis, das nach genau 34 Sekunden über die Hand lief, und dicke Schokoriegel, die so schnell schmolzen, daß man mehr aufs Hemd als in den Mund bekam, kaufen.

Nach den Händlern kamen die Touristen: eine Menge Amerikaner, aber auch viele italienische Teenager, die offensichtlich ausschließlich in Dreitausender-Gruppen einreisten, und winzig kleine japanische Foto-Freaks. Neal hielt nicht viel von Klischees, aber dieses stimmte: Die Japaner fotografierten alles, und zwar jeder von ihnen, als hätte ihnen noch niemand verraten, daß man von einem Negativ mehrere Abzüge machen konnte. Sie trieben ihn fast in den Wahnsinn. Er hatte sich sein Leben lang bemüht, nicht fotografiert zu werden, und nun würde er auf mindestens fünfhundert Bildern im Großraum Kyoto auftauchen. Nicht, daß das etwas ausmachte. Es ging, wie man so schön sagt, ums Prinzip.

Gegen halb drei nachmittags verließ Neal immer seine Bank und spazierte hinüber zum Piccadilly. Vielleicht hatte Allie ihren Job aufgegeben und sich unter die bunte Schar Jugendlicher gemischt, die zu Füßen des Gottes Eros herumlungerten. Die Kids saßen da, reichten ihre Joints weiter und waren mächtig zufrieden mit ihrer geballten Nonkonformität. Allie war nicht dabei; individuelle Nonkonformität war schon immer eines ihrer Fachgebiete gewesen. Neal tat der arme Eros leid, der über Kinder wachen mußte, für die Sex bereits langweilig geworden war. Und du wirst jetzt wohl ein netter kleiner Zyniker? fragte er sich selbst. Er mochte sich nicht besonders leiden.

Der kurze Weg gab ihm eine gute Entschuldigung, sich die Beine ein wenig zu vertreten und den alten Schweiß durch neuen aufzufrischen. Sein Weg führte ihn an einem »Wimpy« vorbei, und oftmals auch hinein. Erinnerungen an Nicks Burger-Joint... Er übte sich darin, das Stück Pappe, das die Briten Hamburger nannten, mit Senf (kostete extra), Ketchup (kostete extra) und Salz (umsonst) zu verfeinern, bevor er es zusammen mit den fettigen Fritten runterwürgte, die sie hier als armseliges Imitat französischer Pommes frites anboten.

Nach einer Woche änderte er seine Route. Er ging die St. Martin's Lane entlang, an der Dauer-Demo vor der südafrikanischen Botschaft vorbei und zum Trafalgar Square. Er guckte sich die Touristentrauben vor der Säule mit dem Nelson-Denkmal an. Ging weiter zur Whitehall Street, schlängelte sich durch kleine Seitenstraßen und über die Horse Guards Road in den St. James's Park.

Wenn es überhaupt irgendeine Ecke in London gab, die Neal gefiel, dann war das der St. James's Park. Eine Zufluchtsstätte, eine Oase der Ruhe. Um einen liebevoll von Menschenhand designten See. Über mehrere hundert Baumarten hinweg konnte man die Turmspitze des Buckingham Palace sehen. Neal schlenderte zu einem Kiosk, der Tee und Sandwiches verkaufte. Er wartete ohne Murren in der langen Schlange, kaufte sich eine Tasse Tee und einen gezuckerten Berliner und spazierte zum See. Dort mietete er für zehn Pence einen Sonnenstuhl und warf den Enten und Schwänen Brösel seines Gebäckstücks zu. Er hätte Allie Chase vermutlich bemerkt, wenn sie auf einem der kolossalen schwarzen Schwäne an ihm vorbeigeglitten wäre, aber ansonsten vergaß er den Fall total.

Das ist *good old England*, dachte Neal, oder zumindest stellte er sich *good old England* so vor. Die Touristen gingen alle in den Hyde Park, aber der St. James's Park war voller Nannies, die Kinderwagen umherschoben, Beamten aus den Ministerien in Whitehall, die ihre Mittagspause hier verbrachten, und Pensionären, für die ein Spaziergang im Park zur täglichen Routine gehörte.

Wenn er seinen Tee ausgetrunken hatte, ging Neal manchmal nach Norden, zum Waterloo Place und zur Regent Street, und dann zum Piccadilly. Oder nach Süden, die Horseguards Road entlang zur Great George Street, die Bridge Street entlang, nickte dem Big Ben zu und marschierte dann Victoria Embankment entlang.

Aber auch an dieser Themse-Promenade, auf der allerhand Kids herumlungerten, fand er Allie Chase nicht. Trotzdem versuchte er es immer wieder. Aktives Versagen gefiel ihm besser als passives.

Gegen halb vier oder vier kehrte er zum Leicester Square zurück, checkte die Szene und verschwand in der U-Bahn. Jeden Nachmittag drehte er seine Runde durch etliche Stationen. Selbst ungeübte Bettler können sich in einer Großstadt während der Rush-hour ihr Geld verdienen, wenn sie einigermaßen smart sind und ein nettes Gesicht haben. Auf Allie traf beides zu, also machte Neal eine zwei-Stunden-Reise vom Leicester Square zum Piccadilly, wechselte in die Bakerloo Line und fuhr nach Charing Cross, sah sich dort um und fuhr weiter zum Embankment, stieg in die Circle Line um, dann Victoria, Sloane Square, South Kensington und Gloucester Road. Dort nahm er die District Line, fuhr zum Earl's Court und weiter nach Notting Hill Gate, dann Paddington, wo er in die Metropolitan Line umstieg. Anschließend checkte er die Baker Street, wobei er immer an Sherlock Holmes denken mußte und fuhr weiter zu King's Cross, wo er sich durch die engen Gänge schlängelte, um zurück zur Piccadilly Line zu kommen. In Covent Garden stieg er nochmal aus, und dann ging's zurück zum Leicester Square.

Dieser Sight-Seeing-Trip diente der Hoffnung, daß Allie es mit der weltweit beliebten »Ich hab mein Portemonnaie verloren und brauche Geld für eine Fahrkarte«-Nummer versuchte und ihm dabei in die Arme lief.

Aber vielleicht bettelte Allie auch gar nicht. Trotzdem, allein die vage Chance, daß Allie sich ihr Geld im Untergrund verdiente, ließ Neal täglich diese Tour absolvieren. Es war heiß wie in der Hölle.

Schwül war nicht das richtige Wort. Auch nicht *feuchtheiß* oder irgendein anderes Adjektiv. Es war einfach teuflisch heiß. Göttlich heiß. Eine absolute Hitze, die die bloße Möglichkeit von Kälte auszuschließen schien. Als wäre ein kalter Hauch nur die Erinnerung an etwas, das einmal war, das es aber nie wieder geben würde.

Steife Oberlippen wellten sich. Und zwar, wenn der Zug fuhr. Wenn er zwischen zwei Stationen feststeckte, was hin und wieder vorkam, und eine höfliche Ansage durch die Lautsprecher hallte, stöhnte die Menge auf. Die Menschen ließen die Köpfe sinken, starrten ihre Füße an und sahen ihren Schweiß auf ihre Schuhe tropfen. Wenn der Zug schließlich wieder anfuhr, wurde die Luft zwar nicht besser, aber das Ende der Qualen rückte näher.

Städte sind wie alte Frauen: Die Dunkelheit überdeckt die Spuren des Alters. Sie läßt die Linien und Falten verschwimmen, die jede gute Frau und jede gute Stadt im Gesicht tragen, als Zeichen, daß sie leben.

Am Tag erschien das Leben in der Stadt unmöglich, nachts unwiderstehlich. Nächte sind für Spieler; zum Tafeln und Tanzen; zum Flirten und Ficken. Die Füße werden leichter, das Blut fließt schneller, die Blicke huschen zum Neonblau und Neonrot vor dem sanften Schwarz der Nacht.

Nachts tun die Menschen Dinge, die sie tagsüber nicht einmal träumen würden. Sie sehen die Welt anders. Hart wird weich. Eintönig wird bunt. Huren werden Kurtisanen; Nutten sind die Ladies der Nacht. Das Licht bricht sich wunderschön in zerbrochenen Flaschen. Nachts ist jeder ein wenig Teufel. Am nächsten Morgen kann man sich immer noch mit Gott beschäftigen.

In Sohos Türen verkündeten Aufreißer, daß drinnen nackte, absolut nackte Tänzerinnen am Werk waren. Aber keine von ihnen war Allie. Die Türsteher bewachten die Tore der In-Discos, ließen die Schönen ein, die Gutangezogenen und die Wichtigen, und jagten die anderen davon. Allie gehörte nicht zu ihnen. Kellner servierten gestylten Theatergängern in Westend-Pubs Speisen und Getränke. Weder servierte Allie, noch wurde ihr serviert.

Auf dem Leicester Square überwachte Neal die Telefonzelle, und ab und zu rief er sogar selbst einmal an, nur um zu sehen, wer, wenn überhaupt, antwortete. Jedenfalls weder Allie noch ihr Dealer. Neal blieb wachsam; nachts noch mehr als sonst.

Er wußte, daß die Nacht, wie die meisten Schönheiten, gefährlich war. Der Einsatz war höher, und deshalb waren die echten Spieler unterwegs. Zu viele von ihnen waren auf Alkohol und Drogen, was sie unberechenbar machte, und Neal haßte das Unberechenbare.

Also sah Neal sich um, blieb aber im Schatten, hinter Ecken und in dunklen Nischen, kaufte sich Snacks an kleinen Ständen, mischte sich unter die Menschentrauben vor den Kinos, den Discos, den Straßenmusikanten. Er arbeitete mit jedem Trick, den Graham ihm beigebracht hatte und verließ sich nicht auf »die Tarnung der Nacht«. Die Nacht tarnte jeden.

Ladies checkten ihre Freier, Luden checkten ihr Gebiet. Die

Gangs waren gefährlich, sie suchten nach einer Entschuldigung für einen Streit. Die Schizos waren noch gefährlicher, weil sie keine Entschuldigung brauchten. Sie waren alle unterwegs.

Nur Allie nicht. Und ihr Dealer.

So ging das einen Monat. Neal hatte seine dünne Spur und ein Bündel Wenns und Abers. Vielleicht hatte der Dealer Mist gebaut und saß im Knast. Vielleicht hatte er jemanden nicht bezahlt und schwamm im Fluß. Vielleicht hatte er sich für eine Umschulung entschieden. Vielleicht war Allie nur eine Nacht bei ihm gewesen. Vielleicht war das alles Quatsch.

In den frühen Morgenstunden saß Neal auf seinem Zimmer und schlang chinesisches Essen aus dem Pappkarton in sich hinein, spülte es mit zwei warmen Bieren vom Zimmerservice runter und rief Graham an. Fragte, ob er aufhören und nach Hause kommen könne. Nein. Er legte auf. Badete, um den Streß und den Schweiß abzuwaschen. Schaffte es nicht.

Also entschied er sich anders und versuchte zu lesen. Gab auf und trank Scotch.

Tag für Tag, Nacht für Nacht. Und die Nächte waren schlimm. Wurden immer schlimmer, je mehr Tage vergingen und er sie nicht fand. Er sah jetzt wieder den Halperin-Jungen vor sich, und wenn er schlafen wollte, dachte er an den Tod.

Gib auf, dachte er. Allie kann überall sein. Sie kann krank sein, sie kann verletzt sein. Vielleicht hat man sie zusammengeschlagen, oder sie hat sich den goldenen Schuß gesetzt. Immer öfter träumte er von Allie. In seinen Träumen war sie tot.

18

Sie sah gut aus.

Er sah sie, als er an einem der teureren Restaurants am Square vorbeiging. Er hatte nur kurz aufgesehen, ihr Bild eingefangen und blieb wie angewurzelt stehen. Sie war nur ein paar Zentimeter weit entfernt. Hinter einer Glasscheibe. Und sie sah gut aus, gesund, lebendig. Ihr blondes Haar leuchtete, sie lachte. Sie trug ein schwarzes, ärmelloses T-Shirt, das in eine schwarze Jeans gesteckt war, die in schwarze Schnürstiefel gesteckt waren – ein weiblicher Peter Pan. Ihr Haar war kurz und ungleichmäßig geschnitten. Von ihrem linken Ohr hing eine feine Silberkette fast bis auf die Schulter herunter. Sie hatte blutroten Lippenstift aufgetragen. Sie trank Bier aus der Flasche. Sie war ein hübsches Mädchen, das sich gut amüsierte. Und sie war total stoned.

Eine schreckliche Sekunde lang dachte Neal, er müßte gegen das Glas klopfen und rufen: »Allie, komm mit. Zeit, nach Hause zu gehen.« Er trat schnell ein paar Schritte zurück, blieb an der Straßenecke stehen, und beobachtete sie. Er konnte sein eigenes Herz klopfen hören.

Bei Allie saßen drei Leute. Ein junger Mann von ungefähr Neals Größe. Er hatte einen Stoppelhaarschnitt und trug ein unglaublich versifftes T-Shirt, das in einer Zeit vor unserer Zeit einmal weiß gewesen war. Es war zerrissen, und jemand hatte auf die Brust geschrieben FUCK THE WORLD.

Eine Sicherheitsnadel war durch sein rechtes Ohrläppchen gebohrt. Seine Zähne waren unglaublich schlecht, und er lachte pausenlos über die Witze des anderen Mannes am Tisch, des dominanten. Das Lachen eines gehorsamen Affen. Der wäre kein Problem.

Neben ihm saß eine junge Frau. Sie hatte orange, violett und gelb schillernde Haare, trug schwarzen Lidschatten und Lippenstift und hatte riesige Brüste, die mühsam von einer schwarzen Lederweste im Zaum gehalten wurden. Sie war nicht sonderlich attraktiv, aber hübsch genug für den Lachenden, der sie dauernd befummelte. Sie könnte Ärger machen, dachte Neal, aber nicht besonders viel. Der andere Mann bedeutete Ärger. Er war der Chef, der Anführer. Es war sein Tisch, seine Party, es waren seine Gäste – seine Allie.

Er war mittelgroß, kräftig – ein Rugby-Typ, trug einen Khaki-Anzug, schwarzes T-Shirt, weiche braune Slipper, keine Socken. Ein kleiner Stecker zierte sein linkes Ohr und drei frische Kratzer seine linke Wange. Sie waren gerade verschorft, und Neal vermutete, daß er sie verdient hatte. Er trank etwas, das aussah wie ein großes Glas Gin, und er sah über das Glas hinweg Allie an und lächelte.

Er sagte irgend etwas, und Fuck-the-World brach in Gelächter aus. Wahrscheinlich begriff er nicht einmal, daß der Witz auf seine Kosten ging.

Ein ausgesprochen genervter Kellner kam an den Tisch. An seinem Blick konnte Neal erkennen, daß er die vier am liebsten auf die Straße gesetzt und vielleicht auch noch angezündet hätte, wenn ein Streichholz in Reichweite gewesen wäre. Aber sie hatten Geld, und zwar viel. Der Manager wollte wahrscheinlich, daß sie ihr Essen bekamen und abhauten, bevor die Stammkunden das Gefühl beschlich, daß diese Typen gern gesehen waren. Die anderen Gäste wurden bereits nervös, beschwerten sich aber nicht.

Der Anzug bestellte für alle vier.

Neal dachte eine Minute lang nach. Er mußte sich entscheiden: abwarten und sie verfolgen oder hineingehen. Sie zu verfolgen wäre vermutlich der sicherere Weg. Er könnte ihnen durch die Nacht folgen, ihre Adresse ausfindig machen und sich dann in aller Ruhe etwas ausdenken. Aber natürlich, wie das immer so ist, wenn man jemanden allein beschattet, könnte er sie auch verlieren und nie wieder eine Chance bekommen.

Andererseits, wenn er jetzt einfach so reinging, würde er die ganze Sache vielleicht vermasseln.

Er atmete tief durch, drängelte sich durch die Menschenmassen auf dem Gehsteig und betrat das Restaurant. Der Oberkellner begrüßte ihn mit dem hölzernen Lächeln, das für Einzelgäste reserviert ist: »Ich muß Ihnen einen Tisch anbieten, aber Sie hätten besser in irgendeine Bar gehen sollen, wo Sie keinen ganzen Tisch blockieren würden, also trinken Sie wenigstens genug.«

»Tisch für eine Person, bitte.«

»Selbstverständlich, Sir. Bitte folgen Sie mir.«

Neal zeigte auf einen leeren Zweier gegenüber dem Tisch von Allie. »Ist der frei?«

Der Kellner zuckte mit den Achseln. »Ganz wie Sie wünschen, Sir.«

Er führte ihn zu dem Tisch und reichte ihm die Karte. »Einen schönen Abend.«

Und jetzt? dachte Neal. Komm schon, du Genie, was jetzt? Du könntest dich zu ihr rüberbeugen, ihr auf die Schulter tippen und sagen: »Hab ich dich.« Du könntest ihr einfach erklären, daß du auf Menschenjagd bist, und eine 17jährige zu einem Vizepräsidentschafts-Kandidaten zurückbringen mußt und dafür zwanzigtausend Eier kriegst, du könntest... Er konnte ihr Parfüm riechen, irgendein Moschusduft. Er konnte plötzlich verstehen, wieso ein paar armselige Lehrer...

Beruhige dich, Mann. *Take it easy*. Trockne dir deine verschwitzten Hände ab. Verdammt, du hast doch nur tausend Undercover-Einsätze hinter dich gebracht, der Grundsatz ist immer gleich: rankommen, dranbleiben, abwarten.

Er studierte die Karte. Jetzt konnte er genausogut in aller Ruhe essen. Leider gab es keine Cheeseburger. Er entschied sich für das Lamm. »Kellner. Ey, Kellner!« hörte er den Anzug sagen. East End. Aber er versuchte, nach Oxbridge zu klingen. Der Kellner kam.

»Wo bleiben unsere Steaks?«

»Sie werden gerade gebraten, Sir. Wollten Sie sie roh?«

»Wenn Sie Witze machen sollen, sage ich Bescheid.« Seine Augen wurden zu Schlitzen. Wenn hier einer Witze machte, dann er.

»Mach ihn kalt, Colin«, sagte der Lachsack.

Ein Name. Colin. Danke dir, Jesus. »Wenn Sir nicht zufrieden ist...«, sagte der Kellner.

»Dann wird Sir jedenfalls nicht gehen, wenn es das ist, was Sie meinen. Und jetzt holen Sie uns unser Essen. Selbst ›Wimpy‹ hat einen besseren Service.«

»Und besseres Essen.« Der Lachsack meinte das ernst.

»Ist ja gut, Crisp«, sagte Colin. »Iß du deinen Salat.«

»Wenn du ihn nicht ißt, eß ich ihn. Ich sterbe.« Oh, Allie, wenn du wüßtest, wie lange ich darauf gewartet habe, daß du das sagst... Oder irgend etwas anderes.

Crisp schob ihr den Teller rüber. »Du bist immer hungrig. Wieso wirst du nicht dick?«

»Ja, Colin, wieso nicht?« fragte sie. Ein Insider-Witz.

»Besser leben mit Chemie, Liebling«, sagte Colin. »Und besser lieben.«

O Mann.

Der Kellner unterbrach ihn. »Haben Sie sich entschieden, Sir?«

»Ich nehme das Lamm, bitte.«

»Einen Wein, Sir?«

»Suchen Sie einen aus.«

»Danke sehr, Sir.«

Colin spielte vor einem vollen Haus und war begeistert. Er wußte, was er sich leisten konnte, um die Gäste und die Touristen zu reizen, ohne daß sie ihn rauswarfen. Er war laut und nervig genug, um alle zu stören.

»Ich muß mal«, sagte Allie.

»Schon wieder?«

»Ist schon 'ne Weile her.«

Warum muß sie sich verteidigen? dachte Neal.

»Dann geh.«

»Komm mit.«

»Du bist doch schon ein großes Mädchen. Das Türchen mit dem Rock vorne drauf.«

»Du weißt schon, was ich meine.«

Sie sprachen jetzt leiser. Privatsache. Neal konnte sehen, daß Colin es nicht leiden konnte, unterbrochen zu werden.

»Später«, sagte Colin.

»Komm schon, Collie. Jetzt.«

Collie? Wie in Lassie, wie in wau-wau, komm her, Timmy ist in den Brunnen gefallen?

»Komm, bitte?«

Neal achtete auf ihre Augen. Er wußte nie, ob Augen nun die Spiegel oder die Fenster der Seele waren. Vielleicht beides. Einwegspiegel. Jedenfalls wurden Allies Augen bereits feucht. Und sie waren knochentrocken gewesen, als Neal hereingekommen war.

Colin griff ein. »Trink noch 'n Bier.« Allies Finger spielten mit dem Flaschenhals. Ihre Nasenflügel, wie es immer so schön heißt, bebten. Dann drehte sie ihren Charme voll auf.

»Nur ein bißchen für meine Erkältung. Meine Schniefnase...?«

Colin grinste sie an. Ein Kompromiß. »Ja, diese Sommer-Erkältungen sind die schlimmsten. Ich hab selbst ein bißchen Schnupfen.« Er stand auf. »Dann komm, Liebes. Ihr zwei paßt auf den Tisch auf, ja? Ihr könnt gehen, wenn wir wieder da sind.«

Die Klos waren im Keller, am Ende eines langen, dunklen Ganges. Allie lehnte sich an die Wand, Colin schirmte sie mit seinem Körper ab und schob ihr den Löffel unter die Nase. Sie hielt sich ein Nasenloch zu, sog die Luft schnell und scharf ein und legte den Kopf in den Nacken, während Colin vorsichtig einen weiteren Löffel aus dem kleinen Fläschen in seiner Hand löffelte. Den schnupfte sie dann auch. Dann ließ sie ihren Kopf sanft vor und zurück pendeln.

Colin löffelte noch einmal in das Fläschchen und holte sich einen schnellen Hit. Mit der linken Hand zog er Allies Shirt bis über ihre Brüste nach oben. Er rieb etwas Koks um ihre Nippel herum, beugte sich vor und leckte ihn ab. Sie biß auf den Knöchel ihres Zeigefingers und seufzte einmal leise, als ihre Hand seinen Schwanz gefunden hatte. Er zog ihr Shirt wieder runter. Ihre Nippel drückten sich gegen den dünnen schwarzen Stoff.

Colin grinste und schob ihre Hand beiseite. »Sehr sexy, Liebes. Sehr schön. Und jetzt sei brav und geh wieder rauf. Ich muß scheißen.«

Auf der Treppe schob sie sich an Neal vorbei. Beinahe hätte er sie angefaßt. Er konnte sich gerade noch beherrschen und folgte Colin aufs Herrenklo.

Gott war auf seiner Seite. Colin hatte sein Jackett über die Kabinentür gehängt.

19

»Ja, Sir?« fragte der Oberkellner, als Neal neben ihm auftauchte.

»Jemand hat seine Geldbörse verloren. Ich wollte sie abgeben.«

»Oh, Sir. Wie freundlich von Ihnen.« Er klappte Colins Börse auf und konnte seine aufwallenden Emotionen gerade noch unter Kontrolle halten.

»Besten Dank, Sir. Wir deponieren sie am besten hier, bis jemand sich meldet.« Neal setzte sich wieder. Colin & Co. verspeisten ihre Steaks. Sie redeten jetzt nicht mehr, sie schmatzten nur noch wie die Schweine.

Neal genoß sein Lamm. Nachtisch, Kaffee, und dann sehen wir weiter.

Der Oberkellner hatte die guten Nachrichten offensichtlich bereits weitererzählt, denn die Kellner verschwendeten keine Sekunde, um Colin auf den verführerischen Weg des Verderbens zu locken. Ein guter Kellner kann ein Dinner mit ein paar wohlausgesuchten Worten endlos dehnen oder drastisch abkürzen, und diese hier waren Künstler. Sie behandelten Colin wie den Lord von Dreckschweinien und schlugen teure Extras in einem Ton vor, der nahelegte, daß nur mißratene Flachpfeifen ablehnen würden. Colin, von Gin, Bier, Wein, Koks, Sex und Größenwahn gleichermaßen angetörnt, widersprach nicht.

»Pudding, Sir?«

»Vielleicht ein Brandy, Sir?«

»Ein Likör zum Kaffee, Sir?«

(Eine Rechnung wie das Bruttosozialprodukt von Paraguay, Sir?)

Und schließlich: »Die Rechnung, Sir.«

»Danke, Mann.«

Der Tisch quoll über von den Resten eines Gelages, das Squire Weston und seinen zehn hungrigen Freunden gereicht hätte. Crisp rülpste zufrieden.

Colin wischte sich die Spuren seiner dritten Mousse von den Lippen und wollte seine Geldbörse aus dem Jackett holen. Er versuchte es noch einmal, dann in der anderen Tasche, dann in den Hosentaschen, vorne und hinten. Er stand auf.

Der Kellner zog spöttisch eine Augenbraue hoch. Das war's.

»Irgendein verfluchter Drecksack hat mein Geld gestohlen!«

»Ach wirklich, Sir?«

Der Oberkellner eilte heran, nur um sicherzustellen, daß auch wirklich alle Gäste zusahen.

»Gibt es ein Problem, Sir?« fragte er.

»Ein verdammtes Mistschwein hat meine Geldbörse gestohlen!«

Der Oberkellner war außer sich vor Freude.

»Selbstverständlich akzeptieren wir auch einen Ihrer Schecks.«

»Ich habe aber keine gottverfluchten Schecks!«

»Oje.«

Allie kicherte. Ein Blick von Colin, und sie war still.

»Vielleicht eine Kreditkarte, Sir?«

»Klar, er hat meine Geldbörse gestohlen und mir die Kreditkarten zurückgegeben«, fauchte Colin.

Crisp stand auf. »Hau'n wir einfach ab. Da geht man in 'n Nobelschuppen, und dann ist der voller Diebe.«

Der Oberkellner, unbeeindruckt: »Wie gedenken Sie Ihre Rechnung zu begleichen, Sir?«

»Ich komme morgen wieder und geb' Ihnen das Geld.«

»Das, Sir, geht leider nicht.«

»Ich kann meine Rechnung durchaus bezahlen!«

»Aber womit, das ist hier die Frage.«

»Mit dem Geld aus meiner verfluchten Geldbörse!«

Jetzt war Neal dran. Auftritt von links. »Entschuldigen Sie, aber vielleicht meint der Herr die Geldbörse, die ich vorhin abgegeben habe.«

Der Oberkellner lief violett an und versuchte, Neal mit seinem Blick zu rösten. Er überlegte, ob er bluffen sollte oder nicht. In der Börse war immerhin eine Menge Geld. Neal legte nach.

»Ja, die Börse, die ich auf der Herrentoilette gefunden habe. Ich habe sie bei Ihnen abgegeben.«

»Was?« brüllte Colin.

Der Oberkellner ließ Neal nicht aus den Augen und zischte zum Kellner hinüber: »Harry, ist eine Geldbörse abgegeben worden?«

»Ich seh mal nach.«

»Danke, Harry.«

»Ich sollte Ihnen Ihre dumme Fresse einschlagen, ey«, verkündete Crisp dem Oberkellner.

»Halt die Klappe«, sagte Colin. Er betrachtete das Gesicht des Oberkellners. Prägte es sich ein. Allie grinste, hielt sich aber immerhin eine Serviette vor den Mund.

Der Kellner kam zurück. »Diese hier?« fragte er. Kein so guter Schauspieler wie sein Boß.

»Ja, das ist sie«, sagte Colin und schnappte sie sich.

Der Oberkellner zog es durch. »Können Sie das beweisen, Sir?«

Colin klappte die Börse auf und zeigte ein Foto von sich. »Zufrieden?«

»Überglücklich.«

Colin warf ein paar Scheine auf den Tisch. »Der Rest ist für Sie. Ich schulde Ihnen was, Mann.« Dann wandte er sich an die anderen Gäste. »Und Ihnen allen wünsche ich, daß Sie heute nacht genauso gut gefickt werden wie in diesem Schuppen hier bedient! Kommt jetzt.« Er führte seine Bande hinaus.

Na prima, und jetzt? dachte Neal. Du hast Kontakt hergestellt, also mußt du dranbleiben. Wenn du ihnen jetzt folgst und sie dich bemerken, bist du geliefert. Du bist durch die Tür gegangen, jetzt ist es Zeit, zu lächeln und Hallo zu sagen.

Er ließ eine Zehn-Pfund-Note auf dem Tisch liegen und eilte zur Tür. Der Oberkellner hielt ihn auf.

»Vielen Dank, Sir, daß Sie die Geldbörse dieses Herrn abgegeben haben«, sagte er und lächelte so kalt wie seine gekühlten Salatgabeln. »Ich hoffe, wir können uns eines Tages bei Ihnen revanchieren.«

»Klingt toll. Und jetzt machen Sie mir Platz.«

»Wollen Sie Ihren neuen Freunden Gesellschaft leisten, Sir?«

Der Kellner rührte sich nicht von der Stelle, Colin und seine Freunde hingegen schon. Neal entdeckte den anderen Kellner schräg hinter sich. Im Bann der bösen Kellner? Bloß das nicht!

Neal lächelte freundlich. »Wissen Sie, normalerweise wollen kleine Deppen wie Sie Nervensägen wie mich aus dem Restaurant hinausbefördern, anstatt sie darin einzusperren.«

»Wir wollten nur unserer Dankbarkeit Ausdruck verleihen, Sir.«

Tick, tick, tick. Jede Sekunde, die er hier mit diesen Arschlöchern verschwendete, marschierte Allie weiter weg. Also gut, dachte Neal. Er kreuzte die Hände vor der Brust, packte den Oberkellner an den Jackettaufschlägen und zog seine Hände wieder zurück. Der steife Kragen bohrte sich in die Halsschlagader des Kellners. Ihm wurde schwarz vor Augen, und er sackte in Neals Arme. Neal drehte sich auf dem Absatz um, reichte den Oberkellner an seinen erstaunten Kollegen weiter und rannte zur Tür hinaus.

Zuerst mußte er in der Menge untertauchen. Er hatte keine Lust, daß die Kellner für die Bullen die beliebte »Er ist da lang«-Nummer aufführten. Als zweites mußte er Colin und das kleine einsame Mädchen finden, bevor sie wieder zwischen 13 Millionen Verschwitzter verschwanden. Du mußt dich entscheiden, Junge, rechts oder links, und du kannst nur hoffen, daß du Glück hast. Neal würde lieber jede Kloschüssel in ganz Cleveland auslecken als Graham und Levine erklären, wie er Allie Chase hatte aus den Augen verlieren können, wo er doch im Restaurant direkt neben ihr gesessen hatte. Er rannte nach links und mischte sich unter die Touristen, die die Straße bevölkerten.

Die wenigsten Leute wissen, wie man sich durch eine Menschenmenge schlängelt, aber die wenigsten Leute haben auch ihre Kindheit im Schlepptau von Joe Graham in Chinatown oder auf der Fifth Avenue zur Weihnachtszeit verbracht. Neal dankte dem nervigen Zwerg im stillen, während er sich Richtung Leicaster Square durchwühlte. Er wußte, daß wütende Menschen schnell gingen, und Colin war mächtig wütend.

Wenn Colin den Platz überquerte, ohne daß Neal ihn erwischte, war es vorbei. Colin könnte überall hingehen, und Neal blieb nichts anderes übrig, als die nahegelegenen Pubs durchzukämmen. Er ging schneller, nutzte jede Lücke. Vielleicht könnte er an der Seite entlangrennen und Colin überholen? In diesem Augenblick packte ihn ein Polizist.

Neal starrte den riesengroßen Bobby an, der ihm einen Arm vor die Brust geklatscht hatte.

»Immer mit der Ruhe«, sagte der Cop. »Oder wollen Sie überfahren werden?«

Erst jetzt sah Neal, daß er am Rand des Bürgersteiges balancierte und gerade auf die Straße hatte hinauslaufen wollen, wo die Taxis entlangrasten. Sein Herz pochte etwas langsamer, und er zwang sich, zu lächeln: »Nein, Sir. Vielen Dank.«

In Wahrheit würde er jedoch lieber von einem Taxi überfahren werden, als Allie und Colin aus den Augen zu verlieren. Und genau das passierte ihm gerade. Sie dürften den Square schon erreicht haben, und falls sie nicht irgendwo stehenblieben, hatte er kaum eine Chance mehr, sie zu erwischen.

Es wurde grün, und Neal rannte über die Straße. Kein Colin, keine Allie, kein Punkhaarschnitt, kein Crisp. Es wimmelte von Menschen. Die Panik rauschte in seinen Ohren. Eine vage Idee schoß ihm durch den Kopf. Er überquerte die Straße, entfernte sich vom Square und rannte eine Treppe an der Außenseite eines Eckhauses hoch. Im ersten Stock befand sich ein Restaurant, mit ein paar Plätzen zum Square. Er ging hinein. Es war proppenvoll mit Warteschlange. Neal drängelte sich zum Oberkellner vor. (Er hätte nie gedacht, daß sein Leben einmal in der Hand der Londoner Oberkellner läge.)

»Sir«, sagte der Ober in einem Ton, der Neal verriet, daß diese Kerle alle auf dieselbe Schule gegangen sein mußten, »vielleicht ist Ihnen die Warteschlange hinter Ihnen aufgefallen?«

»Ich treffe mich mit Freunden«, sagte Neal, »und ich bin sehr spät dran.«

»Welchen Namen haben Ihre Freunde, Sir?«

Tick, tick, tick. Vielleicht den guten alten Aufschlag-Trick ...

»Lord und Lady Hectare«, sagte Neal, stellte sich auf die Zehenspitzen und winkte einem älteren Paar zu, das vor einem Fenster saß. Der verblüffte alte Mann winkte zurück, gerade rechtzeitig, daß der Oberkellner es sehen konnte.

»Bitte, bringen Sie mir einen Stuhl, ja?« sagte Neal, bevor der Ober eine Chance hatte, seine Reservierungsliste zu Rate zu ziehen. Neal hoffte, daß der Kellner nicht den Mut hatte, sich mit einem Freund des Adels anzulegen. Er hastete hinüber zu dem Tisch und lächelte sein gewinnendstes Lächeln.

»Guten Tag«, sagte Neal und sah zum Fenster hinaus. »Sie kennen mich nicht, aber ich muß einen Augenblick lang hier stehen und aus diesem Fenster sehen.« Er suchte den Square ab, von links nach rechts, von hinten nach vorn, vielleicht, vielleicht...

»Sieh mal einer an«, sagte der alte Mann.

»Genau«, sagte Neal. »Ich dachte, ich hätte vor einem Augenblick eine sehr seltene Bumbailey-Taube in einem der Bäume auf dem Square landen sehen. Ich konnte mir die Chance, sie zu identifizieren und meiner Liste hinzuzufügen, nicht entgehen lassen.«

»Eine Bumbailey-Taube!« rief die Frau begeistert. »Die habe ich auch noch nie gesehen!« Jetzt blickte sie auch aus dem Fenster.

»Mann«, sagte der alte Mann.

»Ich glaube eher, daß es ein Weibchen ist. Aber ich habe sie auch nur ganz kurz gesehen.« Da waren sie. Sie gingen an der Westseite des Squares entlang, blieben nicht stehen und überließen Neal nun die Wahl, zu bleiben und zuzusehen, wie sie verschwanden oder hinunter auf den Square zu rennen und sie aus den Augen verlieren.

»Ich habe mein Opernglas in der Tasche«, sagte die Frau. Neal hörte nicht zu. Er hatte den bitteren Geschmack des Mißerfolgs im Mund. Er wollte sich gerade davonmachen, um zu versuchen, sie zu verfolgen, als er die Trommeln und Zimbeln hörte. Colin und die anderen drei stoppten und versuchten, sich umzudrehen. Zu spät. Hinter ihnen ballten sich die Gaffer, und vor ihnen waren die Hare Krishnas, mindestens fünfzig. In perfekter Aufstellung marschierten sie zum Westende des Squares. Als der vorderste von ihnen um Colin und Allie herumging, entspannte sich Neal. Vielleicht gibt es doch einen Gott, dachte er. Hare Krishna, Hare Hare.

»Ich glaube, ich hab sie entdeckt!« rief die Frau. Andere Gäste starrten sie an. »Eine Bumbailey-Taube«, erklärte sie geduldig.

»Ich geh jetzt wohl besser wieder«, sagte Neal. »Besten Dank auch.« Er marschierte zur Tür.

»Stimmt etwas nicht, Sir?« fragte der Oberkellner.

Neal sah ihn angeekelt an. »*Das* ist doch nicht Lord Hectare.«

Dann ging er hinüber zu der Prozession.

Diese Hare Krishnas machen ganz schön was her, dachte Neal, als er sich zu den Gaffern gesellte. Ich meine, man hält sie immer für Luftikusse, aber sie wissen auf alle Fälle, wie man 'ne Prozession veranstaltet. Colin sah nicht sonderlich begeistert aus, mitten zwischen den Hare Krishnas. Allie lachte und sang mit.

Neal ging um die Prozession herum und posierte sich in Colins Blickfeld. Er lehnte sich gegen die Statue von Charlie Chaplin und sah den Hare Krishnas zu, wie sie musizierten, sangen, klatschten. Cool. Er konnte wieder zu Atem kommen.

Als die Leute endlich verschwanden, sah Colin ihn sofort. Neal grinste ihn an. Colin glaubte nicht an Zufälle. In seinem Job wie in Neals gibt es nur ein Wort für Leute, die an Zufälle glauben: Opfer. Er grinste zurück und ging auf Neal zu. Neal rührte sich nicht und grinste weiter, und das gefiel Colin weniger.

Neal bemerkte, daß Crisp auf seine linke Seite zusteuerte. Ein kleiner taktischer Fehler, dachte Neal, denn im Zweifelsfall sollte man immer davon ausgehen, daß der Gegner Rechtshänder ist. Neal grinste Colin breit an. Er sagte: »Ihr Auftritt im Restaurant hat mir gefallen.«

»Das war kein Auftritt, Mann.«

»War nicht böse gemeint. Aber jeder von uns spielt doch nur seine Rolle.«

»Und was ist deine?« Colin lächelte noch, aber Neal konnte die Gefahr dahinter lauern sehen.

Trotzdem sagte er: »Ich klaue Geldbörsen.«

Colins Blick wurde eiskalt. Das Lächeln verschwand. Er schüttelte ganz langsam den Kopf, während Crisp auf den Befehl wartete, Neal die Rübe einzuschlagen. Neal wußte, daß er Crisps erstem Schlag noch würde ausweichen können. Aber danach... Tolle Idee, sich selbst vor einer Statue einzukesseln. Sehr clever.

Schließlich sagte Colin: »Und warum hast du mir das jetzt gesagt, Sportsmann? War doch 'ne nette Show, und du hast die Börse ja schließlich auch zurückgegeben. Also warum mußt du die Sache durcheinanderbringen und mir die Scheiße erzählen?«

Neal war sich nicht ganz sicher, aber er glaubte, hinter den derben Sprüchen einen weinerlichen Ton herauszuhören. Er hatte das Gefühl, daß Colin eher verwirrt als wütend war.

»Was soll ich denn jetzt tun, häh?« fragte Colin. »Du hast mich reingelegt, und dafür sollte ich dir die Finger brechen. Aber ich bin dir auch dankbar, daß du mich im Restaurant rausgehauen hast! Warum bringst du mich in so eine Situation?«

»Langeweile, schätz ich.«

Colin starrte ihn an. Entweder war dieser Typ verrückt oder er war der coolste Kerl, den er gesehen hatte, seit er heute morgen in den Spiegel geguckt hatte.

»Na dann, Mann«, fing er an. Er mußte lachen. »Wenn du nach Abwechslung suchst...«

Hüte dich vor Freundschaft mit Verrückten, dachte Neal, als er sich an der Wand abstützte und kotzte, woraufhin seine Nase wieder zu bluten anfing.

Alles hatte ganz harmlos mit ein paar Bier in einem Pub in der Garrick Street begonnen. Colin hatte den Gastgeber gemimt und Neal vorgestellt.

»Das ist Crisp«, sagte er dann. »Wir nennen ihn so, weil er alles frißt, was knusprig ist. Ich kenn' ihn mein halbes Leben, und weiß immer noch nich, wie er richtig heißt.«

Danach stellte Colin das Mädchen mit den lila Haaren vor. »Das is seine Schnalle, Vanessa.«

»Ich steh auf knusprige Typen«, sagte sie in einem Akzent, der auf bessere Herkunft deutete.

»Und das«, sagte Colin, der sich ganz offensichtlich das Beste bis zuletzt aufgehoben hatte, »ist Alice. Auch aus Amiland, wie du.«

Alice? dachte Neal. *Alice?* Die besten Schulen Amerikas, und dann ist das alles, worauf du kommst? Er streckte die Hand aus. »Freut mich, dich kennenzulernen. Woher kommst du?«

Sie gab ihm weder die Hand noch lächelte sie.

»Kalifornien«, sagte sie. Ihre blauen Augen funkelten.

Na toll, Alice, dachte Neal. Was würde einen Großstadt-Briten wohl mehr anmachen als ein goldiges California-Girl? »Ich war mal da. Wo in Kalifornien?«

Sie zögerte keine Sekunde. »Stockton. Scheißstadt.«

Neal lächelte sie an. Nicht schlecht, Allie, gar nicht schlecht. »In Stockton war ich noch nie.«

Sie lächelte immer noch nicht. Sie sah ihn nur an und sagte: »Du hast nichts versäumt.«

»Meine Runde«, sagte Neal. Der Barkeeper zapfte vier Guiness.

»Was hat dich nach London verschlagen, Neal?« fragte Colin. »Welcher Wind weht in unser grünes, schönes Land?«

Ein Dealer, der Blake zitiert? Das wurde ja immer besser. »Arbeit.«

»Was für welche?«

»Ich bin ein Cop.«

Colin verschluckte sich nicht gerade an seinem Bier, es ging ihm aber auch nicht so glatt runter, wie Lord Ivey es sich gewünscht hätte, als er das Zeug braute.

Neal sagte: »Privatermittler.« Allie reagierte nicht.

»Altes Schlitzohr!« rief Colin.

»Pfadfinder-Ehrenwort. Ich soll 'nen greisen Boß beim Antiquitätenkauf beschützen, oder so.«

»Und da dachtest du, du könntest dir genausogut 'n paar Mäuse nebenbei schnappen.«

»Warum nicht?«

»Und als du mein Jackett auf der Scheißhaustür gesehen hast, dachtest du, es gehört irgend 'nem blöden Touri.«

»Aber als ich kapierte, daß es deins war, dachte ich, ich geb die Börse lieber wieder zurück.«

Jetzt wollen wir mal sehen, was für ein Ego du hast, dachte Neal. Wenn du das frißt...

»Das hast du gut gemacht«, sagte Colin.

...bist du echt von dir eingenommen.

»War mir ein Vergnügen«, sagte Neal und schenkte Allie über Colins Schulter sein schmierigstes, breitestes Lächeln.

»Wo kommst *du* her?« fragte sie. Kein Small talk.

»New York«, antwortete Neal. Ein Fehler, den unerfahrene Undercover-Agenten oft machen, ist, sich eine total abgefahrene Geschichte auszudenken. Nah an der Wahrheit zu bleiben war der Schlüssel zum Erfolg, weil dann die Chancen am besten standen, sich nicht im eigenen Lügennetz zu verfangen.

»Der Big Apple«, sagte Colin, um seine kosmopolitischen Kenntnisse zu beweisen.

Allie flüsterte ihrem Collie etwas ins Ohr. Neal bekam es nicht mit.

»Später«, sagte Colin.

Sie flüsterte wieder.

»Ich sagte: später«, antwortete Colin. Ärger breitete sich auf seinem Gesicht aus. Er wandte sich an Neal: »Du willst ein bißchen Abwechslung, ja?«

»Wenn du welche bieten kannst.«

Colin lächelte verschlagen. »Oh, das können wir ganz sicher. Was hättest du denn gern?«

Er öffnete die Faust und zeigte Neal ein paar Speed-Pillen.

Neal nahm eine der Kapseln und spülte sie mit Bier herunter. Colin verteilte die anderen Pillen.

»Laß uns in den Club gehen«, sagte Allie. »Ich will tanzen. Und ich meine *tanzen*!«

»Was ist mit deinem Job?« fragte Colin.

»Erst in zwei Stunden.«

»Dann auf in den Club.«

Der Club war eine der üblichen Höhlen, bloß noch primitiver als die, die Neal aus New Yorks SoHo kannte. Er hatte nicht mal einen Namen.

»Ich weiß nich, Mann«, sagte Colin, als Neal ihn danach fragte. »Wir nennen's einfach den Club.«

Die Band hingegen hatte einen Namen und machte ihm auch alle Ehre: *Murdering Scum* – mordende Drecksäcke. Sie waren die Vorgruppe von *The Queen & All His Family.*

»In welchem Stadtteil sind wir?« brüllte Neal.

»Earl's Court!« brüllte Colin zurück. Sie hatten sich zur Bar vorgekämpft. Allie, Crisp und Vanessa hatten sich unter die zuckende Masse auf der Tanzfläche gemischt. Es roch nach Bier und Schweiß.

Neal nippte an seinem Bier, was zwei Dinge zur Folge hatte: Er wußte jetzt, wie Pferdepisse schmeckt, und er gewann Zeit, um nachzudenken. Die Sache wurde immer schwieriger. Die Band prügelte 400 Beats die Minute.

Die *Scums*, wie ihre Fans sie nannten, spielten jetzt eine romantische Ballade über »Ficken, bis er rot und blutig ist«. Der Lead-Gitarrist veranschaulichte das Sujet durch Hüftschwünge, die Elvis nicht nach zehn Jahren Training hinbekommen hätte. Die harmonische Struktur bestand aus einem einzigen Akkord, aber der kam hervorragend an. Andererseits hatten die meisten Gäste auch ein paar Sicherheitsnadeln in Ohren oder Nase stecken, was auf eine prinzipielle Freude an Schmerz schließen ließ.

Hin und wieder erheiterte Crisp andere Tänzer damit, ihnen Bier in die Fresse zu spucken, was offensichtlich eine anerkannte Form der Begrüßung war. Neal sah sich nach Allie um. Sie stand vor der Bühne. Schweiß spritzte aus ihren blonden Haaren, während sie ihren Kopf in ihrem ganz eigenen Rhythmus kreisen ließ.

Allie schien die Liebe nicht roh und blutig, sondern langsam und sanft zu mögen.

»Sie ist schön, nicht?« fragte Colin. Er war Neals Blick gefolgt.

»Yeah.«

»Tabu, Neal.«

»Kein Problem.«

Mach dir keine Sorgen, Colin, alter Junge, dachte Neal. Ich werd dir deine Liebste ja nur wegschnappen und sie wieder mit nach Hause nehmen. Ob sie will oder nicht.

Zeit, weiterzuspielen.

»Nicht einfach, sie unter Kontrolle zu halten, wie?« sagte Neal.

»Alice? Einfach.«

Neal klopfte ihm im Geiste auf die Schulter. »Wenn du meinst«, sagte er grinsend.

Colin marschierte rüber zu Allie. Sie hatte die Augen geschlossen und wiegte sich hin und her. Er packte sie an den Schultern, richtete sie auf und hob mit der linken Hand ihr Kinn etwas an. Sie öffnete die Augen und lächelte ihn an. Er gab ihr mit der rechten Hand eine Ohrfeige. Sie riß die Augen auf. Tränen liefen über ihr Gesicht.

Neal verkniff es sich, ihr zu Hilfe zu eilen. Zu früh für einen Auftritt als »strahlender Ritter«, dachte er. Außerdem würde Colin ihn dann zusammenschlagen, und seine Kumpel würden die Reste platttreten.

Colin streichelte Allies rote Wange, dann schlug er sie noch einmal. Fester.

Na prima, dachte Neal. Bisher bist du dem Mädchen ja wirklich eine große Hilfe.

Colin stand mit hängenden Armen da und starrte Allie an. Sie kämpfte gegen ihre Tränen, ließ das Kinn auf ihre Brust sinken und sah zu Boden. Sie hob ihre Arme und streckte sie vor sich aus, ohne aufzusehen. Nach ein paar Sekunden, die wie eine Ewigkeit schienen, zog Colin sie an seine Brust, drückte sie fest an sich. Es war gemein, aber Neal hatte schon Schlimmeres gesehen; auf Cocktail-Parties in Westchester. Was diese Sache hier unangenehm machte, war, daß Colin jetzt aufsah, Neal suchte und ihn angrinste. Alice schwer unter Kontrolle zu halten?

Wo habe ich so was bloß schon mal gesehen? fragte Neal sich. Ach, natürlich, mein halbes Leben lang. Ein Lude ist ein Lude ist ein Lude. Komm zu Daddy. Oh, das war das falsche Wort zur falschen Zeit.

Allie und Colin fingen an, miteinander zu tanzen. Sie beruhigte sich und wiegte sich zur Musik. Miese Kunst imitiert das miese Leben, und so wechselte die Band zu einem harten Message-Song, den alle zu kennen schienen.

Es war eine Art Hymne. Neal hatte den Titel nicht mitbekommen, aber der Refrain lautete: *Burn it, wreck it, fuck it, tear it town.* Die Zuschauer sangen begeistert mit. Sie fühlten mit. Neal schämte sich für die herablassende Arroganz, die er schon die ganze Nacht spürte. Dies war der Song der Armen, ein wütender *cri de coeur*, Resultat von tausend Jahren Klassengesellschaft. Die Tänzer kreiselten wild um sich selbst, prallten gegeneinander. Ersatzobjekte des mörderischen Hasses. Nichts für ungut, Mann, aber *burn it, wreck it, fuck it, tear it down*.

Die Welle der Wut riß Neal mit sich. Die Wut über die Hoffnungslosigkeit, die Wut auf Vater und Großvater, die genau wie du in der gottverdammten selben Straße der gottverdammten selben Siedlung unter der gottverdammten Hitze litten. Wut auf die Arschlöcher mit ihrem Scheiß-Oxbridge-Akzent. Also los, *burn it, wreck it, fuck it, tear it down*. Vergiß doch diese verfluchten Arschlecker-Jobs, wer braucht schon die Labour-Party und ihre Sozialprogramme, los, *burn it, wreck it, fuck it, tear it down*!

Neal merkte, daß er wieder einigermaßen klar denken konnte. Wer zum Teufel erwartete denn von den *Murderous Scum*, eloquent und präzise zu sein? Fühlte er sich nicht ganz genauso? War er nicht auch wütend auf die Reichen, deren Dreck er wegmachen mußte? In deren Wohnzimmern er nur herumlungern, und deren Scotch er nur trinken durfte, wenn sie in Not waren? Er war ihr Hündchen – hol's Kindchen, Fiffi, hol's Kindchen. Plötzlich fühlte er sich wohl hier, und er wollte Senator John Chase die Scheiße aus dem Leib prügeln und ihm sagen, daß er ihn mal konnte, und dann wollte er Ethan Kitteredges kleines Spielzeugboot zwischen seinen Händen zermalmen und ihm die Splitter ins Gesicht schleudern und ihm sagen, wo er sich seine Privatschule hinstecken konnte, daß es jetzt nur noch hieß: *burn it, wreck it, fuck it, tear it down*. Und dann tanzte er, sang und schrie, die Musik hallte durch ihn hindurch, und er verstand den Song über die verdammte Scheißfamilie, die sowieso nie was kapiert, und die endlosen Wohnblocks, die nur ein Gefängnis für dich sind, das alles verstand er! Die tödliche, mörderische, unglaubliche *Langeweile*! Du kannst deiner Klasse nie entkommen, also gib's doch einfach auf.

Dann tanzte er mit Allie. Nicht richtig, sie knallten ihre Schultern gegeneinander, lachten, sangen, ihr Schweiß vermischte sich, er stieß sie um, aber sie stand lachend wieder auf, drehte sich einmal im Kreis und rammte ihm ihre Schulter gegen die Brust, er ging zu Boden, *burn it, wreck it, fuck it, tear it down.* Allie zog ihn zu sich hoch, stieß ihn weg, und dann tanzte er mit Colin. Sie schrien mit aller Kraft den Refrain. Er sah Colin und sah sich selbst, in einem anderen Land, zu einer anderen Zeit. *Tear it down, tear it down.* Hare Krishna, Hare Hare. *Tear it down.* Als der Song mit einem donnernden Trommelhall zu Ende ging, fanden sich Colin und Neal auf dem Boden wieder, sie lachten, lachten, und sie lachten noch mehr, als Allie mit dem Gesicht nach unten auf sie beide fiel, wild den Kopf schüttelte und sie mit Schweiß naßspritzte.

Neal hörte seinen Herzschlag und sein Keuchen und traf hier und jetzt ein paar Entscheidungen, die Colin, Allie, Kitteredge und ihn selbst betrafen.

Allie wusch sich auf dem Damenklo. Sie hatte sich das T-Shirt ausgezogen und ihren Oberkörper mit Wasser bespritzt. Dann trug sie frisches Deo auf und sprühte sich etwas Parfum zwischen die Brüste. Sie holte eine dunkelblaue Seidenbluse aus ihrer Handtasche und zog sie an. Anschließend machte sie sich mit Eyeliner, ein wenig Mascara, etwas Rouge und blutrotem Lippenstift zurecht. Ganz normal, teuer, gefährlich.

»Klasse«, sagte Colin. Er rief zur Tür hinaus: »Neal, Mann, komm rein und sieh dir das an.«

Neal sah Allie an. Er hatte diesen Film schon mal gesehen. »Wofür hast du dich so rausgemacht?«

»Nicht für *was*. Für *wen*.«

»Oh.«

Colin löffelte großzügig Koks aus der Flasche und hielt ihn Allie hin. Sie seufzte. »Nich'n bißchen mehr, Baby?«

»Später.«

»Das sagst du immer.« Sie schniefte das Zeug trotzdem, zwei Löffel voll.

Colin nahm auch was und bot Neal dann einen Löffel an. Er schnupfte und schmeckte diesen komischen metallischen Geschmack hinten im Hals. Kein besonders guter Koks.

Colin gab Allie einen kleinen Zettel. »Soll ich Crisp mitschicken?«

Allie schüttelte den Kopf. »Der ist einfach. Bei dem war ich schon mal. Wir seh'n uns in der Wohnung.«

Sie küßte ihn auf den Mund, winkte zum Abschied einmal und ging. Neal sagte nichts; sollte Colin doch das Thema darauf bringen, wenn er wollte.

»Es ist ja nur ficken, nicht?« sagte Colin.

»Klar.«

»Ich brauch 'n Bier.«

»Ich zahle.«

Die Band hatte Pause. Gelegenheit zum Reden, zum Nachdenken.

»Gefällt's dir?«

»Yeah.«

»Ist nich so'n Bullshit. Der meiste Rock ist Bullshit, weißt du? Als hätten sie vergessen, worum's eigentlicht geht.«

»Es ist körperlich.«

»Es geht darum, hier und jetzt zu leben und den ganzen anderen Dreck zu vergessen. Es gibt sowieso keine Zukunft, also vergiß sie. Mir würd's überhaupt nix ausmach'n, wenn die verdammte IRA die Stadt in die Luft jagt. Den Fuckingham Palace zuerst.«

»Du willst die Reichen umlegen. Ich will nur ihr Geld.« Wie wahr, Neal, alter Junge, wie wahr.

»Wenn du ihr Geld nimmst, mußt du auch ihr'n Scheiß mitmach'n.«

»Nicht, wenn man's richtig anstellt.«

Colin sah ihn schief an. »Darüber sollten wir red'n.«

»Warum nicht.«

Um zwei Uhr morgens verließen sie den Club. Neal litt unter dem Speed, dem Coke und Gott weiß wie vielen Bieren. In seinem Kopf klingelte es, und er hatte keine Ahnung, wo Allie war. Vielleicht hätte ich ihr folgen sollen? Vielleicht will sie aussteigen und wartet sehnsüchtig auf die richtige Gelegenheit. Vielleicht hätte ich sie mir in irgendeinem Hotel greifen und sie in den nächsten Flieger schleppen können. Vielleicht. Aber vermutlich hätte ich die ganze Sache nur vermasselt.

Also blieb er bei Colin, Crisp und Vanessa.

»Du kannst bei mir knacken«, sagte Colin.

»Nein, danke. Ich nehm 'n Taxi ins Hotel.«

»Nicht um diese Zeit in dieser Gegend. Komm schon, du kannst auf dem Boden pennen und morgen früh nach Hause geh'n.«

»Um diese Zeit ist es gefährlich auf den Straßen«, sagte Crisp. »Sind 'ne Menge komischer Typen unterwegs.« Er grinste.

»Yeah, okay.«

Sie zogen los. Wohnblöcke, Zeitungsläden. Alles war zu, ein paar Autos parkten am Straßenrand. Ganz nett. Bis sie die Pakis trafen.

Sie waren zu fünft, und sie waren schlecht drauf. Fünf riesige pakistanische Immigranten in knallbunten Hemden, weißen Jeans, schwarzen Schuhen. Wie die Band auf 'ner billigen Hochzeit. Sie standen im Weg.

»Hallo, Colin«, sagte der Anführer. Ein Muskelmann.

»Dein Name ist nicht zufällig Ali?« erkundigte Colin sich höflich. »Ich meine, ihr heißt nicht zufällig alle Ali?«

Alis Name war tatsächlich Ali. Er fand das nicht besonders lustig. »Wo ist deine Gang, Colin?«

»Deine Mutter ficken, schätz ich.«

Nur so aus Spaß warf Crisp ein: »Warum geht ihr beschissenen Dummquatscher nich zurück nach Pakistaniland, wo ihr hingehört?«

Ali lächelte und sagte: »Colin glaubt, er wäre jetzt wer, nur weil er ein paar Freunde in der Szene hat. Aber hier, mein lieber Colin, hier hast du keine Freunde.«

»Neal«, sagte Colin, »da bist du urplötzlich in das, was die BBC ›Rassenprobleme‹ nennt, reingestolpert. Wir mögen die Pakis nicht. Wir mögen nicht, daß sie uns unsere Arbeit, unsere Wohnungen, unsere Läden und unsere Parks wegnehmen. Wir mögen es nicht, daß sie unsere Stadt mit endlos vielen Babies und ihren häßlichen Frauen verstopfen. Wir mögen ihre mistige Farbe nicht, ihr stinkiges Essen, ihr fettiges Haar, ihren schlechten Atem und ihre dummen Gesichter. Das einzig Gute an ihnen ist, daß sie Leuten wie uns als Hobby dienen können. Unsere Version des Tontaubenschießens – Pakis klatschen.«

»Ja, Neal«, sagte Ali mit einer Stimme, die klarmachte, daß

er mitspielte, »aber eine der wichtigsten Regeln beim Paki-Klatschen ist, daß die weißen Jäger doppelt so viele sein müssen wie wir.«

Er zog einen sehr unangenehm aussehenden Lederriemen aus seiner Jeanstasche.

Neal Carey haßte es, zu kämpfen. Erstens, weil er es dumm fand. Zweitens, weil es ihm Angst machte und Leute verletzt wurden. Und drittens kämpfte er ziemlich schlecht und gehörte normalerweise zu denen, die verletzt wurden.

»Na dann, ein andermal«, sagte Neal und ging an Ali vorbei. Es hätte fast geklappt, wenn Colin nicht diese Frage gestellt hätte.

»Sag mal, ist es dein Vater oder deine Mutter, oder sind es beide, die sich auf dem Klo am King's Cross in den Arsch ficken lassen?«

Der Lederriemen sauste los, aber Colin war nicht mehr da. Er hatte sich geduckt und Ali mit seinem Messer einen Schnitt von der Hüfte bis zum Knie beigebracht. Ali fiel zu Boden und schrie, was Colin mit einem kräftigen Tritt ins Maul unterband.

Derweil reagierte Crisp irgendwie unerwartet auf einen Tritt in die Eier: Er richtete sich auf und knallte dem Angreifer seine Bierflasche unters Kinn. Entgeistert schlug der junge Pakistani Crisp gegen den Kopf und brach sich zwei Knöchel, so daß er gerade abgelenkt war, als Vanessa ihm mit einer Kette gegen den Hals schlug.

Neal war einigermaßen dankbar, daß wenigstens sein Gegner nicht bewaffnet zu sein schien und bereitete sich darauf vor, die Sache ehrenhaft und männlich hinter sich zu bringen. Er nahm die Kampfposition ein: rechte Hand auf Brusthöhe, schlagbereit; linke Hand weiter oben, um die Rechte des Angreifers abzublocken. Blocken und kontern. Bloß war dieser Typ Linkshänder und knallte eine Gerade voll durch auf Neals Nase. Das tat weh. Als er wieder zuschlug, tat es noch mal weh.

Neal wollte sich fallenlassen, was beim Training immer ganz gut kam, dachte sich aber, daß er in diesem Fall nur einen Tritt in die Fresse abbekommen würde. Also hielt er sich auf den Beinen und hoffte, daß der Junge sein Glück mit einem dritten Schlag versuchte, was er auch tat. Dankbar für die Phantasielosigkeit des Angreifers trat Neal zur Seite, duckte sich unter dem Schlag durch und donnerte dem Jungen einen linken Haken in den Bauch. Der Junge krümmte sich, Neal warf sich gegen ihn, kippte ihn um, lag auf ihm.

Colin prügelte dem letzten Pakistani gerade die Scheiße aus dem Leib, als Vanessa einen Polizeiwagen an der Ecke ausmachte.

»Bullen!« brüllte sie.

Colin unterbrach seine Tätigkeit und packte Neal am Kragen.

»Renn wie ein Bastard!«

Neal war sich nicht ganz sicher, wie ein Bastard rannte, aber er nahm an, daß Colin seinem eigenen Ratschlag folgte, und also folgte er ihm. Sie rannten ein paar Straßen weit, bevor sie in eine kleine Gasse abbogen, wo Neal sich gegen die Mauer stützte, nach Luft schnappte, kotzte und seine Nase wieder zu bluten anfing.

Colins Wohnung überraschte ihn.

Sie war nicht gerade luxuriös, lag aber in einem gar nicht so schlechten Teil des schäbigen Earl's Court. Erster Stock, groß und überraschend gut gepflegt. Das Wohnzimmer war sehr geräumig, und französische Fenster führten auf einen kleinen Balkon hinaus. Die Küche wurde offensichtlich wenig benutzt. Eine Kaffeekanne und ein Teekessel standen auf dem Herd, daneben ein Glas Nescafé und eine Zuckerdose.

Colins Schlafzimmer war groß und dunkel. Selbst bei Nacht war die Jalousie heruntergelassen. Das Wasserbett und das Che-Guevara-Poster hatte Neal erwartet. Auch die fünf Schlösser, die die Eingangstür sicherten. Aber einen teuren Fernseher im Wohnzimmer, eine teure Stereo-Anlage und vor allem die vielen Regale mit Taschenbüchern – Coleridge, Blake, Byron – hatte er nicht erwartet.

Colin verschwand im Schlafzimmer und kam mit einer Wasserpfeife wieder. »Hier. Das ist gut für dich.«

Dann verschwand er in der Küche und kam mit Eiswürfeln in einem Tuch wieder.

Neal hielt sich das kalte Tuch auf die Nase. Großartig. Seine Nase war geschwollen. Er befühlte sie und entschied, daß sie nicht gebrochen war.

Er liebte diese Undercover-Einsätze.

Colin zündete die Hasch-Pfeife an, nahm einen langen Zug und gab sie Neal. Neal schüttelte den Kopf. Mehr als genug ist mehr als genug.

»Es ist ganz mild, Neal. Bestes Dope.«

Neal nahm die Pfeife und inhalierte den Haschrauch. Er hielt einen Augenblick den Atem an, dann ließ er den Rauch wieder ausströmen. Nicht schlecht.

Aus dem kleinen Schlafzimmer hörte man Quietschen. »Gewalt turnt Vanessa an«, erklärte Colin.

»Ist es das wert?«

»Für Crisp schon.«

»Wie heißt er richtig?«

Colin zuckte mit den Achseln und nahm noch einen Zug. Dann hielt er Neal die Pfeife wieder hin. Neal lehnte ab. Mehr als genug ist wirklich genug.

»Ich hol dir Zeug.«

Daddy Colin.

Neal hatte sich gerade hingelegt, als Allie kam. Er hörte ihr langes Seufzen, dann hörte er, wie sie den Wasserkessel aufstellte. Sie trat von einem Bein aufs andere, bis er pfiff. Er hörte, wie sie Milch und Zucker verrührte, und dann zur Schlafzimmertür schlich. Er hörte, wie sie auf und wieder zuging, und war überrascht, als er sie zurück ins Wohnzimmer schleichen hörte. Sie trank ihren Tee und sah aus dem Fenster. Dann hörte er, wie sie ihre Schuhe und ihre Jeans auszog und spürte, wie sie sich neben ihn legte.

»Rutsch rüber, und gib mir was von dem Laken.«

»Wenn Colin rauskommt...«

»Ich will nur schlafen.«

»Weiß er das?«

Allie seufzte wieder. »Er ist nicht allein.«

»Er ist allein nach Hause gekommen.«

»Und?«

»Oh.«

»Kluges Kerlchen.«

Neal wagte es. »Lebst du gerne so?«

»Ja. Und jetzt halt den Mund und laß mich schlafen.«

Lieber Dad, mir geht es gut. Ich wünschte, du wärst hier. Übrigens, heute nacht schlafe ich mit Allie Chase.

Als er aufwachte, tat ihm alles weh. Seine Nase fühlte sich an, als hätte ihm jemand mit der Faust draufgehauen, und dem Rest seines Körpers ging es ähnlich. Er schlich ins Badezimmer, um etwas zu trinken.

Allie saß auf dem Klodeckel, die Knie bis unters Kinn hochgezogen. Sie beugte sich graziös vor, die Nadel schwebte über einer kleinen Vene zwischen ihren Zehen. Sie konzentrierte sich und bemerkte Neal erst, nachdem sie die Spritze leergedrückt hatte. Sie sah ihn an, als das Heroin zu wirken begann. Nur ein kleiner Schuß, aber trotzdem.

»Tja«, sagte Neal, »man sagt, das Frühstück sei die wichtigste Mahlzeit am Tag.«

»Sag's Colin nicht.«

»Es geht mich ja auch nichts an.«

»Das stimmt.«

»Er weiß nicht, daß du spritzt?«

»Ich denke, es geht dich nichts an?«

»Das Zeug ist schlecht für dich.«

»Und tut doch so gut.«

Sie stand auf, packte ihr Zeug sorgfältig in ihre Tasche und ging an ihm vorbei zurück ins Wohnzimmer, wo sie sich auf den Boden legte und die Decke anstarrte.

Er folgte ihr und legte sich neben sie. »Wie lange brauchst du das Zeug schon zum Aufwachen?«

»Mann, du bist ja besorgt. Ein paar Wochen. Ich weiß nicht.«

»Teures Hobby.«

»Ich bezahle ja dafür.«

»Das möchte ich wetten.«

»Ich bin nicht abhängig.«

»Ich hab nicht gesagt, daß du abhängig bist.«

Sie rollte sich auf die Seite, weg von ihm. »Er weiß, daß ich spritze. Er weiß nur nicht wieviel.«

Sie döste ein.

Neal und Colin hatten sich auf dem Balkon niedergelassen. Die späte Nachmittagssonne schien ihnen angenehm ins Gesicht. Neal hatte geduscht und sich rasiert, sich von Colin ein sauberes T-Shirt geliehen und nippte jetzt an einer Tasse bitterem Nescafé. Langsam fühlte er sich wieder menschlich. Sie hatten Allie zu Bett gebracht, sie schnarchte vor sich hin. Crisp und Vanessa waren losgegangen, etwas zu essen zu suchen.

Colin trug zu seinem nackten Oberkörper Jeans und Bikerstiefel. Eine verspiegelte Sonnenbrille schützte seine Augen vor dem harten Tageslicht.

»Sonntage sind schlimm, also laß ich's«, sagte er. »Zu viele Bürger unterwegs, und die Bullen wollen dich auch nicht sehen. Sonntagnacht ist allerdings okay.«

»Ich glaub, ich muß los«, sagte Neal und gähnte.

»Warum?«

»Mein Job.»

Colin reckte und streckte sich wie eine Katze. Neal dachte darüber nach, was er zu tun hatte, dann versuchte er, nicht mehr daran zu denken. Er fühlte sich mies.

»Bist du gut im Geschäft, Colin?«

»Nicht gut genug. Ein bißchen Hasch, ein bißchen Koks...«

»Heroin?«

»Nein. Würd mir nichts ausmachen, aber die Kohle, Mann, die Kohle...« Er rieb den Daumen am Zeigefinger, das weltweite Zeichen für Cash. »Man braucht 'nen Haufen Asche, um vernünftig ins Heroin-Business einzusteigen.«

»Frauen?«

»Was soll das? Ein Interview für die BBC?«

»Ich frag ja nur.«

»Ich hab 'n paar Freundinnen, die gerne Geld dafür nehmen. Ich krieg einen Finderlohn.«

Yeah, ich krieg auch Finderlohn, dachte Neal. Sozusagen.

Colin legte den Kopf in den Nacken, um mehr Sonne aufzufangen. »Während der verdammten Hippie-Zeit bin ich noch auf allen Vieren gekrochen. Love und Peace und der ganze Scheiß. Die verdammten Beatles und ihr blöder Guru. Die Scheiß-Sitars...«

»Seh' ich genauso.«

»Punk, Mann. Die *sagen*, daß die Welt Scheiße ist. Besauf dich, kiff dich zu, hau rein. Das war's.«

Meine Lieblingsbeschäftigungen.

»Wir sind gerade von 'nem Urlaub in Frankreich zurück«, sagte Colin. »Haben uns besoffen, zugekifft, reingehauen. Echt.«

Ach ja? Ihr Arbeiter-Helden habt euch an französischen Stränden vergnügt, während ich mir auf dem Square die Seele aus dem Leib geschwitzt habe!

»Du willst wohl'n Kleinbürger werden?«

»Ich will reich werden.«

»Vielleicht weiß ich, wie du's hinkriegst.«

Was folgte, könnte man eine bedeutungsschwere Pause nennen.

»Und wie?«

Neal stellte seine Tasse auf den Boden und erhob sich. Er reckte sich und gähnte. »Müssen wir drüber reden.«

Er klopfte Colin auf die Schulter und ging.

Verlaß sie, wenn sie mehr wollen, dachte er.

20

Am nächsten Morgen kämpfte Neal beim Arzt tapfer gegen den Schmerz.

»Tut das weh?« fragte Dr. Ferguson. Er beugte Neals Bein noch einmal zurück.

»Ein bißchen«, sagte Neal und hob den Kopf vom Untersuchungstisch.

»Ich glaube, Sie haben da eine böse Zerrung. Sie können sich anziehen.«

Neal setzte sich langsam auf und krabbelte zurück in sein Shirt. »Danke, daß Sie mich so schnell dazwischengeschoben haben.«

Ferguson sah nicht von seinem Rezeptblock auf. »Freunde von Simon, wie man so schön sagt...«

Ferguson war ganz schön füllig, schien das aber zu mögen.

Er hatte ein Eulengesicht und dichtes braunes Haar. Er lebte im selben Haus, in dem auch seine Praxis war. Nicht, daß er die nötig hatte. Er verfügte über ausreichend andere, private Einkünfte. Er hatte eine öffentliche Leidenschaft für Kricket, eine private Leidenschaft für seine Frau und eine geheime Leidenschaft für Erstausgaben. Letzteres war der Grund, warum er Simon Keyes kannte. Neal hatte die Nummer in Simons Adreßbuch gefunden. »Ziemlich blöd von mir, einfach so die Treppe runterzufallen«, sagte Neal.

»Na ja, Simons Treppen...«, sagte Ferguson. Er reichte Neal das Rezept. »Das wird Ihnen einschlafen helfen. Und auch die Schmerzen etwas lindern.«

»Ich kann einfach keine gute Position finden.«

»›Sagte die Schauspielerin zum Bischof.‹ Ja, Prellungen am Steißbein sind unangenehm. Nächstes Mal sollten Sie versuchen, sich den Knöchel zu verstauchen. Simon sagte, Sie interessieren sich für Bücher?«

Neal stöhnte noch einmal, als er vom Tisch aufstand. »Sie haben mit ihm gesprochen?«

»Ich war im Norden unterwegs und habe ihn unangemeldet in seinem Landhaus besucht. Er hat sich gefreut. Er sagte, Sie studieren Smollet.«

»Im Moment nicht.«

»Und Sie sind hier, um seine Sammlung zu begutachten?«

Danke, Simon, dachte Neal.

»Sie ist einfach unglaublich.«

»Hat er immer noch den *Pickle*?«

Neal setzte sein bestes Mona-Lisa-Lächeln auf.

»Ich sehe schon«, sagte Ferguson. »Okay. Versuchen Sie, nicht zu gehen. Flach liegen, nicht sitzen. Wenn es nächste Woche noch wehtut, kommen Sie wieder, und wir sehen noch mal nach.«

»Danke.«

»Bedanken Sie sich nicht. Klauen Sie mir einfach den *Pickle* und bringen Sie ihn im Dunkel der Nacht herüber.«

Ferguson kicherte über seinen Witz.

Neal kicherte mit, stöhnte, kicherte wieder.

Noch gut eine Stunde, bis die Läden aufmachten. Also

gönnte sich Neal einen langen Spaziergang durch den Regent's Park und schwitzte sich die Wochenend-Gifte aus dem Körper.

Bei einem Supermarkt an der Regent's Park Road kaufte er zehn Flaschen Coca Cola und zehn Flaschen Pepsi, zwanzig Tafeln Luftschokolade, drei Packungen Bisquits, ein Pfund weißen Zucker, zwei Gläser Honig, ein Dutzend Eier, Brot, Butter und Marmelade.

Er fand einen Wäscheladen und kaufte zweimal Bettwäsche, Badetücher und Handtücher und in einem kleinen Sportgeschäft vier Paar Gymnastiksocken. In einem teuren kleinen Lederwarenladen erstand er einen teuren kleinen Aktenkoffer mit Kombinationsschlössern. Sein letzter Halt war eine Apotheke, in der er Fergusons Rezept gegen eine große Plastikflasche Schlaftabletten eintauschte.

In Simons Wohnung war es unglaublich heiß und stickig. Als erstes riß Neal die Fenster auf. Dann packte er seine Einkäufe auf den Küchentisch und die Getränke in den Kühlschrank. Er riß die Laken in dünne Streifen und brachte sie ins Schlafzimmer. Die Handtücher klebte er über die Ecken von Kommode und Nachttisch. Er machte Knoten in jede einzelne Gymnastiksocke. Er schraubte die hellweißen Glühbirnen aus den Decken- und Nachttischlampen und ersetzte sie durch schwächere Milchglasbirnen. Die Hälfte der Schlaftabletten ließ er im Medizinschränkchen, die andere Hälfte steckte er in die Tasche.

Zurück im Wohnzimmer nahm er die vier Bände von Smolletts *Peregrine Pickle*, packte sie in seinen neuen Aktenkoffer, stellte die Kombination ein und verdrehte sie dann.

Inzwischen war es Mittag und draußen auf der Straße kochend heiß. Er kaufte sich die *Times* und besetzte einen Tisch unter einem Sonnenschirm in einem Straßencafé. Er gönnte sich einen Espresso und einen angeblich italienischen Kuchen, während er die Zeitung durchsah. Er brauchte nicht lange, um zu finden, was er suchte: Die Londoner Philharmoniker spielten in der Royal Albert Hall. Donnerstagabend. Alle Überschüsse gingen an den World Wildlife Fund. Prinz Philip hielt die Eröffnungsrede. Gäste willkommen. Und ein großes AUSVERKAUFT über der Anzeige. Kauft nächstes Mal früher, ihr Gäste.

Er trank noch einen Espresso und fuhr dann mit dem Taxi zurück ins Hotel.

Der ohnehin schon genervte Portier sah von seiner Liste mit Problemen auf. Die Lobby war voll mit Touristen. »Ja, Sir?«

»Oh. Haben Sie zufällig noch Tickets für die Philharmonie am Donnerstag? Zweiter Juli?«

»Lassen Sie mich nachsehen, Sir.« Er schaute in sein dickes Buch. »Nein, Sir. Tut mir schrecklich leid. Ausverkauft.«

»Aber ich hatte doch vorbestellen lassen. Mein Name ist Carey.«

Der Portier seufzte hinter dem Lächeln. »Das ist natürlich etwas anderes, Sir. Lassen Sie mich nachsehen.« Er blätterte wieder in dem Buch. »Tut mir leid, Mr. Carey, aber ich kann Sie hier nicht finden.«

Neal konnte hören, wie sie hinter ihm ungeduldig wurden.

»Vielleicht unter dem Namen der Dame, mit der ich zusammen hingehe.«

Schweigen.

Der Portier gab zuerst auf. »Wie könnte dieser Name lauten, Sir?«

»Henderson.«

Zurück zum Buch.

»Bei uns im Hotel, Sir?«

»Aber sicher. Nirgend sonst!«

»Danke, Sir.« Der Portier warf dem nächsten Wartenden über Neals Schulter einen bedauernden Blick zu. Dann wieder das Buch. »Nein, tut mir leid, Sir.«

»Oje. Vielleicht hat sie unter dem Namen ihres Mannes bestellt.«

Der Portier schwieg einen Augenblick, dann sagte er: »Wenn wir wüßten, was das für ein Name ist, Sir, könnten wir ihn vielleicht finden.«

»Zacharias. Z wie Zebra, A wie Alphabet, C wie Choreographie, H wie ...«

»Danke, Sir, ich glaube das reicht.«

Wieder kein Glück.

»Tut mir sehr leid, Mr. Carey. Sind Sie ganz sicher...?«

»Tja, vielleicht hat Susan sich gar nicht selbst darum gekümmert. Vielleicht war es Nell. Könnten Sie mal unter Taglianetti nachsehen?«

»Mr. Carey, wir haben im Moment sehr viel zu tun. Würden Sie es mir übelnehmen, wenn ich Sie bitte, selbst nachzusehen und mich über das Ergebnis Ihrer Suche zu informieren?«

»Nein, überhaupt nicht.«

»Gut, vielen Dank.«

Er gab Neal das Buch. Neal suchte darin nach den Namen der Frauen, die alleine in das Konzert gehen würden. Er fand fünf, und die Zimmernummern standen direkt daneben. Er sagte sie sich ein paarmal im Geiste auf: Mrs. Harris, 518; Mrs. Goldman, 712; Mrs. Ulrich, 823; Mrs. Myers, 665; Mrs. Renaldi 422. Dann eilte er hinauf in sein Zimmer und schrieb Namen und Nummern auf.

Versuchens wir's mal mit Goldman 712.

»Guten Tag, könnte ich bitte Mr. Goldman sprechen?«

»Am Apparat.« Eine Männerstimme. Amerikaner, Ostküste. Klang nach dem richtigen Alter.

»Mr. Goldman, hier ist Mr. Panto von Consolidated Limited. Ich wollte nur unsere Verabredung für morgen früh bestätigen.«

»Ich glaube, Sie sind falsch verbunden.«

»Das tut mir furchtbar leid. Sind Sie nicht Mr. Alan Goldman von Schreff & Sons?«

»Nein, ich bin Dave Goldman von einfach nur Goldman. Ich bin Anwalt.«

»Oh, tut mir leid.«

»Ist schon in Ordnung. Schönen Tag noch.« Dave Goldman legte auf.

Nun, dachte Neal, weiß ich ja schon ein paar Sachen über Goldman 712. Er ist Anwalt, er ist mit seiner Frau unterwegs, sie schleppt ihn nicht mit auf das verdammte Konzert am Donnerstag, und er schert sich ohnehin einen Dreck darum, wer die Eröffnungsrede hält. Vielleicht habe ich mein Pärchen gefunden. Ich seh sie mir besser mal an.

Nette Leute, dachte er. Nachdem er anderthalb Stunden auf dem Flur warten mußte, hatte er das auch verdient. Mitte Vierzig, gut angezogen, die Frau war eine große Brünette. Er war gut in Form. Schwarzes Haar mit einer Spur silber. Unglaublich weiße Zähne. Plastik aller Art: AmEx, Diners Club. Gab gute Trinkgelder.

Er folgte ihnen nicht, als sie das Restaurant verließen. Stattdessen aß er zu Ende und las die *International Herald Tribune*. Die Yankees waren immer noch vorne.

Das Telefon riß ihn aus seinem wohlverdienten Schlaf. Es war erst fünf Uhr, und er hatte bis sieben oder so pennen wollen.

»Du hast seit drei Tagen nicht angerufen«, sagte Ed.

»Nichts Neues.«

»Dann ruf an und sag: ›Nichts Neues‹«, sagte Levine. »*Überhaupt nichts?*«

»Ich tu, was ich kann.«

»Besser so. Du hast noch vier Wochen.«

»Verdammt Ed, wir wissen beide, daß dieser Job Schwachsinn ist.«

»Dann bist du ja genau der Richtige dafür. Ruf an.«

Ed Levine legte auf.

»Nichts?« fragte Rich Lombardi.

»Noch nicht.«

Lombardi legte die Akte zurück auf Levines Tisch. »War vielleicht auch zuviel erwartet.«

»Wir erwarten immer viel.«

Lombardi verließ das Büro der Freunde und suchte sich eine Telefonzelle. Er mußte eine Menge Anrufe machen. Der Parteitag war gleich um die Ecke, der Senator stand auf der Liste, und er mußte sich um so viel kümmern. Nennt die Story *Der Mann hinter dem Mann*.

21

Allie war total stoned.

Als Neal gegen acht in der Wohnung in Earl's Court auftauchte, kauerte sie auf dem Boden und fluchte leise über TV-Gameshows, vor allem über die britischen, wo die Leute nicht mal sonderlich viel Geld gewinnen konnten.

»Auch keine Kühlschränke. Keine Geschirr-Sets, keine Wohnzimmer-Einrichtungen, keine Wäsche-Trockner. Keine Toyotas. Keine Trips nach Honolulu.«

»Komm rein«, begrüßte Vanessa Neal. »Colin ist allerdings nicht hier.«

Das wußte Neal bereits. Er hatte ihn schon auf dem *Leicester* Square entdeckt. »Wo steckt er?«

»Arbeitet.«

Als Allie Neal entdeckte, schaltete sie um und verfluchte die amerikanischen Männer, vor allem die aus New York, die glaubten, sie wüßten alles übers Ficken, aber in Wahrheit keine Ahnung hätten.

»Das sind Schweine. Schweine! Die wollen nichts, als dir in den Slip fassen, und dann wissen Sie nich, was sie da drin machen sollen. Ich hasse es!«

Vanessa verschwand im Bad.

»Und Eis«, nörgelte Allie. »Man kriegt hier auch kein ordentliches Eis. Sie geben uns irgendeinen Dreck und sagen, das wäre Eis. Ist es aber nicht. Neal, hast du Eis mitgebracht?«

»Nein. Tut mir leid.«

Sie ging zu ihm herüber und sah ihm in die Augen. »Du bist schlecht, Neal. Weißt du das? Du bist so verdammt mies.«

Sie sagte das mit so großem Ernst und lächelte ihn danach so strahlend an, daß er kaum glauben konnte, daß sie völlig von der Rolle war.

»Und das Wetter«, fuhr sie fort. »Es ist so verfickt heiß. Das ham wir mal in der Vorschule gesungen, ›Es ist verfickt hei-eiß, es ist verfickt hei-eiß...‹«

»*Verdammt* heiß.«

»Yeah, es ist zu verdammt verfickt heiß. Es soll neblig sein und regnen. In den Filmen ist es immer neblig und regnet.

Hast du jemals einen *braungebrannten* Sherlock Holmes gesehen? Aber es hat noch nicht genebelt oder geregnet, seit ich hier bin, und das ist schon Wochen und Wochen und Wochen, und *was* macht 'nessa eigentlich im Bad?«

»Ich rasier mir die Haare weg«, antwortete Vanessa.

Neal warf einen Blick ins Badezimmer. Tatsächlich – sie rasierte sich den Schädel. Die linke Hälfte.

Allie war fasziniert. »Warum?«

»Ich langweil mich.«

»Kann ich zugucken?«

»Klar, Liebes, aber du darfst nicht helfen. Du würdest mich in Stücke schneiden.«

Allie legte sich auf den Kachelboden und spielte mit Vanessas zu Boden fallenden Haarlocken. Neal blieb in der Tür stehen.

»Alice«, fragte er, »hast du heute ein Date?«

Sie starrte ihn an. »Ob ich ein Date habe? Glaubst du, du bist Colins Sekretär, oder was? Vize-Lude? Das klingt gut, Vize-Lude. Nein, ich hab kein Date heute nacht.«

»Ist in Ordnung.«

»Oh, toll. Neal, sei ein lieber Junge und hol uns Eiscreme, ja? Echte, gute Eiscreme. Schoko-Eiscreme. Hmmmm.« Sie leckte sich über die Lippen.

»Ich muß mit Colin reden.«

»*Du* mußt mit Colin reden?«

»Wie sieht das aus?« fragte Vanessa. Die linke Hälfte ihres Kopfes war kahl. Die rechte Hälfte war voller roter Locken.

»Ganz toll«, sagte Neal. »Gefällt mir gut.«

Er drehte sich um.

Allie folgte ihm. »Mir ist gerade noch ein Lied aus der Vorschule eingefallen. Willst du's hören?«

Du könntest sie jetzt einfach mitnehmen, dachte Neal. Sie unter irgendeinem Vorwand einfach mitnehmen und verschwinden, lange bevor Vanessa auch nur daran dachte, bei der Telefonzelle... Er eilte die Treppe herunter. Allie sang hinter ihm her.

»*A precious gem is what you are / Your're Daddy's bright and shining star*...«

Er nahm die District Line in Earl's Court, wechselte in South Kensington auf die Piccadilly Line und fuhr bis Leicester Square. Die lange hölzerne Rolltreppe beförderte ihn auf die Erdoberfläche zurück. Colin war auf dem Square, unter dem Denkmal des Earl of Leicester. Auf dem Sockel stand: ES GIBT KEINE DUMMHEIT, NUR IGNORANZ.

»Hey, Mann«, sagte Colin. Crisp hockte auf dem Boden wie ein braves Hündchen.

»Wie geht das Geschäft?«

»Die Typen blockieren mein Telefon«, sagte Colin und deutete auf eine lange Schlange vor der Zelle.

»Trinkst du 'n Bier mit?«

Colin sah sich einen Augenblick lang um, dann sagte er: »Warum nich. Crisp, paß auf den Laden auf.«

Sie gingen zu einem kleinen Pub in der Floral Street. Neal fand einen Tisch am Fenster und holte ihnen zwei Bier.

»Ich hab versucht, dich noch bei dir zu Hause zu erwischen«, sagte er.

»Arbeitszeit.«

»Alice ist auf'm Trip.«

Colin zuckte mit den Achseln. »Is ihre Sache, nich?«

»Könnte dein Geschäft beeinträchtigen. Nobelkunden mögen keine Junkies.«

Colin sah aus dem Fenster. »Tja, Mann, ihre Sache, meine Sache, jedenfalls nich deine Sache.«

Neal sah auch aus dem Fenster. »Vielleicht doch.«

»Und warum?«

»Ich brauch 'n Mädchen.«

Colin lachte. »Aber nicht Alice. Ich besorg dir eine.«

»Ich brauch 'n Mädchen für 'nen Job.«

Colin nahm einen Schluck Bier und sagte denn: »Mein Alter hat immer gesagt, ich soll mir 'n richtigen Job suchen, sonst is mein Leben für'n Arsch. War für ihn das Wichtigste. Is das hier 'n richtiger Job, Neal?«

»Nein.«

»Wir sind interessiert.«

»Es ist ein einmaliger Deal, Colin. 'ne Menge Geld, aber nicht ganz einfach. Keine Fehler. Es geht um meinen Arsch.«

»Wieviel Geld?«

»Genug, daß du Alice keine Jobs mehr verschaffen mußt.«

Entweder wurde Colin ein wenig rot, oder er war ein besserer Schauspieler, als Neal dachte.

»Ich lieb sie, Neal.«

»Klar.«

»Was für'n Job?«

Neal schüttelte den Kopf. »Sag ich dir morgen. Serpentine. Um eins.«

Weil man es nicht zu einfach machen darf, dachte Neal. Weil du ihm beibringen mußt, deinen Anweisungen zu gehorchen. Weil du das Muster der Beziehung ins Gegenteil verkehren mußt. Sonst geht die ganze Sache ins Auge.

»Was soll der Aufstand?« fragte Colin.

»Ja oder nein?«

»Ja, Mann.«

Der Schatten hatte sich auf dem Square an Neal gehängt und war ihm bis zum Pub gefolgt. Er hatte auf der Straße gewartet und war dann bis zum Hotel an ihm drangeblieben. Er blieb weit zurück und war sehr vorsichtig. Der Junge sollte ein Profi sein.

Levine nahm ab.

»Ich melde mich«, sagte Neal.

»Guter Junge.«

»Pfeif deinen verdammten Schatten zurück.«

»Was?«

»Nächstes Mal nimmst du besser jemanden, der weiß, was er tut.«

»Hey, Neal...«

»Pfeif ihn zurück.« Neal legte auf.

Levine sah Graham und Lombardi an. »Dieser Neal ist eine Plage. Jetzt glaubt er, ich ließe ihn beschatten. Arschloch.«

Grahams Gummihand rieb sich an der richtigen. Er hatte Neal gut genug trainiert, daß er keine Schatten sah, wo keine waren.

»Laß es.«

»Der Junge hat was vor. Ich kann es spüren.«

Die Leitung aus London war so schlecht, daß er es noch mal sagen mußte. »Hör auf.«

»Er hat was vor.«

»Wer bezahlt dich? Laß es!«

»Wie du willst.«

Der Mann legte auf. Er war wütend. Der Junge war Profi. Mistkerl.

Zwei Scotch und ein heißes Bad beruhigten Neal nicht sonderlich. Dieser verdammte Levine, dachte er. Dieser verdammte Levine ruiniert die ganze Sache. Wenn ich diesen Typen auch nur noch einmal rieche...

22

Dienstagmorgen gönnte Neal sich ein großes Frühstück. Er suchte sich einen Tisch, von dem aus er die Tür im Auge behalten konnte und verschwand zusammen mit zwei Spiegeleiern, Speck, Würstchen, Toast, Cornflakes und einem Kännchen Kaffee hinter der *Times*. Er ließ sich Zeit, aber niemand leistete ihm Gesellschaft.

Dann marschierte er los. Es war sengend heiß, aber wenn sie Spielchen spielen wollten, würde er eben Spielchen spielen. Niemand paßte ihn am Ausgang des Hotels ab, schon gar nicht der Typ vom Vortag, aber das wäre typisch für die Freunde: Ihm seinen Schatten zu zeigen, damit ihm ein anderer in aller Ruhe folgen konnte.

Er bog vom Piccadilly aus Richtung Green Park-Subway ab, löste für 20 Pence ein Ticket am Automaten und ging die Treppe herunter. Auf halbem Weg überlegte er es sich anders und ging wieder zurück auf die Straße. Er schlenderte die Queen's Lane entlang, kaufte sich an einem Kiosk ein Eis, dachte an Allie, drehte sich wieder um und ging zurück zur U-Bahn. Er zog das Tempo an; falls jemand ihm folgte, würde er ganz schön ins Schwitzen kommen. Er fuhr bis Leicester Square, dann Rolltreppe rauf bis zum Ausgang und wieder Rolltreppe runter zu den Zügen. Er nahm die Northern Line bis Tottenham Court Road, wechselte in die Central Line und fuhr bis Bond Street, wo er in die Jubilee Line umstieg und zurück nach Green Park fuhr.

Inzwischen war er überzeugt, daß Levine seinen Mann zurückgezogen hatte. Er war schweißgebadet, fühlte sich aber prächtig: wieder bei der Arbeit.

Er konnte den Bootsverleih des Serpentine von der Dachterrasse des Restaurants aus sehen. Er trank seinen Eiskaffee und wartete. Noch gut eine Stunde, bis Colin dran war. Zeit genug herauszufinden, ob er beobachtet wurde. Neal Carey ging kein Risiko ein.

»Ich kann nich schwimmen, Mann«, jammerte Colin, während er sich vorsichtig in das kleine Ruderboot setzte.

»Ich rette dich«, sagte Neal. Allie, Crisp und Vanessa bestiegen das nächste Boot. Neal amüsierte sich prächtig, und eine Runde auf dem See im Hyde Park war nicht der schlechteste Weg, sich den Nachmittag zu vertreiben. Außerdem bereitete Colins Unbehagen ihm das größte Vergnügen.

Sie ruderten bis in die Mitte des Sees und ließen das Boot dann einfach treiben. Neal breitete sein Jackett auf dem Boden aus und legte sich drauf. Schön kühl dort unten. Er ließ Colin in der Hitze sitzen.

»Also, was is, Mann?«

Immer mit der Ruhe, Neal, sagte er sich im Geiste. Immer mit der Ruhe.

»Mein Klient will sich ein Buch kaufen.«

»Ich hoffe, du weißt noch, worüber wir reden wollten.«

»Das Buch ist zwanzigtausend Pfund wert.«

»Was für'n Buch kostet zwanzig Mille?« fragte Colin verwundert.

»Der *Pickle.*«

Er erzählte die ganze Geschichte. Von Smollett, von der ersten und zweiten Ausgabe, von Lady Vane, der Italienreise, den verschollenen Bänden.

Als er fertig war, fragte Colin: »Und?«

»Und unser Klient, der Mann, für dessen Sicherheit ich zuständig bin, hat es gerade für zehn Mille gekauft.«

»Zehn is nich zwanzig, Mann.«

»Und ich weiß jemanden, der's für zwanzig nimmt, Colin-Baby.«

Jetzt hab ich dich am Haken, dachte Neal. Colin war für ihn nur eine Silhouette, aber die Silhouette beugte sich vor und hörte gut zu.

»Kannst du das Buch besorgen?«

»Mit deiner Hilfe.«

»Ich bin ganz Ohr.«

»Um Gottes willen!« Das Boot schaukelte urplötzlich. Neal sah einen Kopf auftauchen.

»Alice, um Gottes willen, was ...«

»Mir war nach einem Bad.« Sie stemmte sich an Bord. »Und ich war so einsam«, sagte sie. »Ich hab dich vermißt. Außerdem – guck nur, was die beiden Idioten da anstellen.«

Die beiden Idioten Crisp und Vanessa waren auf Rammkurs gegangen. Gerade verfolgten sie zwei Japaner. Sicherheitsaufseher bestiegen am Rande des Sees ein Motorboot.

»Spring wieder rein, Liebes. Neal und ich ham was Geschäftliches zu besprechen.«

»Laß sie. Es geht sowieso um sie.«

»Was ist mit mir?«

»Du sollst einen Typen ficken.«

»Für wieviel?«

»Fünftausend Pfund.«

»Wieso? Ist er so häßlich?«

Sie konnten den Wasserschutzpolizisten, die Crisp und Vanessa aufgegriffen hatten und sich den Rest der Gang auch noch schnappen wollten, gerade noch entkommen. Die Japaner waren über Bord gegangen und absolvierten gerade ein kompliziertes bilinguales Rettungsmanöver, was Neal und seinen Mannen Zeit genug gab, an Land zu rudern, von Bord zu springen und Richtung Rotten Row abzuhauen. Am Alexandra Gate stoppten sie ein Taxi.

»Westminster Bridge«, sagte Neal.

»Ich bums keinen auf der Westminster Bridge«, sagte Allie.

»Zentausend«, sagte Colin.

»Fünf, aber das ist noch nicht alles.«

»Ich bums nicht auf der Westminster Bridge.«

»Zehn, oder vergiß es.«

»Vergiß was?«

»Wo auf der Westminster Bridge?« fragte der Taxifahrer. »Nirgends«, sagte Allie.

»Am Embankment ist ganz hervorragend.«

Neal bezahlte die Fahrt. Der Blick die Themse hinauf und hinter begeisterte ihn jedesmal von neuem. Rechts der Postkartenblick auf Big Ben. Colin stellte sich direkt vor ihn.

»Sieben.«

Neal drehte sich um und lehnte sich über das Geländer. »Donnerstagabend geht Goldmans Frau in ein Konzert in der Royal Albert Hall. Goldman hat keine Lust. Er sagt, er will sich den Bond-Film im Odeon angucken. Aber in Wahrheit will er bumsen. Ich soll ihm jemanden besorgen. Er kommt auf mein Zimmer, nur für den Fall, daß seine Alte früher heimkommt.«

»Was...«

»Halt den Mund und hör mir zu. Er hat die Bücher in einem verschlossenen Aktenkoffer auf seinem Zimmer. Während er sich auf meinem Zimmer verlustiert, werde ich... diesen Aktenkoffer bewachen.«

»Dann wissen sie doch, daß du es warst.«

»Was du nicht sagst. Die Agentur wird jemanden herschikken. Ich weiß sogar, wen. Einen Typen namens Levine. Sehr groß, sehr kräftig. Ich muß 'ne Weile verschwinden. Kriegst du das hin?«

»Sicher.«

»Und wenn's hart auf hart kommt?«

»Bin ich härter.«

Neal lehnte sich noch weiter über das Geländer und tat so, als dächte er darüber nach. Sollte Colin doch seine paar tausend Eier davonschwimmen sehen. »Ich weiß nicht, Colin. Für mich ist das ein großes Risiko...«

»Riskier's.«

Neal drehte sich um und lehnte sich mit dem Rücken gegen das Geländer. Er betrachtete in aller Ruhe die Boote auf der anderen Seite des Flusses. Er sah von Colin zu Allie, zu Colin, zu Allie und wieder zurück. Allie hätte nicht weniger interessiert sein können. Und Colin würde für fünftausend Pfund seine Allie auch an die Zigeuner verkaufen. Neal wußte eine Menge über solche Betrügereien. Er wußte zum Beispiel, daß man niemals die anderen überreden sollte. Man mußte sich überreden lassen. Er spielte noch ein paar Sekunden lang die unschuldige Jungfrau.

»Okay«, sagte er dann. »Aber wir müssen uns gut vorbereiten.«

»Noch einmal«, sagte Neal.

Alle stöhnten. Sie saßen seit drei Stunden in Colins Wohnung und waren es schon ein Dutzend Mal durchgegangen. Noch dazu hatte der verfluchte Neal Alk, Hasch, Pillen und Heroin verboten.

»Kommt schon«, sagte er.

Crisp leierte: »Colin un ich warten vor'm Hotel...«

»Und...«

»Und ich versuch, mich wie'n Mensch anzuzieh'n. Neal zeigt uns die Frau, wenn sie zur Tür rauskommt. Colin und ich folgen ihr. Wir kleben an ihr wie Superkleber.«

»Gut. Und warum?«

»Du hast noch nie *warum* gefragt«, jammerte Crisp.

»Sag mir warum, dann kriegst du 'n Bier.«

Sofort wollten alle vier antworten. Neal winkte ab und sah Crisp an. »Ja?«

»Weil, wenn die Frau sich beim Konzert langweilt – was ich mir echt nich vorstell'n kann – kommt sie vielleicht früher nach Hause und macht alles kaputt.«

»Korrekt.« Neal konnte Joe Grahams Stimme in seinem Kopf hören. Sie sagte, daß Neal seine Lügen immer mit vielen Details ausstaffieren sollte. Du mußt Crisp und Colin eine Weile aus dem Weg schaffen, also gib ihnen eine Aufgabe, auf die sie sich konzentrieren können.

Neal holte eine Flasche aus einer Tasche und hielt sie Crisp vor die Nase. »Und was würdest du dann tun?«

»'ne Telefonzelle suchen und dich anrufen.«

»Wo?«

»Goldmans Zimmer.«

»Wann?«

Crisp grinste stolz. »Sofort.«

Neal warf ihm die Flasche rüber und sah Colin an.

»Ich bleib an der Frau dran und versuch, sie aufzuhalten.«

»Aber...«

»Ich tu ihr nich weh.«

Neal zog die Augenbrauen hoch.

»Auf keinen Fall.«

Neal sah Allie an, die ausgesprochen desinteressiert dreinschaute. Colin riß ihr das Buch aus der Hand, öffnete das Fenster und warf es hinaus. Allie rollte mit den Augen.

»Ich zieh mich an«, sagte sie und starrte Neal böse an, *»wie eine kleine Lady*... und warte in der Bar.«

»Wo...?«

»Wo ich einen Drink nehme, nicht mehr, und darauf warte, daß Neal mich holt. Neal stellt mich Mr. Wonderful vor und macht die Fliege. Ich vögel ihm das Hirn aus dem Kopf und laß mir dabei richtig Zeit. Viel Zeit. Dann nehm ich mein Geld und komm direkt hierher.«

»Und sonst noch...«

»Ich bin vorsichtig mit dem Stoff.«

»Wie vorsichtig?«

»Ein Schuß.«

Er hielt ihr ein Bier hin. Sie hielt ihm ihren Mittelfinger hin.

»Colin?« fragte er.

»Wir warten 'ne Stunde vor der Albert Hall. Wenn sie in der Zeit nich rauskommt, geh'n wir zur Subway am Covent Garden. Wir warten auf dich. Wenn du dein Jackett ausgezogen hast, ist die Sache schiefgegangen und wir zischen ab. Jackett an, wir hinter dir her. Nehmen uns 'n Taxi und klemmen uns hinter dich. Bis zum Haus des Käufers. Warten draußen. Du kommst raus – und du kommst besser wieder raus – mit zwei Tüten. Eine mit unserm Geld, eine mit deinem. Du gibst uns unsern Schotter und steigst wieder in dein Taxi. Wir warten noch fünf Minuten, damit wir nich wissen, wo du dein Geld versteckst, du mißtrauischer Hund. Wir treffen uns hier, später. Wir verstecken dich, bis die Luft sauber is.«

»Vanessa.«

»Ich sitz hier am Telefon und schreibe Nachrichten auf. Sehr sexy.«

»Fragen?«

Keine Fragen. Sie waren es in den letzten beiden Nächten so oft durchgegangen, daß sie nicht riskieren wollten, daß er sie noch mal alles aufsagen ließ.

Okay.« Neal stand auf und reckte sich. Die anderen suchten nach den Drogen ihrer Wahl. Colin machte zwei Bier auf und gab eins davon Neal. Vanessa und Crisp zündeten die Haschpfeife an. Allie verschwand im Bad.

»Sie ist 'n Junkie«, sagte Neal.

»Ist sie nicht.«

»Wie oft am Tag?«

»Zwei, dreimal. Nur kleine Dosen, Mann.«

»Hoffentlich nicht in den Arm. Vielleicht würden Goldman die Einstiche abtörnen. Stört es dich eigentlich nicht? Ich meine, du liebst sie doch?«

»Sie kommt schon wieder runter.«

»Klar.«

Neal ging hinaus auf den Balkon. Colin hinter ihm her.

»Fünf gleich«, sagte Neal. »Tausend im Monat, zwei Monate lang, wenn ich dann noch ganz bin.«

»Okay.«

Oh, Colin, dachte Neal. Da hast du ja ein bißchen schnell zugestimmt. Was führst du bloß im Schilde?

»Ich geh' morgen mit Alice einkaufen«, sagte Neal. »Irgendwas mit Klasse.«

»Mach das, Neal, mach das.«

Ja, Neal, dachte Colin, geh du nur einkaufen. Ich geh auch einkaufen.

23

Colin konnte Tee nicht ausstehen. Er haßte den Geruch, den Geschmack, ja, selbst das Gefühl im Mund. Als er von zu Hause auszog, hatte er sich geschworen, nie wieder eine Tasse von diesem Ekelzeug runterzuwürgen. Als er dem lächelnden Dickie Huan in einem Hinterzimmer des »Huan Garden« gegenübersaß, trank er dennoch freudig seinen Tee.

Dickie Huan war ein Chinese mittleren Alters, der ein paar Restaurants, einen unerschütterlichen Glauben an den freien Markt und einen großartigen Schneider sein eigen nannte. An jenem Nachmittag trug er einen dreiteiligen grauen Nadelstreifenanzug, ein lachsfarbenes Seidenhemd und eine blutrote Krawatte. Da Colin Dickies Vorlieben kannte, hatte auch er sich in Schale geworfen. Sein weißer Anzug sah vielleicht ein bißchen gewagter aus als Dickies konservatives Ensemble, aber das war das Beste, was er zu bieten hatte.

»Wie ist Tee?«

»Super.«

Dickie Huan konnte Tee ebenfalls nicht ausstehen, hielt aber große Stücke auf die Tradtion. Er lächelte über seine Tasse hinweg. »Was verschafft mir die Ehre Ihres Besuches?«

Colin schluckte. Er mußte seinen ganzen Mut zusammennehmen. »Ich habe vor, meinen Markt zu vergrößern.«

Dickie Huan sagte nichts. Jeder wollte seinen Markt vergrößern.

Colin fuhr fort: »Ich möchte die Dimension meiner Arbeit verändern.«

Dickie sagte wieder nichts, nur so aus Spaß.

Colin wagte es. »Ich möchte von Ihnen Heroin kaufen.«

»Das wollen alle.«

Colin zog an seinem Kragen. Der Schlips lag wie eine Schlinge um seinen Hals. »Soweit ich weiß, erwarten Sie eine Lieferung.«

Dickie hob eine Augenbraue und lächelte, obwohl er ausgesprochen wütend darüber war, daß dieses rundäugige Arschloch mit den Sicherheitsnadeln im Ohr soviel über seine Geschäfte wußte. »Und?«

»Ich möchte etwas davon kaufen.«

»Woher haben Sie das Geld dafür, Colin?«

»Werd ich haben. Samstag.« Ein Tag, um Neal loszuwerden, dachte er.

»Sonnabend ist nicht heute.«

Chinesische Weisheit. Colin sagte: »Ich kaufe für zwanzigtausend Pfund.«

Dickie ließ sich Zeit mit der Antwort. Er wollte sie so beleidigend wie möglich formulieren. »So geringe Mengen verkaufe ich für gewöhnlich nicht.«

»Aber Sie haben doch sicher kleine Reste, die Sie mir überlassen könnten.«

Nicht schlecht, dachte Dickie, nicht schlecht. »Tut mir leid, Colin. Ich habe bereits einem anderen Geschäftspartner die gesamte Lieferung versprochen.«

Colin setzte alles auf eine Karte. Einen Augenblick fragte er sich, ob seine Finger bald als Moo Goo Gai Colin auf der Speisekarte auftauchen würden, dann sagte er: »Ich kann Märkte erreichen, an die John Chen nicht rankommt.«

Dickies kantonesische Flüche ließen drei Kellner zu dem Tisch eilen. Einer brachte einen doppelten Beefeater. Die anderen beiden räumten eilig das Teegeschirr ab. »Woher du weißt so viel?« fragte Dickie und kippte den Gin.

Colin fühlte sich jetzt wieder besser. »Ich hör eben gut zu. Aber Dickie, das war sowieso erst die Hälfte. Ich kann Sie in der ganzen Stadt vertreten. Sogar dort, wo Chinesen nicht hinkönnen.« Niemand mußte Dickie Huan an den alltäglichen Rassismus der Briten erinnern. Er wurde rot vor Ärger, entschied sich aber, es diesem Colin durchgehen zu lassen. Ihm würde es nämlich auch nichts ausmachen, seinen Markt zu vergrößern.

»Warum Sie sind gekommen zu mir, Colin?«

Colin lächelte vertrauenerweckend und sagte die Wahrheit. »Sie sind der einzige, der mir Kredit gibt, Dickie.«

Also kommt der Punk zum Chinamann, dachte Dickie. Außenseiter zu Außenseiter. Diese Paralle gefiel ihm.

»Nun kommen Sie schon, Dickie. Ich hab Sie doch auch bei den Hasch-Deals niemals hängengelassen.«

»Das ist Kinderkram, Colin. Heroin ist Business.«

»Dann denken Sie doch mal businesslike. Denken Sie daran, wo ich Ihr Heroin überall absetzen kann. Zwanzigtausend sind erst der Anfang.«

Dickie Huan dachte darüber nach. Er hatte John Chen tatsächlich die gesamte Lieferung versprochen. Aber er könnte ihm zwanzig Mille zurückgeben und behaupten, daß die Lieferung geringer als erwartet ausgefallen wäre. Die Chance, den Markt der Rundaugen zu erobern, kam nicht alle Tage.

»Komm mit in die Küche, Colin«, sagte Dickie. Er sah, daß Colin bleich wurde. »Sie gucken zuviel Fernsehen. Komm.«

Colin folgte ihm in eine kleine Küche, in der ein Dutzend verschwitzter Köche sich auf die Abendgäste vorbereitete. Dickie lehnte sich gegen einen quadratischen hölzernen Hackblock. »Colin, wenn ich Ihnen etwas reserviere, kann ich es meinen anderen Partnern nicht mehr anbieten.«

»Das werden Sie nicht bereuen.«

Dickie nickte und rief einem der Köche etwas auf Kantonesisch zu. Der Koch reichte ihm ein Hackebeil und trat zur Seite, als Dickie sich ein großes Stück Schweinefleisch schnappte und auf den Hackblock klatschte. Dickie war der Sohn eines Schlachters aus der Nathan Road und wußte, was er tat. Schnell hackte er das Fleisch in Schreiben, ließ das Beil weitertanzen und machte aus den Scheiben kleine Würfel. Die Demonstration dauerte keine zehn Sekunden, dann schob er das Fleisch in eine Pfanne. Die Manschetten seines dreihundert-Pfund-Anzugs waren selbstverständlich sauber. Er sah Colin an und lächelte. »Zwanzigtausend Pfund. Sonnabend. Enttäuschen Sie mich nicht, Colin.«

Colin pfiff vor sich hin, als er das Restaurant verließ. Neal kennenzulernen war großes Glück gewesen, aber 'ne Menge Typen hätten es an seiner Stelle auf die zwanzig Mille abgesehen. Colin hatte Mumm genug, mit höherem Einsatz zu spielen.

Allie drehte eine Pirouette. Die Verkäuferin strahlte erst sie und dann Neal an. Was für ein hübsches Paar.

»Einverstanden?« fragte Allie.

»Einverstanden.«

Sie neigte ihren Kopf ein wenig zur Seite, eine Parodie der Laufsteg-Models. Sie sah großartig aus. Das neue Kleid war schlichte schwarze Seide, schulterfrei und gerade so tief ausgeschnitten, daß es auf intimere Freuden schließen ließ. Ein goldenes Halsband ließ das Kleid, ihr Haar, ihre Augen noch eindrucksvoller wirken. Wenig Make-up.

»Noch etwas?«

Neal warf Allie einen Blick zu.

»Es ist dein Film«, sagte sie.

»Das ist dann alles, danke«, sagte er.

»Kommen Sie bitte mit, wir packen es Ihnen ein.»

Allie verschwand in der Umkleidekabine.

Draußen auf der Oxford Street lud er sie zum Lunch ein.

»Ich wußte nicht, daß Komplizen zum Lunch gehen«, sagte sie.

»Du mußt nicht mir zuliebe mit.«

»Ich bin aber hungrig. Wohin willst du?«

»New York.«

»Für einen Burger? Ich weiß, was du meinst.«

»Gibt's in Stockton gute Burger?«

»Da gibt's McDonald's.«

Sie fanden ein nettes kleines französisches Restaurant, in dem sich keiner darum scherte, daß er keinen Schlips und sie Jeans trug.

Sie fand sich auf der Speisekarte gut zurecht. Stockton war ja auch berühmt für seine internationale *cuisine*. Sie bestellte Entenleberpastete, ein Filet, Hühnchen Tarragona und Aprikosen-Mousse. Sie schlug auch die Weine vor. Er nahm, was sie nahm.

Vielleicht können wir es immer noch ganz einfach hinter uns bringen, dachte er.

»Schon mal daran gedacht, zurück nach Hause zu gehen?«

»Warum?« fragte sie mit vollem Mund.

»Burger.«

Sie schüttelte den Kopf.

»Familie?«

»Vor der bin ich weggelaufen.«

»Vielleicht wäre es diesmal anders.«

»Bestimmt nicht.« Sie nippte am Weißwein und lehnte sich zurück. »Außerdem, was wäre mit Colin?«

»Ich weiß nicht. Was ist mit Colin?«

Sie lächelte eiskalt. Wie ein Pokerspieler, der sehen, aber nicht erhöhen will.

»Bist du in mich verknallt?« fragte sie.

»Nein.«

»Gut.«

Sie widmete sich wieder ihrer Suppe.

»Was hast du eigentlich gegen mich?« fragte er. »Was hab ich dir getan?«

»Ich mag dich. Nichts gegen dich persönlich. Sagen wir mal, ich habe nicht so gute Erfahrungen mit Männern an sich gemacht, okay?«

»Okay.«

Beim Hühnchen sagte sie: »Ich liebe ihn.«

»Ihn oder sein Dope?«

»Wo ist der Unterschied?«

Nirgends.

Das Essen war toll, was man auch der Rechnung entnehmen konnte. Er zahlte und gab ein großzügiges Trinkgeld.

»Danke für den Lunch«, sagte sie draußen auf dem Gehsteig.

»Was hast du gesagt?«

»Ich habe danke gesagt. Es war nett von dir. Gehörte nicht zum Handel.«

»Gern geschehen. Danke für die Gesellschaft. Hast du Lust, mit mir im Park spazierenzugehen?«

Sie sah ihn an und grinste. »Du bist *doch* verknallt.«

»Ich sag ja nur, daß du... Möglichkeiten hast.«

»Ach ja? Was für Möglichkeiten?«

»Du kannst mit mir spazierengehen. Im Park.«

»Wenn ich Colin sage, daß du in mich verknallt bist, bringt er dich um.«

»Er würde es zumindest versuchen. Du bist sein wertvollstes Stück.«

»Er liebt mich.«

»Klar, warum auch nicht?«

»Nicht nur, weil ich Geld verdiene.«

»Ach? Was ist denn dein Anteil? Fünftausend? Drei? Zwei? Langsam fallen mir keine Zahlen mehr ein, Alice.«

Sie wurde rot. »Colin kümmert sich ums Geld. Er kümmert sich um mich.«

Neal lachte sie aus. »*Er* kümmert sich um *dich*?«

»Er sagt, nach heute nacht muß ich es nie wieder machen. Er hat's versprochen... keine Dates mehr.«

»Bis er wieder Geld braucht. Dann mußt du wieder ran. Und er *wird* Geld brauchen. Denn du wirst es in deinen Arm spritzen.«

Das tat ihr weh. Er konnte sehen, wie sie nachdachte.

»*Welcher* Park?«

»Schon wieder Möglichkeiten.«

Sie winkte ein Taxi heran. »Zum St. James's Park«, sagte sie. »An der Horse Guard Road.«

Er ließ sich von ihr zum Kiosk führen, wo sie zwei große Sweet Rolls kaufte.

»Hast du schon wieder Hunger?« fragte er.

»Die sind nicht für uns, Blödmann. Komm mit.« Sie ging hinüber zu dem See, an dessen Ufer die Enten auf neue Trottel warteten, die sie mit Sweet Rolls fütterten. Sie gab Neal eine und sagte ganz ernst: »Jetzt brichst du kleine Stückchen davon ab und wirfst sie den Enten hin. Aber achte darauf, daß sie alle etwas abkriegen, ganz gerecht.»

Er sah ihr beim Entenfüttern zu. Sie konzentrierte sich darauf, als wäre sie alleine hier und hätte nichts anderes auf der Welt zu tun. Sie verlor sogar den trotzigen Zug um den Mund.

»Machst du das oft?« fragte er.

»Nein.«

Sie zitterte ein wenig. »Wir müssen los«, sagte sie.

»Warum?«

»Heute nacht ist die große Nacht.«

»Ist dir kalt? Wir haben dreißig Grad.«

»Ich will nach Hause.«

»Weil da das Heroin ist.«

»Ich muß mich vorbereiten, Neal.«

»Atme tief durch.«

»Fuck you.«

»Es wird noch schlimmer, Alice.«

Sie setzte sich auf eine Bank. Er setzte sich neben sie. »Also, heute abend hab ich mein letztes Date, ja?«

»Wenn du willst.«

Sie nickte ein paarmal mit dem Kopf. Ihr Gesicht wurde immer blasser. »Yeah, klingt gut.«

»Dann ist es dein letztes Date.«

Sie grunzte. »Oh, und du wirst mich beschützen, ja? Mich vom Stoff runterbringen? Mich von der Straße runterholen?«

»Genau.«

»Okay, strahlender Ritter«, sagte sie und stand auf. »Ruf mir ein Taxi. Ich muß nach Hause.«

Er ließ sie vor ihrem Haus raus und fuhr zurück zum Hotel. Er hatte keine Lust, ihr beim Spritzen zuzusehen, und er hatte auch noch was zu erledigen. Wie sie so schön gesagt hatte, heute nacht war die große Nacht.

24

Neal machte es sich in einem der Ohrensessel in der Lobby seines Hotels bequem. Er hatte sich einen Platz ausgesucht, von dem aus er beide Fahrstühle und die Drehtür zur Straße im Blick hatte. Er versuchte, entspannt und gelassen auszusehen, aber sein Magen krampfte sich zusammen, und sein Herz hämmerte achttrillionenmal in der Minute.

Bitte, Mrs. Goldman, los jetzt. Sie dürfen nicht zu spät zum Konzert kommen. Bitte kommen Sie aus dem nächsten Fahrstuhl.

Kam sie nicht.

Er warf einen Blick auf die Straße, wo Colin und Crisp warteten. Abwarten war nicht gerade Colins Stärke. Nun kommen Sie schon, Mrs. Goldman. Nächster Fahrstuhl. Zwei aufgetakelte Amerikanerinnen, aber keine Mrs. G. Wer ist das? Noch eine Frau, wieder nicht Mrs. Goldman.

Er fragte sich, wie es Allie in der Hotel-Bar erging. Zumindest hoffte er, daß sie dort war und sich nicht auf dem Damenklo eine Spritze reinschob oder sich auf der Straße nach einem schnellen Freier umsah. Die Zeit war nicht auf seiner Seite, also Mrs. Goldman, ein wenig Hast wäre jetzt angebracht. Das ›Bing‹ des Fahrstuhls war wieder zu hören. Er war ihr vor zwei Stunden bis vor ihre Zimmertür gefolgt und hatte danach auf dem Gang herumgelungert. Er wußte also, daß sie im Hotel war und sich den komplizierten Ritualen des Ausgehfein-Machens unterzog. Aber jetzt reicht's, Mrs. Goldman, los jetzt.

Sie war nicht im Fahrstuhl.

Colin verlagerte sein Gewicht vom einen auf den anderen Fuß und starrte Crisp wütend an. Natürlich war es nicht Crisps Schuld, das wußte er auch, aber Crisp war der einzige hier, und es war ihm egal. Genau dafür war er schließlich da.

»Sie is zu spät«, sagte Crisp mit vollem Mund.

»Irgendwas ist schiefgegangen.«

»Sie is zu spät, das ist alles. Vielleicht macht sie'n Quickie mit ihr'm Alten.«

Colin starrte Crisp wütend an. »Das wäre ja wirklich ganz herzig.«

Allie versuchte sich zusammenzureißen. Ihre Hand zitterte, als sie in ihrer Tasche nach den Taschentüchern suchte. Der verdammte Colin, dachte sie, und der gottverdammte Neal Carey. Wenn sie ihr nur einen Schuß erlaubt hätten, nur einen winzigkleinen Schuß, dann würde es ihr besser gehen. Sie wäre perfekt. Sie wäre phantastisch. Colin hatte sie sogar – garantiert auf Anweisung dieses Neal – durchsucht. Daß er einen kleinen Umschlag mit Puder gefunden hatte, machte die Sache nicht besser. Aber sie würde ihn sich später vorknöpfen.

Jetzt wollte sie es nur noch hinter sich bringen. Ihr war es sogar egal, daß es ihr letzter Job sein sollte; daß Colin ihr verkündet hatte, es sei ihre Abschiedsvorstellung, ihre Farewell-Party, ihr Schwanengesang. Fein, fein, Collie-Baby, aber ich brauch jetzt was für die Stimmung. Wenn dieser Neal nicht bald kommt, geh ich raus und such mir was. Das jedenfalls hatte sie früh gelernt: Überall gibt es eine Hintertür.

Mrs. Goldman sah gut aus. Sie ist das Warten fast wert gewesen, dachte Neal, als er sie an sich vorbei durch die Lobby zur Drehtür schreiten sah. Er ließ ihr ein paar Schritte Vorsprung. Sie bat den Portier, ihr ein Taxci zu rufen, und während Neal wie verabredet in seine Pfeife blies, spazierten Colin und Crisp zur nächsten Ecke, wo ein Taxi auf sie wartete. Neal sah Mrs. G. einsteigen und den Wagen mit Colin und Crisp aufschließen. Colin blickte aus dem Fenster und machte das Daumenhoch-Zeichen. Hoffentlich, dachte Neal, hoffentlich.

Neal schlich sich von hinten an Allie heran und beugte sich über ihre Schulter. Sie erschrak, als er flüsterte: »Fünf Minuten, dann kommst du hoch.«

Sie riß ihren Kopf herum und starrte ihn an. »Wo, zum Teufel, warst du?«

»Beruhige dich. Du siehst gut aus.«

»Leck mich am Arsch.«

»Fünf Minuten.«

Neal ging hoch auf sein Zimmer, mixte einen großen Gin-Tonic und goß sich einen Scotch ein. Er ließ vier Schlaftabletten in den Gin Tonic fallen, setzte sich aufs Bett, wartete. Ein paar Minuten später klopfte es leise an der Tür.

»Komm rein. Es ist offen.«

Ihr Auftritt. Glänzend schwarzes Kleid, breites Lächeln, die lange Perlenkette in einer Hand. Sexy, jung, willig. Großer Auftritt.

Das Lächeln verschwand, als sie Neal sah. Sie zog fragend die Augenbrauen hoch.

»Er hat gerade angerufen. Kommt runter. Nervös, schätze ich. Setz dich. Ich hab dir einen Drink gemacht. Deinen Lieblingsdrink.«

Sie ließ sich aufs Bett fallen. »Wie nervös ist er genau?« fragte sie.

»Ziemlich nervös.«

»Na, toll.«

»Prost.«

Sie nippte ein paarmal an ihrem Gin, bevor sie fragte: »Wird das Konzert lange dauern?«

»Tun sie das nicht alle?«

Sie nippte wieder ein paarmal an ihrem Gin, ehe sie fragte: »Sag mal, warum geh ich nicht einfach rauf zu ihm, reiß mir die Klamotten vom Leibe und...«

»Das würde unsere Mission nicht gerade erleichtern.«

»Oh, ja.«

Sie nahm ein paar kräftige Schlucke.

Dann sagte sie: »Vielleicht hat er sich umgebracht. Konnte die vorkoitale Schuld nicht ertragen.« Zwei Minuten später kippte sie um.

Neal rief bei der Rezeption an und fragte nach Hatcher. Fünf Minuten später rief der Detective ihn zurück.

»Ich hab ein Problem«, sagte Neal.

»Warum bloß überrascht mich das nicht? Ich bin gleich da.«

Hatcher bemühte sich, nicht zu grinsen, als er die junge schlafende Frau auf Neals Bett sah. Er schnupperte an dem beinahe leeren Glas Gin.

Neal zuckte mit den Achseln.

»Einer Lady konnte ich noch nie einen Drink ausschlagen.«

»Ich glaub eher, Sie können überhaupt keiner Lady etwas ausschlagen. Na ja, was ist denn nun das Problem?«

»Ich muß sie herausschaffen.«

»Das ist Ihr Problem. Was ist meins?«

»Hatcher, Sie wollen doch wohl nicht, daß ich sie durch die Lobby schleppe, wo all die Leute sitzen. Wie würde das aussehen?«

»Bei allem Respekt, warum kann die junge Lady sich nicht einfach hier ausschlafen?«

Neal gab sein Bestes, um ein wenig rot zu werden. So wie es um seine Nerven stand, war das nicht schwer. »Weil die junge Lady wirklich sehr jung ist. Hatcher, ich will sie ja nur nach Hause bringen. Bitte helfen Sie mir, sie unauffällig rauszuschaffen und in ein Taxi zu verladen. Ja?«

»Das ist ein bißchen viel.«

»Okay. Sie haben recht. Ich schlepp sie durch die Lobby.« Er tat so, als wollte er Allie vom Bett heben.

»Ist das die Cousine?« fragte Hatcher.

Neal nickte.

»Ich kann nicht glauben, daß Sie sie tatsächlich gefunden haben. *Und* sie überreden konnten, mit Ihnen zu kommen.«

Ich bin mir auch nicht sicher, ob ich das glauben kann, dachte Neal. »Noch kommt sie nicht mit.«

»Ich lasse ein Taxi rufen. Wir nehmen den Lieferanteneingang.«

»Er hat sie.«

Die Überseeleitung war nicht die beste. Es krachte und knackte wie in einem Knäckebrot-Werbespot.

»Wer hat wen?«

»Carey hat das Mädchen. Sie ist mit ihm auf sein Zimmer gegangen, und dann haben sie den Hinterausgang genommen.«

»Shit. Wissen Sie, wo sie hin sind?«

»Sie haben mir doch gesagt, ich soll ihnen nicht folgen.«

Eine lange Pause. »*Ich* weiß, wo er hin ist.«

»Was jetzt, Boss?«

»Schaffen Sie das?«

»So was mache ich nicht. Aber ich wüßte jemanden. Ein Talent namens Colin. Er ist ihr Zuhälter, und Sie wissen ja, wie Zuhälter sind.«

Es krachte, knisterte, raschelte, bevor er seine Antwort bekam. »Okay. Kümmern Sie sich drum. Hier ist die Adresse. Wollen Sie auch die Telefonnummer?«

»Schadet nie.«

»Mann, erledigen Sie's einfach.«

Colin war total naßgeschwitzt. Seit fast einer Stunde wartete er vor der verfluchten Covent-Garden-U-Bahn. Kein Neal. Er packte Crisp am Shirt, als er vom Telefon zurückkam. »Alice is' noch nicht wieder da, und nichts von Neal. Er hat uns verarscht, Colin.«

»Noch nicht, noch nicht.«

Sie nahmen den Zug bis Piccadilly. Sie ließen den Portier einfach links liegen und stiefelten in den Fahrstuhl. Vor Neals Zimmer holte Colin sein Messer raus. Er bedeutete Crisp, sich auf die andere Seite der Tür zu stellen, und klingelte. Und wartete. Wartete gut fünf Minuten, bevor er Crisp vor die Fahrstühle postierte und sich an das Türschloß machte.

Im Zimmer war nichts mehr: kein Gepäck, keine Klamotten, kein Neal, keine Alice, keine Bücher. Zwei Minuten später stand er an der Rezeption. »Mr. Careys Zimmer, bitte.«

»Mr. Carey ist abgereist, Sir.«

Verfluchte Schweinerei. »Hat er eine neue Adresse hinterlassen?«

»Lassen Sie mich nachsehen, Sir.«

Mach schon, Mann, mach schon, mach schon.

»Nein, Sir, tut mir leid.«

Colin schlug mit der Faust auf den Tresen. Dann eilte er zur Tür.

Der Türsteher kannte seinen Spruch. »Haben Sie etwas vergessen, Sir?«

»Haben Sie was gefunden?«

Sekunden später saßen Colin und Crisp in einem Taxi. Colin wollte Neal umbringen.

Der Portier fand den Gentleman in der Bar genau dort, wo er gesagt hatte, daß er warten würde. »Ich hab getan, was Sie gesagt haben.«

Der Gentleman gab ihm einen Zehner. »Gute Arbeit.«

Der Gentleman verschwand in der Telefonzelle und wartete auf die Verbindung nach Übersee. »Es ist vorbei.«

»Hey, sind Sie sicher?«

»Er ist so gut wie Staub.«

»Was ist mit ihr?«

»Machen Sie Witze? Ein Junkie und ein Lude. Die perfekte Beziehung. Das Mädchen können Sie abschreiben.«

»Okay, hauen Sie ab. Weit weg.«

Allie kam zu sich, als Neal sie auf Simons Bett plumpsen ließ. Er war außer Atem, weil er sie die Treppe hoch und durch die ganze Wohnung geschleppt hatte. Er fesselte sie mit den zerrissenen Bettlaken an das Gestell.

»Turnt dich das an?« fragte sie, nachdem sie aufgewacht war und die Fesseln bemerkte. Sie erhob keinen Einspruch.

»Hab ich noch nicht ausprobiert.«

Er zog die Knoten gerade fest genug, daß sie sie nicht aufbekommen konnte. Das schien sie etwas wacher zu machen.

»Neal, was ist los?«

»Nichts. Ich möchte, daß du dich erholst.«

»Warum fesselst du mich?«

Neal setzte sich aufs Bett. Er nahm ihr Kinn in seine Hand und hob ihr Gesicht etwas an, so daß sie einander ansahen.

»Allie, hör zu, kein Smack mehr, das ist vorbei.« Er konnte die Panik in ihren Augen sehen. »Ich geb dir was, damit du runterkommst. Es wird okay sein, aber kein Heroin mehr für dich.« Sie war noch zu benommen, um wirklich zu begreifen, was er sagte. Er vermutete, daß das für sie beide besser war. Er brach eine Valium in der Mitte durch und gab sie ihr mit etwas Cola. Der Zucker würde ihr helfen. Sie wehrte sich zuerst, aber ihr Körper wollte schlafen und ihr Geist entkommen. Also nahm sie die Tablette und schlief ein paar Minuten später ein. Neal ging in die Küche und braute sich eine Tasse Kaffee.

72 Stunden. Er brauchte 72 Stunden, dann sollten sie das Schlimmste hinter sich haben. Sie hing nicht zu sehr an der Nadel, und sie würde zweifellos nicht am Entzug sterben. Er wußte, daß er ihr helfen konnte, wußte, daß er sie von Smack runterbekommen und von Neal abhängig machen könnte, denn das würde nötig sein. Drei Tage, und sie würde zu ihm gehören, als ob er sie bei einer Auktion gekauft hätte. Noch mehr. Sie würde es so wollen. So sind Junkies, und es dauert lange, bis sie auf eigenen Füßen stehen können. Er würde ihr sagen, daß er sie liebte, daß er ihr neuer Mann wäre und sich um sie kümmern würde, daß sie das Geld teilen und glücklich bis in alle Ewigkeit leben würden. Dann würde er sie in ein Flugzeug verfrachten und mit nach Hause nehmen und abgeben, und das wäre alles. Das einzige, was er brauchte, waren 72 Stunden… 72 grauenhafte, endlose Stunden – besonders für Allie.

Das Telefonklingeln ging ihm durch und durch, ließ sein Herz rasen, bis ihm einfiel, daß es vermutlich ein Freund von Simon war, der einfach nicht wußte, daß er weg war. Er ging ins Wohnzimmer und nahm ab. »Hallo.«

»Hallo, Kumpel.«

Neal ging zum Fenster und zog den Vorhang beiseite. Colin winkte ihm von der Telefonzelle aus zu – ein freundliches kleines Winken, begleitet von einem breiten Grinsen. Vanessa war bei ihm. Er konnte Crisp nicht sehen, was bedeutete, daß er da war – zusammen mit Gott weiß wieviel anderen. Neal zog den Vorhang vor und trat ein paar Schritte zurück in die Mitte des Raumes.

»Hallo, Colin.«

»Du bist erledigt. Ist sie bei dir?«

»Nein.«

»Verlogener Bastard. Sie ist auch erledigt.«

»Komm rauf. Dann reden wir.«

»Ich komm rauf, Mann. Mach dir keine Sorgen. Wenn ich soweit bin.«

Er legte auf. Neals Gedanken rasten. Komm schon, denk nach. Schieb die Angst beiseite und denk nach. Du bist nicht verfolgt worden; da bist du sicher. Sicher oder nur arrogant? Nein, sicher. Okay, wer weiß von diesem Haus? Simon. Der ist weg. Kitteredge, Levine, Graham. Kitteredge kann es nicht sein; das wäre Unsinn. Levine und Graham. Bitte nicht Joe. Und was hat der Verein mit Colin zu tun? Oder haben sie die ganze Zeit von ihm gewußt? Und mich nur losgeschickt, um Liz Chase glücklich zu machen, während der Senator und alle anderen wollten, daß Allie verschwunden blieb. Als ich sie fand... starb ich. Ich hätte es erkennen müssen. Keine Akten über das Mädchen. Keine Deckung, kein Partner. Melde dich jeden Tag. Sag uns, wie es geht... Tja, beschissen geht's, Ed.

22.15. Colin wartet auf die frühen Morgenstunden, in denen Schreie als Alpträume durchgehen. In denen die Straßen ruhig sind. Keine Passanten. Dann hat er dich. Und ich hab keine Chance gegen Colin, keine.

Laß das, Neal, denk nach. Du könntest die Bullen rufen – und ihnen was erzählen? Daß du ein Mädchen gekidnappt hast? Und ihr Drogen gegeben hast? Daß sie im anderen Raum liegt, gefesselt? Keine gute Idee. Okay, du kannst handeln. Du hast die Bücher. Gibt ihm die Bücher für Allie. Aber warum sollte er sie nehmen? Er kann alles haben. Aber er braucht den Namen des Käufers, wenn er was damit anfangen will. Handeln. Nein, er kann ihn so von dir kriegen. Du wirst reden. Colin braucht Allie nur ein Messer vors Gesicht zu halten.

Quatsch, Mann, sei ehrlich. Er braucht nur dir ein Messer vors Gesicht zu halten.

Und wo willst du hin? Selbst wenn du hier rauskommst, wo willst du hin? Du könntest es versuchen. Wirf sie dir über die Schulter und renn zur U-Bahn. Die ist nachts zu, Idiot. Und du würdest keine fünf Schritte schaffen. Ein Taxi? Dasselbe. Bleibt der Wagen. Die Hintertreppe runter und in die Garage. Nehmen wir einmal an, du schaffst es, wo willst du dann hin? Scheiß auf Allie. Vielleicht kannst du mit Crisp auf der Hintertreppe fertigwerden, und es bis zum Wagen schaffen, aber nicht mit ihr zusammen. Laß sie hier, Mann.

Genau, dachte er. Dann hast du noch ein Gesicht für die Halperin-Sammlung. Also, anders herum. Von der Lösung zur Methode. Wo willst du hin? Was wäre ideal? Sicher, ruhig, isoliert. Ein Haus, von dem die Freunde nichts wissen. Denk nach, denk nach, denk... Ein Haus, in dem du deinen eigenen Herzschlag hören kannst. Wie wäre es mit einem Landhaus im Yorkshire-Moor?

Was hat Simon noch gesagt, wo es ist? An die Arbeit, Neal.

Er fing an, das Appartement zu durchsuchen.

Neal fand sofort, was er suchte. Vielleicht hatte er jetzt mehr Glück. Eine Straßenkarte, auf der der Weg zu Simons Yorkshire-Landhaus in leuchtorange eingezeichnet war, mit Hinweisen zu den Feldwegen. Neal nahm den Telefonhörer ab und wählte. Es klingelte lange.

»Dad?«

»Wo bist du?«

»Hör zu, ich hab nicht viel Zeit. Aber du solltest etwas wissen...«

Neal setzte sich auf eine Ecke vom Bett. Allie schien immer noch zu schlafen. Ihr Gesicht und ihr Haar waren schweißnaß. Er streichelte mit dem Handrücken über ihre Wange.

»Tut mir leid, Mädchen. Ich hab's vermasselt. Ich wollte dir helfen, und jetzt sitzt du noch tiefer in der Tinte. Tut mir echt leid.«

Er vermutete, daß ihm noch mindestens eine Stunde blieb.

Und ihm war nicht danach, einfach herumzusitzen und sich von der Angst auffressen zu lassen. Er dachte an Joe Graham, und dann tat er etwas sehr Grahameskes.

Er putzte. Es sah hier sowieso aus wie Sau, und das war ja nun wirklich keine Art, sich bei Simon für seine Gastfreundschaft zu bedanken. Er fand einen Besen und einen Mop, Scheuermittel und Bohnerwachs und legte los. Er saugte und wischte; schrubbte, polierte und wachste den Küchenfußboden, bis er glitzerte wie ein blankes Eis.

Als er damit fertig war, ging es ihm wesentlich besser. Er ließ sich mit einem Buch in einem Sessel nieder und wartete ab.

Die Schritte ließen ihn aufhorchen. Er konnte Colin die Vordertreppe hochschleichen hören. Er sah auf die Uhr und war erstaunt: viertel vor vier.

Die Schritte stoppten. Jemand fummelte am Türschloß herum. Die Tür ging einen Spalt breit auf. Offensichtlich wollte Colin nicht unbedingt mit etwas Hartem einen Schlag aufs Maul bekommen. Zu schade. Neal spürte seine Angst. Er mußte sich zwingen, nicht wegzurennen, während Colin langsam die Tür öffnete. Colin stand jetzt in der Tür, beide Hände in den Taschen seines Jacketts vergraben. In welcher Hand ist das Messer? fragte sich Neal. Er hatte dieses Spiel mit einem alten Italiener aus der Nachbarschaft gespielt, als Kind: In welcher Hand ist der Bonbon? Er hatte fast immer verloren.

Colin sagte: »Du wolltest anrufen, aber es war gerade besetzt, stimmt's?«

Was ist, wenn ich aufgebe, Colin? Wenn ich die Hände hochnehme und sage, du kannst die Bücher haben, du kannst Allie haben? Statt dessen sagte er: »Du hättest besser eine Armee mitbringen sollen, Colin.«

Colin klappte die Tür hinter sich zu. »Deinetwegen, Mann? Tschuldigung, aber ich hab ja geseh'n, wie du kämpfst.«

»Möchtest du eine Tasse Tee? Ein Bier?«

»Wir könnten mit einem Buch anfangen.«

»Anfangen und aufhören.«

Colin schüttelte den Kopf.

»Wo sind wir, Neal? Wem gehört dieses Haus?«

Neal sah, wie Colins linkes Handgelenk sich spannte. Falls er es rausholt, dann da.

Wenn er es rausholt.

»Einem Freund.«

»Legst du den auch aufs Kreuz?«

Wenn du schon fragst…

»Ich geb dir die Bücher. Du läßt mir Alice.«

»Wahre Liebe, oder was? Das Buch hilft mir nicht weiter, wenn ich nicht weiß, wer es kauft.«

»Okay, das sag ich dir freiwillig.«

Colin kam einen Schritt auf ihn zu. Neal ging einen Schritt zurück.

Colin sagte: »Was soll das denn, Neal? Ich glaube, ich nehm lieber das Buch *und* das Mädchen. Und du wirst mir den Namen des Käufers sagen.« Er riß das Messer aus der linken Tasche. Er hielt es auf Augenhöhe, flach, keine dreißig Zentimeter vor Neals Gesicht.

Die Spitze tanzte glitzernd vor Neals Augen. Ihm war, als läge ein Sack Zement in seinem Bauch und als preßte ihm ein Eisenring die Brust zusammen. Er ließ die Angst hochsteigen, dachte an einen Schnitt quer durchs Gesicht, die offene Wunde, eine Narbe fürs Leben… Er hatte Tränen in den Augen.

»Sie ist tot, Colin. Sie muß 'ne Überdosis genommen haben.«

Colins Hand sank ein wenig herunter, nicht viel, aber gerade genug, daß Neal sich umdrehen und wegrennen konnte. Er stürmte durchs Wohnzimmer, schlug einen scharfen linken Haken in die Küche und hatte gerade genug Schwung, um auf den Tresen zu springen.

Colin war eine halbe Sekunde hinter ihm. Als er mit Karacho auf den gebohnerten Küchenfußboden schoß, rutschten seine schicken Lederschuhe unter ihm weg. Er landete auf dem Rücken, und sein Kopf knallte auf das blitzblanke Linoleum. Neal hob den Mop mit beiden Armen über den Kopf und rammte dann das spitze Ende in Colins Eier, als wollte er eine Flagge auf den Gipfel des Mount Everest setzen. Colin krümmte sich grunzend in Embryonalstellung zusammen.

Neal schnappte sich das Messer und steckte es in die Tasche.

Dann ging er hinüber zum Kühlschrank und holte die Pfanne heraus, die er ins Eisfach gelegt hatte. »Crisp«, schrie er, so gut er eben Colin nachmachen konnte, »beweg deinen Arsch hier rauf!«

Crisp durchbrach die dünne Hintertür und sah Colin auf dem Boden liegen. Neal, der die Pfanne schwang wie Jimmy Connors seinen Schläger, bekam er nie zu Gesicht. Das vereiste Küchengerät erwischte ihn genau auf der Nase und zermatschte Knochen und Knorpel. Crisp war weg, bevor er auf dem Boden aufschlug, was auch vermutlich gut so war, denn er landete genau auf dem Gesicht.

Neal eilte ins Schlafzimmer, warf sich Allie im Feuerwehrgriff über die Schultern und trug sie keuchend die Hintertreppe zur Garage hinunter. Er hatte nicht viel Zeit, bis Colin sich berappelt hätte und nach ihm suchen würde. Messer oder nicht, Mann gegen Mann, Colin würde ihn plattmachen. Also setzte Neal alles daran, dafür zu sorgen, daß es gar nicht erst zu einem Kampf kam. Er lehnte Allie gegen die Garagenwand, während er in seiner Hosentasche nach dem Schlüssel suchte. Seine Hände zitterten. Und zu allem Überfluß fing Allie an, zu sich zu kommen.

Er riß die Tür zur Garage auf, schleppte sie zum Keble, öffnete die Beifahrertür und ließ sie in den Sitz plumpsen. Jeden Augenblick rechnete er mit Colin.

»Was is'n los?« fragte Allie verschlafen.

»Wir machen einen Ausflug.«

»Das is schön«, sagte sie fröhlich und schlief wieder ein.

Ja, das ist schön, dachte Neal, wenn ich dieses Ding ankriege.

Colin befühlte seine Ausstattung, die noch vollständig vorhanden zu sein schien, obwohl dieser Yankee-Scheißer echt versucht hatte, ihn zu entmannen. Trotzdem tat ihm sein bester Freund mächtig weh, und sein Kopf fühlte sich an wie sonntagmorgens. Er raffte sich auf und schleppte sich zu Crisp hinüber, der still und steif dalag wie eine Klosterschülerin.

»Komm, Mann, steh auf«, sagte Colin und stupste Crisp mit dem Fuß an. Crisp rührte sich nicht.

Nachdem Neal so ziemlich alles an Schlüsseln ausprobiert hatte, erwischte er endlich den fürs Zündschloß. Er paßte, als wäre er dafür gemacht worden. Neal trat aufs Gas und wartete darauf, daß der dämonische Kleinwagen zu höllischem Leben erwachte. Statt dessen war nur rhythmisches Husten zu hören. Er versuchte es noch mal. Wieder nichts. Neal sagte ein paar Worte, die nicht mal seine Mutter ihm beigebracht haben konnte und versuchte es wieder.

Crisp rührte sich nicht. Colin schüttelte ihn.

Er kam zu sich. »Meine Nase! Was is passiert?«

»Das Arsch Neal hat draufgehauen. Schnappen wir ihn uns!«

»Mach du das«, jammerte Crisp und ließ sich wieder auf den Boden sinken. »Ich hab genug von ihm.«

Colin trat ihn wütend in die Seite und hetzte die Treppe hinunter. Dabei wackelten seine demolierten Eier, und er entschied sich, Neal zwei oder drei Tage lang zu quälen. Dann hörte er das altbekannte Geräusch eines nicht anspringenden Wagens aus der Garage. Wenn es keinen Gott gibt, dachte er, dann jedenfalls mit Sicherheit einen Teufel.

Der Keble sprang einfach nicht an, obwohl Neal das Gaspedal ganz runtergetreten hatte. Die Kiste hustete und krachte, und Neal, der Autos sowieso nicht leiden konnte, haßte diesen Wagen mehr als alles, was er je gehaßt hatte.

»Muß'en Choke zieh'n«, sagte Allie müde.

»Was?«

»Muß'en Choke zieh'n. Verdamm'er Gordon-Keble geht nich an, wenn'u nich am verdammten Choke ziehs.« Sie beugte sich über ihn hinweg und zog den Choke heraus. Der Motor erwachte zum Leben.

»Woher weißt du das?« fragte er, aber sie war schon wieder eingeschlafen.

Colin hörte den Motor anspringen. Zu spät, Neal, du Arschloch, dachte er und versuchte, die Tür zur Garage aufzureißen. Von innen abgeschlossen. Er hob das Bein, um die Tür einzutreten, aber der Schmerz belehrte ihn eines Besseren. Er hinkte zum Garagentor und packte unterwegs ein hübsches Eisenrohr, das die Handwerker liegengelassen hatten. Er stellte sich vor dem Tor auf. Wenn du das Ding aufstemmst, Neal, Arme hoch, Kopf runter, dann...

Das mit den Gängen ist so eine Sache, zumal für einen mechanischen Vollidioten wie Neal. Er trat das Gaspedal ganz durch und ließ die Bremse los. Der Wagen schoß nach hinten. In diesem Augenblick fiel Neal ein, daß er das Tor nicht aufgemacht hatte.

Das allerdings erledigte Colin gerade für ihn. Vor Wut außer sich witterte er einen bösen Trick und wollte gerade das Tor aufstemmen und sich den kleinen Bastard schnappen, als ihn der Sportwagen ummähte.

Neal hatte sich zu Tode erschrocken, auf die Bremse getreten und den Motor abgewürgt. »Fuck!« schrie er und drehte den Zündschlüssel. Der Keble hustete. Colin kniete auf allen vieren seitlich hinter dem Wagen.

Allie lehnte an ihrer Tür und schien etwas Schönes zu träumen. Sie murmelte: »Choke, du muß'en Choke...«

»Choke, ja, ich weiß«, blaffte Neal, zu beschäftigt, um darüber nachzudenken, was es bedeutet, wenn ein Mädchen, in dessen Blut genug Drogen rumschwimmen, um eine Kleinstadt außer Gefecht zu setzen, den Wagen besser unter Kontrolle hatte als er. Er zerrte am Choke, der Motor sprang an, und legte den Gang ein, den er für den ersten hielt.

Colin stemmte sich hoch und begriff, daß er gerade umgefahren worden war. Vor ihm war der Angreifer. Er packte seine Waffe und wollte gerade auf den Wagen losgehen, als Neal, zuerst langsam, dann schneller, auf ihn zusteuerte.

Colin tat, was jeder an seiner Stelle getan hätte: Er rannte weg. Nicht geradewegs. Er schlug Haken, hin und her, er rannte, so gut und schnell ein Mann, der eben voll auf den Fußboden gecrasht ist, dem man in die Eier geschlagen hatte und der beinahe von einem Auto überrollt worden wäre, eben rennen kann. Aber der kleine Flitzer blieb hinter ihm, als hätte er einen Magneten am Arsch.

Neal konnte nicht rückwärts denken. Also erreichte er immer das Gegenteil von dem, was er wollte. Jedesmal, wenn er versuchte, Colin auszuweichen, steuerte er genau auf ihn zu.

Colins Hilferufe weckten Vanessa auf, die in der Telefonzelle eingedöst war. Sie erfaßte die Situation mit einem Blick und handelte beherzt.

»Stopp!« schrie sie. »Stopp! Du bringst ihn um! Stopp!« Neal stoppte. Seine verknoteten Beine und Arme hatten schließlich die richtige Kombination zuwege gebracht. Der kleine Rennwagen bremste quietschend ab. Neal und Allie wurden nach vorn gegen das Armaturenbrett und dann zurück in ihre Sitze geworfen. Dann legte Neal den Vorwärtsgang ein und trat wieder aufs Gas.

Vanessa hätte nie geglaubt, daß jemand anhielt, nur weil man »Stopp!« rief. Sie war stolz auf sich, bis sie begriff, daß der Wagen jetzt auf sie zukam. Sie wollte gerade wegrennen, als eine Stimme sie ablenkte.

»Er hat meine Nase gebrochen, Vanessa!« schrie Crisp aus dem Fenster. »Er hat meine verdammte Nase gebrochen!«

Zwei Dinge waren jetzt wichtig. Erstens war Vanessa von allen Beteiligten die fitteste. Und zweitens war Vanessa relativ unattraktiv. Sie hatte sich nie gegen einen Haufen Verehrer wehren müssen, und deshalb legte sie so viel Wert auf den, den sie gefunden hatte und der sie sexy, witzig und begehrenswert fand. Und der jetzt mit blutender Nase oben am Fenster stand und nach Rache schrie.

Also wich Vanessa dem Wagen nicht aus. Neal gab sich alle Mühe, sie nicht umzufahren. Das gelang ihm auch. Er wurde etwas langsamer und steuerte an ihr vorbei. Fehler.

Vanessa packte den Türgriff und sprang auf das schmale Trittbrett des Cabrios. »Du hast mei'm Baby weh getan!« schrie sie und schlug Neal durch das offene Fenster mit der Faust ins Gesicht. Er trat auf die Bremse, vergaß die Kupplung, würgte den Motor ab. Neal tastete nach dem Zündschlüssel. Vanessa schlug ihm gegen den Kiefer.

»Hast mei'm Baby weh getan!«

»Nessa, laß'en Wag'n los«, sagte Allie freundlich, aber bestimmt. Ihr Kopf lag in Neals Schoß. »Wir wolln 'n Ausflug mach'n.«

Vanessa versuchte, die Fahrertür aufzureißen und den Schänder ihres Liebsten fertigzumachen, aber Neal hielt die Tür fest zu und versuchte mit der anderen Hand, den Motor anzulassen. Er machte seine Sache gar nicht schlecht, wenn man bedachte, daß Vanessa ihm dauernd ins Gesicht schlug. Aber es funktionierte nicht. Also ließ Neal den Zündschlüssel los, lehnte sich zurück und schlug Vanessa gegen den Brustkorb. Das Mädchen kann was ab, dachte er.

»Okay, Nessa, wie du willst«, sagte Allie. Ihre Geduld war am Ende. Sie wollte spazieren fahren. Sie schob sich auf Neals Schoß, trat auf die Kupplung, legte den ersten Gang ein, drehte den Zündschlüssel und gab Gas. Der Keble tat, was Daddies Keble immer tat. Er raste los wie ein Karnickel.

Neal war überrascht, als Vanessa plötzlich verschwand. Er hatte keine Zeit, darüber nachzudenken. Er konnte gerade noch das Lenkrad des Keble packen. Im Rückspiegel sah er, wie Colin ihnen fassungslos mit der Eisenstange in der Hand hinterherblickte.

Der Keble brauste durch die Nacht. Neal hielt das Steuer fest und schaltete hoch. Allie schlief wieder.

Und dann passierte es. Es fing an zu regnen.

Der Himmel hatte den ganzen Sommer über auf diesen einen Guß gewartet. Neal brauchte weniger als fünf Minuten, um herauszukriegen, welcher Hebel für die Scheibenwischer zuständig war, und nur eine Minute, um die Fenster hochzukurbeln. Trotzdem war er klatschnaß. Er hielt an und betrachtete die Karte. Die Strecke hatte so einfach ausgesehen, als er sie sich eingeprägt hatte, aber in der Praxis war alles anders, vor allem, wenn man eine blutige Lippe und ein blaues Auge hatte und blind durch eine Regenwand fuhr.

Colin stöhnte vor Schmerz, als er auf das Motorrad stieg. Regen? dachte er. *Regen?* Es hat seit drei Monaten nicht geregnet, und jetzt schüttet es aus Eimern? Wenn es einen Gott gibt, entschied er, ist es ein In-die-Eier-Treter. Alles, was ihm noch blieb, war, hinterherzufahren. Vielleicht hatte er Glück. Er drehte am Griff der Maschine.

Der Junge an der Tankstelle erschrak zu Tode, als Neal vorfuhr.

»Volltanken. Und wie komm ich zur A406?«

»Geradeaus. Zweite rechts.«

»Danke.«

»Keine Ursache.«

Als der Typ mit dem Motorrad vorfuhr, erschrak der Junge noch mal.

»Kleiner Sportwagen vorbeigefahren?« brüllte der Fahrer.

»Hat getankt.«

»Wohin ist er gefahren?«

»Wohin weiß ich nicht. Aber er nimmt die A406.«

»Und wie…«

»Geradeaus. Zweite rechts.«

»Danke.«

»Keine Ursache.«

Neal ließ sich wegen des Regens Zeit. Allie schlief friedlich, und er hatte es auch nicht sonderlich eilig – bis er einen einzelnen Scheinwerfer, der schnell näher kam, im Rückspiegel entdeckte.

Neal bremste ab. Wenn das Colin war, konnte er es genausogut gleich herausfinden, anstatt sich verfolgen zu lassen und noch ein sicheres Haus als Dreingabe zu liefern.

Er fuhr ungefähr fünfzig, als Colin auf der Fahrerseite gleichzog.

»Anhalten!« schrie Colin.

Neal tippte aufs Gas. Der Keble schoß voran.

Colin holte auf.

»Anhalten!« schrie er wieder. Er war klatschnaß und höllisch wütend. Sein weißer Anzug klebte auf der Haut.

Neal kippte wieder aufs Gaspedal und zwang Colin, ebenfalls zu beschleunigen. Neal wußte, daß das Motorrad keinesfalls mit dem Keble mithalten konnte.

Aber er hatte Angst, bei dem Regen zu schnell zu werden. Ach, zum Teufel, dachte er. Er trat aufs Gas und wartete, bis Colin wieder neben ihm war. Dann bremste er.

Das Heck des Wagens brach aus, und der Keble schlidderte quer über die Fahrbahn. Colin raste vorbei, zerrte an seiner Handbremse und überschlug sich.

Neal erinnerte sich an irgend etwas aus der Fahrschule – man soll in die Richtung lenken, in die der Wagen will –, aber er wußte nicht mehr, was das zu bedeuten hatte. Also kurbelte er das Steuer einfach immer hin und her, bis der Wagen wieder geradeaus zeigte und langsam zum Stehen kam. Er sah in den Rückspiegel. Colin krabbelte unter dem Motorrad hervor – ganz langsam. Er verkniff es sich, auszusteigen und nachzusehen, ob mit ihm alles in Ordnung war. Er trat aufs Gas und fuhr, so schnell er sich traute.

Die Sache ließ Allie für eine Sekunde aufwachen.

»Sin wir schon da?« fragte sie.

»Ich such noch nach 'nem Parkplatz.«

Colin sah die Rücklichter des Keble hinter dem Hügel verschwinden. Es war eine miese Nacht gewesen. Er hatte die Bücher verloren, das Geld, das Dope, Alice, Neal, seine Maschine und ungefähr einen Liter Blut. Er war so richtig am Arsch.

Neal nahm den Fuß vom Gas, bis der Keble wieder unter Lichtgeschwindigkeit zurückfiel. Jetzt, wo er nicht mehr schalten mußte, fühlte er sich mit dem Wagen ganz wohl, sein Herz nahm den üblichen Platz in der Brust ein, und er war unterwegs zu einem Ort, wo er es sogar würde schlagen hören können.

Teil III
Ein Ort, wo man den eigenen Herzschlag hört

25

Allie schlief noch, als Neal mit dem Wagen den schmalen Feldweg, der durch das Moor zum Landhaus führte, entlangzirkelte. Sie waren dem Regen entkommen, der Boden war fest und trocken, er konnte bis vors Haus fahren.

Er ließ Allie im Keble sitzen, stieg aus, streckte seine Beine und seinen schmerzenden Rücken und sah sich um. Er war noch nie an so einem Fleckchen Erde gewesen. Man konnte meilenweit übers Moor sehen. Das Landhaus stand auf einem kleinen, steinigen Plateau. Das Moor schloß das Haus rechts und links ein, und hinter dem Haus kam zuerst ein Wäldchen und dann ein Dorf. Es war windig, ein kühler Hauch, der den Schweiß auf seinem Gesicht trocknete. Seine Augen schmerzten, und als er die frische Luft tief eingeatmet hatte, wußte er, daß er schlafen wollte... schlafen mußte.

Er sah sich nach Allie um, um sicherzugehen, daß sie noch schlief und ging dann zum Haus. Es hatte zwei Stockwerke und war aus grauem Stein gebaut. Er fand den Schlüssel unter dem Stein, genau, wie Simon es gesagt hatte. Das Erdgeschoß war niedrig, und er zog den Kopf ein, obwohl das nicht nötig gewesen wäre. Ein großer Kamin dominierte den ersten Raum. Steinfußboden, ein alter Holztisch, zwei Sessel. Ein kleines Schlafzimmer zur Linken. Viele Bücherregale, das war keine Überraschung, und ein schmales Bett. Eine kleine Küche nach hinten heraus. Dort gab es alte Holztresen, ein paar Regale und einen Holzofen. Ein Spülbecken, aber kein Wasserhahn. Eine schmale Holztür führte hinaus auf den Abhang. Jemand hatte dort vor langer Zeit ein paar Rosen gepflanzt. Neben der Küche ging eine Treppe in den ersten Stock, wo es drei Schlafzimmer gab. Jedes mit bezogenen Betten und schlichten Stühlen.

Das ganze Haus strahlte die komfortable Einfachheit eines Fluchtpunktes aus. Alte Fotos von Simon mit Freunden und Familie hingen an den Wänden. Überall lagen Taschenbücher und einigermaßen preiswerte Hardcover herum. Neal ging wieder runter und zur Vordertür hinaus. Er fand die kleine Hütte mit dem Generator, las die Anleitung an der Wand sorgfältig durch und schaltete das Ding an. Neben der Hütte stand das Klohäuschen. Dreißig Meter weiter weg entdeckte er einen Brunnen. Er drehte die Kurbel, und ein Eimer Wasser kam herauf, genau wie in alten Filmen, wo der Großstädter aufs Land fährt und die wahren Werte des Lebens kennenlernt. Er trank einen Schluck: Es war kalt und sauber und schmeckte gut. Er hoffte, daß er nicht daran krepieren würde. Als echter New Yorker war er überzeugt davon, daß Wasser aus dem Hahn kommen sollte.

Hm, Brunnen-Wasser, Außenklo, Badewanne im Freien. Daran könnte man sich gewöhnen, dachte er. Und die Stille. Die fiel ihm erst jetzt auf. Die völlige Abwesenheit mechanischer und menschlicher Geräusche. Er lauschte. Das leise Gurgeln eines Bächleins. Das war alles. Er konnte sein Herz schlagen hören. Für Neal Carey, der gedacht hatte, er hätte schon alles gesehen, eine ganz neue Erfahrung.

Dann fiel ihm wieder ein, warum er eigentlich hier war. Er ging zum Wagen und öffnete die Beifahrertür. Allie hatte sich auf ihrem Sitz zusammengerollt. Sie war klebrig vom getrockneten Schweiß, und ihr Gesicht war blaß und aufgedunsen. Die nächsten paar Stunden werden schlimm werden, dachte Neal. Aber irgendwann mußte er anfangen. Kein Candy mehr für Baby Allie.

»Hey, wach auf«, sagte er und schüttelte sie. Sie murmelte ein paar Schimpfwörter und rollte sich wieder zusammen.

»Alice, komm schon, aufstehen.«

»Willnich.«

»Es interessiert mich einen Dreck, was du willst«, sagte Neal, der sie jedenfalls nicht noch einmal tragen würde. Ihm tat der Rücken immer noch weh von gestern.

Er zog sie von ihrem Sitz hoch und ließ sie los. Sie plumpste auf die Erde.

»Hey!« sagte sie überrascht. Sie saß auf dem Boden und sah ihn an, sah sich um. Sie brauchte eine Minute, um zu begreifen, daß sie nicht mehr in London waren.

»Wo zum Teufel sind wir?«

»Auf einem Ausflug«, sagte er. Er beobachtete, wie sie ihr Gedächtnis durchforstete. Er paßte gut auf. An wieviel erinnerte Allie sich?

»Wo ist Colin?«

»Ich weiß nicht.«

Sie stemmte sich hoch. »Ich will zurück nach London.«

»Nein.«

»Jetzt.«

»Vergiß es.«

Sie ging an ihm vorbei zur Fahrertür.

Er packte ihren Ellenbogen, klemmte seinen Fuß hinter ihren und warf sie zu Boden. Sie brauchte nur eine halbe Sekunde, um sich von dem Schreck zu erholen. Sie stand wieder auf und versuchte, ihn zu schlagen. Aber sie war so langsam, daß er mit Leichtigkeit ihren Arm packen und hinter ihren Rücken drehen konnte. Mit der anderen Hand riß er an ihren Haaren und zwang sie auf die Knie. Er drückte sie nach unten, bis ihr Gesicht beinahe den Boden berührte.

Daß es ihm nicht leid, sondern gut tat, entsetzte ihn. Er fragte sich, auf wen er so wütend war, und wo seine Mutter war, ob sie noch am Leben war, er fragte sich, ob Allie eigentlich die einzig Bekloppte auf diesem gottverdammten einsamen Hügel im Moor war und warum er diesen verfluchten Job überhaupt angenommen hatte.

Er zog sie hoch und drehte sie zu sich, so daß er ihr ins Gesicht sehen konnte. Es half nicht. Er wollte sie schlagen. Ins Gesicht. Er versuchte, sich einzureden, daß er sie damit beruhigen wollte, ins Haus zwingen wollte, daß es zum Job gehörte, aber er wußte, daß das nicht die Wahrheit war. Er wollte sie schlagen, weil sie eine Frau war, und ein Junkie und eine Hure, genau wie die, die seinen Dad nicht geheiratet hatte. Diese Erkenntnis erschöpfte ihn mehr als alles andere. Er ließ sie los.

Sie hatte es gesehen. Sie hatte es in seinen Augen gesehen: die Wut, die Grausamkeit. Sie hatte sich vor dem Schlag, der kommen mußte, gefürchtet. Für sie war er nur ein weiterer Mann, der Frauen schlug.

Der Schlag kam nicht. Sie standen auf dem windigen Hügel

und starrten einander an. Neal konnte seinen Herzschlag hören; er rang nach Luft. Schließlich sagte er: »Ich hab Colin reingelegt. Er glaubt, du hättest mir geholfen. Ich habe so getan, als ob...«

»Du Arsch... Wer hat dir gesagt...«

»Weil ich nicht will, daß du bei ihm bist. Ich will nicht, daß du weiter spritzt.« Er stieß die Worte aus und sog gierig Luft ein. Er blieb so nah an der Wahrheit, wie er konnte. Er ging an ihr vorbei ins Haus.

Allie atmete tief durch und marschierte zum Wagen.

Neal versuchte gerade, ein Feuer zu machen, als sie hereinkam.

»Wo ist mein Dope?« fragte sie.

»Irgendwo auf der M-11.«

»Du dummer Schwanzlutscher!«

»›Wer im Glashaus sitzt...‹« Er hielt ein Streichholz an die zusammengeknüllte Zeitung. Er blies vorsichtig in die Glut, so wie er es im Fernsehen gesehen hatte. Immerhin ging sein Feuer nicht gleich wieder aus. »Findest du es auch so kalt hier?«

»Es ist schweinekalt!«

»Das ist, weil du auf Entzug bist. Es wird noch schlimmer werden. Oben im Schrank sind ein paar Wollpullover. Du solltest dir welche holen.«

»Du solltest mir Dope geben, sonst fahr ich zurück nach London.«

»Gute Idee. Ruf Colin an, wenn du da bist. Er wird sich freuen, dich zu sehen.«

Er ließ sie ihre eigenen Schlüsse ziehen.

»Besten Dank, daß du mein Leben kaputt gemacht hast.«

»Gern geschehen.«

»Du schuldest mir zumindest mein Dope!«

Neal legte ein kleines Stück Holz aufs Feuer und hätte die Flammen beinahe erstickt. Er stocherte mit einem Schürhaken nach. Das half. Er konzentrierte sich. Das beruhigte ihn.

»Was ich dir schulde«, sagte er, »sind zehntausend Pfund. Ich finde das mehr als fair, wenn man bedenkt, daß du nichts dafür tun mußtest. Aber das ist nicht deine Schuld. Was ich dir schulde, ist die Chance, vom Stoff loszukommen, ein für allemal. Das gehört zu unserm Deal. Kein Stoff, keine Dates.«

»Was für'n Deal? Wir haben keinen Deal gemacht!«

»Doch, haben wir. Beim Entenfüttern. Es gibt alle möglichen Deals, Alice. Auf Papier, in Worten, im Einverständnis. Wir haben einander verstanden, und das weißt du.«

»Du bist verrückt!«

»Okay. Wie verrückt bin ich? Ich hab die Bücher, und ich hab dich. Ich bleib 'ne Weile hier, und dann geh ich zurück in die Staaten. Ich ruf den Käufer an, er nimmt die nächste Maschine, und ich krieg zwanzigtausend Pfund. Verrückt? Meinetwegen.«

Er schob das Holz mit dem Schürhaken umher, wie im Fernsehen. Er konnte spüren, wie Allie nachdachte.

»Und jetzt wollen wir mal sehen, wie verrückt *du* bist«, sagte er. »Ich gebe dir... *gebe* dir... die Hälfte der Kohle... zehntausend Pfund. Alles, was du tun mußt, ist vom Stoff runterkommen, mit mir in die Staaten fliegen und immer noch clean sein, wenn ich verkaufe.«

Ihre Hände fingen an zu zittern. Bald würde ihr Körper einstimmen.

»Warum?« fragte sie. »Warum willst du das für mich tun?«

Sie war nicht dankbar, sie war mißtrauisch. Das war okay für Neal; mit Mißtrauen konnte er umgehen.

»Ich tu das nicht deinetwegen, ich tu es für mich.«

»Versteh ich nicht.«

»Das überrascht mich nicht. Du hast doch wohl nicht geglaubt, daß ich Colin traue? Warum sollte Colin die Hälfte nehmen, wenn er alles haben kann? Er würde mir – im wahrsten Sinne des Wortes – das Messer in den Rücken stoßen, sobald er die Gelegenheit dazu hätte. Ich habe die ganze Zeit vorgehabt, ihn auszubooten, genauso, wie er mich reinlegen wollte.

Aber ich hatte nicht geplant... dich... zu mögen. Ich wollte dich nicht bei Colin lassen, bis er dich nicht mehr braucht und wegwirft. Also habe ich dich mitgenommen. Wir können einfach so tun, als wäre es gegen deinen Willen gewesen, wenn es dir dann besser geht, aber wir kennen beide die Wahrheit.«

»*Du* glaubst vielleicht...«

»Halt den Mund und hör mir zu. Jetzt, wo ich dich habe, was mache ich da mit dir? Wir müssen eine ganze Weile hier bleiben, und ich habe keine Lust, dich zu fesseln und zu knebeln. Ich habe keine Lust, daß du zu den Bullen rennst und sagst, du wärst entführt worden. Und ich habe vor allem keine Lust, daß du entscheidest, huren und spritzen wäre deine Bestimmung im Leben, und daß du zu unserem guten alten Freund Colin zurückwillst.«

»Yeah, und?«

»Und deshalb mache ich dich zu meinem Partner. Ich möchte, daß du ein vitales Interesse an meinem Überleben hast. Ich möchte dich, sagen wir mal, motivieren.«

Sie versuchte es mit ihrem lasziven Grinsen. »Motivier mich mit Stoff.«

»Nein.«

»Warum nicht?«

»Weil ich dir vertrauen muß, und ich traue keinem Junkie. Junkies sind zu allem fähig. Du kriegst das Geld, wenn du clean bleibst.«

Sie zitterte, aber sie hörte zu. »Du glaubst, du kannst mich kaufen.«

»Klar. Zehntausend Pfund. Beim derzeitigen Wechselkurs... sind das ungefähr sechzehntausend Dollar. Mit sechzehn Mille dürftest du eine der reichsten Ausreißerinnen sein, solange du's dir nicht gleich den Arm hochjagst. Man nennt so etwas einen neuen Anfang, und man hat solche Gelegenheiten nicht besonders oft. Ich würde annehmen, wenn ich du wäre.«

Tränen standen ihr in den Augen. Bald würden ihre Knie schlackern und ihre Ohren summen, und man könnte kein vernünftiges Wort mehr mit ihr wechseln. Der Smack würde reden, und sie würde zuhören.

»Und was ist, wenn ich nicht mitmache? Wenn ich nein sage?«

»Wirst du nicht. Ich tue nur, was du gesagt hast, was du willst. Ich bringe dich von der Straße und vom Stoff runter.«

Sie hielt sich die Ohren zu und schüttelte den Kopf. »Ich

komm nicht vom Stoff runter, Neal. Ich dachte, ich will's, aber ich kann nicht.«

»Ich helfe dir.«

»Wie meinst du das, du hilfst mir?«

Er sah sie an. »Ich meine, ich helfe dir. In ein paar Stunden wird es dir echt schlechtgehen. Du wirst krank werden. Ich helfe dir, das durchzustehen.«

Sie hatte Angst. Das überraschte ihn. Er hatte sie noch nie ängstlich gesehen. »Was glaubst du, wer du bist? Marcus Welby? Der Bergdoktor?«

»Ich weiß ein bißchen was darüber.«

»Du warst ein Junkie?«

»Nein, war ich nicht. Aber ich weiß Bescheid.«

Ja, okay, Diane. Noch mehr Geheimnisse. Noch weniger Vertrauen. Scheiße. Warum kommt jede Frau aus meinem gottverdammten Leben ausgerechnet jetzt zu Besuch?

Allie ging auf und ab. Sie ließ ihre Hände über die Steinwände gleiten. »Du Bastard. Du Schweineschwanz. Du bist schuld! Warum konntest du mich nicht in Ruhe lassen?«

Gute Frage.

»Ich will nicht aufhören!« sagte sie. Sie ging schneller. Neal konnte die Panik sehen. »Ich kann, aber ich will nicht. Mir gefällt's, okay? Was glaubst du denn, wer du bist, verdammt noch mal?«

Noch eine gute Frage.

Neal rührte seinen Kaffee um. Allie saß auf dem Boden. Sie schlang die Arme um ihre Knie und legte ihren Kopf auf die Arme. Sie wiegte sich hin und her, erst ganz langsam, dann immer schneller, vor und zurück, vor und zurück. Ihm brach beinahe das Herz.

Er konnte sich nicht bewegen. Als wäre er wieder zehn Jahre alt und sähe seiner Mutter zu. Wie sie kämpfte und verlor. Wie sie ging und wiederkam, stoned. Er spürte die Wut, den Haß und die Verachtung. Er wollte schreien. Er erinnerte sich, wie er seiner Mutter die Stirn mit einem nassen Tuch abgewischt hatte. Wie er ihre Hand gehalten und gesagt hatte: Es ist gut, du schaffst es. Aber sie schaffte es nicht. Nicht ihm zuliebe, nicht sich zuliebe. Er haßte sie dafür. Daß sie ihn verließ. Daß sie den

Stoff mehr liebte als ihn. Er hörte Allies leises Weinen, sah, wie sie sich umarmte, festhielt, aber er konnte sich nicht rühren. Verdammt, warum konnte er sich nicht bewegen? Trauer und Wut hielten ihn fest, er konnte kaum atmen, wollte schreien, seinen Frust hinausbrüllen, und konnte es nicht. Statt dessen stand er auf, ging zu ihr hinüber, setzte sich neben sie und hielt sie fest. Sie packte seine Hand, und er wiegte sie, vor und zurück, vor und zurück, und sagte: »Ich weiß, ich weiß.«

Später ließ er sie allein, um ein Feuer zu machen und Teewasser aufzusetzen. Er fand keinen Zucker, aber auf einem Bord stand ein großes Glas Honig. Er rührte einen großen Löffel in den Tee. Hielt die Tasse, während sie schlückchenweise trank. Dann wiegte er sie wieder.

26

Colin saß in der Tinte.

Er wußte es, als er das Motorrad um die Ecke schob und die beiden Chinesen am anderen Ende der Straße erblickte. Das waren Dickie Huans Jungs, kein Zweifel. Colin sah im Geiste seine Hand auf dem Hackklotz und schob seine Karre zurück. Die beiden faulen Säcke hatten ihn nicht gesehen. Er fuhr nach East London, in seine alte Gegend, und hoffte, daß Crisp clever genug war, dasselbe zu tun.

War er natürlich nicht. Das einzige, was er wollte, war, Colin zu finden. Also latschte er pflichtbewußt zurück zur Wohnung. Als er um die Ecke bog, dachte er gerade darüber nach, ob sein Gesicht jetzt nicht sogar viel interessanter aussah als zuvor.

»Er ist bestimmt nicht da«, nörgelte Vanessa. Ihr Kopf tat weh, ihr Kerl sah aus, als wäre eine Fußballmannschaft über ihn hinweg getrampelt, und sie vermutete, daß Colin die ganze Sache voll vermasselt hatte.

»Dann wart'n wir.«

Die beiden Leder-Chinesen an der Ecke fielen ihnen nicht auf. Außerdem kloppten sich Chinesen sowieso meistens nur mit anderen Chinesen, also hatte Crisp nichts gegen sie. Er wollte einfach nur ein paar Bier trinken und zu Bett gehen.

Die Chinesen waren gut in Form. Sie ließen dem entsetzlich aussehenden Jungen und seiner komischen Freundin einen großen Vorsprung, schlüpften dann nach ihnen in das Mietshaus und kamen gerade vor der Wohnungstür an, als Crisp aufgeschlossen hatte.

Der größere von ihnen sprang Crisp von hinten an, stieß ihn durch die Tür und ließ sich auf seinen Rücken fallen. Er riß ein Messer heraus und drückte es in Crisps Nacken. Ein Tropfen Blut wurde sichtbar. Der andere hielt Vanessa einen Revolver an den Kopf. Sie gab keinen Ton von sich.

»Wo ist Colin?« fragte der Große schließlich und drückte mit dem Messer fester zu.

Was für ein unglaublich beschissener Tag, dachte Crisp, also wirklich. »Weiß nich.«

»Er schuldet Geld.«

»Ich weiß nich, wo er is.«

»Er schuldet Geld.«

»Ich hol welches. Laß mich los.«

»Du weißt, wo er ist.« Das war keine Frage.

»Nein, weiß ich nich.«

Der Chinese steckte sein Messer in Crisps Ohr, die Spitze war kurz vor dem Trommelfell.

Crisp fragte sich, ob das panische Klopfen seines Herzens das letzte wäre, was er jemals hörte.

»Du weißt, wo Colin ist.«

»Er jagt mit dem Motorrad einen Amerikaner, der sein Geld gestohlen hat!« Vanessas Eingreifen überraschte Crisp, der versuchte, absolut, aber wirklich ab-so-lut stillzuliegen. Er atmete flach, dann spürte er, wie die Klinge aus seinem Ohr gezogen wurde.

Schließlich sagte der Ohrenarzt: »Colin hat das Geld nicht?« Er klang nicht so, als ob ihm das gefiele.

Colin war nicht gerade begeistert darüber, in seine alte Wohngegend zurückkehren zu müssen. Aber hier konnte er wenigstens untertauchen, verschwinden und verschwunden bleiben, bis er wußte, wie er an Neal und sein Geld herankam. Denn wenn er das nicht schaffte, konnte er London vergessen.

Es ist nicht leicht, jemanden zu beschatten, der einen kennt, und schon gar nicht, wenn die Zielperson weiß, daß man Detektiv ist, und schon überhaupt nicht, wenn beide am selben Fall arbeiten. Das schlaucht.

Doch Joe Graham kümmerte es nicht, wie lang seine Tage oder Nächte waren. Ihn kümmerte nur, daß Neal das letzte Mal, als er von ihm gehört hatte, tief in der Klemme saß. Ihn kümmerte, was Neal ihm am Telefon gesagt hatte. Daß er reingelegt worden war – von ihrem alten Kumpel Ed Levine.

Das klang nicht ganz falsch. Es gab keine Unterlagen über Allies frühere Touren, und die hätte es geben müssen. Vielleicht hatte Ed sie vernichtet. Außerdem arbeitete Ed eng mit Senator Chase zusammen, und Ed war ehrgeizig. Und Senator Chase hatte seine Stieftochter gevögelt, was bei den Wählern nicht so gut ankäme. Vielleicht hatte Ed also Neal nicht nach London geschickt, damit er Allie nach Hause brachte, sondern damit sie auf keinen Fall wieder nach Hause kam. Und Ed konnte Neal nicht ausstehen. Also zog der gute alte Ed vielleicht einen Schlußstrich unter eine ganze Reihe offener Rechnungen. Vielleicht.

Aber es klang auch nicht ganz richtig. Graham arbeitete seit über zehn Jahren mit Ed zusammen, und in zehn Jahren lernte man sich ganz gut kennen. Warum sollte Ed seine Karriere aufs Spiel setzen? Noch dazu für einen Schwachkopf wie Chase. Außerdem war Ed keiner, dem es gefiel, wenn Leute Kinder mißbrauchten. Das hatte er vor vielen Jahren in einer dunklen Gasse bewiesen. Und noch etwas – Ed erledigte die Dinge gern selbst. Wenn er Neal umlegen wollte, hätte er es selbst getan.

Nein. Neal hatte Unrecht. Es war nicht Ed.

Es sei denn, Ed folgte nur seinen Befehlen. Von Kitteredge, der sie von Chase bekam. Nein, auch das war Unsinn. Der Chef würde so etwas nicht tun, nicht für einen dummen Vizepräsidentschafts-Kandidaten, nicht mal für den Präsidenten selbst. Also auch nicht Kitteredge.

Wer dann? Wer hatte Zugang zu den Informationen? Wer kannte Keyes' Adresse?

Die Antwort war, wo sie immer war: auf der Straße.

Und es war nicht leicht, auf der Straße an jemandem dranzubleiben, der einen kannte. Aber jetzt hast du's mit mir zu tun, dachte Joe Graham, und ich bin der Beste. Ich habe Neal Carey alles beigebracht, was er weiß.

27

»Wie hast du mich gefunden?« fragte Neal Graham empört. Es lag schon einige Jahre zurück. Graham hatte Neal die schlichte Anweisung gegeben unterzutauchen. In einer 13-Millionen-Stadt. Und Graham hatte ihn gefunden – nach nur zwei Tagen.

Graham grinste sein schmieriges Grinsen und sah sich das kleine Appartement am Waverly Place an. »Ganz einfach. Ich hab gesagt, du sollst untertauchen. Bist du aber nicht. Also bist du aufgetaucht.«

Neal hatte keine Lust auf diesen Quatsch. Die Frühjahrsferien waren kurz, und er mußte eine Arbeit über Gedichte der Romantik schreiben. Er hatte diese dämliche Aufgabe als Möglichkeit gesehen, etwas zu schaffen. »Willst du so kryptisch bleiben, oder verrätst du's mir?« fragte er.

»Was ist ›kryptisch‹? Heißt das klug? Klüger als ein Neunzehnjähriger, der im Appartement eines Kommilitonen untertaucht? Machst du mir einen Kaffee?«

»Ich muß welchen mahlen.«

»Oh, ja, wir sind ja hier im Village. Hatte ich vergessen. Dann mahl eben welchen. Hauptsache, ich krieg einen Kaffee. Also, wenn du bei ›Auf der Flucht‹ mitgespielt hättest, hätte die Serie nur eine Folge gedauert.«

Neal holte eine Tüte teuren Mokka aus dem Kühlschrank. Er hatte ihn sich geleistet, um bei einem Täßchen davon an seinem Aufsatz zu arbeiten. Der Coffee-Shop gegenüber war sein Lieblingsladen.

»Erklärst du's mir jetzt, oder sitzt du nur rum?« fragte er Graham. An manchen Tagen – an vielen Tagen – haßte er ihn.

»Ich erklär's dir. Ich lasse mir nur Zeit damit, weil es mir soviel Spaß macht.« Er grinste wieder.

»Siehst du, Neal, wenn du verschwinden willst, mußt du zuallererst dein Ich verschwinden lassen. Du mußt ein anderer Mensch werden, sonst nimmst du all deine Gewohnheiten, deine Vorlieben, deine Kontakte mit. Jeder, der dich kennt, hat dann gute Chancen, dich zu finden. Und ich kenne dich, mein Sohn.«

»Ja, das stimmt, Dad.«

»Ich weiß, daß du Frühjahrsferien hast. Ich weiß sogar, daß du eine Arbeit schreiben mußt. Daß du deine Ruhe haben möchtest. Ich weiß, daß du zu geizig bist, dir ein Hotelzimmer zu mieten, obwohl die Freunde für die Rechnung aufgekommen wären. Und ich weiß, daß du keinen Führerschein hast. Also bist du nicht hinaus aufs Land gefahren, was du besser getan hättest.«

Neal kippte den gemahlenen Kaffee vorsichtig in den Filter und maß das Wasser in einer Karaffe ab.

»Ich hasse es auf dem Land.«

»Also, wo findet Neal Unterschlupf? Bei einem Kommilitonen, der nicht auf dem Campus lebt und gerade Urlaub macht. Ich habe mich ein wenig umgehört. Ich wußte, daß mein lieber Neal nicht nach Queens oder Brooklyn geht, weil er ja was vom Leben haben will. Ich wußte, daß er nicht auf der Upper West Side bleiben kann, weil er nicht diszipliniert genug ist, sich drinnen zu verstecken. Er würde auch nicht auf die East Side ziehen, weil da die Reichen wohnen, und die kann er nicht leiden. Und ich erinnere mich, wie oft Neal gesagt hat, wenn er jemals aus der West Side wegzöge, dann ins Village. Es war also eine einfache Kombination aus Denk- und Beinarbeit. Wie viele Kommilitonen von Neal leben im Village und machen Urlaub in Florida?«

»Einer.« Neal war empört.

»Ich habe nur zwei Tage gewartet, damit du ein bißchen an deinem Aufsatz arbeiten konntest und nicht ausflippst und mir den Kopf abreißt.«

Neal sah ihn ehrlich bewundernd an. »Erstaunlich. Wirklich. Wie Sherlock Holmes.«

»Stimmt. Außerdem hast du die Adresse auf deinen Notizblock zu Hause geschrieben.«

»Du bist bei mir eingebrochen?«

»Ich hab einen Schlüssel.«

Neal war verwirrt. »Aber den Zettel hatte ich doch mit. Ich erinnere mich, wie ich ihn abgerissen und eingesteckt habe!«

»Trinken wir den Kaffee, oder ergötzen wir uns nur an seinem feinen Duft?«

»Er ist noch nicht fertig. Sag's mir.«

»Sag du's mir.«

Neal dachte eine Minute nach, dann wußte er es. Er war so wütend auf sich selbst, daß er hätte schreien können. »Ich hab mit einem Kugelschreiber geschrieben und auf die nächste Seite durchgedrückt.«

»Genau. Du bist ein Idiot.«

»Stimmt.«

»Aber du bist ein lebender Idiot.« Graham stand auf, ging zu Neal und packte ihn mit seiner einen Hand am Kragen. »Hör gut zu, Sohn. Wenn du untertauchen mußt, ist das ernst. Du verschwindest, weil du verschwinden mußt. Sonst bist du ein toter Idiot. Dein Patzer mit dem Notizblock hat die Sache vereinfacht, aber ich hätte dich auch so gefunden. Ich hab dir ja erklärt, warum. Wenn du untertauchst, läßt du nichts zurück außer dir selbst. Du wirst jemand anders. Sonst wirst du gefunden. Und nächstes Mal, wenn dich jemand findet, dann vielleicht nicht ich. Sondern jemand, der dich umbringen will. Kapiert, Sohn?«

»Ja, Dad.«

Graham ließ ihn los. »Gut. Und jetzt verschwinde. Ich trink den Kaffee.«

Neal ging die Treppe hinunter und hinaus auf die Straße. Zwei Tage später zwängte er sich im Stadtpark von Rhode Island angewidert in seinen Schlafsack. Er haßte es.

Aber wenigstens fand Graham ihn nicht.

28

Heroinentzug bringt einen nicht um. Das Dumme ist, daß man sich wünscht, es wäre so.

Der Körper ist ein raffiniertes Biest. Er will, was er will, und wenn er es nicht kriegt, denkt er sich seine eigenen Motivationshilfen aus: Laufnase, tränende Augen, Gelenkschmerzen, Muskelschmerzen. Man bekommt Gänsehaut, und die Nerven liegen bloß. Man friert, es wird einem eiskalt, bis man denkt, man zerspringt in Stücke. Man atmet kurz durch die Nase ein und mit einem langen Keuchen wieder aus. Manchmal fängt der Boden an zu schwanken wie auf einem kleinen Schiff in einem großen Sturm, und dann will man einfach daliegen und sich an den Knien festklammern, weil sie so weh tun. Wenn es bloß wieder wärmer würde...

Neal legte Allie Decken um. Sie zitterte, während sie im Schlafzimmer auf und ab ging und versuchte, den Schmerz und die Kälte zu vergessen.

»›Sie hält das nicht lange aus, Captain‹«, sagte sie.

»Was?«

»Hast du nie ›Star Trek‹ gesehen? Wenn Captain Kirk Scotty Warp 8 befiehlt, und die *Enterprise* hin und her schaukelt und Scotty in die Gegensprechanlage brüllt: ›Sie hält das nicht lange aus, Captain‹?«

»Und dann taumeln sie immer von einer Seite zur anderen.«

»Genau. Aber danach ist alles wieder in Ordnung.«

»Bis zur nächsten Woche.«

»Gib mir was.«

»Ich hab nichts.«

»Bitte.«

»Ich hab alles weggeworfen.«

Er saß auf der Bettkante. Sie ließ sich vor ihm auf die Knie fallen.

»Ich blas dir einen«, sagte sie.

»Alice...«

»Mach ich. Ich bin gut.«

»Komm«, sagte er und zog sie zu sich hoch. »Wir gehen umher. Ich helf dir.«

Er legte seinen Arm um ihre Schulter, während sie hin- und hergingen. »Neal, ich schaff die Nacht nicht.«

»Doch, schaffst du.«

»Ich werde sterben.«

»Nein, wirst du nicht.«

Doch, schaffst du? Nein, wirst du nicht? Tolle Sache, dachte Neal. Vielleicht solltest du ein Büro aufmachen, vierzig Mäuse die Stunde berechnen und sagen: »Doch, schaffst du«, »Nein, wirst du nicht«. Er wünschte sich beinahe, er hätte den Stoff nicht weggeworfen. Das Mädchen litt. Und die Liste von Frauen, denen er geholfen hatte, vom Heroin loszukommen, war nicht sonderlich lang.

»Ich habe Angst«, sagte sie.

»Ich auch.«

»Falsche Antwort, du Idiot. *Du* hast Angst? Die ganze Sache war doch deine Idee!«

Sie fing an zu lachen. »*Du* hast Angst.«

Sie lachte, als sie mit den Fäusten gegen seine Brust hämmerte, lachte immer schriller, bis ihre Stimme sich überschlug und sie in Tränen ausbrach.

Später kamen die Krämpfe. Sie versuchte, sich zu übergeben, konnte es aber nicht, und das trockene Würgen tat genauso weh wie die Krämpfe. Neal hielt sie von hinten – eine Hand in ihrem Nacken, mit der anderen drückte er gegen ihren Magen. Wenn sie nicht würgte, tupfte er ihre Stirn mit einem kühlen Tuch ab und sprach beruhigend auf sie ein, daß es vorbeigehen würde, daß sie okay sein würde, daß sie nicht sterben würde. Er sang ihr alle Schlaflieder vor, an die er sich erinnerte, erzählte ihr die Plots von »Star-Trek«-Episoden.

Schließlich wurde es Morgen. Neal hatte das Gefühl, eine der härtesten Nächte seines Lebens verbracht zu haben.

Er wußte, daß es für Alice garantiert die härteste gewesen war. Sie hatte es rausgeschwitzt, hatte ausgehalten, all die guten Klischees. Jetzt schlief sie endlich. Mit der Dämmerung kam ein wenig Frieden.

Er brauchte ihn. Er hatte eine Nacht mit der armen Allie hinter sich und eine Nacht mit seinen eigenen Geistern: Ein

Mädchen, dem er helfen konnte; eine Mutter, der er nicht helfen konnte. Tausend Erinnerungen an eine Frau in Schmerz und Not, an einen kleinen Jungen, der nichts tun konnte, und der sie haßte, sich selbst haßte. Aber in dieser Nacht hatte er helfen können. Sie hatten es gemeinsam durchgestanden. Er ließ sich auf einen Stuhl fallen, sah Allie schlafen, ruhte sich aus für den nächsten Anfall und merkte, daß seine Wut weg war. Die Trauer würde immer bleiben, das wußte er, aber die Wut war verschwunden. Vielleicht gibt es einen Gott, dachte er, und er hat mir Allie Chase gesandt.

Als Allie später aufwachte und Neal sah, lächelte sie schwach. Dann beugte sie sich vornüber und kotzte in den Eimer, den Neal ihr bereitgestellt hatte.

»Ich liebe den Morgen, du nicht?« fragte Neal. Sie murmelte einen Fluch. Er warf ihr ein nasses Handtuch zu, damit sie ihr Gesicht abwischen konnte. Sie versuchte aufzustehen, aber ihre Beine gaben nach. Neal faßte sie fest am Arm und führte sie nach unten bis zu dem Sessel vor dem Kamin. Er brauchte ein paar Minuten, um das Feuer in Gang zu setzen, und dann trug er einen glimmenden Zweig in die Küche und heizte den Ofen an. Er setzte Teewasser auf und stellte einen Löffel mit Honig in Alices Tasse. »Geht's dir gut?« rief er.

»Großartig.« Er deutete ihren Sarkasmus als gutes Zeichen. »Bin gleich wieder da.«

»Ja, ja.«

Er blickte aus dem Fenster, während er darauf wartete, daß das Wasser kochte. Linker Hand sah er einen kleinen Hund, der eine Schafsherde vorantrieb. Er fragte sich, wo der Hirte war. Sicher würde er den Rauch aus Simons Schornstein bemerken, vielleicht auf ein Täßchen Tee und einen kleinen Tratsch vorbeikommen. Neal fing an, sich ein paar Lügen für diesen Fall auszudenken. Er schreckte zusammen, als der Wasserkessel pfiff.

Er schüttete etwas Tee in die Kanne, goß kochendes Wasser darüber, nahm ein Sieb und trug alles rüber zum Kamin, wo er Allie die erste Tasse eingoß.

»Trink«, ordnete er an. »Tut gut.«

»Ich kotz das aus«, warnte sie.

»Um Gottes willen, das wollen wir doch nicht!«

Sie nahm die Tasse und nippte daran. »Schön süß.«

»Hast du Hunger?«

Ihr entsetzter Blick war Antwort genug.

»Ich schon«, sagte er.

»Dann iß was.«

In einem Regal in der Küche entdeckte er ein paar Vollkornkekse.

»Wird heute genauso schlimm wie gestern?« Sie sah aus wie ein verängstigtes Kind.

»Nein. Dir wird nicht ganz so schlecht werden. Du wirst wieder frieren, und es wird weh tun. Aber nicht so schlimm.«

»Woher weißt du das alles?«

»Ich lese viel.«

»Kann ich einen Keks haben?«

Er gab ihr die Tüte.

Sie saßen ein paar Minuten schweigend da. Dann sagte sie: »Ich vermute, so was wie ein Radio gibt's hier nicht.«

»Die Antwort ist so was wie: nein.«

»Ja, ja, mach dich nur lustig.«

Sie stand auf. Langsam. Es sah aus, als ob es weh tat. Sie ging zum Fenster und sah hinaus. »Schön.«

Yeah.« Tolle Antwort, dachte Neal.

»Ich stinke.«

»Sei nicht so hart mit dir.«

»Nein, ich meine, ich rieche. So was wie: schlecht.«

Soweit zu Dr. Carey und seiner Motivations-Therapie. »Willst du baden?«

»So was wie: ja.« Sie lächelte ihn an. Wenn du dich über mich lustig machen kannst, schien sie zu denken, kann ich das auch.

»Die Antwort ist so was wie: okay.«

»Wo ist das Badezimmer? Ich weiß nicht mehr...«

»Draußen.«

»Jetzt bleib mal ernst.«

»Ich bin ernst.«

Sie starrte ihn an. »Nächstes Mal gehe ich ins Hotel.«

Nächstes Mal?

»Komm. Ich zeig's dir.« Sie brauchten gut fünf Minuten für die hundert Meter bis zur Wanne. Sie ging wie eine alte Frau. Sie mußten zweimal Pause machen, und sie beugte sich vor, um die Schmerzen in der Lendengegend zu erleichtern.

»Ich hole einen Stuhl, dann kannst du eine Weile hier draußen sitzen. Die Luft wird dir guttun.«

»Und was machst du?«

»Ich mach das Wasser heiß.«

»Warum bist du so nett zu mir?«

»Weil ich ein Trottel bin.«

»Kann ich dann noch Tee haben?«

Er nahm ihre Tasse und ging zurück ins Haus. Student, Schnüffler, Butler. Während er darauf wartete, daß das Wasser heiß wurde, sah er alle paar Minuten nach ihr, um sich zu vergewissern, daß sie nicht in Richtung Dorf humpelte, um mit dem nächsten Bus zurück nach London und zur Nadel zu fahren. Trau niemals einem Junkie, dachte er. Aber sie blieb sitzen, döste hin und wieder ein oder sah den Schäfchenwolken zu.

Als das Wasser heiß genug war, füllte Neal es in die Wanne. Sie stand auf. Ihr Blick wanderte unruhig von der Wanne zu Neal und wieder zurück zur Wanne.

»Was?«

»Ich glaube nicht, daß ich das schaffe.« Sie versuchte, ihr linkes Bein zu heben. Sie brachte ihren Fuß kaum auf Kniehöhe.

»Soll ich dir helfen?« fragte er.

»Ich muß mich ausziehen«, wandte sie ein. »Vor dir.«

Eine verschämte Prostituierte? dachte er. Ganz was Neues.

»Alice, ziehst du dich nicht dauernd vor anderen Männern aus?«

»Das ist was anderes. Sie sind Fremde.« Dieser verkehrten Logik konnte er folgen.

»Okay. Ich dreh mich um. Du ziehst dich aus. Dann helf ich dir schnell in die Wanne und gehe weg. Und komme erst wieder, wenn du mich rufst und wieder raus willst.«

»Ich weiß nicht.«

»Das Wasser wird kalt. Wenn du nicht badest, bade ich.« Sie

dachte einen Moment darüber nach. Neal beobachtete sie, um zu sehen, ob es nur ein Spiel war, ein nettes kleines Verführden-Cop-Spiel. Aber sie schien sich wirklich zu schämen.

»Okay. Aber guck dir nichts an, was du nicht angucken mußt.«

»Stell dir einfach vor, ich wäre dein Arzt.«

»Ich könnte dir Geschichten von Ärzten erzählen ...«

Er drehte sich um und konnte hören, wie sie mit ihren Klamotten kämpfte. Es dauerte ein paar Minuten. Dann seufzte sie und sagte: »Fertig.«

Er versuchte, seinen Blick nicht wandern zu lassen, aber man weiß ja, wie das ist, wenn man etwas nicht ansehen soll. Ihr Körper war wunderschön, und Neal verscheuchte schnell seine unkeuschen Gedanken.

»Komm, bevor das Wasser kalt wird«, sagte sie, kreuzte die Arme vor ihren Brüsten und blickte weg. Es schien ihm die verführerischste Geste zu sein, die er je gesehen hatte.

»Dreh dich um«, sagte er.

»Was?«

»Damit ich dich in die Wanne heben kann, du Dummchen.«

»Du mußt nicht wütend auf mich werden.«

»Ich bin nicht wütend.«

»Du klingst wütend.«

Neal gab sich alle Mühe, sie nicht anzustarren, während er sie um die Taille faßte und in die Wanne hob.

Sie quietschte, als sie das Wasser berührte. »Es ist kochendheiß!«

»In einer Minute fühlst du dich gut.«

»Gehst du jetzt rein?«

»Bin schon unterwegs. Und versuch bitte nicht, alleine rauszukommen. Du könntest umkippen und dir den Kopf stoßen.« Er hörte sich an wie irgend jemandes Mutter.

Ich muß weg von diesem Business, dachte er. Er ging ins Haus, trank zwei Tassen Tee und aß sechs Vollkornkekse.

»Neal.«

»Was?«

»Ich will raus!«

»Okay!«

Sie hatte gut eine halbe Stunde in der Wanne gelegen. Er hatte alle paar Minuten hinausgesehen, nur um sicherzugehen, daß sie nicht ertrunken oder weggelaufen war. Als er aus dem Landhaus kam, saß sie aufrecht, das Haar voller Seife.

»Kannst du es ausspülen?« fragte sie. »Ich kann mich nicht nach vorn beugen und meinen Kopf unter Wasser tauchen.«

Er goß ihr einen Eimer Wasser über den Kopf, und sie schüttelte ihr Haar aus wie ein nasser Hund. Sie streckte ihm ihre Hand entgegen, und er packte sie und hob sie aus der Wanne. Ihre Hüften berührten sich kurz, als er ihre Füße auf den Boden stellte. Er ließ sie schnell los und wickelte sie in ein Handtuch.

»Wir gehen besser rein«, sagte er, und marschierte zum Haus. Diesmal schaffte sie es viel besser und brauchte nur bei der Treppe ein wenig Hilfe. Sie zog ein paar alte Klamotten an, die Neal gefunden hatte. Vorsichtig betrat sie das Wohnzimmer.

»Neal?«

»Yeah?«

»Ich brauche Stoff.«

Er nahm sie in die Arme. Sie weinte lange.

29

Colin haßte dieses Leben.

Er hatte sich in der Bude seines Opas verkrochen, einem miefigen Keller am Arsch vom East End. Er hatte eine Matratze in die Ecke vom Wohnzimmer gepackt und starrte durch ein winziges Fenster hinaus auf die Straße. Er bemühte sich krampfhaft, nicht bei jedem Paar Füße Panik zu bekommen, aber der Gedanke an Dickie Huans Jungs ließ sich nicht so leicht abschütteln.

Das Zimmer war eine echte Müllhalde, und der Alte stank, was kein Wunder war, wenn man sich ausschließlich von Würstchen und Dosenbier ernährte und sich nicht wusch.

Außerdem glotzte der senile Knacker ununterbrochen in die Röhre. Fuhr auf die Quiz-Shows ab, wo fette Alte Ferien in Brighton gewannen, weil sie die Vornamen aller Premierminister seit Adam und Eva auswendig konnten. Noch eine Folge von diesem Mist, und Colin würde sich mit Freuden von Dickie vierteilen und an die Tauben verfüttern lassen.

Außerdem konnte der Alte nicht eine Sekunde die Klappe halten. Er faselte vom Krieg, von den Deutschen, bis Colin ihn anbrüllte, er wünschte sich, die Deutschen hätten den Krieg gewonnen, dann könnte man wenigstens im Pub ein gutes Bier trinken!

Manchmal beteiligte sich Opa auch am Fernsehquiz, rief laut die Antworten, alle falsch, und beschwerte sich, daß diese dummen Kühe da im Studio seine Hilfe nicht zu schätzen wüßten.

Sein anderes Hobby war, Colin zu piesacken. Der alte Säufer genoß es, daß sein Großkotz-Enkel sich bei ihm verkriechen mußte, und er ließ lange Tiraden vom Stapel. Er war überzeugt, daß Colin als Callboy gearbeitet hatte, und erzählte in aller Ausführlichkeit von den »Sodomiten« und »Arschfickern«, die er bei der Navy kennengelernt hatte.

»Du bis nich so'ne große Nummer wie de glaubst, Colin, Mann«, sagte er und kaute auf einer Wurst rum. »Deine Klamotten sin nett un deine Schuh glänz'n, aber jetzt mußte beim Alten von dei'm Alten hock'n, dem du nich mal 'ne Schachtel Zigies spendiert has, im ganz'n letzt'n Jahr nich. Nee, du muß ja rummach'n mit den Nutten un Fickern und Chinamännern.«

Kein gutes Thema.

Colins einziger Trost war, daß seine Oma schon tot war. Wenigstens hatte er das Gequatsche nicht in Stereo.

Colin dachte nach. Weder hatte er Alice, noch hatte er die zehntausend Mäuse. Schlimmer noch, sein hart erarbeitetes Drogen- und Mädchen-Geschäft ging zum Teufel, weil er sich nicht blicken lassen durfte, wenn er nicht bei den Chinesen auf der Speisekarte landen wollte. Neal war schuld. Seinetwegen lebte er bei einem verrückten Alten, der nach toter Ziege stank, Ei auf sein Hemd kleckerte und mit der Glotze quatschte.

Hattest du nicht geschworen, nie wieder hierher zurückzukommen? dachte Colin. Und jetzt sieh dich an: Du sitzt hier mit nichts als deinem Hemd am Leib und hast Angst, nach Hause zu gehen. Er mußte Neal und Alice finden und der Sache ein Ende machen.

Auch Crisp fühlte sich nicht sonderlich wohl. Zwei Chinesen folgten ihm auf Schritt und Tritt.

Sie hatten ihn in jener Nacht aufstehen lassen und ihm nur so zum Spaß noch ein paar aufs Maul gehauen. Sie hatten gesagt, daß sie ihn nicht aus den Augen lassen würden. Er sollte sie besser zu Colin bringen, sonst würden sie *ihm* das Geld abknöpfen. Und das Mädchen. Sie hatten klargemacht, daß das Mädchen lange brauchen würde, um zwanzig Mille abzuarbeiten.

Also folgten sie ihm, ganz offen. Er würde sie schon zu Colin bringen. Würde er ja auch, wenn er nur wüßte, wo der Kerl steckte. Er war nicht auf dem Square und auch nicht am King's Highway. Er hatte sich verpißt und seinen alten Kumpel Crisp im Stich gelassen. Vielleicht trieb er sich schon in Frankreich rum, ließ sich die Sonne auf den Pelz brennen, aber so dumm, seinen Verfolgern das auf die Nase zu binden, war Crisp nun auch wieder nicht. Er wollte sie bei Laune halten. Also lief er durch London, als wüßte er, wo er suchen sollte.

Colin, dafür wirst du büßen.

Im Geiste kehrte Colin immer wieder in die Wohnung in der Regent's Park Road zurück. Es war eine unangenehme Erinnerung, und er wußte, daß er Fehler gemacht hatte, aber nur dort konnte er anfangen zu suchen. Er lag auf seiner stinkigen Matratze und dachte darüber nach. Stellte sich immer wieder dieselben Fragen. Wessen Wohnung ist das? Warum hatte Neal sich dort verkrochen?

Vielleicht, um ein Buch zu verkaufen.

Oder vielleicht, um eins mitzunehmen.

Für Colin gab es nur eine Möglichkeit, das herauszufinden.

30

Zu seiner eigenen Überraschung gefielen Neal die Tagesanbrüche am besten. Er war immer ein Nachtmensch gewesen, aber die kühlen, stillen Yorkshire-Morgen faszinierten ihn sehr. Er stand lange vor Allie auf, die auch eine Woche nach ihrem letzten Schuß noch schlimme Nächte hatte. Während sie ihre Erschöpfung ausschlief, zündete Neal im Herd und im Kamin Feuer an und schleppte Wasser zur Badewanne. Er zwang sich, in das kalte Wasser zu steigen, und nach einiger Zeit fand er es sogar erfrischend. Er wusch sich schnell die Haare, rubbelte sich trocken und lief zurück ins Haus, um sich vor dem Kamin zu wärmen. Er machte Wasser auf dem Herd heiß, braute sich einen kräftigen Tee, nahm reichlich Milch und Zucker. Dann röstete er über dem offenen Feuer Toast und aß ihn draußen, bei einer zweiten Tasse Tee. Alles, was ihm fehlte, war eine Zeitung, aber nach ein paar Tagen fehlte ihm nicht einmal mehr die. Es interessierte ihn nicht, wer wen umgebracht hatte, nicht einmal, wo die Yankees standen. Hier draußen schien das völlig unwichtig.

Manchmal dachte er in den frühen, kühlen Morgenstunden daran, einfach zu verschwinden und sich dem ganzen Ärger zu entziehen, der auf ihn wartete. Die Stille und die Abgeschiedenheit wirkten wie eine Droge. Er fing an, Colin zu vergessen, John Chase, und sogar, daß Levine ihn reingelegt hatte. Es würde eine Zeit kommen, sich mit all dem zu beschäftigen.

Manchmal las er während der zweiten und dritten Tasse in einem Buch, und manchmal saß er einfach nur da – er hatte sich nie vorstellen können, so etwas zu tun – und genoß die Morgendämmerung. Er beobachtete, wie der Nebel im Tal verschwand und wie der Schafhirte und sein Hund die Herde auf die Weide trieben.

Eine Stunde Stille, bevor Allie aufwachte. Er hörte sie die Treppe heruntergehen, nach ihm in der Küche suchen, und dann kam sie hinaus. Sie brachte ihre Tasse mit und machte die Teekanne leer. Sie mochte den Tee zuckersüß und schmierte reichlich Butter und Marmelade auf ihren Toast.

In diesen frühen Morgenstunden sprachen sie kaum.

Manchmal erzählte sie ihm von ihren Träumen, aber meistens saßen sie einfach nur da und hörten dem Morgen zu. Manchmal schlief sie für ein paar Minuten auf ihrem Stuhl ein, und dann wußte er, daß die Träume schlimm und ihr Schlaf unruhig gewesen waren. An anderen Morgen zündete sie sich eine ihrer letzten Zigaretten an und rauchte sie langsam, mit tiefen, langen Zügen. Sie lehnte sich zurück und starrte in den Himmel, und Neal mußte nicht fragen, um zu wissen, was sie dachte.

Immer war es Allie, die die Ruhe durchbrach. Sie stand plötzlich auf und trug Kanne und Tassen zurück ins Haus. Ein paar Minuten später kam sie zurück, angezogen und mit gekämmtem Haar, und schubste ihn vorsichtig an, wenn er eingedöst war. Er stand auf, und sie spazierten bis auf den Gipfel des Hügels. Das erste Mal, Allie war seit drei Tagen auf Entzug, waren sie langsam vorangekommen, und sie hatte sich alle paar Minuten auf seinen Arm stützen müssen. Er wußte, daß ihr das nicht paßte. Dann wurden die morgendlichen Spaziergänge ein Symbol ihrer Unabhängigkeit und ihres Wandels, und er ließ stets sie das Tempo bestimmen. Sie erholte sich schnell.

Jenseits des Hügels lag ein dicht bewaldetes Tal, ein starker Kontrast zu der rauhen Schönheit des Moores. Sie fanden ein paar Steine, auf denen sie über den Bach balancieren konnten, und dahinter einen kleinen Trampelpfad durch das dichte Unterholz. Es war kühl in dem Wäldchen, kühl und dunkel. Vögel, die sie noch nie gesehen hatten, hopsten vor ihnen her. Machmal blieben Neal und Allie in der Dunkelheit des Unterholzes sitzen und hörten den Vögeln zu. Ein andermal spazierten sie direkt durch das Wäldchen und erreichten auf der anderen Seite eine ovale Weide, die von einem Zaun eingefaßt war. Am hinteren Ende war ein kleines Tor, das auf einen Weg in Richtung Moor führte. Manchmal weidete die Schafherde dort. Der alte Mann lehnte am Zaun, rauchte seine Pfeife, trug eine Schrotflinte unter dem Arm und kommandierte seinen Hund herum.

Allie wurde immer kräftiger, und sie gingen immer weiter, über die Wiese und den nächsten Hügel hoch. Zu ihrer Freude fanden sie auf der anderen Seite einen kleinen, tiefen Teich, und sie nahmen sich vor, an einem der nächsten Nachmittage dort schwimmen zu gehen.

Der Rückweg war anstrengender, und sie blieben meistens stumm. Als fürchteten sie, durch Worte die Wirklichkeit zurückkehren zu lassen. Und die Wirklichkeit war noch zu sehr mit Erinnerung, Schmerz und Problemen beladen.

Der Spaziergang machte sie stets hungrig. Nach einer Woche vertraute ihr Neal so weit, daß er sie im Häuschen alleine ließ, während er ins Dorf fuhr und die Vorräte auffrischte.

Zu Mittag aßen sie Brot, Käse, Obst. An kalten Tagen auch mal eine Dosensuppe. Allies Appetit nahm von Tag zu Tag zu, und Neal aß ohnehin immer wie eine schwangere Stute. Wenn das Wetter es zuließ, aßen sie draußen an einem Tisch, den sie aus einer alten Tür und zwei Böcken gebaut hatten. Sie tranken kalten Tee, süße Limonade und klares Wasser. Neal hätte gern ein Bier getrunken, traute sich aber nicht, Allie auch eins zu geben, und fand es gemein, vor ihren Augen eins zu trinken.

Nach dem Lunch hielten sie Mittagsschlaf. Sie stiegen gemeinsam die Treppe hinauf, blieben im Flur stehen, sie drückte seine Hand, und dann legte sich jeder in sein Bett.

Sie schliefen ein paar Stunden, standen am späten Nachmittag wieder auf und bereiteten alles für das Abendessen und Allies Bad vor. Sie fing an, ihr Wasser selbst heiß zu machen, und nach ein paar Tagen konnte sie auch problemlos ohne Neals Hilfe in die Wanne steigen und wieder heraus. Am frühen Abend wurde es schwierig, mit der Dunkelheit kamen die Zweifel und Ängste zurück. Sie spürte, wie ihr Körper litt, wurde nervös, unleidlich, feindselig.

Nach dem Nachmittagstee wurde es also still im Haus. Sie saßen vor dem Feuer, nippten an ihrem Tee, lasen in alten Taschenbüchern. Die Stille war nichts, was sie teilten. Die Stille trennte sie voneinander. Jeder von ihnen hatte andere Gedanken.

Sie waren seit zwei Wochen dort, als der Besucher auftauchte. Neal kam vom Einkaufen aus dem Dorf zurück. Allie goß dem Schafhirten gerade Tee ein. Der Collie lag vor dem Kamin und nagte an einem Vollkornkeks. Die Flinte lehnte hinter der Tür.

»Entschuldigen Sie die Störung«, sagte der Schafhirte und stand auf. »Mein Name ist Hardin.«

»Ich habe Sie bei den Schafen gesehen«, sagte Neal und warf Allie einen Blick zu. Sie lächelte freundlich.

Hardin sagte: »Ihre Frau sagt, Sie sind in den Flitterwochen. Ganz schön ungewöhnlich, hier.«

Okay, Allie, dachte Neal, wenn du spielen willst...

»Na ja, ich versuche auch noch, ein Buch zu verkaufen.«

»Schatz, ich dachte, das ist ein Geheimnis? Neal ist sehr schüchtern, Mr. Hardin... Es ist sein erstes großes Geschäft.«

Ja, sie wollte spielen, nun gut.

»Mit Büchern kann man 'ne Menge Geld verdienen, nicht wahr?« fragte Hardin. Er hatte ein Gesicht wie altes Leder, gegerbt von Sonne und Wind. Graue Augen unter buschigen grauen Augenbrauen. Sein feines Lächeln durchbrach den dichten grauen Bart. Langes Silberhaar ringelte sich über seine Ohren. Er sah aus wie ein altes Schaf.

»Wir hoffen, hier... möchten Sie noch eine Tasse? fragte Allie. Sie amüsierte sich. Neal hatte sie noch nie so fröhlich und entspannt gesehen.

»Vielleicht möchte Ihr Mann auch eine Tasse«, sagte Hardin freundlich.

»Oh, tut mir leid, Schatz. Bin gleich wieder da.«

Hardin streckte Neal seine Hand hin. »Der guten Form halber, Ivor Hardin.«

»Neal Carey.«

»Oh, Ihre Frau hat ihren Mädchennamen...«

»Ja, behalten.« Was für einen auch immer. »Wie heißt Ihr Hund?«

»Jim.«

»Guter Name.«

»Guter Hund.«

Allie kam zurück mit dem Tee. Nachdem sie den beiden

Männern eine Tasse eingeschenkt hatte, bombardierte sie Hardin mit Fragen.

»Das Leben im Moor ist einsam« gab er zu, »aber ich möchte nirgendwo sonst leben, und der Hund kennt es nicht anders. Ein guter Hund ist heutzutage genauso schwer zu finden wie ein guter Arbeiter. Wenn Jim aufgibt, tue ich es ihm wahrscheinlich gleich. Ziehe in die Stadt und falle den Witwen lästig.«

»Ich kann mir nicht vorstellen, daß Sie jemandem lästig fallen«, wehrte Allie ab, und Neal war überzeugt, daß sie es ernst meinte.

»Das haben Sie nett gesagt, wo ich doch schon fast alle Ihre Kekse gegessen habe. Nächstes Mal, wenn ich komme, schieße ich Ihnen die Steine aus dem Garten, als Bezahlung.«

Er deutete auf die Flinte und zwinkerte.

»Aber wir haben doch gar keinen Garten«, sagte Allie.

»Ich weiß«, kicherte Hardin. Allie und Neal stimmten ein, nur Jim lachte nicht. Vielleicht kannte er den Witz schon.

Hardin trank seinen Tee aus, steckte einen Keks in die Manteltasche – »Für Jim« – und verabschiedete sich. Allie sagte, er könne gern jederzeit wieder vorbeikommen.

Das tat er auch, meistens zur Teezeit.

Nach einem von Hardins Besuchen, bei dem sie eine Stunde lang wieder Mann und Frau gespielt hatten, wurde Allie plötzlich ganz still. Nach einer Weile fragte sie: »Wenn wir in die Staaten geflogen sind und das Buch verkauft haben... das Geld geteilt haben... was dann?«

»Wie meinst du das?«

»Ich geh meiner Wege, du gehst deiner?«

Wenn ich meinen Weg nur wüßte, Allie.

»Ich weiß nicht.«

»Oh. Ich dachte, daß du mich magst«, sagte sie.

»Tu ich auch.«

»Warum hast du dann noch nichts deswegen getan?«

»Mein Gott, ich habe dich gekidnappt. Was könnte ich denn *noch* tun?«

Neal stand auf und ging hinaus in den Regen.

Er war klatschnaß, als er zurückkam, und genauso durcheinander wie vorher. Sie erwartete ihn an der Tür mit einem Handtuch und einem Laken.

»Du bist verrückt«, sagte sie, während sie ihn abtrocknete.

»Da würde ich dir nicht widersprechen.«

»Wie heißt es im Kino immer so schön«, sagte sie so empört wie möglich: »Zieh dir sofort die nassen Sachen aus, sonst holst du dir noch den Tod!«

Neal stiefelte die Treppe hinauf. Er fragte sich, was mit ihm los war. Es hatte als ganz normaler Job angefangen. Ich schmiere ab, dachte er, spiele mit einem Teenager »Familie«, abgeschnitten von den Freunden. Und das einzig Bekloppte, was ich noch nicht getan habe, ist, mit ihr ins Bett zu steigen. Hast du gerade »noch nicht« gedacht? Mein Gott. Es war der 20. Juli, die Zeit wurde knapp, und er wußte nicht, was er tun sollte.

Zum Abendessen gab es Kartoffeln und Schinken. Sie sprachen wenig.

Das Quietschen der Schlafzimmertür weckte Neal.

Allie stand da in einem Flanellhemd, das sie in einer Kommode gefunden hatte.

»Alles okay?« fragte er.

»Ich muß mit dir reden.«

Warum wollen diese Chase-Frauen immer mitten in der Nacht mit mir reden, fragte sich Neal.

Allie setzte sich auf seine Bettkante. Das machte ihm ein wenig Angst. Sie sprach langsam und vorsichtig, als hätte sie jedes Wort geprobt. »Es gibt etwas, das du über mich wissen solltest.«

Das ist lustig, Allie. Es gibt nämlich auch etwas, daß du über mich *nicht* wissen solltest.

»Wenn wir Partner werden«, fuhr sie fort.

»Also los«, sagte Neal. Er fühlte sich schuldig. Allie, dachte er, ich weiß es schon.

»Ich ... Gott, ist das schwer ... Ich bin nicht einfach so weggelaufen. Ich meine, ohne Grund. Das gilt auch für die Drogen. Ich mein, ich weiß, daß ich Mist gebaut habe ...« Sie hielt inne und ließ den Kopf hängen. Starrte auf den rauhen Stoff seines Bettbezuges.

»Du mußt es mir nicht sagen«, sagte Neal. »Wir sind so oder so Partner.«

»Ich möchte aber. Es ist wichtig für mich.«

Neal nickte.

»Mein Vater…«

Ich weiß, Baby, ich weiß.

Tränen tropften auf sein Bett.

»Er… er und ich… nein, *er*… hat…«

Neal zwang sich, sie anzusehen, zwang sich, ihr Kinn anzuheben und ihr in die Augen zu sehen.

»Ich glaube…« sagte sie, »das Wort ist *Inzest.*«

Er streichelte ihre Wange. »Wie furchtbar. Das tut mir leid. Tut mir so leid.«

»Durch die Drogen konnte ich es vergessen… und der Sex… war meine Rache. Glaube ich. Ich weiß nicht.«

Neal spürte ihre Tränen an seiner Schulter. Du kannst ihr den Schmerz nehmen, dachte er, nicht alles, aber viel. Wenn du auch nur halb soviel Mumm hättest wie sie, würdest du ihr die Wahrheit sagen. Er ist nicht dein Vater, Allie. Du mußt mit 'ner Menge leben, aber damit nicht. Er ist nicht dein Vater.

Aber wenn ich dir das jetzt sage, dann platzt die ganze Sache, und ich habe nicht den Mut, das zu riskieren. Tut mir leid.

Also sagte er statt dessen: »Ist schon okay. Ist schon okay. Es macht nichts. Es ist vorbei. Es ist vorbei.«

»Ich werde niemals zurückgehen.«

»Mußt du nicht. Mußt du nicht«, summte er leise, bis sie eingeschlafen war. Dann legte er sie neben sich. »Mußt du nicht.«

Verrat, dachte er, ist das Ende jedes Undercover-Einsatzes.

31

»Was glaubst du, hat er vor?« fragte Levine Graham. Sie verschwitzten einen heißen Nachmittag im New Yorker Büro. »Er hat sich nicht gemeldet; er ist aus dem Hotel ausgezogen; und wenn er in dem sicheren Haus ist, antwortet er nicht. Er ist verschwunden. Was hat er vor?«

Graham wünschte sich, er wüßte es. Seit Neals nächtlichem Telefonanruf kam er beinahe um vor Sorgen. Er hatte alle britischen Zeitungen gelesen, aber von einem Attentat oder einem Mord hatte nichts dringestanden. Er hatte hundert Mal in Keyes' Appartement angerufen.

Neal war verschwunden – untergetaucht –, genau wie er es ihm beigebracht hatte. Aber warum war er nicht wieder aufgetaucht? Weil er immer noch glaubte, daß Levine ihn reinlegen wollte, daß es ein Leck in der Organisation gab? Warum hatte er sich dann nicht bei seinem guten alten Dad gemeldet? Ihn bei McKeegan angerufen? Glaubt er, daß *ich* es bin? Nein, das konnte einfach nicht sein.

Vielleicht wurde Neal irgendwo gefangen gehalten. Aber dazu war Neal Carey zu gut. Er wäre geflohen und hätte das Mädchen befreit. Aber wo steckte er?

Vielleicht hatte Neal auch entschieden, daß eine miese Tour Revanche herausforderte. Oder war der kleine Idiot etwa weich geworden und hatte sich verliebt? Mein Gott.

»Uns bleiben zehn Tage?« fragte Levine.

»Elf«, sagte Lombardi. »Glauben Sie, daß Sie wieder von ihm hören? Vielleicht hat er Allie und versucht, einen eigenen Deal zu machen.«

»Vielleicht«, sagte Graham.

Levine starrte ihn wütend an.

»Neal Carey ist eine furchtbare Nervensäge, aber er ist kein Anscheißer«, teilte Ed ihnen förmlich mit. Ed ist sauer, dachte Graham.

»Hey, Sie ham einen Bekloppten geschickt, um eine Bekloppte zu fangen«, sagte Lombardi. »Vielleicht setzen Sie sich gerade beide 'nen Schuß.«

Graham zeigte ihm den Finger.

»Hey, hey…«

»Seid ihr beide fertig?« fragte Ed. »Wir haben hier ein Problem zu lösen.«

Lombardi stand auf. »Nein. *Sie* haben ein Problem zu lösen. *Ich* habe mein Problem in Newport. Einen sehr wütenden Senator.«

Graham reichte Lombardi sein Seersucker-Jackett.

»Also, fahren Sie nach Newport«, sagte er. »Rufen Sie uns an, wenn Allie daheim ist. Haben Sie schon unter dem Bett nachgesehen?«

»Das reicht«, sagte Levine.

Lombardi sah Graham streng an.

»Vielleicht«, sagte er, »kriegen Sie, wenn es vorbei ist, noch 'nen Job im Casino. Die Leuten könnten Münzen in Ihren Mund stecken…«

»Und an meinem Arm ziehen. Ist das alles, was Ihnen einfällt?«

»Hey, Sie sind doch hier der Clown.«

Lombardi nahm seine Aktentasche und ging.

»Ich hätte Jura studieren sollen«, sagte Levine.

»Es ist nie zu spät.«

Ed ließ sich in seinen Schreibtischstuhl fallen und blätterte zum tausendsten Mal in der Chase-Akte. Dann sagte er: »Was verheimlichst du mir, Joe?«

»Nichts.«

»Wo ist der Junge?«

»Weiß ich's?«

»Weißt du's?«

»Nein!« sagte Graham empört. »Hey, guck mal aus dem Fenster.«

»Wieso, sind Neal und Allie da draußen?«

»Nein, guck, ob dieser blöde Lombardi schon raus ist. Der Depp hat seine Brieftasche vergessen.«

»Gut.«

»Komm schon.«

Ed sah ihn an. »Er muß noch im Fahrstuhl sein.«

»Ich lauf ihm nach. Ruf runter, wenn er unten rauskommt.«

»Das sind sieben Stockwerke.«

»Du hast doch kräftige Lungen. Spendier ihm einen deiner Kung-Fu-Schreie.«

»Nur zu gern«, sagte Ed, als Graham das Zimmer verlassen hatte.

Graham drückte den Fahrstuhlknopf. Kaum war die Kabine da, fing er an zu arbeiten. Sieben Stockwerke sind mehr als ausreichend, um sich die Nummer einer Kreditkarte einzuprägen. Aber er war nicht mehr so jung wie früher.

Colin schwitzte, und das lag nicht an der Hitze.

Während er mit dem Motorrad durch die Stadt fuhr, spürte er tausend Schlitzaugen in seinem Rücken. Er sah blitzende Messer und Hackebeilchen vor sich. Natürlich hatte er keinen Grund dazu, und das wußte er auch. Er hatte sie abgehängt, als er im East End untergetaucht war, aber er hatte trotzdem Schiß. Also sah er sich dreimal mehr um, ob ihm auch wirklich niemand um drei Uhr morgens in die Regent's Park Road folgte.

Er wartete eine halbe Stunde vor dem Haus, um zu sehen, ob jemand Licht machte. Dann entschied er, daß entweder niemand zu Hause war oder die Bewohner schliefen. Er schlich die Treppe hoch, lautlos wie eine Büffelherde, und blieb vor der Eingangstür stehen. Unangenehme Erinnerungen tauchten vor seinem inneren Auge auf. Er ließ sich hinein.

Seine Augen mußten sich erst an die Dunkelheit gewöhnen, dann zog er die Jalousien herunter. Er lauschte ein paar Sekunden. Schaltete eine Lampe an. Jetzt fiel ihm auf, was er bei seinem letzten Besuch übersehen hatte: Bücher, überall Bücher. Das konnte ein Anfang sein.

Er wußte nicht genau, wonach er suchte, aber er wußte, daß diese Wohnung sein einziger Hinweis auf den Verbleib von Neal war. Er traute sich nicht, in das Hotel zu gehen, weil Dikkie Huan zwanzig Sekunden später davon wüßte, so gut, wie er sich mit diesem Hurensohn-Hausbullen von Hatcher verstand. Außerdem interessierte ihn nicht, *von* wo Neal verschwunden war, sondern *wohin* er verschwunden war. Schließlich hatte er nicht damit gerechnet, hier gefunden zu werden.

Colin brauchte nicht lange, um herauszufinden, daß die Wohnung einem gewissen Simon Keyes gehörte und dieser einen Büchertick hatte. Konnte er Neals geheimnisvoller Käufer sein? Aber die Wohnung sah nicht aus wie die eines Mannes, der zwanzigtausend Mäuse für ein Buch ausgeben konnte.

Oder? Denk nach, Colin. Wenn du gestohlene Sachen kaufen würdest, ließest du sie dir nach Hause liefern? Guten Tag, darf ich Ihnen meine Frau vorstellen, und legen Sie die Sachen doch bitte dorthin. Nein. Du hättest irgendwo dein kleines Versteck. Ein kleines Liebesnest für Bücher. Wo du nachmittags hinkönntest, um ein bißchen mit den Bänden zu kuscheln, mit den Fingern über ihre Seiten zu streicheln, die Ledercover zu liebkosen. Du bist ein Schwein, Colin, aber ein pfiffiges.

Doch das brachte ihn noch nicht näher an Neal heran. Wo bist du hin, Neal, mit dem tollen Wagen und dem tollen Mädchen? Sehen wir doch mal...

Er stemmte Simons Schreibtischschublade auf und wühlte sie durch. Briefe. Der schien wirklich gerne zu schreiben. Und er hatte Durchschläge von jedem Brief, den er jemals geschrieben hatte. Aber kein Wort über Neal, nur dieser Autor und jener Verleger, und kommst du bitte nächstes Wochenende hoch ins Moor, klang das nicht nett? Er versuchte es auf dem kleinen Beistelltisch. Noch langweiliger. Bücherkataloge, Bücherkataloge mit Bildern, schriftliche Gebote an Sotheby's, der Typ schmiß wirklich 'ne Menge Kohle für Bücher raus, und du bist ein Idiot, Colin. Da war was in seinem Kopf. Hoch ins Moor? Hoch?

Zurück zum Schreibtisch. Der Brief...

»Lieber Larry«, und dann dies und das, höfliches Geplapper, jetzt kam es, »bitte komm doch nächstes Wochenende hoch ins Moor«. Dann eine Menge Quatsch, wie nett das werden würde, die Zeit mit ihm und Mary, und dann, Bingo, die Strecke. M-11 hoch bis... klingt gut, klingelt da nicht was? Ding-Dong? Big Ben?

Vielleicht, dachte Colin, muß ich mich ins Moor einladen, zu einer kleinen, ganz privaten Wochenend-Party. Er steckte den Durchschlag des Briefes ein, verließ die Wohnung und ging die Treppe hinunter. Er dachte gerade, daß das Leben vielleicht doch mehr als nur ein großer Tritt in die Eier war, als er einen Tritt genau dorthin bekam und in die Knie ging. Mit Tränenaugen konnte er das grinsende Gesicht von einem von Dickie Huans Jungs erkennen, und hinter ihm Crisp, der sehr erleichtert aussah.

»Na danke«, fauchte Colin Crisp an, »gottverfluchtes Scheiß-Danke, du Arsch.«

Sie hatten ihn in einen Wagen gezerrt. Einer der Chinesen fuhr, der andere zielte mit einer Pistole auf die beiden Gefangenen.

»Du hättest ja was sagen können, Colin. ›Übrigens, Crisp, alter Junge, wenn die Sache danebengeht, sind Dickie Huans Jungs hinter uns her.‹ Aber du hast mich einfach im Regen stehengelassen. Was sollte ich denn machen?«

»Wie hast du mich gefunden?«

»Na, es war nich allzu clever, dich bei dei'm Opa zu verstekken, nich? Du has schließlich nur zwei Verwandte.«

»Aber das wußten sie nicht. Nur mein alter Freund Crisp wußte das.«

»Ich würde mit dem Gesicht nach unten im Fluß treiben, wenn ich's nicht gewußt hätte.«

»An der nächsten Ampel spring ich raus.«

»Sie sprechen englisch, du Blödi.«

»Das stimmt, du Blödi«, grinste der mit der Pistole. »Also laß es lieber.«

Sie fuhren durch Soho und Chinatown. Der Fahrer zerrte Colin vom Rücksitz und schubste ihn in Richtung Restaurant. Er deutete auf Crisp. »Du gehst.«

»Wohin?«

»Machst du Witze? Geh einfach.«

Crisp ging. Colin blickte ihm nach, wie er Richtung Square stolperte. Vielleicht würde er Verstärkung holen. Wohl eher nicht.

Dickie Huan saß in seinem kleinen Büro im hinteren Teil der Küche. Colin sah kein Beil. Einer der Jungs stieß ihn auf ein schmales Stühlchen. Dickie Huan sah aus wie der strenge Direktor einer billigen Schule.

»Du hast mich enttäuscht, Colin.«

»Ich bin selber nicht ganz glücklich damit. Aber verkaufen Sie den Stoff doch diesmal lieber an Jackie Chen. Ich bin nächstes Mal wieder dabei.«

»Jackie Chen hat woanders gekauft.«

Schlechte Neuigkeiten.

»Du hast Gesicht verloren, ja?« fragte Colin.

»Scheiß auf ›Gesicht‹. Ich hab zwanzig Mille verloren.«

Colin wurde heiß. Keine Panik, Mann, sagte er sich. »Ich bin *so* dicht dran an der Kohle, Dickie.«

»Du bist auch *so* dicht dran, mit den Zehen zu essen. Woher kriegst du das Geld?«

Colin beugte sich über den Tisch und flüsterte. Guter Effekt.

»Ich verkaufe ein Buch.«

»Ich bring dich um, Colin, jetzt gleich.« Dickie Huan wurde nicht gern verarscht.

»Nein, ehrlich. Ein seltenes Buch. Gestohlen.«

»Gestohlen« war gut. Kriminelle glauben immer, was gestohlen ist, ist noch mehr wert.

»Gestohlen? Wem? Hast du einen Käufer?«

Colin konnte den süßen Duft des Überlebens schnuppern. »Das ist das Problem, Dickie. Genau das ist das Problem.«

Dickie Huan schätzte Gerechtigkeit – was für ihn dasselbe war wie Rache. Aber er schätzte sie nicht zwanzigtausend Pfund hoch. Er würde Colin in den Kühlraum sperren und ein wenig zusammenschlagen lassen, nur um sicher zu gehen, daß er die Wahrheit sagte.

»Kontenverwaltung«, sagte die Stimme freundlich.

»Ich habe da ein paar Fragen zu meiner Rechnung.«

»Name und Kartennummer, bitte.«

»Lombardi, Richard«, sagte Graham und leierte dann die Kartennummer herunter.

»Ja?«

»Sie haben mir Anrufe nach London berechnet, in England!« knurrte er mißmutig.

»Nach unseren Unterlagen...«

»Ihre Unterlagen sind mir völlig egal.«

»Unsere Unterlagen sagen, Sie haben fünf Anrufe von einer Telefonzelle aus gemacht und sie Ihrem Konto belastet.«

»*Aus einer Telefonzelle?* Wen wollen Sie...« Joe Graham amüsierte sich. Die Frau wurde nervös.

»Ja, Sir, der Area-Code der Zelle ist zwo-eins-zwo, die Nummer acht-fünf-fünf fünf-sieben-zwei-acht.«

»Und *welche* Nummer soll ich in London angerufen haben?« fragte er.

»Steht auf Ihrer Rechnung.«

»Ich habe meine Rechnung aber nicht dabei.«

Er hörte ihr Stöhnen, was soviel bedeutete wie: Wenn Sie sich über eine Rechnung beschweren, sollten Sie die Rechnung selbstverständlich vorliegen haben.

»Darf ich Sie in die Warteschleife legen?«

»Zeit ist Geld, Lady.«

Ein paar Minuten später las sie ihm die Nummer vor. Langsam. Er ließ sie sich wiederholen und legte auf. Dann wählte er die Nummer. Es klingelte siebzehn Mal, bevor jemand ranging.

»'allo?«

»Kann ich mit...«

»Das ist eine Telefonzelle. Sie müssen sich...«

»Eine Telefonzelle. Wo?«

»Im Hotel.«

»In was für einem Hotel?«

»Im Piccadilly Hotel. Ich muß los.«

Graham überlegte eine Weile und entschied dann, daß er bei McKeegan besser nachdenken konnte. Er trank ein Bier, aß einen Hamburger, trank noch ein Bier und ging wieder nach Hause. Unterwegs dachte er weiter nach. Dann suchte er die nächste Telefonzelle und meldete ein R-Gespräch nach Providence, Rhode Island, an. Er war überrascht, daß der Chef selbst ans Telefon ging. Er hatte einen Butler oder so erwartet.

Er berichtete dem Chef alles.

32

An sonnigen Julitagen wurde der Teich ihr Ausflugsziel. Sie packten Früchte und Aufschnitt ein und spazierten über das Moor und durch das Wäldchen zur Schafweide, wo sie Hardin und Jim zusahen.

Der Teich war kein natürlicher Teich, sondern der Überrest eines Steinbruchs – eine Erinnerung an die Versuche um die Jahrhundertwende, das Moor fruchtbar zu machen und die steinigen Hänge zu versilbern. Die Dorfbewohner hatten davon geträumt, Gutsherren ihren einheimischen Stein zu verkaufen, um schöne Häuser damit zu bauen. Aber es war billiger, Steine aus Skandinavien zu importieren, als aus Yorkshire herankarren zu lassen. Also wurde der Steinbruch nach acht Jahren herz- und rückenbrechender Arbeit geschlossen. Der Teich wurde ein beliebter Treffpunkt bei den Jugendlichen, die dort künftige Jugendliche produzierten, die dann ihrerseits das Dorf verließen und woanders ihr Glück machten.

Neal und Allie aber hatten keine Ahnung davon und nannten den Teich einfach »den Teich«. Sie schwammen und sonnten sich. Neal entkleidete sich nur bis auf seine Boxershorts, die er in einer Kommode gefunden hatte. Seine Schüchternheit war echt. Neal mochte sich nicht vor Allie ausziehen, zumal sie das mittlerweile ohne jede Scham tat. Sie war sich ihrer Wirkung auf ihn wohl bewußt und kannte die Gründe nur zu gut, warum er an der dünnen Fassade der lächerlichen Shorts festhielt und hüfttief im Wasser blieb, wenn sie sich auf einem natürlichen Steinsockel sonnte, der sich aus dem kühlen Blau des Teiches erhob. Sie dachte an all die Jungen, die es nicht hatten abwarten können, ihr ins Höschen zu fassen, und nun war hier einer, den sie nicht dazu bringen konnte, seins auszuziehen.

Sie flirtete mit ihm, sie spielte, sie fühlte sich unglaublich attraktiv. Sie sonnte sich in seiner Bewunderung. Für Allie war Sex immer nur Mittel zum Zweck gewesen: etwas, das sie gegen Geld oder Leidenschaft eintauschte, Aufmerksamkeit oder Rache. Jetzt genoß sie die süße Sehnsucht, die quälende

Langsamkeit der gegenseitigen Entdeckung, die stumme Musik ihres verliebten Körpers. Nach einem kurzen, kalten Bad legte sie sich auf den Stein und ließ sich von den Strahlen der Sonne wärmen – und dabei spürte sie, wie seine Hitze sie erfüllte, er ließ sie schmelzen und schmolz in ihr. Sie tat so, als ob sie schliefe, öffnete ihre Augen nur einen Spalt und beobachtete ihn, wie er heimlich sie beobachtete. Das wird dir nicht helfen, Neal, das wird dich nicht retten, aber mach nur weiter. Sie lachte leise in sich hinein. Manchmal schlief sie ein wenig. Wenn sie aufwachte, lag er auf einer kleinen Anhöhe, las in einem Buch und versuchte, sie nicht anzusehen, anzustarren. Sie wußte es, wußte es mit der unfehlbaren weiblichen Weisheit, die das Leben erst möglich macht, wußte, daß er schließlich zu ihr kommen würde, in sie kommen würde. Dafür war noch genug Zeit, und sogar das Warten war wunderschön, der sanfte Schmerz des Verlangens. Sie liebte ihn, und sie hatte es nicht eilig.

Für Neal war der Teich zu einem Symbol für sein Dilemma geworden: Das Wasser als die kühle Realität und der glitzernde Felsen mit dem nackten Mädchen als der sonnige Traum des Verlangens. Allies Sirenen-Gesang. Allein der Anblick ihrer Haut, auf der die Sonne spielte, machte ihn benommen. Er hatte das nicht mehr seit Diane gespürt. Hey, dachte er, *vor* Diane auch nicht.

Es macht die Sache komplizierter, dachte er, und es ist alles schon kompliziert genug. Du kannst dich später darum kümmern. Jetzt hast du noch fünf Tage, damit es klappt. Fünf Tage. Viel zu tun: Mit Dr. Ferguson wegen des Buches reden… mit Allie den Flieger besteigen… verschwinden. Das würde das Schwierigste werden, mit Levine auf den Fersen.

Joe Graham hockte in Chases Hotelsuite und hörte zu.

»Ich wollte dieses Kind nicht losschicken«, brüllte Chase. »Aber Sie wußten es ja besser. Er ist der Beste. Der beste *was*? Schwachkopf? Klugscheißer? Gentlemen, sehen wir den Tatsachen ins Auge. Er wird nicht zurückkommen, und er wird ganz sicher nicht meine Tochter zurückbringen!«

Sein Gesicht war rot. Idiot, dachte Graham.

»Wir sollten besser über Schadensbegrenzung nachdenken, Gentlemen«, sagte Lombardi.

Das kannst du bestimmt gut, dachte Graham.

Levine war zäh. »Wir haben noch vier Tage. In vier Tagen kann eine Menge passieren.«

Hoffen wir das, Ed, dachte Graham. Hoffen wir's.

Lombardi lachte und sagte: »Sie haben seit Wochen nichts von diesem Carey gehört, und hören Sie bitte damit auf?«

»Womit?« fragte Graham.

»Ihre künstliche Hand in der anderen zu reiben. Das macht mich wahnsinnig.«

»Ich tue das immer, wenn ich mir Sorgen mache, und ich mache mir Sorgen um Neal.«

»Machen Sie sich lieber Sorgen um ihn, falls ich ihn je in die Finger kriege«, röhrte Chase.

Leck mich am Arsch, dachte Graham. Ihr alle. Neal hatte Allie, und jetzt ist er verschwunden, und einer von euch hat dafür gesorgt. Und ich glaube, ich weiß, wer. Wenn meinem Jungen etwas passiert ist... wenn mein Junge tot ist...

Er rieb seine künstliche Hand in der anderen und starrte Rich Lombardi an.

Nach einem besonders angenehmen Nachmittag am Teich war Allie sich sicher gewesen, daß Neal sie diesmal berühren würde. Sie konnte ihn spüren, auf dem Fels über ihr, konnte seine Blicke spüren und seine Erregung. Sie konnte schon fühlen, wie seine Hände sie streichelten, wie sie ihn an sich heranzog, sie wußte, daß er kommen würde, kommen würde, jetzt... als er aufstand und ins kalte Wasser sprang. Dieses Mal ärgerte sie sich darüber und schwieg auf dem Rückweg ins Landhaus. Sie aßen stumm zu Abend. Sie ging ohne ein weiteres Wort zu Bett und starrte lange Zeit den Türknauf an. Wollte, daß er sich drehte.

Als er es tat, blieb Neal in der Tür stehen.

»Wir fahren«, sagte er. »Morgen, nach dem Frühstück.«

»Ich will nicht.«

»Ich frage dich aber nicht. Es ist Zeit.«

»Es ist Zeit für eine Menge Dinge.«

Dann drehte er sich um und zog die Tür hinter sich zu.

Der Nachtwind schnitt in Colins Gesicht, aber er dachte nicht daran, zu bremsen. Der Schmerz war nicht unangenehm – er half ihm, sich zu konzentrieren. Dickie Huans Handlanger hatten ihn sorgfältig zusammengeschlagen. Aber er würde sie noch mal wiedersehen, später, in seinem Revier, und dann würden ihnen ihre kleinen Wurstfinger gar nichts nützen.

Aber das hatte Zeit. Jetzt mußte er erst mal mit Alice und seinem alten Freund Neal abrechnen. Er hatte lange reden müssen, um Dickie dazu zu bringen, ihn allein gehen zu lassen. Das gottverdammte Schlitzauge hatte eine ganze Armee ausschicken wollen, aber Colin hatte ihm klarmachen können, daß eine Bande Chinesen in einem Dorf in Yorkshire möglicherweise unnötiges Aufsehen verursachen könnte. Davon abgesehen war das Buch zwar Business, der Mord an Neal aber Privatsache. Und Alice umzulegen, war ein nettes Hobby. Vielleicht würde er sich auch großzügig zeigen und sie Dickie überlassen.

Er stellte sich Neal und Alice im Bett vor. Das ließ ihn seine Beulen und Quetschungen vergessen. »Träumt schön, ihr Lieben!« schrie er in den Wind. »Colin ist auf dem Weg!«

33

Neal stand früh auf und suchte seine paar Sachen zusammen. Er legte den *Pickle* in den Aktenkoffer und schloß ihn ab. Er ließ sich ein kaltes Bad ein, wusch sich schnell, dann machte er Wasser heiß, um sich zu rasieren. Er hörte Allie aufstehen. Sie kam die Treppe herunter und huschte ohne ein Wort an ihm vorbei in die Küche. Sie stellte Wasser für ihr Bad auf den Herd und sah aus dem Fenster.

»Guten Morgen«, sagte Neal.

Sie antwortete nicht.

»Sprichst du nicht mit mir?«

»Wie fühlt sich das an?«

Dann schleppte sie den Eimer nach draußen, kippte das Wasser in die Wanne, streifte ihre Klamotten ab und stieg hinein. Die kalte Luft schien sie nicht zu stören; sie ließ sich Zeit beim Baden.

Als sie wieder hereinkam, saß Neal am Tisch und las in einem alten Taschenbuch. Allie ging in die Küche, holte Brot und Eier aus der Speisekammer und machte Frühstück. Sie schob Neal einen Teller hin und sagte: »Wir fahren also heute?«

»Ja.«

»Und ich? Habe ich nichts zu sagen? Ich dachte, ich wäre dein Partner?«

»Juniorpartner.«

»Fünfzig-fünfzig Partner.«

Er sah sie an. »Laß das doch.«

So einfach kommst du mir nicht davon, Neal, dachte sie. Ich habe Colin nicht für einen anderen von derselben Sorte verlassen. Du wirst mich nicht so behandeln.

»Nein, Neal«, sagte sie, »laß *du* es. Ich will wissen, wie es weitergeht. Was wir machen, wenn wir in den Staaten sind.«

»Du kriegst sechzehntausend Dollar.«

»Ich meine, was wird aus dir und mir?«

Oh, Allie, nicht jetzt, dachte er. Gib mir nur noch ein paar Tage. Vertrau mir.

»Lassen wir uns doch einfach Zeit, okay?«

»*Zeit*? Haben wir uns etwa *keine* Zeit gelassen?«

»Dann bleiben wir doch dabei.«

»Vielleicht nehm ich auch einfach mein Geld und hau ab.«

Er sah wieder von seinem Teller auf. Blickte in ihre Augen. »Wenn du willst, Allie. Wenn du willst.«

Sie aß ein paar Happen Toast, dann fragte sie: »Warum willst du nicht mit mir schlafen?«

»Mein Gott, Alice«, brachte er hilflos hervor.

»Warum?«

»Ich finde nicht...«

»Du findest mich nicht attraktiv.«

»Ich finde dich sehr attraktiv.«

»Was ist es dann?«

Er ließ sich Zeit. »Ich weiß nicht, wie ich das erklären ...«

Sie verstand, sie verstand falsch, aber sie klammerte sich daran, und es tat weh. »Es ist wegen meines Vaters, nicht? Deswegen!«

»Alice, das ist es nicht!«

»Ich hätte es dir nicht erzählen sollen!«

»Doch. Ich bin froh, daß du es mir gesagt hast.«

Auf ihrem Gesicht waren die Qualen zu sehen. Sie versuchte es mit dem höhnischen Lachen, das sie so lange geübt hatte, aber es funktionierte nicht. Sie schrie ihn an: »Ich dachte, du *liebst* mich!«

»Ich ...«

»Aber du kannst keine Junkie-Nutte lieben, die ihren eigenen Vater gefickt hat!«

Er versuchte, es ihr zu erklären, ihr zu sagen, daß ...

Aber sie war schon zur Tür hinausgestürmt.

Laß sie gehen, dachte er. Laß sie sich abregen. Sie kommt nicht weit. Laß sie eine Weile allein.

Colin hatte sich verfahren. Diese Feldwege sehen doch alle gleich aus, dachte er, und es gibt keine Schilder. Er warf einen Blick auf Simons Wegbeschreibung, als er einen kleinen, kläffenden Hund auf sich zurennen sah.

»Jim!«

Colin hörte die Stimme, bevor er den alten Mann sah. Der Hund hielt an, setzte sich, wedelte mit dem Schwanz.

Schon besser, dachte Colin.

Bis er die Flinte sah.

»Wer sind Sie denn?« fragte ihn der alte Mann.

»Guten Morgen«, sagte Colin so höflich er nur konnte. Er versuchte zu lächeln. »Ich habe mich verfahren.«

Der alte Mann lächelte nicht zurück. Er sieht die Beulen und Schnitte in meinem Gesicht, ging es Colin durch den Kopf.

»Bin mit dem Motorrad von der Straße abgekommen«, erklärte er und kicherte dümmlich. »Ungeschickt.«

Der Alte lächelte immer noch nicht, und der Hund hatte aufgehört, mit dem Schwanz zu wedeln.

»Konnte die Dinger noch nie leiden«, sagte der Alte. »Und, wer sind Sie nun?«

Wenn ich die verdammte Kohle hätte, wäre ich Aga Khan, du dummer haariger Idiot. »Ich bin ein Freund von Simon.«

»Sie sehen aber gar nicht wie ein Freund von Simon aus.«

Colin wußte, wie man die Unterschicht behandeln mußte.

»Egal«, sagte er und ließ das Schweigen den Rest sagen.

»Simon ist außer Landes«, sagte der Schafhirte.

»Kein Problem«, sagte Colin. »Ich möchte Neal und Alice besuchen. Würden Sie wohl wissen, ob die beiden da sind?«

»Würde ich.«

»Und könnten Sie mir sagen, wo das Cottage ist?«

»Könnte ich.«

Colin ließ die höfliche Grimasse der Ungeduld auf seinen Zügen aufscheinen... »Und...?«

Der Schafhirte drehte sich um und zeigte ins Tal, und er ließ sich Zeit dabei – Zeit genug für Colin, den Schraubenschlüssel aus der Werkzeugtasche zu ziehen.

Laß sie eine Weile allein, dachte Neal wieder. Allie war vor ein paar Minuten gegangen.

Genauso, wie du den Halperin-Jungen allein gelassen hast. Der arme, dumme Jason Halperin aus Cincinnati, den du auf der 23. Straße einkassiert hast. Du hast ihn mit ins Hilton genommen. Es war spät. Ihr wart beide hungrig, und der Zimmerservice hatte schon zu. Und Jason Halperin war so gefügig – beinahe erleichtert, gefunden worden zu sein –, daß du dachtest, du könntest ihn zehn Minuten allein lassen und schnell ein paar Sandwiches holen. Er glotzte irgendeinen Mist im Fernsehen, und du sagtest, du würdest die Tür von außen abschließen, was gar nicht geht, und du wärst gleich wieder da. Du hast dir nicht mal die Mühe gemacht, ihm Handschellen anzulegen, warum solltest du den armen Jungen schließlich noch mehr quälen? Und dann wurdest du so langsam bedient, daß du fast zwanzig Minuten wegbliebst, bevor du mit den Roastbeef-Sandwiches und den Colas zurückkamst, und dann hing der vierzehnjährige Jason Halperin von der Kleiderstange im Schlafzimmerschrank. Weil du ihn allein gelassen hattest und weil es Dinge gab, mit denen man ihn nicht hätte allein lassen dürfen. Du hättest es wissen müssen.

Das Jaulen von Hardins Hund ließ ihn aufschrecken. Er nahm es als Zeichen. Nein, laß sie nicht alleine. Geh sie suchen – jetzt. Neal hastete zur Tür.

Der Griff der Flinte erwischte ihn direkt unter dem Brustkorb. Er stürzte auf die Knie und rang nach Luft. Er konnte kaum den Kopf heben, um Colin zu sehen, Allie wie erstarrt neben ihm.

»Gehen wir doch rein und reden über alles«, sagte Colin.

Er scheuchte Allie mit der Flinte vor sich her und ließ sie sich auf einen der Küchenstühle setzen. Dann ging er wieder raus und drückte den Lauf der Flinte unter Neals Kinn. »Kommst du nich hoch, Mann? Soll ich dir helfen, ja?«

Neal rappelte sich auf, stolperte hinein und ließ sich in den nächstbesten Stuhl fallen. Seine Rippen schmerzten, und er hatte Schwierigkeiten zu atmen.

»Das Wichtigste zuerst«, sagte Colin. »Wo sind die Bücher?«

»Im Schlafzimmer«, sagte Neal. Er erkannte Hardins Waffe.

»Ja, stimmt, Neal. Ich dachte erst, das andere Haus wär euer Versteck. Tja. Alice, Liebes, hol die Bücher, bevor ich Neal den Kopf abschieße, ja?«

Sie ging hinauf.

»Neal, Neal, Neal«, sagte Colin traurig. »Warum mußtest du's so schwierig machen?«

»Nimm die Bücher. Laß mir Alice.«

»Nein, ich glaube nicht. Ah, da is ja dein Schätzchen. Alice, mach den Koffer auf.«

»Beide Schlösser auf dreiundfünfzig«, sagte Neal.

Sie klappte den Koffer auf und stellte ihn auf den Tisch. Colin beugte sich vor und betrachtete die Bücher. »Besser spät als nie, was, Kumpel?«

Er fing an, sich wohlzufühlen. Er stützte die Flinte gegen die Hüfte, einen Finger am Abzug. Er zielte genau auf Allie. »Neal, Jungchen, wer ist der Käufer?«

»Ich sag dir den Namen, wenn du Allie gehen läßt.«

»Das ist ausgesprochen großzügig von dir, wenn man bedenkt, daß ich die Bücher, Alice und dieses Gewehr hab und du dir höchstens in die Hosen scheißen kannst.«

»Ich weiß den Namen.«

Colin ließ den Lauf etwas sinken und zielte auf Allies Knie. »Es wäre eine Schande, Neal, aber ich tu's.«

Sein Finger am Abzug wurde weiß. Allie war blaß geworden und biß sich auf die Unterlippe.

»Dr. John Ferguson, St. Wood's Street 11.«

Der Lauf schwang herum. Zeigte auf Neals Gesicht. »Wahrheit?«

Neal nickte.

»Wenn es nicht stimmt, Neal, dann nehm ich ein Messer und ihr hübsches Gesicht, und...« Er quiekte und schüttelte den Kopf.

»Es stimmt.«

»Ich glaube dir.« Er trat einen Schritt zurück, zielte immer noch auf Neals Gesicht. »Tja, Mann, ich hab noch nie jemanden erschossen...«

»Laß ihn, dann geh ich mit dir«, sagte Allie.

»Du kommst sowieso mit mir, Alice.«

»Ich mache, was du willst. Solange, wie du willst. Aber tu ihm nichts.«

Colin ließ Neal nicht aus den Augen. Er hatte ihn schon einmal unterschätzt. »Wie könnte ich dir glauben, Alice?«

»Ich weiß nicht. Ich schwör's!«

»Ich hab eine Idee.« Er fischte ein kleines Päckchen Stoff aus der linken Tasche und ließ es auf den Tisch fallen. Dazu ein kleiner, durchsichtiger Umschlag. »Koch es und spritz es, sei ein braves Mädchen.«

Alice nahm die Sachen. Er hatte alles dabei. Sie hielt ein Streichholz unter den Löffel, als Neal sagte: »Alice, nicht.«

Colin umklammerte die Flinte. »Schnauze.«

Ein Gewehr läßt einen die Welt aus einer ganz anderen Perspektive sehen. Alles, was Neal noch wollte, steckte in seinem stummen Gebet: Laß es nicht losgehen. Bitte laß es nicht losgehen.

Allie streifte sich den Gummiriemen über den Arm und zog

ihn stramm. Sie wählte eine Vene aus und setzte die Nadel an. Sie weinte. »Versprich es, Colin, du tust ihm nichts.«

»Ein Deal ist ein Deal.«

Neal kämpfte gegen seine Angst. Wenn er sie jetzt verlor, verlor er sie für immer. Sie würde es nicht noch einmal schaffen. Das Dope. Die Prostitution. Die Geister ihrer Vergangenheit.

Du hast es vermasselt, dachte er. Vermasselt. Du hast nichts von dem geschafft, was du wolltest.

Und du hast ihr nicht von ihrem Vater erzählt.

»Er ist nicht dein Vater«, sagte Neal. Ihm war schwindelig. Colins Finger am Abzug verkrampfte sich. Neal starrte in den Lauf des Gewehrs.

»Was?« fragte Allie. Die Spritze schwebte Millimeter über ihrem Arm.

»Schnauze!« schrie Colin. Nur noch ein bißchen mehr Druck, und die Flinte würde losgehen.

Neal fühlte sich, als wenn er durch seine Angst tauchte, sich zur Oberfläche kämpfte. »John Chase ist nicht dein Vater. Was er dir angetan hat, ist furchtbar, aber er ist nicht dein Vater. Vergiß das nicht.«

»Wer *bist* du?«

»Sie haben mich geschickt, um dich zu holen. Deine Mutter will dich wiederhaben, und John Chase ist nicht dein Vater.«

»Was redest du da für 'n Scheiß?«

»Die ganze Zeit...« sagte sie und schaute Neal entsetzt an.

»Nimm den Schuß, oder ich erschieß ihn. Jetzt!«

Sie starrte Neal einen ewig langen Augenblick an, dann schob sie die Nadel in ihre Vene.

»Allie, nicht!«

Sie drückte die Spritze leer. Ein starker Schuß. Nach ein paar Sekunden knickten ihre Knie ein, sie stützte sich auf dem Tisch ab, schüttelte den Kopf. Einmal, zweimal. Frieden überkam sie.

Neal sank zurück in seinen Stuhl.

»Gut«, sagte Colin. »Geh'n wir.«

Er packte den Aktenkoffer und schob Allie vor sich her zur Tür.

»Tschau, Kumpel.«

Allies Versuch war schwach und heroinlangsam, aber ihre Fingernägel bohrten sich in sein Fleisch, und er konnte nicht zielen.

Der Schuß erwischte Neal in der Brust und ließ ihn zu einem blutigen Haufen auf dem Boden zusammensacken.

Colin stieß Allie den Griff des Gewehrs in den Bauch, beugte sich über Neal, fühlte nach dem Puls. Nichts. Er packte Allie am Arm und zerrte sie nach draußen zum Motorrad.

Neal hatte erst den Schmerz gespürt, dann ein müdes, blutiges Gewicht auf seinen Augen und seiner Brust und dann gnädige Ruhe.

34

Dr. Ferguson war nicht sonderlich erstaunt, daß ihn jemand um diese Zeit anrief. Manchmal wünschte er sich, er wäre Spezialist geworden, was vor allem spezielle Sprechstunden bedeutete, aber meistens war er mit sich und seiner Arbeit zufrieden. Dr. Ferguson hatte eine öffentliche Leidenschaft für Bücher, eine private Leidenschaft für seine Frau, und er liebte Forellenangeln über alle Maßen.

Für einen wohlhabenden Mann lebte er recht bescheiden. Er investierte sein Geld in wichtige Dinge wie seltene Bücher und einen Anteil an einer Forellenzucht. Also nutzte er einen Teil seines Wohnhauses in St. John's Wood als Praxis und untersuchte die meisten seiner Patienten entweder dort oder im Krankenhaus. Als das Telefon an jenem Abend klingelte, war seine Sprechstundenhilfe längst gegangen.

Selten warnten ihn Anrufer, sie ja nicht zu unterbrechen, und Ferguson lauschte interessiert und leicht verärgert dem hastigen Gebrabbel dieses jungen Unterschicht-Bürgers. Er ließ zehn Sekunden Stille verstreichen, bevor er antwortete.

»Ah«, sagte er, »darf ich jetzt etwas sagen?«

Nach einer entsprechenden Antwort sagte er: »Zuerst wüßte ich gern, wie Sie in den Besitz dieser Bücher gekommen sind...

Doch, das *geht* mich etwas an, schließlich fragen Sie mich ja, ob ich sie kaufen will... Aha. Aha... Nein, heute abend paßt es mir gar nicht... Ja, da bin ich sicher. Ich mache nachts niemals Geschäfte... Ganz egal, was man Ihnen gesagt hat. Ich kenne im übrigen einen Mr. Carey, aber der ist Tabakhändler, und ich glaube nicht, daß er... Die früheste Möglichkeit, Sie zu sehen, wäre, lassen Sie mich nachdenken, morgen um halb zwei... Ja? Und Ihr Name?... Nun, ich sollte ihn schon erfahren... Ja, Mr. Smythe, ich freue mich auf Ihren Besuch. Halb zwei morgen nachmittag. Auf Wiederhören.«

Nachdem der scheinbar ziemlich verzweifelte junge Mann aufgelegt hatte, ließ Ferguson sich mit einem Glas Whiskey nieder und durchforstete sein Hirn nach einem Neal Carey, der etwas mit Büchern zu tun haben könnte. Nach einer Stunde hatte er die Antwort gefunden.

Allies Welt war eine diffuse Mischung aus Leid und Schlaf. Sie lag in dem heruntergekommenen Appartement in Bayswater, in das Colin sich zurückgezogen hatte, erwachte aus ihrem Drogenschlaf, dachte an Neal und litt. Das dauerte nie lange, denn Vanessa verpaßte ihr schnell den nächsten Schuß. Ein bißchen Stoff, und sie schlief wieder ein.

Eine Weile glaubte sie, sie hätte die lange Reise nach London vielleicht nur geträumt, auf der sie sich an Colin festgekrallt hatte, während er nach Hause gerast war. Sie hatten nur drei- oder viermal haltgemacht – sie konnte sich nicht genau erinnern –, um zu tanken und damit Colin sie hinter das Klo zerren und ihr eine Spritze geben konnte. Sie wußte, daß sie eine Gefangene war, aber nach einer Weile wußte sie nicht mehr, warum. Sie konnte sich daran erinnern, wie das Gewehr losgegangen war, und an das Blut, soviel Blut. Sie konnte sich erinnern, daß sie sich die ersten beiden Male gegen Colin gewehrt hatte, aber dann hörte sie damit auf, und schließlich krempelte sie einfach nur den Ärmel hoch und streckte ihren Arm aus. Mittlerweile wurde sie bereits ungeduldig, wenn Nessa sich mit dem Stoff verspätete.

Sie lag im kleinen Hinterzimmer einer winzigen Wohnung im dritten Stock. Crisp oder Vanessa waren stets bei ihr, und manchmal kam ein junger Orientale und sah nach ihr. Sie konnte Colin in einem anderen Zimmer sprechen hören – aber nur er redete. Telefon. Ihr war's egal. Sie wollte nichts als den nächsten Schuß. Der ließ sie schlafen und brachte schöne Träume: Träume, in denen das Blut aus Neals Herz in die Luft flutete und zu einem leuchtenden Rosenstrauß wurde; in denen sie bis zum Grund eines tiefen, kalten Teiches tauchte und ihn dort fand, lächelnd, und er so tat, als ob er schliefe; Träume von endlosem Schlaf auf warmen, weichen Wolken, die langsam über die Stadt trieben, und sie konnte alles und jeden sehen.

Bald gab es keinen großen Unterschied mehr zwischen Wachen und Schlafen, und das war Allie nur recht. Sie hatte das wahre Leben ausprobiert, und es hatte sie schnöde im Stich gelassen.

Crisp und Vanessa waren auch Gefangene. Gefangene des dummen Deals, den Colin mit Dickie Huan gemacht hatte.

»Macht euch keine Sorgen«, hatte er gesagt. »Nur noch eine kleine Transaktion, und wir schwimmen in Kohle.«

Nur noch eine kleine Transaktion, dachte Colin. Er war nervös und haßte es, sich das einzugestehen. Einen Deal mit einem Oberschicht-Doktor zu machen ängstigte ihn, und das verletzte seinen Stolz. Dieser Hurensohn hatte so verdammt cool geklungen, so reserviert. Er hatte mit Colin in genau demselben beschwichtigenden Ton gesprochen, den er sich von diesen Leuten schon sein ganzes Leben lang anhören mußte, und vor ihm sein Dad. Na, egal, das Geld des alten Sacks zu nehmen war Rache genug.

Und er brauchte das Geld – um Dickie zu bezahlen und um sich eine Weile zurückzuziehen. Bei Gott, er hatte Neal nicht umbringen wollen, oder? Vielleicht doch. Aber vielleicht hätte er nicht geschossen, wenn Neal ihn nicht angegriffen hätte. Dieser dumme Bastard. Colin hatte schon ein paar Jungs mit dem Messer fertiggemacht, aber nie bis zum bitteren Ende. Es war wirklich eklig. Aber dann erinnerte er sich an Dickie Huans Jungs. Besser Neal als ich, dachte er, und er hat mich reingelegt... Die ganze Asche... und Alice.

Alice. Was sollte er mit Alice machen? Sie würde ihre Klappe nicht halten, oder? Natürlich würde niemand einem Junkie-

Schwein wie Alice glauben, aber trotzdem. Vielleicht würde Dickie sie nehmen, als eine Art Bonus. Nein, nicht gut. Wenn sie es Dickie verriet, wäre das das Ende. Dickie hätte ihn in der Hand und könnte von ihm fordern, was er wollte.

Nein, Amsterdam war die richtige Antwort. Komm mit Onkel Colin in Urlaub. Sollte sie sich doch in der Damestraße in einem Fenster vergnügen. Sie würde es nicht lang machen.

Amsterdam war gut. Und er konnte Dickies verdammtes Heroin da auch für einen besseren Preis verticken.

Genau. Aber zuerst mußte er das verfluchte Buch verkaufen. Es war erst 10 Uhr 30. Noch drei Stunden. Gott.

Soviel Scheiß kann in drei Stunden passieren. Er warf Crisp, der auf dem Boden saß und eine Tüte mit irgendeinem Knabberkram leer fraß, einen Blick zu. Er mußte ihn irgendwie loswerden. Er hätte nichts davon, sich mit seinem neuen Reichtum auf dem Kontinent niederzulassen, nur um diesen Idioten und seine häßliche Schnalle um sich zu haben.

»Ich ruf an, wenn ich fertig bin, dann könnt ihr hier raus. Bringt Alice zum Piccadilly, und ich schlepp sie zu ihrem Scheißfreund.«

»Neal scheint die Sache ganz schön leicht zu nehmen«, sagte Crisp. Colin hörte das Mißtrauen in der sonst unterwürfigen Stimme.

»Ich hab mich um Neal gekümmert.« Er mußte Crisp loswerden. Der Sack wurde aufmüpfig. »Laß dir das eine Lehre sein.« Colin gönnte sich ein paar Extra-Minuten vor dem Spiegel, um sich einen Schlips umzubinden, einen kastanienbraunen Strickschlips zum Musselin-Jackett, Pink-Hemd und grauer Hose, die er für diesen Anlaß ausgesucht hatte. Dann zog er die Kroko-Slipper an und guckte, ob sie glänzten. Er würde diesem Oxbridge-Scheißer zeigen, daß er Klasse hatte. Er sah lächerlich aus.

»Na, dann tschau«, sagte er. »Ich geh unser Vermögen verdienen.«

»Schönen Tag im Büro, Schätzchen«, sagte Crisp. Er hoffte nur, daß Colin es nicht wieder vermasselte.

Colin klopfte Huans Wächter auf die Schulter. »Wollen wir uns ein Taxi teilen, Sportsmann?«

Rich Lombardi hatte es eilig. Der Parteitag würde in Kürze beginnen, und der Senator wartete in seiner Suite auf das große Meeting, um zu entscheiden, was sie ohne die kleine Allie tun würden.

Es war ein Problem, denn die kleine Allie würde nicht auftauchen. Nenn ihre Geschichte *Kleines Mädchen auf der Flucht.* Na, er würde sich was ausdenken, für die Presse. Das tat er immer.

Er stopfte sein Hemd in die Hose, richtete seine Fliege und lächelte das Mädchen auf dem Bett an. Sie lächelte zurück. Sie war jung, blond, hatte leuchtend blaue Augen und wollte im Büro des Senators arbeiten, im nächsten Sommer, wenn sie mit der High-School fertig war. Das ließe sich vielleicht arrangieren.

Rich Lombardi liebte seinen Job.

»Muß los«, sagte er. »Treffen mit dem Senator.«

Er hastete zur Tür hinaus, an der kleinen Nische mit dem Cola-Automaten vorbei – an dem kleinen Mann mit nur einem Arm vorbei, der sich hinter dem Cola-Automaten versteckte.

Graham hatte kein Problem, die Zimmertür aufzubekommen.

Colin atmete tief durch und klingelte.

Dr. Scheiß-Ferguson ließ sich Zeit. Colin versuchte, sich zu beruhigen. Das war's, Mann, der Ausbruch. Laß dir von dem Arsch nichts erzählen, dachte er. Du hast, was er will.

Ferguson war ein kleiner Mann, vielleicht Anfang Fünfzig, elegant gekleidet.

»Mr. Smythe, nicht war?«

»Dr. Ferguson, nehme ich an?«

Nur, um ihm zu zeigen, daß ich keine Angst vor ihm hab.

»Kommen Sie doch herein.«

Nett. Nettes Haus. Antike Möbel. Jagdbilder an den Wänden. Und natürlich Bücher.

»Sie haben das Objekt bei sich, hoffe ich.«

Colin zeigte auf den Aktenkoffer in seiner Hand.

»Darf ich es sehen?«

»Darf ich das Geld sehen?«

Ferguson setzte sich und bot Colin einen Stuhl an. »Sie sind neu in diesem Metier, Mr. Smythe. Zuerst die Ware, und wenn sie mir gefällt, dann reden wir übers Geld.«

Colin legte den Koffer auf seinen Schoß und öffnete ihn. Er gab Ferguson die Bücher.

Der Doktor schlug den ersten Band auf, betrachtete das Cover, die Bindung, die ersten paar Seiten. Dann untersuchte er die anderen drei Bände.

»Die stammen aus Simon Keyes' Sammlung. Ich bin überrascht, daß er sich von ihnen getrennt hat.«

»So was passiert.«

»Ah, ja...«

Colin beugte sich vor. »Lassen wir doch diesen Quatsch. Sie hatten eine Vereinbarung mit Neal Carey. Ich agiere als, sagen wir mal, sein Agent. Dieselben Bedingungen.«

»Und wie haben Sie diese Bücher von Mr. Carey bekommen?«

»Ist das wichtig?«

»Nein.«

Komm schon, komm schon, dachte Colin. So dicht dran. Mach jetzt nichts falsch.

»Zehntausend, nicht wahr?« fragte Ferguson ihn.

Colin grinste. »Zwanzig, leider.« Arschloch.

»Ah, ja.«

Ah, ja. Zwanzigtausend süße Mäuse, und Colin ist frei. Ich mach aus den zwanzig fünfzig, schneller als deine Schwester die Hosen runterläßt.

»Nehmen Sie einen Scheck?«

Colin starrte ihn entgeistert an.

Ferguson kicherte. »Nur ein kleiner Scherz.«

Ich mach auch gleich einen kleinen Scherz mit dir, du Scheißer. Zwanzigtausend Eier sind vielleicht Spielgeld für dich; aber es ist mein verdammtes Leben.

»Ihnen ist klar«, fuhr Ferguson fort, »daß ich diese Lieferung vor einigen Wochen erwartet habe?«

»Es gab Probleme.«

»Offensichtlich.«

Nein. Gott, nein! Laß jetzt nichts schiefgehen.

Der beschissene Hurensohn brauchte Stunden, um seine verdammte Pfeife anzuzünden. Dann sagte er: »Zu Ihrem Glück, Mr. Smythe, muß ich zugeben, daß ich für diese Bände jemanden umbringen würde.«

Um ehrlich zu sein, Dr. Ferguson, ich *habe* jemanden dafür umgebracht.

»Dann macht es Ihnen sicher nichts aus, mir mein Geld zu geben.«

Ferguson zeigte mit seiner Pfeife auf eine geschlossene Tür. »Gehen wir in die Bibliothek?«

Ja, das sollten wir Gott verdammt noch mal tun, wenn du da die Scheine hortest. Colin dachte kurz daran, dem Bastard eins über die Birne zu ziehen, entschied sich aber dagegen. Nicht gierig werden.

»Nach Ihnen.«

Colin betrat die Bibliothek.

»Hallo, Kumpel.«

Colin zwinkerte. Zweimal.

»Ist etwas nicht in Ordnung, Mr. Smythe?« fragte Ferguson. »Sie schauen aus, als hätten Sie einen Geist gesehen.«

Colin erholte sich schnell. »Neal... schön, dich zu sehen, Mann.«

Seine Großmutter sollte auf der Stelle tot umfallen, wenn es nicht Neal war, der dort saß. Er sah nicht allzu gut aus, aber viel besser als das letzte Mal, wo Colin ihn gesehen hatte. Er war blaß wie eine Nonne bei einer Orgie, sein Hemd stand offen, und eine blutige Bandage bedeckte seine Brust. Und er sah müde aus, sehr müde, total erschöpft, was nicht das Schlechteste war, wenn man bedachte, daß er tot gewesen war.

»Guter Gott, Neal, die Flinte hatte einen empfindlichen Abzug, nicht wahr?« Neal antwortete ihm nicht. Er lächelte auch nicht. Saß einfach nur da und starrte ihn an. Vielleicht war er doch tot.

»Als ich«, sagte Ferguson, »auf meine erste Vogeljagd mitgenommen wurde, brachte mein Vater mir bei, immer, immer die Ladung zu überprüfen. Mit zu starker Munition macht man den Vogel kaputt. Mit zu schwacher Munition verwundet man ihn nur. Und wenn man Steinsalz lädt... verliert man den Vogel.«

Colin drehte sich auf dem Absatz um. »Yeah, gut, du dreifach geficktes dummes Stück Affenscheiße, mein Dad war mit mir nie auf Vogeljagd, und was im Namen von Lord Nelsons Würstchen ist Steinsalz, wo wir schon dabei sind?«

»Immer mit der Ruhe.« Dieser Beitrag kam von einem Schrank in der Ecke, und bei Gott, wenn das nicht Hatcher war, dieser Schnüffler aus der Vine Street, der sich nicht mal von Dickie Huan bestechen ließ. Und er hatte die Handschellen schon rausgeholt. Die ganze Sache wurde zu Scheiße. Denk nach, Colin, denk nach.

»Wo ist Allie?«

Danke, Neal, Gott sei mit dir, Kumpel. Auf dich kann ich immer zählen.

»Ich weiß nicht, Neal.«

»Mach keinen Scheiß, Colin. Ich nehm dich mit raus und erschieß dich.« Colin war nicht gerade begeistert, daß Hatcher nickte.

»Aber vielleicht kann ich's rauskriegen«, sagte Colin.

Colin schwitzte, während Neal und der Cop sich ansahen.

»Hatcher?« fragte Neal.

Hatcher strich sich übers Kinn. Er dachte nach, was Cops ja nicht ganz leichtfällt, wie Colin wußte.

»Ich möchte ja keine Schwierigkeiten machen«, sagte Hatcher, »aber das läßt mich, wie bisher, draußen in der Kälte stehen, und ich darf durch das Fenster auf den Weihnachtspudding gucken. So, wie ich Sie verstehe, möchten Sie Ihr Mädchen zurückhaben... Mr. Keyes soll seine Bücher zurückkriegen. Dieser junge Punk kommt ungestraft davon.«

Sie mußten ein nettes Gespräch gehabt haben, bevor er gekommen war. Überließen es dem schmierigen Cop, ein hübsches Arrangement zu finden. Bloß war es nicht so hübsch. Selbst wenn ich diesen Raum als freier Mann verlasse, muß ich mich noch mit Dickie rumschlagen...

Der Cop sagte: »Wenn ich einen Vorschlag machen darf. Warum laßt ihr mich nicht mit dem jungen Mann unter vier Augen sprechen, und ich wette mein nächstes Monatsgehalt, daß Sie Ihr Mädchen schneller wiederhaben, als eine schottische Beerdigung vorbei ist.«

»Und dann?«

Verdammt, Neal, mach ihm nicht auch noch Mut!

»Dann verhafte ich unseren Freund hier wegen einer Reihe Verbrechen gegen die Krone und ernte dafür vielleicht wenigstens ein Schulterklopfen von meinen dankbaren Vorgesetzten.«

Neal sah Hatcher an. »Viel Spaß«, sagte er und stand auf. Langsam, es tat immer noch weh.

»Warte mal«, sagte Colin. »Nicht so eilig.«

Er grinste Hatcher so gut es ging an. »Wie gefiele es Ihnen, ein Superstar zu werden?«

Neal machte es sich auf dem Bett in Fergusons Gästezimmer bequem. Der Doktor hatte darauf bestanden, daß er sich hinlegte, und Neal hatte nichts dagegen. Es würde sowieso eine Weile dauern, bis jetzt wieder etwas passierte. Seine Brust tat weh. Als die Ladung ihn erwischt hatte, hatte er gedacht, er wäre tot. Er war sich sicher, daß sein Herz einen Augenblick stehengeblieben war und daß die reine Kraft des Schusses ihn umgeworfen hatte und die Luft aus seinen Lungen gepreßt hatte. Er erinnerte sich, daß er zu Boden gestürzt war. Danach war es schwarz vor seinen Augen geworden.

Er war zu sich gekommen, als der Collie sein Gesicht leckte und an seiner Nase schnüffelte und Hardin sich über ihn beugte. Der zähe alte Schafhirte half ihm aufzustehen und säuberte die Wunden. Er sterilisierte sein Messer mit der Flamme eines Streichholzes und pulte damit die Salzkörner, die immer noch in Neals Fleisch steckten, heraus. Dann stellte er Neal einige unangenehme Fragen.

Als er die Geschichte gehört hatte, ließ Hardin Neal im Cottage warten und kam eine Stunde später mit einem alten Bedford-Laster zurück. Erst fuhren sie ins Dorf, wo jeder von ihnen einen Whiskey trank. Danach rief Neal in London an. Ferguson hatte bereits von einem »Mr. Smythe« gehört und sich an Neals Namen erinnert. Er hatte vermutet, daß Neal aus irgendeinem komischen Grund seinen Gastgeber betrogen hatte, indem er ihm seinen wertvollsten Besitz nahm, und Ferguson wollte schon die Polizei rufen. Er erklärte sich bereit zu warten, bis Neal ihm die Story selbst erzählen würde. Dann konnte er immer noch die Bullen rufen.

Die lange Fahrt nach London in dem holprigen alten Truck war eine Qual, und jedes Schlagloch schickte einen brennenden Schmerz durch Neals Brust. Als sie am frühen Morgen bei Ferguson ankamen, ging es Neal sehr schlecht.

»Guter Gott, Mann«, sagte Ferguson, während er Hardin half, Neal hereinzutragen. »Was, um alles in der Welt, ist Ihnen passiert?«

Sie trugen Neal in den Untersuchungsraum und legten ihn auf den Tisch. Der Doktor bearbeitete Neal mit Tupfern, Skalpell und Zangen, behandelte die ganze blutige Angelegenheit mit Sulfatsalbe und piekte Neal mit allerlei Nadeln, injizierte ihm Antibiotika und bei der Gelegenheit auch gleich eine Tetanus-Impfung. Er wollte Neal ein paar Schlafpillen geben, aber er lehnte sie ab. Er mußte dem Doktor unbedingt von Allie erzählen.

Ferguson hörte Neal sehr skeptisch zu. Er war immer noch dafür, die Polizei einzuschalten, auch nachdem er Neals Version der Geschichte akzeptiert hatte. Neal mußte all seine verbleibende Energie aufbieten, um ihn davon zu überzeugen, daß dies das Ende des Falles Allison Chase wäre. Schließlich schlossen sie einen Kompromiß. Neal rief im Piccadilly Hotel an. Wenig später traf Hatcher bei Ferguson ein.

Bei einem Whiskey im Arbeitsraum des Doktors wirkte die Sache sehr zivilisiert, beinahe wie ein Spiel. Neal mußte sich alle Mühe geben, wachzubleiben, während sie einen Hinterhalt planten, eine Falle, die – wenn sie funktionierte – auch Allie befreien würde.

»Er bringt sie bestimmt nicht mit«, sagte Neal.

Ferguson stimmte ihm zu. »Nein, dafür ist er zu gerissen.«

»Dann, Gentlemen«, sagte Hatcher, »können wir nur eins tun. Den Stiefel auf seine Eier stellen... und zutreten.«

Neal verabschiedete sich von Hardin an der Tür.

Der Schäfer schüttelte seine Hand und sagte: »Sie haben dem Hund und mir einige Aufregung verschafft. Darauf legen wir nicht sonderlich viel Wert.«

»Tut mir leid.«

»Ich nehme an, wir werden weder Sie noch die junge Lady wiedersehen.«

»Das nehme ich auch an.«

»Ich bin froh, daß ich die Flinte fürs Krähenschießen geladen hatte, junger Mann.«

»Und ich erst.«

Hardin schwieg einen Augenblick, dann sagte er: »Das ist eine gute junge Frau.«

»Ja, das ist sie.«

»Ich hoffe, Sie bekommen sie heil zurück.«

»Das werde ich.«

Es war neun Uhr morgens, als Neal sich zum Schlafen hinlegte. Er war zu müde, um einzuschlafen. Er dachte an Allie. Dasselbe passierte am Nachmittag, als er versuchte, zu schlafen. Zuviel war geschehen. Ferguson hatte die richtigen Leute angerufen und zwanzigtausend Pfund in bar organisiert. Ein ausgesprochen nervöser junger Bankangestellter erschien ein paar Stunden später mit dem Geld.

»Sehr ungewöhnlich, das«, sagte er zu Ferguson.

Colin starrte sehnsüchtig die Geldnoten an.

»Eine Schande, Neal«, jammerte er. »Eine verdammte Schande.«

»Hau ab«, sagte Neal, »bevor ich es mir anders überlege.«

»Okay, Kumpel.«

Colin ging, in einiger Entfernung folgte Hatcher ihm. Eine Stunde später klingelte das Telefon.

»Hallo, Neal«, sagte Colin. »Vier Uhr, Piccadilly Circus. Sie bringen sie mit. Sie erwarten mich.«

»Colin! *Wie geht es ihr?*«

Stille. »Na ja, Mann, du kennst ja die Junkies.«

Dickie konnte es kaum glauben, aber da waren sie. Zwanzigtausend Pfund, hübsch gebündelt in einem Aktenkoffer, und Colins dummes Gesicht grinste darüber hinweg.

»Ich hoffe nur, Sie verkaufen mir guten Stoff, Dickie.«

»Sag jetzt nichts, Colin.«

»Okay.«

Der Kellner brachte zwei kleine Gläser mit heißem chinesischen Reiswein. »Alle guten Deals fangen mit einem Toast an«, sagte Dickie. »Auf unsere neue Beziehung. *Gan bei*, Hintern hoch.«

»Hintern hoch«, sagte Colin. »Und jetzt laß uns den Stoff holen.« Hintern hoch, o ja – da, wo du verschwindest, du fetter Sack.

Vanessa hatte einige Mühe, Allie aus dem Bett zu werfen. Sie mußte ihr einen Extra-Schuß versprechen, wenn sie ein braves Mädchen wäre und jetzt mitkäme. Sie schafften sie ohne weitere Probleme in die U-Bahn und stiegen am Piccadilly aus. Allie war friedlich wie ein Lämmchen.

»Sie ist ein Zombie«, sagte Crisp.

»Das ist Colins Problem«, sagte Vanessa. Sie hoffte nur, daß es keine Schwierigkeiten mit dem Geld gab. Sie wollte sich und Crisp vor diesem Irren in Sicherheit bringen.

Auf dem Piccadilly Hotel war es voll und laut. Sirenen jaulten durch die Nachmittagshitze, und sämtliche Cops aus ganz London schienen Richtung Soho unterwegs zu sein. Das beunruhigte Vanessa, die nur noch Colin finden, ihn einmal durchschütteln und abhauen wollte.

Bloß war Colin nicht da. Sondern Neal.

Der Platz war voller Touristen und ausgeflippter Kids. Sie fielen nicht weiter auf.

»Wo ist Colin?« fragte Vanessa. Crisp stand hinter ihr. Er traute Neal nicht.

Neal lauschte den Sirenen. Wahrscheinlich wurde Colin mit seinen zwanzig Mille Kitteredge-Geld gerade eingefahren. »Vermutlich im Knast.«

Vanessa nickte. Verlieren war auch eine Lebensform.

Allie starrte Neal an. Das war einer ihrer besten Träume,

und sie hatte nicht mehr viel intus. »Neal?« fragte sie. »Bist du das?«

»In Fleisch und Blut.«

Sie nahm sein Gesicht in beide Hände und sah ihm in die Augen. Ging ganz nah ran. »Neal, ich bin sehr froh, dich zu sehen, aber mir geht's gar nich gut.«

»Das ist okay.«

»Als würde die Stadt... umherwandern... alles ist so *whooosch, whooosch,* ja? Geht es dir auch schlecht?«

»Ich glaube schon.«

Sie umarmte ihn. »Gott sei Dank. Ich wollte nicht die einzige sein. Wollte nich alleine sein. Du glaubst, ich erinner mich nich mehr, aber ich tu's. Sie ham dich geschickt, um mich zu hol'n. Mum und Dad, hast du gesagt. Bringst du mich nach Hause? Zu Mum und Dad? Nein, Neal, das tust du nicht, oder?«

»Nein.«

»Versprochen?«

»Versprochen.«

»Gut, gut, gut.« Dann sah sie ganz ernst drein. »Können wir jetzt gehen?«

»Ja.«

»Ich liebe dich, Neal.«

»Ich liebe dich, Allie.«

Neal ging mit ihr zur Oxford Street, um ein Taxi zu ergattern. Er wollte sie so schnell wie möglich zu Ferguson bringen. Er war keine fünfzig Meter weit gekommen, als er sie hörte. Schritte, hinter ihm – keine Profis. Er ging schneller und lauschte. Sie wurden auch schneller. Konnte er sich eine Pause leisten, selbst wenn ein Taxi wartete? Würde es ein Messer sein oder wieder ein Gewehr? Er dachte an den Schuß; schüttelte die Angst ab. Er ging wieder etwas langsamer, hielt Allie aber fest um die Taille gepackt. Die Schritte kamen näher. Crisp tauchte auf der einen Seite auf, Vanessa auf der anderen.

Neal ging weiter. »Wollt ihr was?«

»Wir haben da ein Problem«, sagte Vanessa.

»Nicht meine Sache.«

Crisp packte ihn am Arm. »Hör mal, Kumpel...«

Neal zog seinen Arm weg. »Ich bin nicht dein Kumpel, und wenn du mich weiter nervst, dann bring ich dich auf der Stelle um.«

Neal glaubte nicht, daß er Crisp umbringen wollte oder könnte, aber es klang einfach gut.

»Wie gesagt. Wir haben da ein Problem. Mit Colin und dem Knast und so.«

»Eure Freunde sind euer Problem, nicht meins.«

Vanessa mußte beinahe rennen, um mit ihm mitzuhalten. »Das stimmt nicht so ganz, weißt du.«

Sie hielt ihm eine Zeitung unter die Nase. »Guck dir das mal an.«

Newsweek, aufgeschlagen. Ein Foto von John Chase, seiner Frau Liz und seiner Tochter Allie.

Neal versuchte, zu bluffen. »Und?«

Vanessa war zäher und pfiffiger, als er erwartet hatte. »Spar dir das«, sagte sie.

Neal ließ den Kopf sinken. Er war so müde. Er sah wieder auf.

»Was wollt ihr?«

»Weg von hier.«

Er dachte ein paar Sekunden darüber nach. Es war machbar. »Und woher weiß ich, daß ich euch trauen kann?«

»Du mußt gerade von Vertrauen reden.«

Wie wahr.

»Okay, ich denk darüber nach. Geht zurück in die alte Wohnung. Ich ruf euch heute nacht an.«

Sie ließ seinen Arm los. »Mitternacht, Neal. Oder wir werden sehen, ob *Newsweek* meine Bilder von Allie drucken will.«

Crisp grinste ihn noch einmal dumm an, und dann verschwanden die beiden. Neal winkte ein Taxi heran und nannte Fergusons Adresse.

»Wo fahr'n wir hin?« fragte Allie.

»Schlafen.«

Sie kniff die Augen zusammen wie eine schlechte Schauspielerin, die einen bösen Verdacht hegt. »Du bringst mich nicht nach Hause, oder, Neal?«

»Nein.«

»Versprochen?«

»Versprochen.«

Sie glaubte ihm und schlief noch im Taxi ein. Ferguson und er trugen sie ins Bett.

35

Lombardi reichte Ed Levine den Hörer.

»Für Sie.«

Ed war dankbar für jede Unterbrechung der angespannten Atmosphäre in dem Hotelzimmer, in dem John Chase beinahe krepierte vor Wut.

»Also, Ed«, sagte die Stimme, »wo willst du sie hinhaben? Providence... Newport... New York?«

»Carey, du verdammter Hurensohn. Wo bist du?«

»Ich bin bei Allie Chase.«

»Du hast sie.«

Augenblicklich hörten alle zu: Köpfe schossen hoch, Ohren richteten sich auf.

»Natürlich hab ich sie, was denkst du denn? Man nennt mich nicht umsonst den Besten.«

Levine deckte die Sprechmuschel mit der Hand ab. »Er hat sie«, sagte er zu Chase und Lombardi.

»Wie geht es ihr?« fragte Lombardi hastig.

»Wie geht es ihr?«

»Gut genug für ein hübsches Bild. Aber ich glaube, ihr solltet die Talkshow absagen.«

Chase lächelte. Lombardi mixte sich einen Gin Tonic.

»Wir beide müssen einiges bereden, Neal«, nörgelte Ed.

»O ja, darauf kannst du deinen fetten Arsch verwetten.«

»Deine Mutter...«

»Ed, nimm dir einen Stift und schreib's dir auf. Es ist nicht ganz einfach. British Air, Flug eins sieben sieben. Kennedy Airport, zwei Uhr nachmittags – morgen. Das ist übrigens der erste August. Vielleicht kannst du dir freinehmen und uns abholen.«

»Wenn du uns reinlegst...«
Neal hatte aufgelegt.

Neal sah nach Allie. Sie war immer noch bewußtlos. Graham hat wie immer recht gehabt, dachte er, während er das schlafende Mädchen betrachtete. Verrat ist die Basis jeder Undercover-Arbeit. Er hatte ihn im Blut. Dann ging er wieder telefonieren.

Grundsätzlich mochte Joe Graham die Telefonate anderer Leute lieber als seine eigenen. Er saß in seinem Appartement, vier Bier von einem Sechserpack waren schon weg, und sie waren gerade beim siebten Inning im TV, als das Telefon dreimal klingelte. Als Hoyt dran war und einen ganz flachen Wurf losließ, klingelte es wieder. Diesmal nahm Graham ab.

»Dad!« sagte eine fröhliche Stimme.

»Mein Sohn, es ist lange her.«

»Treffen wir uns.«

Neal dachte noch einmal darüber nach, dann wählte er Colins alte Nummer. Vanessa ging ran. »Yeah?«

»Auf welche Namen sind eure Pässe ausgestellt?«

Er ließ sie sich zweimal buchstabieren, sagte ihr, wann und wo sie sich mit ihm treffen sollten, und legte auf. Zehn Minuten später hatten Miss Vanessa Brownlow und Mister Harold Griffin zwei Reservierungen mit British Air von Heathrow nach Boston. Dann rief Neal Hatcher an.

Heathrow Airport am Sonntagmorgen ist der achte Kreis der Hölle. Drei Viertel der Weltbevölkerung begrüßen oder verabschieden das verbleibende Viertel und machen aus dem armen alten Terminal drei einen Marktplatz der Menschlichkeit. Laß Mutter Teresa ein paar Stunden dort verbringen, und sie kauft sich eine Machete.

Neal Carey freute sich. Er hatte Allie im Schlepptau und hielt in der anderen Hand eine Dosis Thorazine, drängelte sich zum BA-Schalter vor, zahlte für Allies und sein Ticket mit Plastik, für Crisps und Vanessas in bar. Bestechung ist nicht absetzbar. Er schlug einen Bogen um die verstopften Rolltreppen und ging zu Fuß die Treppe hoch in den Abflugbereich.

Hatcher ist ziemlich gut, bemerkte Neal. Er blieb extra sechzig Meter zurück und schob sich ohne jede Schwierigkeit durch die Menge. Ein Grahamismus fiel Neal ein: Ein Zivilist sieht die Menschenmenge, ein Beschatter den Weg durch sie hindurch. Neal betrat mit Allie eine Buchhandlung, kaufte ein paar Zeitschriften, die ihr zu gefallen schienen und für sich eine Taschenbuch-Ausgabe von Peebles *Kleine Einführung in die Geschichte Schottlands*. Hatcher überließ sie einen Augenblick sich selbst und checkte die übervolle Cafeteria. Nach ein paar Minuten kehrte er zurück und nickte Neal zu.

Crisp und Vanessa warteten in der Cafeteria, und sie waren alleine. Dieses eine Mal hatten sie nichts falsch gemacht. Neal hatte zwar auch nicht geglaubt, daß die beiden so doof wären, sich Allie mitten auf dem Heathrow Airport wieder zurückzuholen. Aber er wollte lieber kein Risiko eingehen.

Sie hatten irgendwie einen Tisch erobert und ignorierten die faule Kellnerin ebenso wie die Blicke der Pakistanis, Inder und Afrikaner, die sie recht merkwürdig zu finden schienen. Neal setzte sich zu ihnen, Allie ebenfalls.

Er schob Vanessa die Tickets hin. Sie starrte sie an und fragte: »Warum Boston?«

»Glaubst du, ich will euch in New York über den Weg laufen?«

»Traust du uns nicht?«

»Vielleicht möchte ich auch nur einfach nicht von einem Fotografen der *Newsweek* erwartet werden. Auf diese Weise ist es nicht ganz so leicht für euch, mich reinzulegen.«

Das schien Vanessa nicht zu gefallen. »Wie soll ich denn dann nach New York kommen?«

»Ist mir doch egal. Siehst du den großen Typen da an der Theke? Tee, Toast, Würstchen? Das ist ein Bulle.« Neal unterbrach Crisps Protest. »Ich möchte nur sicherstellen, daß alles seine Ordnung hat. Habt ihr schon mal einen Transkontinentalflug gemacht? Ihr geht mit euren Tickets und Pässen runter und checkt ein. Da nehmen sie euch die Taschen weg. Dann geht ihr durch die Sicherheitskontrolle. Wieder Pässe und Tikkets. Nur damit alles wasserdicht ist, treffen wir uns in der Cafeteria im Wartebereich wieder. Da geb ich euch dann euer Geld.«

»Du bist ein mißtrauischer Bastard«, sagte Crisp.

»Wie das wohl kommt?«

Er ließ sie von Hatcher bis zum Check-in beobachten und trank seinen Kaffee aus. Dann sagte er zu Allie: »Wir gehen jetzt zum Flugzeug.«

»Wohin fliegen wir?«

»Hab ich dir doch schon gesagt: L. A.«

»Disneyland. Ich will auf dem Elefantendings fliegen.«

»Dumbo?«

»Uh-huh.«

»Ja, Dumbo mag ich auch.«

»Bringst du mich in L. A. wieder runter vom Stoff?«

»Wenn du willst.«

»Ich will.«

»Dann ja. Komm.«

Die Lady hinter dem British-Air-Schalter war wie alle Ladies an allen British-Air-Schaltern: kühl und höflich.

»Ich habe einen Gang und ein Fenster für Sie, Mr. Carey.«

»Hervorragend.«

»Schönen Flug.«

Die Schlange vor der Security war elend lang. Es dauerte ewig. Neal machte das nichts aus. Sie hatten noch mehr als genug Zeit, und ihm war es ganz recht, wenn die Maschine nicht mitten über dem Atlantik auseinanderknallte, nicht nach all dem, was er durchgestanden hatte. Als sie dran waren, schickte er Allie vor, drehte sich um und nickte Hatcher zum Abschied zu. Der Cop hatte heute seinen großen Tag. Die Verhaftung der Drogenhändler hatte es noch in die Morgenausgaben geschafft, und sie hatten seinen Namen alle richtig geschrieben. Er machte das Daumen-hoch-Zeichen für Neal: Crisp und Vanessa waren durch die Sicherheitskontrolle.

Sie saßen in der Cafeteria.

Neal sagte zu Vanessa: »Allie sollte jetzt auf die Toilette gehen.«

»Ich geh mit.«

»Ich hab euer Geld. Was wollt ihr, Pfund oder Dollar?«

»Wie aufmerksam. Dollar, bitte.«

Vanessa nahm Allie bei der Hand und marschierte los. Neal sah Crisp an und grinste. »Was ist, Champ, woll'n wir auch aufs Klo?«

Sie gingen zur letzten Kabine, der für Behinderte. Viel Platz. Sie sahen sich um und schlossen sich schnell ein.

»Hast du alles durchgekriegt?«

»Ich trag keine Handschellen, oder?«

»Vanessa auch?«

Crisp nickte. »Du machst dir zuviel Sorgen.«

Crisp holte das Zeug aus einer Innentasche seiner Jeans.

Der Alkohol war schön kühl auf Neals Haut. Aber die Nadel tat trotzdem weh.

Neal suchte sich einen netten Platz, um ihnen beim Einsteigen zuzusehen. Er wollte ganz sicher gehen. Er dachte an Lombardi. Nenn das Buch *Null Vertrauen*.

Sie marschierten durch das Gate und in die Maschine, als hätten sie ihr ganzes Leben lang nichts anderes getan.

Jetzt war er dran. Warum bin ich so aufgeregt? dachte er. Jetzt wird es doch einfach. Er nahm Allie bei der Hand, zehn Minuten später standen sie vor ihrem Gate. Kann er's sehen? dachte Neal nervös und starrte den Steward an. Kann er's sehen? Neal gab ihm Tickets und Pässe. Betrachtete der Mann sie mißtrauischer als die anderen? Hat er was gemerkt? Die Schuld in meinen Augen gesehen? Lächeln, du mußt lächeln. Nur ein bißchen, nicht zu viel. Er hat's gemerkt. Ich bin am Arsch.

»Einen schönen Flug«, wünschte der Steward und lächelte ebenfalls. Allie winkte er durch. Der Flieger startete pünktlich.

Levine legte auf. »Sie sind an Bord.«

»Woher wissen Sie das?« fragte Lombardi.

»Ich hab eine Quelle bei British Air im Kennedy. Hat im Computer nachgesehen. Ich ruf den Senator an.«

»Sagen Sie ihm, ich möchte mitkommen zur Wiedersehensfeier.«

»Sie und ich.«

»Das sollten besser wichtige Nachrichten sein, Lombardi«, sagte Chase am Telefon. »Sie haben mich aus einem Meeting mit den ganzen Cracks aus Dixie geholt.«

»Sie kommen.«

»Lassen Sie mich abholen. Haben Sie Mrs. Chase schon angerufen?«

»Ich arbeite für *Sie*, Senator.«

»Rufen Sie sie an. Sie kann einen Helikopter nehmen, dann schafft sie's noch.«

»Wie läuft's?«

»Wir haben gute Chancen. Glauben Sie an Wiedergeburt?«

»Ich fühle mich jetzt schon wie neugeboren, Senator.«

Allie mochte den Film. Sie hatte zwar die Kopfhörer nicht auf, aber sie dachte sich ihren eigenen Dialog aus. Und der war gar nicht so schlecht, fand Neal. Sie aß seinen und ihren Lunch und mußte nur einmal auf's Klo, um Sedativa nachzuschieben. Sie war erstaunlich gut gelaunt für ein junges Mädchen, das so krank war wie sie. Wenn sie nicht gerade Robert DeNiro etwas in den Mund legte, redete sie von ihrem neuen Leben, clean, unter Kaliforniens Sonne, wo sie sich vielleicht ein kleines Häuschen in Malibu kaufen könnten. Sie könnte ein bißchen Geld von ihrem Sparbuch lockermachen, Dad oder nicht Dad.

Neal nickte, machte Geräusche, als würde er zuhören, und betrank sich. Die Yankees standen noch immer an der Spitze, das Endspiel war gegen die Socks, und wenn er sich beeilte, würde er es vielleicht schaffen. Er haßte sich, er haßte seine Lügen, und es wäre zur Abwechslung wirklich mal ganz nett, bei einem Spiel mit Regeln dabeizusein.

36

U.S. Senatoren mit Chauffeuren und Limousinen und reichlich zwanzig-Dollar-Scheinen parken auf dem Kennedy Airport, wo sie wollen, auch direkt vor dem Schild NUR AUSLADEN. Chase und Lombardi saßen hinten. Chase trommelte mit den Füßen auf den Wagenboden und sah ständig auf die Uhr. Der Flieger mußte jeden Moment landen, und Liz war noch nicht da. Im Verkehr steckengeblieben. Wie konnte ein Helikopter im Verkehr steckenbleiben? Lombardi telefonierte mit den Leuten auf dem Parteitag.

Ed Levine war bereit. Er wartete direkt vor dem Ausgang vom Zoll und überprüfte noch einmal seine Truppe. Er hatte vier Muskelmänner mitgebracht. Gut verteilt. Der kleine Neal kam nicht an ihnen vorbei. Zwei würden sich das Mädchen schnappen und sie zu ihrem Dad schleppen, für das Begrüßungsküßchen. Die anderen beiden kaperten Neal und verfrachteten ihn in den Wagen. Sie würden ihn auf einen einsamen Parkplatz chauffieren, wo Ed ihm seinen Ärger sehr deutlich machen würde. Er hatte Graham zähneknirschend versprochen, der kleinen Ratte nichts zu brechen; immerhin hatte Neal das Mädchen zurückgebracht.

Ein paar Minuten später leuchtete das Lämpchen von BA 177. Ed ging hinaus zu der Limousine. Lombardi ließ das Fenster heruntersurren.

»Yeah?«

»Ich will Sie ja nicht stören, aber sie sind gelandet.«

Chase legte das Autotelefon beiseite. »Wie lange noch?«

»Kommt drauf an.« Arschloch.

Chase starrte ihn wütend an. Levine war das egal. Die Sache war fast vorbei, und dann würde er nichts mehr mit diesem dummen Drecksack zu tun haben.

»Wir kommen in einer Minute. Haben Sie meine Frau gesehen?«

Ed verkniff sich eine patzige Antwort und sagte nur: »Eins nach dem anderen, Senator. Eins nach dem anderen.«

Chase hielt die Blumen, die Lombardi ihm gegeben hatte, im Arm – nur für den Fall, daß irgendwelche Reporter hier herumlungerten. Er beobachtete den endlosen Menschenwurm, der an ihm vorbeiquoll; keine Allie. Typisch, dachte er, typisch.

Lombardi wünschte sich nur, daß das alles schneller ging, damit sie auf den verdammten Parteitag zurückkehren konnten. Gott allein wußte, was die da ohne ihn wieder anstellten.

Levine wußte, daß Neal absichtlich wartete und die anderen vorgehen ließ – je weniger Leute, desto kleiner die Chance einer Szene. Er checkte seine Männer. Sie schienen gut aufzupassen. So wie er es mochte.

»Daddy!«

Das hohe Quietschen hallte durch die Ankunftshalle.

Levine sah eine kleine Trine mit kurzen blonden Haaren. Sie lief mit ausgestreckten Armen auf Chase zu.

»Daddy!« rief sie wieder und schlang ihm die Arme um den Hals.

»Sie sind nicht meine Tochter!« sagte Chase und versuchte, sich aus der Umklammerung zu lösen.

»Ach was?« flüsterte sie. »Blumen! Für *mich*? Wie süß! Ich freu mich ja so. Du kennst ja den Flugzeug-Fraß.« Sie aß sie, eine nach der anderen. Eine reichte sie einem dummen Jungen neben ihr. Er biß die Blüte ab und schluckte sie im Ganzen.

»Ich bin Crisp. Kann ich dich Daddy nennen?«

Die Aufpasser wollten zupacken. Ed gebot Einhalt. Er nahm Vanessa und hob sie hoch.

»Wo sind sie?«

»Du mußt Ed sein. Nimm deine Wurstfinger da weg, Ed, bevor ich die Reporter zusammenkreische. So ist es besser.«

Sie grinste. »Ich habe eine Nachricht für euch alle, von Neal. Erstens laßt ihr uns sofort gehen. Sonst könnt ihr euch vor Reportern nicht retten. Zweitens versucht ihr, weder ihn noch das Mädchen zu finden. Drittens, er hat *gesagt*, ihr solltet ihn nicht schicken. Alles klar? Gut, wo kriegen wir ein Taxi?«

Chase wollte sie festhalten. »Du dumme...«

»Lassen Sie sie gehen«, sagte Levine. Er war knallrot vor Wut, aber er kannte Neal Carey. »Lassen Sie sie gehen, Senator.«

Seine Jungs waren gut. Sie behandelten den Senator, wie er

es selbst getan hätte. Sie führten ihn zurück zu seiner Limousine und schirmten sein zorniges Zetern ab.

Rich Lombardi stand einen Augenblick lang da und schüttelte den Kopf. Dann sah er Ed Levine an: »Nennen Sie die Story: *Sie sind fertig in diesem Business.*«

Ed Levine zeigte ihm seinen fetten Mittelfinger.

Während Lombardi hinter Chase herhetzte, dachte Ed: Ich bring ihn um. Ich finde Neal Carey und bring ihn um. Es ist aus – sein Job, sein Appartement, sein Studium. Soll er sich doch in einer Welt ohne Freunde und ohne Familie durchschlagen.

Der Mann am Bostoner Logan Airport wollte sie nicht durchlassen, aber ihre Papiere waren in Ordnung. Dieser Schwachkopf mit dem kahl rasierten Schädel und der Sicherheitsnadel im Ohrläppchen und seine Braut mit dem orange-violetten Stoppelhaarschnitt.

Also triezte er sie ein bißchen und sagte dann: »Willkommen in Boston, Mr. Griffin, Miß Brownlow.«

Neal wurde rot. Die Nadel in seinem Ohr tat weh, aber nicht so sehr wie die Heimkehr. Er kam sich vor wie ein Trottel. Er sah aus wie ein Trottel.

Der Muskelmann im schwarzen Polohemd packte Neal, als er auf die Straße trat. Ein Profi. Sein Partner hatte sich Allie gegriffen.

»Neal?« Sie war nicht kräftig genug, sich zu wehren, aber sie versuchte, von dem Muskelmann weg zu Neal zu kommen.

»Ist schon okay, Allie. Ist schon okay«, sagte er. »Sie werden gut für dich sorgen. Sie kriegen dich wieder hin.«

»Neal?«

Sie fing an zu weinen und versuchte, zu ihm zu kommen.

»Allie, hör zu, ich liebe dich. Aber manchmal ist das beste, was man für jemanden, den man liebt, tun kann, zu gehen.« Er nahm ihre Hand und küßte ihre Fingerspitzen. »Good bye, Allie.«

Der Muskelmann schob sie zu einer Limousine, die am Straßenrand wartete. Neal spähte über die Schulter seines Aufpassers. Liz Chase stieg aus dem Wagen.

Sie stand auf dem Bürgersteig, weinte, ihre Finger berührten ihre Unterlippe.

Der Muskelmann versuchte, Neal abzuführen.

Allie blickte sich nach Neal um, während sie zu ihrer Mutter geführt wurde. Sie wirkte ängstlich, verletzt.

Er sah sie nicht in die Arme ihrer Mutter fallen. Sah die Umarmung nicht. Alles, was er sah, waren eine breite Brust und ein dicker Arm, die ihn wegdrängten. Dann hörte er eine Stimme: »Wenn du ihm was tust, hack ich dir die Eier ab.«

Der Muskelmann ließ ihn los. Neal entdeckte Graham, er lächelte, aber das konnte seine Sorge nicht verhehlen. Neal sah an ihm vorbei Allies Kopf durch die Heckscheibe des Wagens. Er lag auf der Schulter ihrer Mutter. Ethan Kitteredge saß neben ihnen.

Aschblondes Haar. Unglaublich blaue Augen.

»Hallo, Sohn.«

»Sie ist *seine* Tochter, nicht wahr?«

»Yeah.«

»Neuigkeiten für mich, Graham.«

»Auch für mich. Auch für Kitteredge. Auch für das Mädchen, bald.«

»Wie...«

»Diese Blaublüter kennen sich alle untereinander. Als du neulich angerufen hast... Nein, anders, als du neulich *endlich* angerufen und mir gesagt hast, wie es ihr geht, und mir deine Bedingungen genannt hast – vielen Dank übrigens auch, und außerdem fuck you –, habe ich ihre Mutter angerufen, genau wie du es wolltest. Sie muß den Chef angerufen haben, denn schneller als Guidry drei Runden laufen kann, klingelt es wieder, und rate mal, wer dran ist, Neal?«

»Kitteredge.«

»Der sagt: okay. Scheiß auf Chase, und das Kind kommt in die beste Klapsmühle, die man für Geld kriegt. Zusammen mit Mum, übrigens.«

»Und das hast du alles vor Ed verheimlicht?«

»Yeah.«

»Er wollte mich reinlegen, Graham. Er hat für die andere Seite gearbeitet.«

»Nein, hat er nicht.«

»Wie...«

»Vertrau mir.« Er grinste Neal gehässig an, dann legt er ihm väterlich den Arm um die Schulter. »Übrigens, Junge, Levine glaubt, daß du uns absichtlich reingelegt hast. Chase auch. Sie wissen nicht, daß Allie die Tochter vom Chef ist. Sie werden denken, du hättest einen Deal mit Mrs. Chase gemacht, für einen Teil aus der Trennungsvereinbarung, der sich lohnen dürfte.«

»Aber du wirst es ihnen verraten?«

»Nein. Der Senator ist immer noch nützlich für uns.«

»Nach dem, was wir über ihn wissen? Der Chef sagt das, nachdem er alles über den Senator und seine Tochter weiß?«

»Das ist Business, Junge. Nichts Persönliches.«

»Ed wird denken, daß es persönlich ist.«

Grahams Griff wurde etwas fester. »Yeah, na ja, deswegen wollen wir, daß du eine Weile verschwindest. Damit sich die Sache beruhigt, weißt du?«

Also kriege *ich* es angehängt, dachte Neal. Du tust das Richtige und mußt dafür hängen.

»Und«, fuhr Graham fort, »ich weiß, daß du dir Sorgen um die Uni machst. Dein Professor sagt, daß du beurlaubt bist. Zum Recherchieren.« Er gab Neal einen Umschlag.

Neal öffnete ihn. Auf dem Zettel von Kitteredge stand: »Danke für meine Tochter. Sie sind wahrlich ein Freund der Familie. Ich hoffe, dies entschädigt Sie wenigstens teilweise für Unannehmlichkeiten, die Sie möglicherweise gehabt haben oder haben werden.« Ein Scheck über zehntausend Pfund Sterling und ein offenes Ticket nach London.

Er gab Graham den Scheck.

»Nimm die Hälfte und laß sie Allie zukommen. Gib mir den Rest.«

»Bist du verrückt? Das Mädchen hat mehr Geld als Gott.«

»Ich schulde es ihr. Es ist ihres.«

»Du bist krank.«

»Was du nicht sagst. Habe ich Post bekommen?« fragte er.

»Nicht von Diane.«

Woher weiß er so was immer? fragte sich Neal. »Soll ich sie suchen? Ihr sagen, wo du sein wirst?« fragte Graham.

Neal schüttelte den Kopf. »Glaubst du, sie wird in Ordnung kommen?«

»Diane?«

»Allie.«

»Ja, wird sie. Wieso, magst du sie etwa?«

Neal schnaubte. »Ein Job ist ein Job. Glaubst du, ich kann es riskieren, in die Stadt zu fahren und mir ein Spiel und ein paar Hot dogs antun, bevor ich wieder wegfliege?«

Graham zog zwei Tickets aus seiner Hemdtasche. Yankees gegen Red Socks – Tribüne, Fenway Park.

»Dein alter Dad kümmert sich um dich, nicht wahr?«

»*Tribüne*?«

»Vater- und Sohn-Nacht. Zwei für einen Preis.«

»Paßt.«

Sie gingen zum Taxistand. »Hab ich übrigens schon gesagt«, meinte Graham, »daß du beschissen aussiehst, mit dem kahlen Kopf und der Sicherheitsnadel im Ohr? Tut das nicht weh?«

»Jetzt nicht mehr. Nur, als er das Loch gestochen hat.«

»Nimm sie raus. Ich möchte nicht, daß die Leute denken, du wärst schwul.«

»Ich fange an, mich daran zu gewöhnen.«

»Na toll. Und was kommt als nächstes? Eine schlichte Perlenkette?«

Vor ihnen standen die Taxis.

»Das hast du gut gemacht, Sohn.«

»Danke, Dad.«

37

Rich Lombardi stieg in seinen Porsche. Insgesamt war die Sache gar nicht schlecht gelaufen. Der Senator war nicht VP geworden, aber das war okay. Das würde ihm nicht länger als eine Saison anhängen und nächstes Mal hatten sie eine Chance auf die Nummer 1. Allie steckte irgendwo in einer Gummizelle und hielt die Fresse. Er lehnte sich zurück und wollte gerade den Motor anmachen, als er dieses Geräusch wieder hörte, dieses Reiben. Aber nur eine winzige Sekunde lang, denn dann spürte er etwas Kaltes, Scharfes im Nacken.

»Wissen Sie, was ich heute morgen in der Zeitung gelesen habe?« fragte Joe Graham. »Daß sie Affen trainieren, um Querschnittsgelähmten zu helfen, Sie wissen schon, denen, die ihre Arme und Beine nicht bewegen können. Yeah, diese Affen bringen ihnen Sachen. Bücher, Essen, Bier... Wollen Sie einen von diesen Affen haben, Richie? Denn wenn ich hier ein bißchen zudrücke... dann brauchen Sie einen Affen, der Ihre Anrufe nach London macht.«

»Nicht.«

»Sie wollten meinen Jungen reinlegen, nicht?«

»Nein, ich...«

Das Messer auf seiner Haut.

»Ja.«

»Warum?«

»Sie sollte nicht reden.«

»Worüber?«

Er zögerte. Dann spürte er einen Tropfen Blut seinen Nakken herunterlaufen.

»Was wir getan haben.«

Hat sie eigentlich irgendwer nicht gevögelt? fragte sich Graham.

»War das Neals Tod wert?«

»Ich dachte nicht, daß sie ihn umbringen.«

»Und daß Allie den Bach runterging?«

»Das tat sie doch sowieso.«

»Sie sind Abschaum, wissen Sie das?«

Lombardi zitterte so sehr, daß Graham Angst hatte, ihn aus Versehen zu schneiden.

»Legen Sie beide Hände auf das Steuer. Beugen Sie sich vor. Machen Sie die Augen zu.« Lombardi fing an zu weinen, während er tat, was er sollte. Graham öffnete die Beifahrertür, stieg aus und kam zum Fahrerfenster.

»Ich habe eine Nachricht für Ihren Boss. Von Kitteredge. Und von mir. Wenn diese Saison vorbei ist, packt er ein. Hört auf. Außerdem hat er keine Einwände gegen die Scheidungsvereinbarungen. Sagen Sie ihm das. Und dann kündigen Sie. Kapiert? Wenn wir Sie auch nur in der Nähe eines Politikers erwischen, sind Sie auf der Warteliste für einen dieser Affen.«

Er ließ den Porsche stehen und stieg in einen wartenden Wagen. »Willst du immer noch ein Stück von ihm?« fragte er Levine.

Ed schüttelte angeekelt den Kopf. »Ist er nicht wert.«

»Richtig.«

»Ich kann nicht glauben, daß Neal mir nicht getraut hat«, sagte Ed, als sie wegfuhren. »Das kotzt mich an.«

»Neal traut kaum jemandem.«

»Rufst du ihn an? Sagst ihm, daß er nach Hause kommen kann?«

»Nein. Lassen wir ihn eine Weile in Ruhe.«

Levine bog auf die Straße ab.

Obwohl mir der kleine Bastard fehlen wird, dachte Graham.

Epilog
Nur Neal

Das Klingeln unterbrach Neal. Etwas verärgert legte er den *Pickle* nieder. Er trat vor die Tür und sah den Postboten sein Fahrrad die Straße hochschieben.

»Ich wäre auch ins Dorf gekommen, Bill. Sie hätten nicht extra kommen müssen.«

Hadley gab ihm einen großen Stapel Post mit einer Schnur drum. »Aus den Staaten. Sah wichtig aus.«

»Tja, danke für die Mühe.«

»Kein Problem.«

»Möchten Sie eine Tasse Tee? Das Wasser kocht. Nur einen Augenblick...«

»Würd ich gerne, aber ich hab keine Zeit. Nächste Woche.«

»Na dann, Bill.«

»Bis dann, Neal.«

Er sah dem Postboten hinterher, wie er den kleinen Weg hinunterradelte, und dann schaute er zum Himmel hinauf. Vielleicht würde es heute abend schneien. Hardin würde die Schafe früh eintreiben. Er würde auf einen Tee vorbeikommen. Er ging zurück ins Cottage und sah sich die Post an. Eine Postkarte von Graham; ein weiterer Brief von Allie, daß sie in einer Woche rauskäme und in ein Reha-Zentrum ziehen würde. Ein Magazin über Literatur des 18. Jahrhunderts. Ein Brief aus Oxford. Sie verlängerten ihre Genehmigung, die Archive zu benutzen. *Sports Illustrated.* Zehn Stück, danke, Graham. Ein Brief mit Dianes Adresse als Absender.

Ich hab doch gesagt, du sollst das nicht machen, Graham. Aber danke.

Er legte den Brief ungeöffnet hin und widmete sich wieder seinem Buch. Vielleicht würde er ihn nachher aufmachen, nach ein oder zwei Scotch. Vielleicht auch nicht.

Er war allein, aber daran war er gewöhnt. Er hatte seine Bücher zum Lesen.

Rick Moody

Der Eissturm

Roman. Aus dem Amerikanischen von Nikolaus Stingl. 320 Seiten. SP 2277

New Canaan/Connecticut, im November kurz nach Thanksgiving: zwei ganz normale amerikanische Familien, ein Weekend, die versammelte Nachbarschaft und ein Jahrhundertunwetter – zu einem mörderischen 70er-Jahre-Endspiel wird die Eissturm-Party, die als Farce beginnt und als Tragödie endet. Benjamin Hood, leidlich erfolgreicher Geschäftsmann und Familienvater, den Job und unterkühlte Ehefrau gleichermaßen frustieren, sucht sich mit Alkohol und Nachbarin Janey Williams zu trösten. Doch der letzteren Interesse erlahmt, kaum daß die Affäre begonnen hat. Benjamins Tochter, frühreif und naiv zugleich, sehnt sich nach Gefühlen, einerlei ob romantisch oder vulgär. Auch die weiteren Helden macht der Autor zum beklemmenden Personal. Ein beißendes Familiendrama, in dem der amerikanische Traum zum kollektiven Alptraum mutiert.

»Ein intelligentes, manchmal hochkomisches Stück Literatur.«

Frankfurter Allgemeine Zeitung

Garden State

Roman. Aus dem Amerikanischen von Michael Hofmann. 223 Seiten. SP 1811

Das bemerkenswerte Debüt der neuen literarischen Entdekkung aus den USA. Eine atmosphärisch dichte Milieustudie der jungen Erwachsenen der neunziger Jahre in der amerikanischen Provinz.
Alice, wasserstoffblondiert, mit schwarzem Lippenstift und Minirock, und ihre Freunde leben in einem schäbigen Vorort in New Jersey. Leben ist eigentlich übertrieben, sie hängen herum, träumen von einer Karriere in einer Band, verwechseln Liebe mit Sex und nehmen Drogen. Gearbeitet wird nur sporadisch. Man wohnt bei den Eltern oder bei Freunden auf dem Sofa. Keiner hat Lust, erwachsen zu werden...

»In einer druckvoll-lakonischen Sprache porträtiert Rick Moody Gefangene einer ultracool inszenierten Sinnlosigkeit, die ihre Angst, erwachsen zu werden, obendrein mit Drogen, Sex und großen Sprüchen betäuben. Moodys erstklassiges Debüt liefert Milieubilder von atmosphärischer Stimmigkeit und Dichte; hitzig-anrührende Polaroids aus der klimatisierten Vorhölle Amerikas: direkt und unverkitscht.«

Weltwoche

Mohamed Choukri

Das nackte Brot

Ein autobiographischer Roman und fünfzehn Erzählungen. Aus dem Arabischen von Georg Brunold und Viktor Kocher. 355 Seiten. SP 1419

Mohamed Choukri erzählt seine Kindheit und Jugend: Der Vater ist Bauer in einem kleinen Ort im Rif-Gebirge, wo Choukri 1935 geboren wurde. Eine Hungersnot treibt die Familie in die verheißungsvolle Stadt, nach Tanger. Aber auch hier finden sie nichts als Elend und Armut. Die Mülltonnen machen die herumstreunenden Kinder nicht satt; der Schrei nach Brot wird dem jüngeren Bruder zum Verhängnis: Vom Jähzorn der Verzweiflung übermannt, erwürgt ihn der Vater und vertuscht sein Verbrechen. Mohamed bricht mit den Eltern, er schlägt sich als Dieb und Bettler, als Strichjunge und Spieler durch, bis er 1956 bei einer politischen Demonstration verhaftet wird. Im Gefängnis lernt er schreiben und findet damit einen Weg in die Welt der Literatur. An die Autobiographie schließt sich eine Reihe kurzer Geschichten an, die Choukris Sprachkraft bezeugen.

»Da ist nichts abzuwägen, zu analysieren. Dieses Buch ist ergreifend, zum Schmunzeln, zum Jauchzen – es ist zum Heulen schön: Die deutsche Ausgabe des autobiographischen Romans »Das nackte Brot« des Marokkaners Mohamed Choukri ist Literatur pur, wahrhaft eine Entdeckung... Was erzählt Choukri? Er malt, brennt, ätzt – es sei erlaubt, Camus zu zitieren: ›das schändliche und begeisternde Bild des Lebens‹.«
Die Zeit

Zeit der Fehler

Roman. Aus dem Arabischen von Doris Kilias. 224 Seiten. SP 2128

Ein Leben in Marokko: Der zwanzigjährige Erzähler ist ein Rauf-, Sauf- und Hurenbold – aber auch ein Kobold. Und überdies ein ängstliches, einsames Kind. Nun will er lesen lernen. In 27 Kapiteln schildert er die Situationen seiner »Schulzeit«, hineinverwoben die Gefühle und Erinnerungen.

»Mohamed Choukris Leben ist spannender, poetischer, verzweifelter und wilder, als jeder Roman es sein könnte. Und er hat es in blendenden Bildern festgehalten, die das Lesen zu einem Erlebnis machen – zu einem Erlebnis, das aufwühlt, das im Schrecken fasziniert.«
Süddeutsche Zeitung

Nick Cave

Und die Eselin sah den Engel

Roman. Aus dem Englischen von Werner Schmitz. 326 Seiten. SP 1869

Der Rockmusiker Nick Cave hatte mit seinem ersten Roman die Leser sofort auf seiner Seite: Die Geschichte des Mörders und Selbstmörders Euchrid Eucrow, der, Produkt mehrerer Generationen Inzucht und Alkoholmißbrauch, in einem gottverlassenen, vom Zuckerrohr und einer bigotten Sekte beherrschten Südstaatenkaff aufwächst, wurde zu einem Kultbuch.

Euchrid Eucrow ist das Produkt von mehreren Generationen Inzucht und Fuselkonsum. Stumm und verkrüppelt, aber von ungewöhnlichem Feingefühl, das er unter einem symphathischen und nicht zu bändigenden Wagemut versteckt, lebt Euchrid in einem abgeschiedenen Tal. Den erschrekkenden oder erheiternden Launen und Obsessionen einer monströsen Mutter und eines fast geisteskranken Vaters unterworfen, den Talbewohnern ein Gespött, lernt Euchrid schnell Zuflucht in dem Sumpfland zu suchen, das an die Stadt grenzt. Doch auch diese Zuflucht wird ihm verwehrt.

»Kein Rock-Star-Buch, sondern ein Versuch in einem schon fast klassischen Genre – der Südstaatenerzählung. Doch da, wo sonst, beim jungen Truman Capote etwa, eine Atmosphäre von süßer Melancholie und Apathie herrscht, sind es bei Nick Cave dramatische Impulse, die immer wieder den Stoff peitschen. Während Caves Hauptperson Euchrid Eucrow, verwachsen und zurückgeblieben, von seinen Mitbürgern gejagt, im Sumpf liegt und langsam seinem Tod entgegensinkt, erzählt er die Geschichte seines Lebens in einer kleinen, von einer obskuren Sekte beherrschten Südstaatenstadt.«
Vogue

»Caves Meisterschaft – von der fast besessenen Sprache bis zur hochpräzisen Struktur der Erzählung – ist beeindruckend. Ein herausragendes Debüt.«
Sound

»Eine wirklich grandiose Geschichte, ein modernes Epos.«
Elle

»Er hat einen Roman verfaßt, morbide und abgründig, ist hinabgestiegen in die Tiefen der Alpträume und Mysterien. Er hat einen wundersamen Bogen geschlagen von der deftigen Alltagsprosa zur biblischen Poesie.«
Neue Zeit

SERIE PIPER

Iva Pekárková

Truck Stop Rainbows

Roman. Aus dem Tschechischen von Natascha Drubek-Meyer und Ladislav Drubek. 331 Seiten. SP 2291

Fialkas Sehnsucht gilt der Fernstraße – hier findet sie als Tramperin in spontanen sexuellen Abenteuern mit Lkw-Fahrern, Kumpeln für eine Nacht, ihre erfüllten »Regenbogen-Augenblicke«. Ihre naive, doch gleichzeitig so kluge Philosophie des Augenblicks diskutiert sie mit ihrem Freund und Seelenverwandten Patrik, der als »Fotograf des Lebens« Mut beweist. Aber bei Patrik, der als Klempner im gegenüberliegenden Plattenbau – Etage für Etage – einsame Hausfrauen beglückt, wird multiple Sklerose diagnostiziert. Und die Wartezeit für einen Rollstuhl beträgt zehn Jahre. Plötzlich wird Geld wichtig.

Fialka beschließt, ihre Tramperei auf die Südliche Trasse zu verlegen, wo die Fernfahrer aus dem Westen locken – und die Mädchen käuflich sind.

Erik aus Schweden bietet ihr ein freies Leben, er will sie heiraten, retten, entführen, lieben, alles, was sie will. Doch in ihrem ohrenbetäubenden »Yeees!« liegt schon die Absage. Das ist nicht die Freiheit, die sie will; wie soll sie leben ohne die Kurve von Hradec Králové, wo ihre Eltern und ihre Schwester bei einem mysteriösen Autounfall ums Leben kamen; wie ohne die weißen Buchen oberhalb von Třebová; wie ohne Prag?

Eine bei aller Melancholie ganz unsentimentale, witzige und geistsprühende Road-Novel und zugleich die Entdeckung einer aufregenden jungen Erzählerin.

»Ein herausragendes Debüt. Es gibt Autorinnen und Autoren, die man Naturtalente nennen muß. Sie verstehen es, Geschichten knapp, eindringlich und spannend zu erzählen und so den Leser auf hohem Niveau zu unterhalten... Ein außerordentlich sinnliches Stück Prosa... von einer ungemeinen Leichtigkeit des Erzählflusses und einer oft lakonischen Sprache, die die Geschehnisse in diesem Roman rasant vorantreiben.«

Neue Zürcher Zeitung

Michael Köhlmeier

Moderne Zeiten
Roman. 218 Seiten. SP 1942

»Vergnüglicher kann man Zeiten und Beziehungen, Wirklichkeit und Dichtung kaum durcheinanderwirbeln ...«
Neue Zürcher Zeitung

Die Musterschüler
Roman. 570 Seiten. SP 1684

In einem gnadenlosen Frage- und Antwortspiel wird eine alte Schuld wieder aufgedeckt: Vor 25 Jahren hat eine Schulklasse einen Mitschüler grausam zusammengeschlagen. Nun muß sie dafür Rechenschaft ablegen.

Die Figur
Die Geschichte von Gaetano Bresci, Königsmörder.
135 Seiten. SP 1042

... »eine präzise kleine Studie über die Einsamkeit des Menschen bei der Tat.«
Süddeutsche Zeitung

Spielplatz der Helden
Roman. 348 Seiten. SP 1298

»Michael Köhlmeier ist ein Schelm geblieben, darüber hinaus hat er sich zu einem Erzähler von Rang entwickelt.«
Frankfurter Allgemeine Zeitung

Monika Helfer

Oskar und Lilli
Roman. 283 Seiten. SP 2165

Die ebenso heitere wie schmerzliche Geschichte zweier Kinder, die ihren Platz in der Welt suchen.

»So etwas Unsentimentales über das Zusammenleben der unterschiedlichen Generationen habe ich schon lange nicht mehr gelesen.«
Süddeutsche Zeitung

Die wilden Kinder
Roman. 155 Seiten. SP 659

»Monika Helfers Buch ist klug, witzig, klarsichtig und von der ersten bis zur letzten Zeile ein Lesevergnügen«, begeisterte sich die »Neue Zürcher Zeitung« über die Geschichten von Bella und Angela. In einer chaotischen Welt der Erwachsenen versuchen sie mit Frechheit, Phantasie und viel Mut ihre Träume vom großen Glück (Angela) und von der kleinen, aber sicheren Ordnung (Bella) zu realisieren. Mit einem nicht zu brechenden Optimismus kämpfen die Kinder zwischen Erst-, Zweit- und Drittvätern und eifersüchtigen Müttern um ihre Geschichte, um ihr Leben.

Dacia Maraini

Bagheria

Eine Kindheit auf Sizilien. Aus dem Italienischen von Sabina Kienlechner. 171 Seiten. SP 2160

Dacia Maraini kehrt an den Ort ihrer Kindheit zurück – in jene sizilianische Villa, wo sie das Porträt ihrer Ahnin, der taubstummen Herzogin Marianna Ucrìa fand, die zu einer großen Romanheldin werden sollte. Die berühmte italienische Schriftstellerin erzählt von der romantischen Liebesheirat ihrer Eltern, der leidenschaftlichen Liebe zum unerreichbaren Vater, von ihrer Jugend in der prachtvollen Villa Valguarnera; sie läßt aber auch ihre Empörung spüren über die mutwillige Zerstörung des Barockstädtchens Bagheria durch die Mafia. Ein aufrichtiges, sehr persönliches Buch.

»›Bagheria‹ ist ein schönes und kluges Buch, ganz fern von allen Klischeevorstellungen vom Tourismus-Sizilien, und dazu ein Buch über eine Vielzahl eigenwilliger und begabter Frauen…«

Die Presse

Erinnerungen einer Diebin

Roman. Aus dem Italienischen von Maja Pflug. Mit einem Nachwort von Heinz Willi Wittschier. 383 Seiten. SP 1790

Fasziniert von der unkonventionellen Art Teresas, die jenseits von bürgerlichen Normen nach ihren eigenen Regeln lebt, beschloß Dacia Maraini 1972 über die »Diebin«, die sie bei einem Gefängnisbesuch in Rom kennenlernte, ein Buch zu schreiben. Aus einer armen, kinderreichen Familie stammend löste sich Teresa bald von zu Hause, lebte in den Tag hinein wie eine Zigeunerin, heiratete jung und brachte einen Sohn zur Welt. Fast unmerklich schlitterte sie in die Kriminalität, kam von einem Gefängnis ins andere und blieb doch ohne Groll über die ihr angetane Gewalt.

Durch die erstaunliche Persönlichkeit Teresas, die niemals selbstmitleidig, sondern stolz und selbstbewußt und auf ihre Weise ehrbar ist, gelang Maraini mit diesem Roman ein lebendiges Frauenporträt und ein packender Zustandsbericht über Italiens Gefängnisse.

Edith Wharton

Der flüchtige Schimmer des Mondes

Roman. Aus dem Amerikanischen von Inge Leipold. 320 Seiten. SP 2277

Scharfsinnig nimmt die »Grand Old Lady der Literatur« hier die amerikanische High Society in Europa aufs Korn. Susy und Nick Lansing, beide ebenso unternehmenslustig wie brillant auf gesellschaftlichem Parkett, haben leider ein großes Manko: Sie sind ohne einen Cent. Weil sie trotzdem das Leben im Luxus lieben, verlegen sie sich ungeniert aufs Schmarotzen – und machen sich damit abhängig.

»Die Menschen sind oberflächlich, je reicher desto mehr und nur ganz selten entstehen Augenblicke der wahren Empfindung. Wenn Edith Wharton diese raren Momente der Ungeschütztheit beschreibt, plötzlich inmitten der verlogenen und verschwätzten Sozialität, wird die ironische Gesellschaftskritikerin ganz ernst und melancholisch. Das sind – neben dem Vergnügen am (heute so sehr vermißten) Esprit – die großen Momente dieses heiteren Romans.«

Süddeutsche Zeitung

Zeit der Unschuld

Roman. Aus dem Amerikanischen von Richard Kraushaar und Benjamin Schwarz. 480 Seiten. SP 1264

Edith Whartons 1921 mit dem Pulitzerpreis ausgezeichnetes Meisterwerk ist heute inzwischen ein Klassiker der Weltliteratur. Der Roman erzählt die Geschichte des jungen New Yorker Anwalts Newland Archer, der aus gesellschaftlichen Gründen seine Leidenschaft für die unkonventionelle Ellen Olenska unterdrückt und damit das Glück seines Lebens verspielt.

»Ein facettenreiches und überaus präzises Bild der exklusiven Gesellschaftsschicht.«

Süddeutsche Zeitung

Sommer

Roman. Aus dem Amerikanischen von Michaela Nissen. 260 Seiten. SP 1263

Eine beklemmend schöne Liebesgeschichte von unglaublicher Dichte und Intensität.

»Es gibt höchstens drei, vier amerikanische Romanciers, die als herausragend gelten dürfen – Edith Wharton gehört zu ihnen.«

Gore Vidal

Kenizé Mourad

Im Namen der toten Prinzessin

Roman eines Lebens.
Aus dem Französischen von Brigitte Weidmann.
613 Seiten. SP 1344

Kenizé Mourad, Tochter der letzten türkischen Sultanin, Selma, und des indischen Radschahs von Badalpur, der das Schicksal keine Zeit ließ, ihre Mutter kennenzulernen, hat ein Buch geschrieben, in dem sich Vorstellungskraft und Einfühlungsvermögen, historische Fakten und eine märchenhafte Lebensgeschichte zu einem mitreißenden Erzählstrom verdichten.

Wach und sensibel erlebt Selma den Zusammenbruch des Osmanischen Reiches 1920, die leidvollen Erfahrungen ihrer Familie, die der Verbannung 1922 vorausgehen, das Elend der Mutter, die, der Etikette, der Religion, dem Vaterland tiefer verpflichtet als ihrer Familie, zwar ihre Würde nicht verliert, wohl aber den eigentlichen Grund ihrer Existenz.

Für Selma bietet das Exil in Beirut, der damals schillerndsten Stadt des Vorderen Orient, mehr Abenteuer als Erniedrigung. Wenngleich eine »unterdrückte Prinzessin«, wächst sie hier – inmitten der großen Familien der französischen Mandatsstadt – heran, erlebt ihre erste Leidenschaft, bevor sie standesgemäß an einen indischen Radschah verheiratet wird. Und Indien, das feudale und zugleich erschütternd arme Indien – das ist für sie die qualvolle Verbannung. Erst in Paris, der glanzvollen Metropole der dreißiger Jahre, wird Selma, jenseits der Salons von Nina Ricci und Maxim's, zu sich selbst und der Liebe ihres Lebens finden.

»Eine wundersame Liebesgeschichte ergibt manchmal einen großen Roman. Wenn aber die Geschichte darüber hinaus wahr ist, ja ebenso wahr wie unwahrscheinlich, wenn sich in ihr der Untergang eines ganzen Weltreichs, einer bewegenden Epoche spiegelt, wenn die Heldin eine Sultanin ist, und Istanbul ihr Geburtsort, von wo der Zusammenbruch des Osmanischen Reiches sie ins libanesische Exil nach Beirut zwingt, die Heirat mit einem ihr unbekannten Radschah sie an einen indischen Königshof führt und die bevorstehende Geburt ihres Kindes ihr zum ersten Mal ein freies Leben in Paris ermöglicht – dann erwartet man ein außergewöhnliches Buch.«
L'Express

SERIE PIPER

Kathleen Robinson

Dominicus

Ein Roman aus dem alten Rom. Aus dem Amerikanischen von Michael Hofmann. 511 Seiten. SP 1924

Gallien im Jahr 395 n. Chr. Mit der Geburt des zwergwüchsigen Knaben Dominicus beginnt dieser abenteuerliche Unterhaltungsroman, der den Leser mitnimmt auf eine spannende Reise durch die Spätantike. Nach dem frühen Tod seiner Eltern wird Dominicus von seinem Vormund an eine fahrende Gauklertruppe verkauft. Das Schicksal führt den Wanderzirkus von Gallien in das vor Leben übersprudelnde dekadente Rom, wo sich die Künstler unter der Obhut eines ehrgeizigen römischen Senators in kürzester Zeit einen Namen machen. Doch das Glück bleibt den Zirkusleuten nicht hold: Sie fallen in Ungnade, und Dominicus kann als einziger den Häschern entkommen…

Kathleen Robinsons üppig erzählter, detail- und stimmungsreicher Roman führt uns in die aufregende Zeit des alten Rom, in Amphitheater mit fackelerleuchteten Bühnen, in das Gallien der Gladiatoren, in die winkligen Gassen Alexandrias, durch die der Wüstenwind weht, in die farbenprächtigen Basare Konstantinopels…

»Dominicus« ist ein mitreißender historischer Roman, der die Zeit der Spätantike, ihre Kultur und ihre Menschen lebendig werden läßt: Eine faszinierende Lesereise in eine exotische, märchenhafte Welt voller Glück und Abenteuer, voller Liebe und Grausamkeit.

»Ein gut recherchierter, gut erzählter Plot, der überzeugende, liebenswerte Charaktere und prächtige Ansichten antiker Städte zeichnet. Und das Ganze hat Tempo!«

Kirkus Review

»Ein intelligenter historischer Roman mit viel Hindergrund, flotten Dialogen und einer Vielzahl faszinierender Schurken.«

Brigitte

»So schillernd, märchenhaft und phantastisch der Roman von Kathleen Robinson ist, so vergnüglich ist er auch. Genüßlich ausgemalte Ungeheuerlichkeiten und amüsante Episoden sorgen für Abwechslung in diesem Roman, der genau der richtige Schmöker für lange Abende ist.«

Kieler Nachrichten

Brigitte Riebe

Palast der blauen Delphine

Ein Roman aus dem alten Kreta. 494 Seiten. SP 2274

Der berühmte Mythos vom kretischen Labyrinth, die wohl spannendste und geheimnisvollste Sage des Abendlandes – erzählt aus der Perspektive der matriarchalisch orientierten kretischen Kultur. Der Held ist Asterios, Sohn der Königin Pasiphaë und eines Stiertänzers. Er wird der erste männliche Priester, der den Orakeln zufolge Kreta vor dem Untergang retten soll. Nach einer tragischen Liebesgeschichte mit seiner Halbschwester Ariadne und dem beinahe tödlich endenden Zweikampf mit dem attischen Thronfolger Theseus scheint Asterios jedoch an seiner Mission zu scheitern...

»Zu den schönsten historischen Romanen zählt für mich Brigitte Riebes Buch ›Palast der blauen Delphine‹. Sagen, Mythen und historische Fakten werden hier zu einer spannenden Handlung verflochten. Brigitte Riebe beschwört die alte Welt der Großen Göttin, die zu jener Zeit noch mächtiger war als alle männlichen Götter des griechischen Olymp und die damals über das minoische Kreta herrschte. Es war die Epoche des Matriarchats, die mit den Eroberungszügen der Stämme vom Festland endete.«

Norddeutscher Rundfunk

»Der Roman von Brigitte Riebe wirkt wie eine traumhafte Rückkehr in die Kindheit, als wir noch an Märchen glaubten oder zumindest nicht ausschließen wollten, daß sie wahr sind.«

Sender Freies Berlin

»Die Historikerin Brigitte Riebe, die sich mit von Frauen beherrschten Kulturen beschäftigt, erzählt die Sage aus dem Blickwinkel der matriarchalisch orientierten kretischen Mythen. Entstanden ist ein mitreißender historischer Roman über Liebe, Politik und den Untergang einer Kultur.

Gala

»Eine Geschichte – so spannend wie ein Krimi.«

Madame